NORA ROBERTS
Nächte des Sturms

AF214703

Nora Roberts

Nächte des Sturms

Roman

Deutsch von Uta Hege

blanvalet

Die Originalausgabe erschien 2000
unter dem Titel »Tears of the Moon«
bei Jove Books, The Berkley Publishing Group,
a member of Penguin Putnam Inc., New York.

Sollte diese Publikation Links auf Webseiten Dritter enthalten,
so übernehmen wir für deren Inhalte keine Haftung,
da wir uns diese nicht zu eigen machen, sondern lediglich
auf deren Stand zum Zeitpunkt der Erstveröffentlichung verweisen.

 Dieses Buch ist auch als E-Book erhältlich.

Penguin Random House Verlagsgruppe FSC® N001967

1. Auflage
Copyright © der Originalausgabe 2000 by Nora Roberts
Published by Arrangement with Eleanor Wilder
Dieses Werk wurde vermittelt durch die
Literarische Agentur Thomas Schlück GmbH, 30161 Hannover.
Copyright © 2001 für die deutsche Ausgabe
by Blanvalet Verlag,
in der Penguin Random House Verlagsgruppe GmbH,
Neumarkter Straße 28, 81673 München
Umschlaggestaltung: © Johannes Wiebel | punchdesign,
unter Verwendung von Motiven von Shutterstock.com
(leonardo_da_gressignano; Stephan Langhans; Piotr Machowczyk;
Poogie; Martijn Alderse Baas; yhelfman; Janis Smits; Pierre Leclerc)
LH · Herstellung: eR
Satz: Buch-Werkstatt GmbH, Bad Aibling
Druck und Bindung: GGP Media GmbH, Pößneck
Printed in Germany
ISBN: 978-3-7341-0957-7

www.blanvalet.de

Liebe Leserinnen,

Tagträumer bringen Schönheit in die Welt. Kunst und Musik, Geschichten und Gefühle. Irland ist ein Land, das seine Träumer liebt. Und trotzdem sind die Iren nicht nur Künstler und Poeten, sondern zugleich durchaus praktisch. In der einen Hand halten sie ihre uralte Magie, die andere ist feucht vom Schweiße ihrer Arbeit.

In Nächte des Sturms *reichen der Träumer Shawn Gallagher und die eher nüchterne Brenna O'Toole einander diese beiden Hände. Feenprinz Carrick hat mit diesen beiden seine Arbeit, wenn er sie zusammenbringen und dadurch der Aufhebung des Bannes näherkommen will, der ihn von seiner eigenen Liebe und seinem eigenen Schicksal trennt.*

Er hat für die beiden ein Geschenk, aber sie müssen es ebenso wie einander selbstlos annehmen. Liebe und Großmut müssen Stolz und Ehrgeiz überwinden. Zwei Menschen, die sich schon aus Kindertagen kennen, müssen einander mit völlig neuen Augen sehen.

Hoch über dem hübschen Dörfchen Ardmore, auf einer windumtosten Klippe in der Nähe des Brunnens eines alten Heiligen, ist die Luft voller Magie und herrlicher Musik. Setzen Sie sich dort auf eine Bank und spitzen Sie die Ohren.

Nora Roberts

Für Bruce,
meinen persönlichen Mann für alle Fälle

Ah, kiss me, love, and miss me, love
and dry your bitter tears.

Ach, küss mich, Schatz, vermiss mich, Schatz,
und trockne deine bittren Tränen.
– Irischer Pub-Song

1

Irland ist ein Land der Dichter und Legenden, der Träumer und Rebellen. Sie alle sind von herrlicher Musik erfüllt. Es gibt Melodien für den Tanz und für die Trauer, für den Kampf und für die Liebe. In den alten Zeiten reisten die Barden von einem Ort zum anderen und sangen ihre Weisen für ein Mahl, ein Bett und ein paar kleine Münzen.

Die Barden und die *seanachais* – die Geschichtenerzähler – waren überall willkommen, in jeder Hütte, jedem Gasthof und an jedem Lagerfeuer. Ihre wunderbare Gabe wurde selbst unter den grünen Hügeln in den Palästen der Feen sehr geschätzt.

Und wird es auch heute noch.

Einmal, vor nicht allzu langer Zeit, war eine Geschichtenerzählerin in dieses ruhige Dorf am Meer gekommen und war sehr herzlich aufgenommen worden. Sie hatte in dem Dorf ihr Herz und auch ihr Heim entdeckt.

Auch ein Barde lebte unter ihnen und hatte sein Heim dort, wo es ihm gefiel. Doch sein Herz, das hatte er noch nicht gefunden.

In seinem Kopf spielte Musik. Manchmal weich und wunderbar verträumt, wie das Wispern einer zärtlichen Geliebten, und manchmal brüllend und voller Gelächter wie ein guter Freund, der dich auf ein Guinness in den Pub einlädt. Sie war süß, leidenschaftlich und voller Tränen der Verzweiflung. Doch stets war es Musik. Und es bereitete ihm die größte Freude, sie Tag und Nacht zu hören.

Shawn Gallagher war ein Mann, der mit seinem Leben vollkommen zufrieden war. Es gab einige, die sagten, er wäre deshalb so zufrieden, weil er kaum je lange genug aus seinen Träumen auftauchte, um die wahre Welt zu sehen. Und er stimmte ihnen zu.

Seine Welt war die Musik und die Familie, und was für ihn zählte, waren sein Heim und seine Freunde. Weshalb sollte er sich noch um andere Dinge kümmern?

Seine Familie lebte bereits seit Generationen in Ardmore, einem Dorf im Bezirk Waterford in Irland. Und dort betrieben die Gallaghers schon seit Jahrhunderten den Pub, boten ihren Gästen frische Getränke, anständige Mahlzeiten und einen heimeligen Ort für angenehme Gespräche.

Seit sich die Eltern vor einiger Zeit in Boston niedergelassen hatten, führte Shawns älterer Bruder Aidan das gemeinsame Geschäft. Was Shawn Gallagher nicht ungelegen kam, da er weder über einen ausgeprägten Geschäftssinn verfügte, noch auch nur das leiseste Interesse dafür aufbrachte. Er war glücklich in der Rolle des hoch gelobten Kochs, da Kochen ihn entspannte.

Wenn er Bestellungen erfüllte oder die Tageskarte aufsetzte, hörte er ständig, entweder aus dem Pub oder schlicht in seinem Kopf, seine geliebten Melodien.

Natürlich gab es Momente, in denen seine Schwester Darcy – die wesentlich mehr Energie und Ehrgeiz als er selbst besaß – dort, wo er einen Eintopf rührte oder ein paar Brote machte, hereinplatzte und einen Streit mit ihm vom Zaun brach.

Aber das machte alles nur etwas lebendiger.

Auch hatte er keine Probleme damit, beim Bedienen auszuhelfen, vor allem nicht, wenn die Musik spielte und die Gäste fröhlich tanzten. Und nach dem abendlichen

Schließen räumte er ohne Klage auf, denn das *Gallagher's* war für seine Ordnung und Sauberkeit berühmt.

Das Leben in Ardmore, das gemächliche Tempo, in dem alles vor sich ging, die leuchtend blaue See, die dunkelbraunen Klippen, die schimmernd grünen Hügel, die sich in Richtung der blauen Bergkette erstreckten, kam ihm mehr als nur zupass. Die berühmte Reiselust der Gallaghers hatte er anscheinend nicht geerbt, er war in dem sandigen Boden von Ardmore fest verwurzelt.

Er verspürte nicht das geringste Bedürfnis zu reisen, wie sein Bruder Aidan es getan hatte und wie Darcy es noch wollte. Alles, was er brauchte, hatte er in seiner Nähe. Weshalb also sollte er irgendetwas verändern?

Obgleich er vor kurzem genau das getan hatte.

Sein Leben lang hatte er durch das Fenster seines Schlafzimmers aufs Meer hinab gesehen. Es war dort gewesen, einfach dort, war schäumend gegen die Klippen gebrandet, stürmisch oder ruhig oder in irgendeiner dazwischen liegenden Stimmung. Der Duft des Meeres war das erste gewesen, was er aufgesogen hatte, wenn er morgens vor die Tür getreten war.

Aber als sein Bruder die hübsche Amerikanerin Jude Frances Murray im letzten Herbst zur Frau genommen hatte, war es ihm richtig erschienen, ein paar Dinge zu verändern.

Gemäß der Gallagher'schen Tradition bekam das Kind, das als Erstes heiratete, das Heim der Familie. Also waren Jude und Aidan in das große Haus am Rand des Dorfs gezogen, als sie von ihrer Hochzeitsreise nach Venedig zurückgekommen waren.

Vor die Wahl zwischen den Räumen oberhalb des Pubs und dem kleinen, der Fitzgerald'schen Seite von Judes Familie gehörenden, gemütlichen, doch abgelegenen Cottage gestellt, hatte Darcy die Wohnung im Zentrum des Dorfes genommen und Shawn und einige andere Männer um ihre hübschen Finger gewickelt, damit diese durch aufwendige Streicharbeiten und das Schleppen unzähliger Möbel die zu Aidans Zeiten eher spartanischen Räume in ihren eigenen kleinen Palast verwandelten.

Was Shawn durchaus gepasst hatte.

Ihm gefiel das kleine, von hübschen Gärten umgebene Cottage auf dem Feenhügel besser, von dem aus man so wunderbar über die Klippen und die Hügel blicken konnte, und dessen geradezu himmlische Ruhe er genoss.

Auch hatte er nichts gegen den Geist, der in dem Cottage lebte.

Obgleich er ihn bisher noch nicht gesehen hatte, war er überzeugt von seiner Existenz. Es war der Geist von Lady Gwen, die um den Feengeliebten weinte, der von ihr einst abgewiesen worden war, und die immer noch darauf wartete, dass der Bann gebrochen würde und sie beide endlich frei wären. Shawn kannte die Geschichte des braven jungen Mädchens, das vor dreihundert Jahren in dem Cottage auf dem kleinen Hügel gelebt hatte, genau.

Carrick, der Prinz der Feen, hatte sich in sie verliebt, doch statt seiner Liebe und seines Herzens hatte er ihr einzig die Pracht dessen gezeigt, was er ihr geben würde. Dreimal hatte er ihr Säcke mit Juwelen gebracht, erst Diamanten aus dem Feuer der Sonne, dann Perlen aus den Tränen des Mondes und schließlich Saphire aus dem Herzen der See.

Doch sie hatte seinem Herzen und ihrem eigenen Schicksal nicht getraut und ihn zurückgewiesen. Und die Juwelen, die er vor ihren Füßen ausgeschüttet hatte, hatten sich der Legende zufolge in genau die Blumen verwandelt, die noch heute im Garten vor dem kleinen Häuschen blühten.

Die meisten Blumen hielten gerade ihren wohlverdienten Winterschlaf. Die Klippen, auf denen die Lady angeblich häufig wandelte, ragten nackt und düster in den kalten, grauen Himmel.

Sicher gab es in Kürze einen Sturm.

Es war ein rauer Morgen, der Wind schlug hart gegen die Fenster, kroch durch alle Ritzen und kühlte das Cottage aus. Shawn hatte ein Feuer im Kamin in der Küche entfacht und trank heißen Tee, sodass ihm der Wind nichts ausmachte. Ganz im Gegenteil erfreuten ihn die geradezu arroganten Töne, in denen er pfiff. Er saß behaglich am Tisch, knabberte an einem Keks und spielte in Gedanken mit dem Text zu einer von ihm selbst verfassten Melodie.

In einer Stunde musste er hinunter in den Pub. Aber um sicher zu gehen, dass er es nicht vergaß, hatte er einen Wecker auf den Herd und zusätzlich den Wecker in seinem Schlafzimmer gestellt. Ohne jemanden, der ihn aus seinen Träumen schüttelte und ihm sagte, er solle sich endlich bewegen, vergaß er allzu oft die Zeit.

Da es Aidan wütend machte und Darcy einen Vorwand gab, um sich mit ihm zu streiten, tat er sein Möglichstes, damit dies nicht geschah. Das Problem war, dass er hin und wieder derart vertieft war in seine Musik, dass er selbst das Piepsen und Schrillen der Wecker einfach überhörte.

Auch jetzt war er vollkommen in sein neues Lied vertieft, eine Weise, in der es um junge, selbstsichere Liebe ging. Die Art Liebe, wie Shawn dachte, die so unbeständig wie der Wind, doch zugleich aufregend und herrlich war. Ein fröhliches, unbeschwertes Lied, für das man schnelle Füße und eine gewisse Flirtbereitschaft brauchte.

Er würde es noch etwas aufpolieren und sehen, ob er Darcy dazu brächte, dass sie es einmal sang. Ihre Stimme passte hervorragend zu der Stimmung des Liedes.

Zu bequem, um hinüber ins Wohnzimmer zu gehen, wo das alte Klavier stand, das er vor seinem Einzug gekauft hatte, klopfte er den Takt des Liedes, während er den Text veränderte, ganz einfach mit dem Fuß.

Er hörte weder das laute Klopfen an der Haustür noch das Dröhnen schwerer Schritte in dem kleinen Flur noch das gemurmelte, erboste Fluchen.

Typisch, dachte Brenna. Schon wieder ist er in irgendeiner Traumwelt versunken, während das Leben um ihn herum weitergeht. Sie wusste nicht, weshalb sie überhaupt geklopft hatte – im Grunde hörte er es nie, und schließlich waren sie bereits seit ihrer Kindheit beim jeweils anderen zu Hause.

Nun, sie waren keine Kinder mehr, und sie klopfte lieber an, ehe sie irgendwann einmal vielleicht in einem unpassenden Augenblick hereinkam.

Schließlich hatte er vielleicht einmal eine Frau bei sich zu Gast. Der Mann zog Frauen an wie Zuckerwasser die Bienen. Nicht, dass er unbedingt ein Süßholzraspler war. Obgleich er dazu ein gewisses Talent besaß.

Aber Himmel, er war wirklich attraktiv. Sofort hasste sie sich für diesen flüchtigen Gedanken. Aber schließlich war es schwer, seine Attraktivität zu übersehen.

All die wunderbaren schwarzen Haare, die, da er regelmäßig den Friseurbesuch vergaß, immer etwas struppig wirkten. Die ruhigen, verträumten blauen Augen – die nur, wenn er sich aufregte, gleichermaßen heiße wie kalte Blitze aussandten. Er hatte lange, dunkle Wimpern, für die jede ihrer vier Schwestern ihre Seele verkauft hätte, und einen vollen, festen Mund, der, wie sie annahm, geschaffen war für lange, inbrünstige Küsse und sanfte, zarte Worte.

Nicht, dass sie das aus eigener Erfahrung hätte sagen können, nein. Aber sie hatte so einiges gehört.

Seine Nase war lang und etwas schief von einem Treffer, den sie selbst vor über zehn Jahren beim Baseballspiel gelandet hatte', doch dessen ungeachtet hatte er das Gesicht von einem Märchenprinzen oder einem edlen Ritter oder einem leicht zerzausten Engel.

Dazu kamen der große, schmale Körper, die wunderbar kraftvollen Hände mit den Fingern eines Künstlers und eine Stimme, die klang wie vom Torffeuer gewärmter Whiskey.

Nicht, dass sie sich besonders für ihn interessierte. Es war nur so, dass sie alles, was gelungen war, zu schätzen verstand.

Was für eine elende Lügnerin sie doch war.

Sie hatte bereits für ihn geschwärmt, als sie ihn mit dem Baseball erwischt hatte, und damals war sie erst vierzehn gewesen und er bereits ein neunzehnjähriger, attraktiver junger Mann. Diese Schwärmerei hatte sich beständig gesteigert, bis sie in der nunmehr vierundzwanzigjährigen Frau zu etwas Heißem, Drängendem herangewachsen war.

Nicht, dass sie bisher je als weibliches Wesen von ihm wahrgenommen worden wäre.

Umso besser, sagte sie sich und ging weiter Richtung Küche. Sie hatte nicht die Zeit herumzustehen, und von Typen wie Shawn Gallagher zu träumen. Schließlich musste sie wie die meisten anderen Menschen arbeiten.

Sie setzte ein möglichst arrogantes Grinsen auf, senkte ein wenig ihren Arm und ließ dann absichtlich den Werkzeugkasten mit lautem Krachen fallen. Dass er zusammenzuckte wie ein Kaninchen beim Knall eines Gewehrschusses, erfüllte sie mit böser Freude.

»Himmel!« Er fuhr auf seinem Stuhl herum und massierte sich das Herz, als müsse er es wieder zum Schlagen bringen. »Was ist passiert?«

»Nichts.« Sie grinste noch immer herablassend. »Ich bin einfach ein Tollpatsch«, erklärte sie mit süßer Stimme und hob den Werkzeugkasten wieder auf. »Aber ich habe dir einen ganz schönen Schrecken eingejagt, nicht wahr?«

»Um ein Haar hättest du mich umgebracht.«

»Tja, ich habe höflich angeklopft, aber du hast dich ja nicht bequemt, mir aufzumachen.«

»Ich habe dich nicht gehört.« Er atmete langsam aus, strich sich die Haare aus der Stirn und zog kritisch die Brauen hoch. »Tja, aber was machst du hier? Ist irgendwas kaputt?«

»Du hast wirklich ein Gedächtnis wie ein Sieb.« Sie zog ihre Jacke aus und warf sie über einen Stuhl. »Dein Ofen funktioniert seit über einer Woche nicht mehr«, erinnerte sie ihn und nickte in Richtung des Geräts. »Das Ersatzteil, das ich bestellt habe, ist gerade gekommen. Soll ich das Ding nun reparieren oder nicht?«

Er machte ein zustimmendes Geräusch und winkte gnädig in Richtung des defekten Ofens.

»Kekse?«, fragte sie, als sie am Tisch vorüberging. »Was für ein Frühstück ist denn das für einen ausgewachsenen Mann?«

»Sie waren gerade greifbar.« Angesichts des Lächelns, mit dem er sie bedachte, hätte sie ihn am liebsten in den Arm genommen. »Es ist mir einfach zu mühsam, morgens für mich allein zu kochen; aber falls du Hunger hast, mache ich gerne etwas für uns beide.«

»Nein, ich habe schon gefrühstückt.« Sie stellte den Werkzeugkasten ab, klappte ihn entschlossen auf und wühlte kurz darin herum. »Du weißt doch, Ma macht immer riesige Mengen. Sie würde sich ganz sicher freuen, wenn du morgens mal vorbeikommen und anständig bei ihr frühstücken würdest.«

»Ihr könntet ja vielleicht eine rote Flagge hissen, wenn sie mal wieder ihre berühmten Pfannkuchen macht. Möchtest du wenigstens eine Tasse Tee? Er ist noch heiß.«

»Ich hätte nichts dagegen.« Während sie die passenden Werkzeuge heraussuchte und das Ersatzteil in die Hand nahm, beobachtete sie seine Füße, die sich durch die Küche in Richtung Anrichte bewegten. »Was hast du gerade gemacht, als ich kam? Hast du wieder komponiert?«

»Ich habe mit den Worten zu einer neuen Melodie herumgespielt«, erklärte er geistesabwesend. Sein Blick war auf einen einzelnen Vogel gefallen, dessen schwarzes, schimmerndes Gefieder sich im Flug deutlich von dem trüben, grauen Winterhimmel abhob. »Es scheint heute ziemlich kalt zu sein.«

»Allerdings, und obendrein noch feucht. Der Winter hat gerade erst angefangen und schon wünsche ich mir, er wäre bald wieder vorbei.«

»Dann wärm dich doch zuerst einmal ein bisschen auf.« Er ging vor ihr in die Hocke und reichte ihr den Tee, genau wie sie ihn mochte, stark und mit mehreren Stücken Zucker.

»Danke.« Der Becher wärmte angenehm ihre Hände.

Er blieb einfach hocken und nippte an seinem eigenen Tee. Ihre Knie stießen leicht aneinander. »So, was wirst du jetzt mit diesem Schrotthaufen anstellen?«

»Was interessiert dich das? Hauptsache, er funktioniert.«

Er zog eine Braue hoch. »Wenn ich wüsste, was du machst, könnte ich das Ding beim nächsten Mal vielleicht alleine reparieren.«

Diese Vorstellung ließ sie in derart schallendes Gelächter ausbrechen, dass sie mit dem Hintern auf den Boden plumpste. »Du? Shawn, du wirst doch noch nicht mal mit einem abgebrochenen Fingernagel fertig.«

»Und ob ich das tue.« Grinsend tat er, als beiße er einen seiner Nägel einfach ab, worauf sich ihr Lachen noch verstärkte.

»Mach dir keine Gedanken darüber, was ich mit diesem Ding mache, und ich mache mir keine Gedanken über den nächsten Kuchen, den du darin bäckst. Schließlich hat jeder von uns seine Stärken.«

»Es ist nicht so, dass ich noch nie einen Schraubenzieher benutzt hätte«, erklärte er in würdevollem Ton und zog einen aus ihrem Koffer.

»Und ich habe durchaus schon mal einen Kochlöffel benutzt. Aber ich weiß, was mir besser in der Hand liegt.«

Sie nahm ihm das Werkzeug ab, drehte sich um und schob den Kopf in den Ofen, um mit der Arbeit anzufangen.

Sie hat kleine Hände, dachte Shawn. Ein Mann mochte sie als zart betrachten, wenn er nicht wusste, was sie alles schafften. Er hatte sie dabei beobachtet, wie sie einen Hammer schwang, einen Bohrer hielt, Holz schleppte, Rohre verlegte. Meistens waren diese kleinen Feenhände voller Schrammen und Kratzer oder kleiner Abschürfungen an den Knöcheln.

Sie war eine so kleine Frau, und hatte sich ausgerechnet eine solche Arbeit ausgesucht. Oder aber, die Arbeit hatte sie ausgesucht, verbesserte er sich, als er schließlich wieder aufstand. Er kannte das nur zu gut. Brennas Vater war ein vielseitig begabter Handwerker, und seine älteste Tochter schlug ihm einfach nach. Genau wie es hieß, Shawn käme nach der Mutter seiner Mutter, die, ganz in die Musik versunken, regelmäßig die Wäsche oder das Mittagessen vergessen hatte.

Er wollte sich gerade abwenden, als sie mit wackelndem Hintern eine Schraube des Ofens losdrehte. Wieder zog er seine Brauen in die Höhe, da plötzlich sein, wie er dachte, automatisches männliches Interesse an einer attraktiven Stelle des weiblichen Körpers geweckt wurde.

Schließlich hatte sie einen hübschen, festen, schmalen Körper. Die Art Körper, die ein Mann mit einer Hand umfassen konnte, wenn er wollte. Doch falls ein Mann das je versuchen würde, so war Shawn sich sicher, dass Brenna O'Toole ihn mit einem gezielten Faustschlag niederstrecken würde.

Bei dieser Vorstellung musste er grinsen.

Doch trotz ihres mehr als nur ansehnlichen Hinterns sah er ihr lieber ins Gesicht. Es war eine Studie menschlicher Regungen. Ihre lebendigen, leuchtend grünen Augen blitzten unter elegant geschwungenen Brauen, die einen Ton dunkler waren als ihr leuchtend rotes Haar. Ihr Mund war schnell zu einem Lachen, einem Grinsen oder einem strengen Zusammenpressen der vollen Lippen bereit. Sie schminkte sich nur selten, obgleich sie die beste Freundin seiner Schwester Darcy war, die niemals auch nur einen Schritt aus dem Haus gehen würde, ohne auf Hochglanz poliert zu sein.

Sie hatte eine kesse kleine Nase, wie ein kleiner Kobold, die sie herrlich verächtlich oder missbilligend zu rümpfen verstand. Ihre Haare hatte sie meistens unter eine Baseballkappe gestopft, an deren Schirm die kleine Elfe steckte, die er ihr zu irgendeinem Anlass vor Jahren einmal geschenkt hatte. Aber wenn sie die Kappe einmal abnahm, ergossen sich Kilometer voller, roter Haare in wilden kleinen Locken über ihre Schultern.

Was bestens zu ihr passte.

Da er ihr Gesicht noch einmal sehen wollte, ehe er zur Arbeit ging, lehnte sich Shawn lässig an die Ofenplatte und setzte ein Grinsen auf.

»Wie ich höre, hast du eine Liaison mit dem lieben Jack Brennan?«

Als ihr Kopf abrupt zurückschoss und krachend gegen das Oberteil des Ofens stieß, zuckte Shawn zusammen und legte klugerweise sein breites Grinsen ab.

»Ganz bestimmt nicht!« Wie er es erhofft hatte, tauchte sie aus dem Ofen auf. Auf ihrer Nase war ein kleiner Rußfleck und als sie sich den schmerzenden Schädel rieb, verrutschte ihre Kappe. »Wer hat das behauptet?«

»Oh!« Shawn zuckte unschuldig mit den Schultern und trank seinen Tee aus. »Ich dachte, ich hätte etwas in der Richtung gehört.«

»Du hörst doch nie, was andere sagen. Ich habe keinen Freund, weder Jack Brennan noch sonst irgendjemanden. Für solchen Unsinn habe ich ganz einfach keine Zeit.« Wütend schob sie den Kopf wieder in den Ofen.

»Tja, dann habe ich mich wohl geirrt. Aber das kann leicht passieren, denn schließlich ist überall im Dorf die Romantik ausgebrochen. Überall, wo man hinkommt, hört man von Verlobungen, Hochzeiten und Babys.«

»Was ja wohl auch die angemessene Reihenfolge ist.«

Grinsend ging er nochmals vor dem Ofen in die Hocke, legte ihr freundschaftlich eine Hand auf ihren Hintern, wobei ihm entging, dass sie plötzlich völlig erstarrte. »Aidan und Jude suchen bereits Namen aus, und dabei ist sie gerade mal im zweiten Monat. Die beiden sind wirklich ein wunderbares Paar, findest du nicht auch?«

»Ja.« Ihr Mund war wie ausgetrocknet, denn sie empfand etwas gefährlich Ähnliches wie ehrliches Verlangen. »Es gefällt mir, die beiden so glücklich zu sehen. Jude bildet sich ein, das Cottage wäre ein Ort der Magie. Hier hat sie sich in Aidan verliebt und mit dem Schreiben ihres Buches ein neues Leben angefangen. All die Dinge, von denen sie sagt, sie hätte zuvor noch nicht einmal davon zu träumen gewagt, haben sich hier in kurzer Zeit erfüllt.«

»Auch das ist wunderbar. Und dieses Cottage hat wirklich etwas Magisches«, sagte er mehr zu sich selbst. »Hin und wieder spürt man es. Wenn man kurz vorm Einschlafen ist oder gerade wach wird. Es ist, als wäre jemand da und … warte darauf, dass etwas Bestimmtes geschieht.«

Das Ersatzteil saß an Ort und Stelle und sie schob sich rückwärts aus dem Ofen. Seine Hand glitt langsam über ihren Rücken und fiel dann schließlich von ihr ab. »Hast du sie schon mal gesehen? Lady Gwen?«

»Nein. Manchmal hat man das Gefühl, als bewege sich die Luft, oder man meint, aus dem Augenwinkel eine Bewegung wahrzunehmen; aber sobald man sich umdreht, ist es wieder fort.« Lächelnd stand er wieder auf. »Vielleicht haben wir einfach nicht dieselbe Wellenlänge.«

»Ich würde denken, du wärst der perfekte Kandidat für einen Geist mit einem gebrochenen Herzen«, erklärte Brenna und wandte sich, als sie seinen überraschten Blick sah, hastig ab. »Jetzt sollte der Kasten wieder funktionieren«, fügte sie hinzu und drehte an einem Schalter. »Mal sehen, ob er heizt.«

»Das schaffst du sicher auch alleine, oder?« Beim Klingeln seines Weckers fuhren sie beide erschrocken zusammen. »Ich muss nämlich los«, erklärte Shawn und stellte den Wecker aus.

»Ist das dein Alarmsystem?«

»Eins von zweien.« Er hob einen Finger und wie auf ein Zeichen ertönte das Klingeln des zweiten Weckers aus dem Schlafzimmer. »Das ist die zweite Runde, aber das Ding ist noch zum Aufziehen und stellt sich deshalb in einer Minute von alleine ab. Sonst müsste ich ja jedes Mal nach oben laufen und auf den verdammten Knopf drücken.«

»Wenn du einen Vorteil dadurch hast, bist du wirklich clever.«

»Auch ich habe eben meine hellen Momente. Ach ja, der Kater ist draußen«, fuhr er fort, während er seine Jacke vom Haken nahm. »Aber lass dich nicht von ihm erweichen, falls er an der Tür kratzt. Bub wusste, auf was er sich einließ, als er darauf bestand, zusammen mit mir umzuziehen.«

»Hast du wenigstens daran gedacht, ihn zu füttern?«

»Ich bin kein völliger Idiot.« Keineswegs beleidigt durch ihre Frage schlang er sich einen Schal um seinen Hals. »Er hat Futter genug, und wenn dem nicht so wäre, würde er einfach zu euch kommen und an der Küchentür betteln. Aber das tut er sowieso, nur um mich in einem möglichst schlechten Licht erscheinen zu lassen.« Er fand seine Mütze und zog sie sich über die Ohren. »Sehen wir uns später noch im Pub?«

»Höchstwahrscheinlich ja.« Erst als sie hörte, dass hinter ihm die Tür ins Schloss fiel, stieß sie einen Seufzer aus.

Für Shawn Gallagher zu schwärmen war einfach idiotisch, sagte sie sich streng. Denn ganz sicher würde diese Schwärmerei niemals von ihm erwidert. Er sah sie wie eine Schwester, oder schlimmer noch, wie eine Art Bruder an.

Was alleine ihre Schuld war, musste sie sich eingestehen, als sie auf ihre fleckige Arbeitshose und die zerkratzten Stiefel sah. Shawn mochte eher den mädchenhaften Typ, und sie war das genaue Gegenteil. Sicher könnte sie sich ebenso zurechtmachen wie alle anderen. In Darcy, ihren eigenen vier Schwestern und in Jude hätte sie schließlich zahlreiche erfahrene Beraterinnen.

Aber abgesehen von der Tatsache, dass sie all diesen Aufwand hasste, was machte es für einen Sinn? Wenn sie sich aufmöbelte, anmalte und in Samt und Seide kleidete, um einem Mann zu imponieren, dann würde er ja sowieso nicht die Frau mögen, die sie wirklich war.

Und außerdem würde Shawn, wenn sie plötzlich geschminkt, mit Schmuck behangen und einem kessen kurzen Kleid vor ihm auftauchte, ganz sicher lauthals lachen und irgendetwas Blödes sagen, was ihr keine andere Wahl ließe, als sich mit ihm zu prügeln.

Es machte also keinen Sinn.

Diese Art des Auftritts überließ sie besser weiter Darcy, der Meisterin der Weiblichkeit, sowie ihren Schwestern, denen so etwas gefiel. Sie selbst blieb am besten weiterhin bei ihrem Werkzeug.

Sie trat wieder vor den Ofen, wählte eine andere Temperatur und sah nach den Glühstäben. Als sie sich davon überzeugt hatte, dass alles funktionierte, stellte sie den Ofen ab und packte ihr Werkzeug wieder in den Kasten.

Sie würde sofort gehen. Schließlich gab es keinen Grund, noch länger hier zu bleiben. Aber das Häuschen war so ungemein behaglich. Sie hatte sich hier immer schon heimisch gefühlt. Als die alte Maude Fitzgerald noch hier im Faerie Hill Cottage gelebt hatte, hatte Brenna sie sehr oft besucht.

Dann war Maude gestorben und Jude hatte eine Zeit lang hier gelebt. Sie waren Freundinnen geworden, sodass es leicht gewesen war, wieder in die alte Routine zu verfallen und hin und wieder auf dem Weg nach Hause oder ins Dorf hinunter kurz hereinzuschauen.

Nun, da Shawn hier lebte, unterdrückte sie meistens dieses Bedürfnis nach einem Besuch. Doch es war schwer zu widerstehen. Sie mochte die Ruhe des Häuschens ebenso wie all die hübschen kleinen Dinge, die Maude gesammelt und überall verteilt hatte. Jude hatte sie gelassen, wo sie sie vorgefunden hatte, und Shawn schien nichts daran ändern zu wollen; denn noch immer ließen hübsche Nippessachen aus Glas, liebliche Feen- und Zaubererfigürchen, zahllose alte Bücher und ein ebenso alter, verblichener Teppich das kleine Wohnzimmer freundlich und einladend erscheinen.

Natürlich gab es nun, da Shawn noch das alte Klavier in das winzige Zimmerchen gezwängt hatte, kaum noch einen freien Fleck. Aber Brenna war der Ansicht, durch das Instrument hätte das Cottage noch an Charme gewonnen. Und außerdem hatte die alte Maude Musik wirklich geliebt.

Sie würde sich freuen, dachte Brenna, als sie mit den Fingerspitzen über das verkratzte, schwarze Holz des Kastens fuhr, dass endlich wieder jemand in ihrem Haus Musik machte.

Müßig blätterte sie durch die Noten, die Shawn stets auf dem Deckel des Klaviers verstreut hatte. Immer schrieb er gerade an einer neuen Melodie oder aber änderte etwas an einer alten Weise ab. Mit gerunzelter Stirn studierte sie die Tupfen und Kritzeleien. Sie war nicht besonders musikalisch. Oh, sie konnte durchaus ein Trinklied singen, ohne dass deshalb die Hunde der Umgebung in lautes Heulen ausbrachen; aber auf einem Instrument zu spielen, war etwas völlig anderes.

Da sie ganz alleine war, beschloss sie, ihre Neugier zu befriedigen, stellte den Werkzeugkasten wieder ab, nahm eines der Notenblätter, suchte, an ihrer Unterlippe nagend, nach der Taste für das C und spielte langsam und mit einem Finger die handgeschriebenen Noten ab.

Natürlich war es eine wunderbare Weise. Alles, was er schrieb, war herrlich, und selbst ihr jämmerliches Spiel konnte dem Lied nicht alle Schönheit rauben.

Wie so viele andere seiner Weisen hatte auch diese einen Text. Brenna räusperte sich leise, runzelte konzentriert die Stirn und bemühte sich, den richtigen Ton anzuschlagen.

»Wenn ich nachts alleine bin und der Mond lautlos weint,
weiß ich, alles hätte Sinn, wären wir endlich vereint.
Ohne dich mein Herz nur von Erinnerungen lebt,
Du, nur du bist in Gedanken nachts bei mir, solange der Mond am Himmel schwebt.«

Sie brach ab und seufzte, da niemand sie hörte, leise schmachtend auf. Wie die Texte aller seiner Lieder rührte auch dieser Text sie an. Nur ging es diesmal etwas tiefer, nur klang es diesmal etwas wahrer.

Die Tränen des Mondes, dachte sie. Die Perlen, die Lady Gwen zurückgewiesen hatte. Eine Liebe, die um Gegenliebe flehte, doch keine Erwiderung erfuhr.

»Ach, Shawn, das ist so entsetzlich traurig. Was ist nur in dir, das dich zum Verfassen derart einsamer Musik bewegt?«

So gut sie ihn auch kannte, wusste sie doch keine Antwort auf diese Frage. Doch sie hätte die Antwort gern gehabt, hätte gern endlich den Schlüssel in der Hand gehalten, um ihn zu verstehen. Doch er war weder ein Motor noch eine Maschine, die man einfach auseinander nehmen konnte. Männer waren komplizierter und somit wesentlich frustrierender.

Es war sein Geheimnis und, so nahm sie an, die Wurzel seines Talents. Alles, was er tat, tat er in seinem Inneren, auf eine geheimnisvolle Art. Wohingegen sie ... sie sah auf ihre kleinen sehr geschickten Hände. Alles, was sie tat, war so entsetzlich simpel.

Nun, wenigstens setzte sie ihre Fähigkeiten vernünftig ein, zumindest verdiente sie mit ihnen ihren Lebensunterhalt. Was hingegen tat Shawn Gallagher mit seiner großen Gabe außer herumzusitzen und zu träumen? Hätte er auch nur eine Spur von Ehrgeiz oder wäre wirklich stolz auf seine Arbeit, würde er seine Lieder verkaufen, statt sie nur zu schreiben und in Pappkartons zu sammeln.

Der Mann brauchte einen kräftigen Tritt in den Hintern dafür, dass er dieses von Gott gegebene Talent derart vergeudete.

Aber den, so dachte sie, verpasste sie ihm besser an einem anderen Tag. Heute hatte sie auch so bereits mehr als genug zu tun.

Sie wollte gerade aufstehen und nach ihrer Werkzeugkiste greifen, als sie aus dem Augenwinkel eine Bewegung wahrzunehmen glaubte. Sie richtete sich kerzengerade auf, völlig entsetzt bei dem Gedanken, Shawn sei zurückgekommen – schließlich vergaß der Kerl mit schöner Regelmäßigkeit etwas – und hätte sie beim Spielen eines seiner Lieder überrascht.

Aber es war nicht Shawn, der in der Tür stand.

Die Frau hatte goldenes Haar, das in langen Wellen über ihre Schultern auf ein schlichtes, bodenlanges, graues Kleid fiel. Ihre Augen waren von einem hellen, sanften Grün und ihr Lächeln war so traurig, dass es einem das Herz zu brechen drohte.

Erkennen, Entsetzen und eine beinahe Schwindel erregende Erregung wallten gleichzeitig in Brenna auf. Sie öffnete den Mund, doch was auch immer sie hatte sagen wollen, kam einfach nicht heraus.

Mit klopfendem Herzen und zitternden Knien setzte sie noch einmal an. »Lady Gwen«, stieß sie schließlich krächzend aus. Sie fand es bewundernswert, dass sie angesichts der Begegnung mit einem dreihundert Jahre alten Geist überhaupt etwas herausbrachte.

Eine einzelne, silbrig schimmernde Träne rann über die Wange der uralten, doch gleichzeitig immer noch jungen

Frau. »Er hat sein Herz in dieses Lied hineingelegt.« Obgleich ihre Stimme samtig weich und lieblich war, rann bei ihrem Klang ein Schauder durch Brenna hindurch. »Hör also gut hin.«

»Was –« Doch ehe Brenna die Frage aussprechen konnte, war sie wieder allein. Einzig der schwache Duft von wilden Rosen, von dem der Raum mit einem Mal erfüllt war, erinnerte noch an den Geist.

»Tja, dann. Tja.« Sie musste sich setzen, also ließ sie sich nochmals auf die Klavierbank sinken. »Tja«, wiederholte sie und atmete mehrmals tief ein, bis sich das Klopfen ihres Herzens allmählich beruhigte.

Als sie glaubte, ihre Beine wären wieder stark genug, um sie zu tragen, stand sie langsam auf. Am besten würde sie jemand Weisem, Vernünftigem, Verständnisvollem von der Begebenheit erzählen. All diese Eigenschaften besaß Mollie, ihre Mutter.

Auf der kurzen Fahrt nach Hause beruhigte sie sich zusehends. Das O'Toolesche Haus stand etwas abseits von der Straße. Es war ein aus diversen Komponenten zusammengewürfeltes Gebäude, an dessen Errichtung sie nicht unerheblich mitgewirkt hatte. Immer wenn ihrem Vater die Idee zu einem neuen Anbau in den Kopf kam, freute sie sich darüber, mit ihm zusammen etwas Altes abzureißen und etwas Neues zu errichten. Einige ihrer glücklichsten Erinnerungen verbanden sich mit der gemeinsamen Arbeit mit Michael O'Toole und dem Klang seines fröhlichen Pfeifens, das jedes Werk begleitete.

Sie brachte ihren Pick-up hinter dem alten Wagen ihrer Mutter zum Stehen. Sie mussten die alte Kiste wirklich dringend neu lackieren, dachte sie geistesabwesend, so wie jedes Mal, wenn sie das Fahrzeug sah.

Aus den Kaminen stiegen Säulen grauen Rauches in die

Luft, und im Inneren des Hauses war es warm und heimelig wie immer. Es duftete nach morgendlicher Bäckerei, und tatsächlich zog Mollie gerade frische braune Brote aus dem Ofen.

»Ma.«

»Oh, heilige Maria, hast du mich erschreckt.« Lachend stellte Mollie die Bleche auf den Herd und drehte sich mit einem Lächeln zu ihrer Tochter um. Sie besaß ein hübsches, immer noch junges, faltenloses Gesicht und hatte die gleichen roten Haare wie die ihrer Tochter mit ein paar Nadeln praktisch zusammengesteckt.

»Tut mir Leid, aber du hast schon wieder das Radio so laut gestellt.«

»Die Musik beschwingt mich.« Trotzdem drehte Mollie das Radio jetzt leiser. Unter dem Tisch rollte sich Betty, die gelblich braune Hündin, leise knurrend auf die Seite. »Was machst du denn so früh schon wieder hier? Ich dachte, du hättest zu tun.«

»Hatte ich auch. Und habe ich immer noch. Ich muss noch ins Dorf, um Dad zu helfen; aber vorher war ich im Faerie Hill Cottage und habe Shawns Ofen repariert.«

»Mmm-hmmm –« Mollie wandte sich wieder dem Herd zu, nahm die Brote vom Blech und legte sie zum Abkühlen auf ein großes Gitter.

»Er ging, bevor ich fertig wurde, sodass ich eine Zeit lang dort alleine war.« Als Mollie abermals nur ein geistesabwesendes »Mmm« äußerte, verlagerte Brenna ihr Gewicht von einem Fuß auf den anderen. »Und dann, äh, als ich gerade gehen wollte, nun, da erschien mir plötzlich Lady Gwen.«

»Mmm-hmm. Was?« Endlich blickte Mollie über ihre Schulter.

»Ich habe sie gesehen. Ich habe ein bisschen auf dem

Klavier herumgeklimpert, und dann hob ich den Kopf, und plötzlich stand sie in der Tür des Wohnzimmers.«

»Tja, da hast du dich sicherlich erschreckt.«

Brenna atmete tief aus. Mollie O'Toole war wirklich eine durch und durch vernünftige, bodenständige Person. »Vor lauter Schreck hätte ich beinahe meine Zunge verschluckt. Sie ist wirklich wunderschön, genau wie die alte Maude immer gesagt hat. Und traurig. Es bricht einem das Herz zu sehen, wie traurig sie ist.«

»Ich hatte immer gehofft, sie selbst einmal zu sehen.« Praktisch, wie sie war, schenkte Mollie ihnen beiden Tee ein und trug die Becher an den Tisch. »Aber es war mir nie vergönnt.«

»Ich weiß, dass Aidan seit Jahren behauptet, sie mit schöner Regelmäßigkeit zu sehen. Und dann hat Jude sie gesehen, als sie in das Cottage zog.« Brenna, die sich wieder ein wenig beruhigt hatte, setzte sich an den Tisch. »Aber erst heute Morgen habe ich mit Shawn über sie gesprochen, und er sagt, er hätte sie noch nie gesehen – gelegentlich gespürt, aber nie gesehen. Und dann, dann stand sie einfach vor mir. Weshalb meinst du, ist sie in dem Augenblick erschienen, als ich gerade dort war?«

»Das kann ich nicht sagen, Liebling. Und, was hast du bei ihrem Anblick empfunden?«

»Abgesehen von totaler Überraschung so etwas wie Mitgefühl. Und Verwirrung, weil ich nicht weiß, was sie mit dem, was sie gesagt hat, ausdrücken wollte.«

»Sie hat mit dir gesprochen?« Mollies Augen weiteten sich. »Nun, bisher habe ich nie gehört, dass sie mit jemandem gesprochen hätte, noch nicht mal mit der alten Maude. Das hätte sie mir ganz bestimmt erzählt. Was hat sie denn gesagt?«

»Sie hat gesagt, er hätte sein Herz in das Lied gelegt, das

ich gerade gespielt hatte. Und als ich mich wieder so weit gefasst hatte, um sie zu fragen, was sie damit meinte, war sie schon wieder weg.«

»Da Shawn derjenige ist, der jetzt in dem alten Cottage lebt, und da es sein Klavier war, auf dem du gespielt hast, würde ich sagen, dass die Botschaft durchaus eindeutig gewesen ist.«

»Aber an dem Lied war nichts Besonderes. Ich höre ständig seine Musik. Man kann keine fünf Minuten mit ihm zusammen sein, ohne dass man sein Zeug zu hören bekommt.«

Mollie wollte etwas sagen, doch dann besann sie sich anders und ergriff stattdessen Brennas Hand. Ihre liebe Mary Brenna, dachte sie zärtlich, weshalb nur fiel es ihr so schwer, etwas zu verstehen, was sie nicht auseinander nehmen und wieder zusammensetzen konnte? »Ich würde sagen, wenn es für dich an der Zeit ist, die Botschaft zu verstehen, dann wirst du sie verstehen.«

»Sie weckt in einem das Bedürfnis, ihr zu helfen«, murmelte Brenna zu sich selbst.

»Du bist ein gutes Mädchen, Mary Brenna. Und vielleicht gelingt es dir einmal tatsächlich, etwas für sie zu tun.«

2

Da es kalt war und der Wind den Menschen ins Gesicht biss, machte sich Shawn an die Zubereitung eines möglichst dicken, kräftigen Eintopfs. Die morgendliche Stille in der Küche des Pubs war etwas, das er liebte, und so genoss er, während er das Gemüse zerkleinerte und die Lammstücke briet, die letzten Minuten der Ruhe, ehe die ersten Gäste über die Schwelle traten.

Nicht mehr lange, und Aidan käme herein, um zu fragen, ob dies getan und jenes erledigt worden war. Und dann würde Darcy sich in ihrer Wohnung bewegen, er würde Schritte auf dem Boden und das leise Echo der Musik vernehmen, die sie entsprechend ihrer Stimmung auswählte.

Doch im Augenblick gehörte das *Gallagher's* ihm noch allein.

Er hätte nicht gerne die Verantwortung dafür gehabt. Die überließ er lieber Aidan. Er war dankbar, dass er der Zweitgeborene war. Trotzdem war der Pub ihm wichtig, der – seit Shamus Gallagher und seine Frau ihn in der Bucht von Ardmore als Stätte der Gastfreundschaft, des Schutzes vor den Unbilden des Wetters und des Genusses von einem Glas guten Whiskeys eröffnet hatten – von einer Generation an die andere übergeben worden war.

Er war als Sohn eines Gastwirtes geboren und wusste, dass es bei der Arbeit vor allem darum ging, es den hereinkommenden Menschen gemütlich zu machen. Im Verlauf der Jahre war das *Gallagher's* zum Synonym für Behaglichkeit geworden, und es war ebenso für seine *seisiuns*, das ungezwungene, spontane Spielen traditioneller Musik, wie auch für die inszenierten Aufführungen offiziell engagierter Musiker aus dem ganzen Land berühmt.

Shawns Liebe zur Musik war ebenso ein Erbteil wie der Pub. Sie war ebenso ein Teil von ihm wie seine blauen Augen oder sein sinnlich sanftes Lächeln.

Er liebte es, in der Küche zu arbeiten und durch die halb offene Tür den Klängen der Musik zu lauschen. Es stimmte, oft ließ er sich dazu verleiten, seine Arbeit zu verlassen, in den Schankraum hinüberzugehen und in die Melodien einzustimmen. Aber früher oder später bekam jeder Gast sein Essen, was also schadete ein gewisses Maß an Spontaneität?

Es war selten – nicht ausgeschlossen, aber selten –, dass er etwas anbrennen oder eine servierfertige Mahlzeit kalt werden ließ, denn er war stolz auf seine Küche und auf das, was er dort tat.

Jetzt stand er, eingehüllt in aromatische Gerüche, vor dem Topf mit eindickender Suppe und gab etwas frisches, selbst gezogenes Basilikum und Rosmarin hinzu. Die Idee mit den selbst gezüchteten Kräutern hatte er von Mollie O'Toole, die er als die beste Köchin der ganzen Gemeinde bewunderte.

Der Majoran stammte bisher noch aus der Dose, doch bald würde er sich kaufen, was Jude ein Pflanzlicht nannte, und auch dieses Kraut selbst anpflanzen. Nachdem der Eintopf fein genug gewürzt war, sah er nach den anderen köchelnden Gerichten und begann mit dem Schneiden des Kohls für seinen berühmten, kiloweise verlangten Krautsalat.

Schließlich hörte er über sich die ersten Schritte und einige Sekunden später die Musik. Shawn erkannte die komplizierte, doch gleichzeitig eingängige Melodie und stimmte gerade zufrieden in den Gesang von Annie Lennox ein, als Aidan durch die Tür kam.

Aidan trug einen dicken Wollpullover zum Schutz gegen den Wind. Er war breitschultriger und muskulöser als sein Bruder. Sein Haar hatte dasselbe dunkle Kastanienbraun wie das Holz der Theke und bekam im Sonnenlicht denselben rötlich warmen Schimmer. Shawns Gesicht war etwas schmaler und das Blau seiner Augen ein wenig gedämpfter, und trotzdem zeigten sie beide unübersehbar die Gallagher'schen Gene. Niemand, der die beiden sah, würde auch nur für eine Sekunde daran zweifeln, dass sie eng verwandt waren.

Aidan zog eine seiner Brauen in die Höhe. »Darf man fragen, warum du so grinst?«

»Ich grinse über dich«, kam die ungerührte Antwort. »Du hast das Aussehen eines Menschen, der mit sich und der Welt durch und durch zufrieden ist.«

»Weshalb auch nicht?«

»Tja, weshalb auch nicht.« Shawn schenkte seinem Bruder einen Becher Tee ein. »Und wie geht es unserer lieben Jude?«

»Ihr ist immer noch ein bisschen übel, aber es scheint, als mache ihr das nichts weiter aus.« Aidan nippte an dem Tee und seufzte leise auf. »Ich schäme mich nicht zuzugeben, dass mir selbst ganz anders wird, wenn ich sehe, wie kreidebleich sie morgens beim Aufstehen ist. Nach ungefähr einer Stunde ist es wieder vorbei, aber mir erscheint diese Stunde immer endlos.«

Seinen eigenen Becher in den Händen, lehnte sich Shawn gemütlich an den Tisch. »Nicht für alles Geld der Welt wollte ich eine Frau sein. Soll ich ihr später vielleicht einen Teller Eintopf bringen? Ich habe auch noch Hühnersuppe, falls sie etwas weniger Gehaltvolles möchte.«

»Ich glaube, der Eintopf wäre gut. Sie wird dir sicher dankbar sein, genauso wie ich.«

»Kein Problem. Es ist Lammeintopf, falls du die Tageskarte schreiben willst, und dann kannst du noch Brotpudding draufsetzen, den mache ich nachher noch dazu.«

Im Pub schrillte das Telefon, und Aidan rollte mit den Augen. »Ich hoffe nur, das ist nicht der Lieferant, der mir erklären will, dass es schon wieder irgendein Problem gibt. Mir reicht schon, dass er nicht genügend Porter bringen konnte.«

Das, dachte Shawn, als Aidan die Küche verließ, um an den Apparat zu gehen, war nur einer der zahlreichen Gründe, weshalb er die geschäftliche Seite der Wirtschaft liebend gerne seinem Bruder überließ.

All das Rechnen und Planen, überlegte er, während er kalkulierte, wie viel Pfund Fisch er bis zum Abend bräuchte. Und dann der ständige Umgang mit anderen Menschen, die Diskussionen, die gegenseitigen Forderungen und Ansprüche. Schließlich ging es nicht nur darum, hinter der Theke zu stehen, Bier zu zapfen und sich die Geschichten des alten Mr. Riley anzuhören.

Dann gab es noch so grauenhafte Dinge wie Haushaltsbücher oder die Berechnung von Gesamteinnahmen, Unterhaltskosten und zu zahlenden Steuern. Allein der Gedanke daran bereitete ihm Kopfweh.

Er sah nach seinem Eintopf, rührte ihn einmal kräftig um und ging dann in Richtung Treppe, um Darcy zuzurufen, sie solle endlich ihren faulen Hintern bewegen. Er sagte es eher aus Gewohnheit als aus ehrlicher Verärgerung, und der Fluch, der als Antwort die Stufen herunterwehte, war für ihn ebenfalls normal.

Durch und durch zufrieden mit dem Tagesanfang, schlenderte Shawn hinüber in den Pub, um zusammen mit Aidan vor Beginn der ersten Schicht die Stühle von den Tischen zu nehmen.

Doch Aidan stand stirnrunzelnd hinter der Bar.

»Dann war es also tatsächlich schon wieder unser Lieferant?«

»Nein.« Immer noch stirnrunzelnd, wandte sich Aidan an den Bruder. »Es war ein Anruf aus New York, von einem Mann namens Magee.«

»New York? Himmel, dort ist es doch höchstens fünf Uhr früh.«

»Das weiß ich, aber der Mann klang durchaus munter und obendrein vollkommen nüchtern.« Aidan kratzte sich am Kopf, schüttelte seine dichten braunen Haare und hob seinen Becher an den Mund. »Er hat sich in den Kopf gesetzt, ausgerechnet hier in Ardmore ein Theater zu gründen.«

»Ein Theater?« Shawn stellte den ersten Stuhl auf den Boden und stützte sich dann auf die Lehne. »Ein Filmtheater oder was?«

»Nein, ein Musiktheater. Live-Musik, und vielleicht auch Schauspiel. Er meinte, er ruft mich an, weil er gehört hat, das *Gallagher's* sei auf dem besten Weg, das hiesige Zentrum für Musik zu werden. Und deshalb wollte er wissen, was ich von seiner Idee halte.«

Nachdenklich nahm Shawn einen zweiten Stuhl vom Tisch. »Und was hast du gesagt?«

»Tja, nicht viel, denn schließlich war ich völlig überrascht. Ich habe gesagt, er sollte mir ein paar Tage Zeit lassen. Ende der Woche will er sich noch mal melden.«

»Weshalb sollte jemand aus New York auf die Idee kommen, ausgerechnet hier ein Musiktheater zu eröffnen?

Wäre nicht Dublin oder irgendwas in Clare oder Galway viel Erfolg versprechender?«

»Tja, er war nicht gerade auskunftsfreudig, aber er sagte, er wollte unbedingt in diese Gegend. Also habe ich ihm erklärt, vielleicht wäre er sich der Tatsache ja nicht bewusst, dass dies hier nicht viel mehr ist als ein Fischerdorf. Sicher, es kommen einige Touristen wegen der Strände oder um ein paar Fotos von Saint Declans zu machen; aber trotzdem kann man wohl kaum behaupten, dass hier sonderlich viel los wäre.«

Schulterzuckend kam Aidan hinter dem Tresen hervor, um Shawn zu helfen. »Aber darüber hat er bloß gelacht. Er meinte, er kenne die Gegend gut genug und er dächte an etwas Kleines, Anheimelndes.«

»Soll ich dir sagen, was ich denke?«, fragte Shawn, und Aidan nickte. »Ich finde, es ist eine fantastische Idee. Ob es funktioniert, ist eine andere Sache, aber die Idee ist gut.«

»Trotzdem muss ich erst darüber nachdenken«, murmelte Aidan. »Höchstwahrscheinlich überlegt der Typ es sich sowieso noch einmal anders und sucht sich dann doch eine Gegend, in der einfach mehr los ist.«

»Falls nicht, werde ich ihn dazu überreden, das Theater direkt hinter dem Pub zu bauen.« Mechanisch verteilte Shawn die Aschenbecher auf den Tischen. »Wir haben dort noch ein Stück Land, und wenn sein Theater sozusagen an den Pub angeschlossen wäre, würden wir noch davon profitieren.«

Aidan nahm den letzten Stuhl herunter und verzog den Mund zu einem Lächeln. »Das ist eine hervorragende Idee. Du überraschst mich. Einen solchen Geschäftssinn hätte ich dir gar nicht zugetraut.«

»Oh, hin und wieder benutze sogar ich den Kopf zum Denken.«

Trotzdem dachte er nicht weiter über das Theater nach, als der Pub geöffnet wurde, und die Gäste hereinströmten. Allerdings blieb ihm genügend Zeit für ein kurzes, unterhaltsames Gefecht mit Darcy, worauf sie zu seiner großen Freude aus der Küche stapfte, und wutschnaubend erklärte, sie würde frühestens wieder mit ihm sprechen, wenn er sechs Jahre in seinem Grab gelegen hätte.

Nur hegte er gewisse Zweifel, dass ihm ein solches Glück tatsächlich zuteil würde.

Er rührte nochmals in dem Eintopf, grillte Fisch und Pommes frites und machte dicke, mit Schinken und Käse belegte Sandwichs. Das beständige Summen der Stimmen hinter der Tür musste ihm als Gesellschaft genügen, denn während der ersten Stunde der gemeinsamen Mittagsschicht hielt Darcy wirklich Wort und bedachte ihn statt mit Worten nur mit bösen Blicken, wenn sie wegen irgendwelcher Bestellungen zu ihm in die Küche kommen musste.

Ihr Verhalten amüsierte ihn so, dass er sie, als sie hereinkam, um leer gegessene Teller abzustellen, einfach packte und schmatzend auf den Mund küsste. »Sprich mit mir, Darling. Dein Schweigen bricht mir noch das Herz.«

Erst versuchte sie ihn fortzuschieben und schlug ihm auf die Hände, dann jedoch gab sie lachend auf. »In Ordnung, ich rede wieder mit dir, du elendiger Sturschädel. Aber jetzt lass mich endlich los.«

»Erst, wenn du mir versprichst, dass du mir nicht wieder irgendwelche Teller an den Kopf wirfst.«

»Ich spare gerade für ein neues Kleid. Also kann ich es mir gar nicht leisten, dass Aidan mir das kaputte Porzellan von meinem Gehalt abzieht.« Sie warf ihr dichtes, seidig schwarzes Haar nach hinten und rümpfte gespielt verächtlich die Nase.

»Dann bin ich ja halbwegs sicher.« Er wandte sich wieder zum Ofen und drehte ein brutzelndes Fischfilet herum.

»Draußen sitzen ein paar deutsche Touristen, die unbedingt deinen Eintopf mit Brot und Krautsalat probieren wollen. Sie haben in einer Pension übernachtet«, fuhr sie fort, als Shawn bereits die dicken Schalen holte. »Morgen wollen sie weiter nach Kerry und dann Richtung Clare. Ich an ihrer Stelle würde, wenn ich im Januar Urlaub hätte, ins sonnige Spanien oder auf irgendeine tropische Insel fliegen, wo ich nichts bräuchte außer einem Bikini und einer großen Flasche Sonnenmilch.«

Während sie erzählte, lief sie durch die Küche. Eine Frau mit einem prachtvollen Gesicht, klarer, cremig weißer Haut und leuchtend blauen Augen. Ihr voller Mund war, egal, ob sie schmollte oder lachte, unverzeihlich sinnlich, und um trotz des kalten, trüben Tages gute Laune zu behalten, hatte sie ihn leuchtend rot bemalt.

Ihre unübersehbar weibliche Figur hüllte sie in leuchtende Farben und samtig weiche Stoffe.

Sie hatte die Gallagher'sche Reiselust geerbt und war seit langem fest entschlossen, dieses Verlangen eines Tages in möglichst elegantem Stil zu stillen.

Da heute jedoch noch nicht der Tag zum Reisen war, griff sie schicksalsergeben nach den Tellern und wollte gerade die Küche verlassen, als Brenna durch die Tür kam. »Was hast du denn jetzt schon wieder angestellt?«, wollte sie von der Freundin wissen. »Du bist ja ganz schwarz im Gesicht.«

»Ruß.« Brenna schniefte und fuhr sich mit dem Handrücken über die Nase. »Dad und ich haben einen Schornstein sauber gemacht. Das war vielleicht ein Dreck. Aber den Großteil habe ich schon abgewaschen.«

»Falls du das tatsächlich glaubst, hast du ganz offensichtlich noch nicht in den Spiegel gesehen.« Darcy machte einen möglichst großen Bogen um ihre Freundin und flüchtete hinüber in den Pub.

»Sie würde den ganzen Tag in irgendwelche Spiegel gucken, wenn sie die Wahl hätte«, bemerkte Shawn verächtlich. »Willst du vielleicht was essen?«

»Dad und ich nehmen jeder einen Teller von dem Eintopf. Riecht wirklich lecker.« Sie trat an den Topf und wollte sich gerade bedienen, als Shawn sich zwischen sie und seinen heiß geliebten Herd schob.

»Lass mich das lieber machen. Du bist tatsächlich immer noch ziemlich dreckig.«

»Na gut. Außerdem hätten wir beide gerne eine Tasse Tee. Und, ah, ich müsste nachher noch kurz mit dir reden.«

Er blickte über seine Schulter. »Warum reden wir nicht einfach jetzt?«

»Ich würde lieber mit dir reden, wenn du weniger zu tun hast. Falls es dir recht ist, komme ich einfach nach deiner Mittagsschicht noch mal vorbei.«

»Du weißt, wo du mich findest.« Er stellte die Teller und die Becher auf ein Tablett.

»Natürlich.« Sie nahm ihm das Tablett ab und trug es in die Nische, in der ihr Vater bereits saß.

»So, Dad. Zwei Riesenteller frisch gekochter Eintopf.«

»Riecht wirklich himmlisch.«

Mick O'Toole war ein Zwerg von einem Mann, klein und kompakt, mit dichtem, drahtigem, sandfarbenem Haar und lebhaften Augen, deren Farbe sich wie die des Meeres irgendwo zwischen Grün und Blau bewegte.

Er hatte ein Lachen, das klang wie das Schreien eines Esels, Hände wie ein Chirurg und eine Schwäche für romantische Geschichten.

Und er war Brennas große Liebe.

»Wirklich schön, jetzt gemütlich hier im Warmen zu sitzen, findest du nicht auch, Mary Brenna?«

»Allerdings.« Sie tauchte ihren Löffel in den Eintopf und blies vorsichtig in die dampfend heiße Brühe, obgleich sie wegen des aufsteigenden verführerischen Duftes am liebsten das Risiko in Kauf genommen hätte, sich die Zunge zu verbrennen.

»Warum erzählst du mir nicht, während wir behaglich hier zusammensitzen und uns die Bäuche voll schlagen, was dich bedrückt?«

Er sah ganz einfach alles. Manchmal empfand Brenna diese Fähigkeit als tröstlich, manchmal aber auch als ein wenig lästig. »Ich habe keine echten Sorgen. Aber weißt du noch, wie du mir erzählt hast, was dir passiert ist, als du ein junger Mann warst und deine Großmutter starb?«

»Allerdings weiß ich das noch. Wie jetzt war ich hier im *Gallagher's*. Natürlich stand damals noch Aidans Vater hinter der Theke. Das war lange, bevor er zusammen mit seiner Frau nach Amerika ausgewandert ist. Du warst noch nicht viel mehr als ein Wunsch in meinem Herzen und ein Lächeln in den Augen deiner Mutter. Ich war dort, wo jetzt Shawn ist, nämlich hinten in der Küche. Ich reparierte den Abfluss, der schon seit Wochen leckte.«

Er machte eine Pause, um den Eintopf zu probieren und betupfte sich anschließend die Lippen, wie es ihm seine Frau als Freundin guter Tischmanieren unerbittlich antrainiert hatte.

»Ich hockte also auf dem Boden, hob den Kopf und sah plötzlich meine Großmutter in einem geblümten Kleid und einer weißen Schürze. Sie lächelte mich an, aber als ich etwas sagen wollte, schüttelte sie stumm den Kopf, hob wie zum Abschied ihre Hand und löste sich in Luft auf. In dem Augenblick wurde mir klar, dass sie von uns gegangen war, und dass das, was ich gesehen hatte, ihr Geist war, der sich von mir hatte verabschieden wollen. Wir beide hatten immer eine besonders innige Beziehung.«

»Ich will dich nicht traurig machen«, murmelte Brenna.

»Nun.« Mick atmete hörbar aus. »Sie war eine wunderbare Frau und hatte ein gutes und langes Leben. Aber deshalb haben wir Zurückgebliebenen sie nach ihrem Tod nicht weniger vermisst.«

Brenna erinnerte sich auch noch an den Rest der Geschichte. Daran, wie ihr Vater seinen Arbeitsplatz verlassen hatte und in Richtung des kleinen Hauses gelaufen war, in dem seine seit zwei Jahren verwitwete Großmutter allein gelebt hatte. Daran, dass er sie in der Küche gefunden hatte, in ihrem geblümten Kleid und in der weißen Schürze. Daran, dass sie ruhig und friedlich dahingeschieden war.

»Es scheint«, sagte sie jetzt vorsichtig, »als würden auch die Verblichenen manchmal jemanden vermissen. Wie zum Beispiel Lady Gwen. Ich habe sie heute Morgen im Faerie Hill Cottage gesehen.«

Mick nickte und schob sich näher an Brenna heran, als sie ihm von ihrem morgendlichen Erlebnis berichtete.

»Armes Mädchen«, sagte er am Ende des Berichts. »Sie wartet inzwischen schon so lange darauf, dass sich die Dinge für sie endlich zum Guten wenden.«

»Es gibt jede Menge Leute, die wirklich lange warten.« Brenna hob den Kopf, als Shawn mit einem voll beladenen Tablett aus der Küche kam. »Wenn es hier ein bisschen ruhiger wird, will ich auch noch mit Shawn über diese Sache reden. Darcy sagt, oben in ihrer Wohnung sei eine Steckdose kaputt. Ich glaube, nach dem Essen sehe ich mir das Ding einmal in Ruhe an, und dann spreche ich mit Shawn. Es sei denn, du hättest heute noch etwas für mich zu tun?«

»Nichts, was nicht warten könnte.« Mick zuckte mit den Schultern. »Was wir heute nicht mehr schaffen, erledigen wir eben irgendwann anders. Ich fahre einfach hoch zum Cliff Hotel und höre, ob sie sich entschieden haben, welchen Raum sie als Nächstes renoviert haben möchten.« Er blinzelte seiner Tochter zu. »Mit ein bisschen Glück haben wir dort den ganzen Winter über was zu tun. Dann sitzen wir die ganze Zeit schön im Trockenen und Warmen.«

»Und außerdem kannst du immer mal wieder die Treppe runterschleichen und kontrollieren, ob Mary Kate auch brav in ihrem Büro an ihrem Computer sitzt.«

Mick verzog das Gesicht zu einem treuherzigen Grinsen. »Ich würde sie bestimmt nicht kontrollieren. Aber ich bin wirklich dankbar, dass sie nach Beendigung der Universität beschlossen hat, erst einmal hier in der Nähe eine Arbeit anzunehmen. Früher oder später bekommt sie sicher eine passendere Stelle in Dublin oder Waterford City. Ja, ja, allmählich werden meine Küken flügge.«

»Ich sitze immer noch auf meiner alten Stange. Und bis Alice Mae erwachsen ist, dauert es auch noch ein paar Jahre.«

»Ah, aber mir fehlt es einfach, überall, wo ich hingehe, über meine fünf Mädels zu stolpern. Maureen ist eine verheiratete Frau und Patty kommt im Frühjahr an die Reihe. Ich weiß wirklich nicht, was ich mache, Schätzchen, wenn du dir einen Mann suchst und mich ebenfalls verlässt.«

»Da brauchst du dir keine allzu großen Sorgen zu machen, Dad.« Nach Beendigung der Mahlzeit kreuzte sie behaglich ihre Beine. »Ich gehöre nicht zu der Art Frauen, die es mühelos schaffen, den Männern den Kopf zu verdrehen oder gar ihr Herz zu brechen.«

»Warte nur, bis du dem Richtigen begegnest. Dann wird es dir ganz bestimmt gelingen.«

Es kostete sie große Mühe, nicht in Richtung Küche zu blicken. »Darauf würde ich lieber nicht wetten. Außerdem sind wir beide Partner, oder etwa nicht?« Sie hob den Kopf und grinste ihren Vater an. »Und egal, ob ich diesem Mann begegne oder nicht, wird es immer bei ›O'Toole und Tochter‹ bleiben.«

Und genau so, dachte Brenna, als sie sich in Darcys Badezimmer den restlichen Ruß aus dem Gesicht wusch, wollte sie es haben. Sie hatte eine Arbeit, die sie mochte, und genoss die Freiheit, zu tun und zu lassen, was sie wollte, die sie, wäre sie an einen Mann gebunden, ganz sicher nicht mehr hätte.

Sie hatte, solange sie es wollte, ihr Zimmer bei den Eltern. Hatte die Gesellschaft der Familie und der Freunde. Die Aufgabe, einen Haushalt zu führen und einen Gatten zu versorgen, überließ sie gerne ihren Schwestern Patty und Maureen. Und die Büroarbeit, mit der man pünktlich anfing und auch wieder aufhörte, war eher etwas für Mary Kate.

Alles, was sie brauchte, waren ihr Werkzeug und ihr kleiner Laster.

Und ihre Verliebtheit in Shawn Gallagher, die ihr nicht viel brachte außer Frustration und Ärger, würde sich ganz sicher eines Tages legen.

Da sie Darcy kannte, reinigte Brenna sorgfältig das kleine, weiße Becken, bis es glänzte, und benutzte zum Trocknen ihrer Hände einen ihrer eigenen Lappen statt des gerüschten Gästehandtuchs, das an einem Haken hing und das ihrer Meinung nach die reinste Stoffverschwendung war, da niemand, der es wirklich brauchte, je wagen würde, es tatsächlich zu benutzen.

Das Leben wäre leichter, wenn jeder schwarze Handtücher besäße. Dann würde niemand kreischen oder lautstark fluchen, wenn seine flauschigen weißen Kostbarkeiten einmal verdreckt wurden.

Sie verbrachte ein paar ruhige Minuten im Wohnzimmer, tauschte die kaputte Steckdose gegen eine neue aus, und gerade, als sie die letzte Schraube anzog, betrat Darcy den Raum.

»Ich hatte gehofft, dass du das Ding endlich reparieren würdest. Es ging mir wirklich auf die Nerven.« Darcy warf ihr Trinkgeld in ihren so genannten Wunschtopf. »Oh, Aidan hat mir aufgetragen dir zu sagen, dass er und Jude gerne ein paar Sachen in ihrem zukünftigen Kinderzimmer gemacht hätten. Ich will gerade zu ihnen rüber, falls du also mitkommen und dir vielleicht anhören willst, was Jude sich vorstellt?«

»Ich muss erst noch was erledigen, aber du kannst ihr sagen, ich komme später noch vorbei.«

»Verdammt, Brenna! Musst du überall mit deinen dreckigen Schuhen rumlaufen?«

Brenna fuhr zusammen und beendete eilig ihre Arbeit. »Tja, tut mir Leid, Darcy, aber das Waschbecken habe ich ordentlich geputzt.«

»Jetzt kannst du den Boden auch noch schrubben. Ich wische nämlich ganz bestimmt nicht hinter dir her. Warum zum Teufel hast du nicht das Klo unten im Pub benutzt? Diese Woche ist nämlich Shawn mit Putzen an der Reihe.«

»Ich habe einfach nicht daran gedacht. Aber jetzt reg dich wieder ab. Ich mache schon sauber, bevor ich wieder gehe, und davon abgesehen habe ich deine Steckdose natürlich gerne repariert.«

»Danke.« Darcy zog die Lederjacke an, die sie sich selbst zu Weihnachten geschenkt hatte. »Wir sehen uns dann also bei Jude.«

»Wahrscheinlich«, murmelte Brenna wütend, weil sie tatsächlich den Boden des Badezimmers schrubben musste.

Unter fortgesetztem, zornigem Gemurmel machte sie sich an die Arbeit und fluchte, als sie feststellte, dass sie auch im Wohnzimmer etliche kleine Dreckklumpen zurückgelassen hatte. Um sich nicht erneut den Zorn der Freundin zuzuziehen, zerrte sie den Staubsauger hervor und reinigte auch noch den Teppich.

Weshalb Shawn beinahe den gesamten Abwasch bereits fertig hatte, als sie in der Küche auftauchte.

»Hat Darcy dich etwa inzwischen auch als Putzfrau angeheuert?«

»Ich habe den Schmutz mit in die Wohnung geschleppt.« Wie bei sich zu Hause schenkte sie sich, ohne vorher zu fragen, eine Tasse Tee ein. »Ich wollte schon viel früher kommen. Ich will dich nicht aufhalten, falls du etwas zu tun hast, bevor du wieder hier erscheinen musst.«

»Ich habe nichts Besonderes vor. Es ist noch etwas Pudding da, falls du welchen willst.«

Eigentlich wollte sie nicht, aber da sie eine Schwäche für alles Süße hatte, gab sie sich ein paar Löffel voll in eine kleine Schale und saß bereits damit am Tisch, als er mit einem großen Glas Bier zurückkam.

»Tim Riley sagt, dass es morgen milder werden soll.«

»Meistens liegt er mit seinen Wettervorhersagen erstaunlich richtig.«

»Trotzdem fangen jetzt die regnerischen Wochen an«, erklärte Shawn und nahm ihr gegenüber Platz. »Also, was hast du auf dem Herzen?«

»Das werde ich dir sagen.« Sie hatte sich ein Dutzend möglicher Ausreden überlegt und sich dann für die ihrer Meinung nach glaubwürdigste entschieden. »Nachdem du heute Morgen aus dem Haus gegangen warst, bin ich mal kurz rüber in dein Wohnzimmer, um nach deinem Kamin zu sehen.«

Das war natürlich eine Lüge, und sie war bereit, sie ihrem Priester bei der Beichte zu gestehen. Aber sie wollte verdammt sein, bevor sie zugab, dass sie seine Musik gespielt hatte. Um ihren Stolz zu wahren, nähme sie jede ihr auferlegte Buße lächelnd an.

»Der Kamin ist vollkommen in Ordnung.«

»Stimmt«, pflichtete sie ihm mit einem Schulterzucken bei. »Aber hin und wieder sollte man solche Dinge trotzdem überprüfen. Auf alle Fälle, als ich mich umdrehte, stand sie urplötzlich mitten in der Tür.«

»Wer?«

»Lady Gwen!«

»Du hast sie gesehen?« Shawn stellte sein Bierglas vernehmlich auf den Tisch.

»So deutlich wie ich dich jetzt sehe. Sie stand da, hat mich traurig angelächelt und …« Sie wollte ihm nicht sagen, was Lady Gwen geäußert hatte, hatte jedoch das Gefühl, als müsse sie es tun. Es war eine Sache, jemandem eine kleine Lüge aufzutischen, doch es war etwas anderes, ihn wissentlich zu hintergehen.

»Und was?«

Seine ungewohnte Ungeduld machte Brennas Verlegenheit noch größer. »Ich rede ja schon weiter. Und dann hat sie mit mir gesprochen.«

»Sie hat mit dir gesprochen?« Er stieß seinen Stuhl vom Tisch ab, sprang auf die Beine und stapfte durch die Küche. Seine Erregung war derart untypisch für ihn, dass Brenna ihn mit großen Augen anstarrte.

»Kannst du mir mal sagen, weshalb du dich plötzlich aufführst, als wärst du vom wilden Affen gebissen?«

»Ich bin derjenige, der in dem Cottage lebt, oder etwa nicht? Aber zeigt sie sich mir? Spricht sie mit mir? Nein, das tut sie nicht. Sie wartet, bis du vorbeikommst, um den Ofen zu reparieren und einen Blick auf den Kamin zu werfen, und plötzlich taucht sie auf.«

»Tja, tut mir Leid, dass dein Hausgeist offenbar mir den Vorzug gegeben hat, aber schließlich habe ich ihn nicht darum gebeten.« Brenna schob sich einen Löffel Pudding in den Mund.

»Schon gut, schon gut, jetzt werde nicht noch hämisch.« Stirnrunzelnd ließ er sich wieder auf seinen Stuhl sinken. »Was hat sie zu dir gesagt?«

Brenna löffelte weiter ihren Pudding, blickte durch den armen Shawn hindurch, griff, als er die Augen verdrehte, betont langsam nach ihrer Tasse Tee und nahm einen vorsichtigen Schluck. »Tut mir Leid, hast du mit mir gesprochen? Oder ist vielleicht sonst noch jemand in der Küche, den du anbrüllst, ohne dass er dir was getan hat?«

»Tut mir Leid.« Er bedachte sie mit einem Lächeln, was fast immer funktionierte. »Würdest du mir jetzt erzählen, was sie zu dir gesagt hat?«

»Wenn du mich so höflich darum bittest. Sie hat gesagt: ›Er hat sein Herz in dieses Lied hineingelegt.‹ Ich dachte, sie meinte vielleicht den Feenprinzen; aber als ich Ma davon erzählte, hat die gesagt, sie hätte ganz sicher dich damit gemeint.«

»Wenn das so ist, verstehe ich nicht, was sie damit gemeint hat.«

»Das weiß ich ebenso wenig wie du, aber ich habe mich gefragt, ob du vielleicht etwas dagegen hättest, wenn ich ab und zu bei dir vorbeikäme.«

»Das tust du doch auch jetzt schon«, antwortete er, worauf sie zusammenzuckte.

»Wenn du mich nicht im Cottage haben willst, brauchst du es nur zu sagen.«

»Das habe ich weder gesagt noch gemeint. Ich habe lediglich die Feststellung getroffen, dass du gelegentlich bei mir vorbeikommst.«

»Ich dachte, ich könnte vielleicht ab und zu im Cottage vorbeischauen, wenn du nicht dort bist. So wie heute Morgen. Nur, um zu sehen, ob sie vielleicht noch mal zurückkommt. Und während ich dort bin, könnte ich gleichzeitig ein paar Arbeiten für dich erledigen.«

»Du kannst auch gerne kommen, ohne etwas für mich zu erledigen. Du bist mir auch so immer willkommen.«

Nicht die Tatsache, dass er es sagte, sondern dass er es ehrlich meinte, wärmte ihr das Herz. »Ich weiß, aber ich bin einfach gern beschäftigt. Wenn es dir also nichts ausmacht, komme ich ab und zu vorbei.«

»Und du wirst mir sagen, wenn du sie noch einmal siehst?«

»Du wirst der Erste sein, der es von mir erfährt.« Sie erhob sich und stellte ihre Tasse und ihr Schälchen in die Spüle. »Glaubst du …« Sie unterbrach sich und schüttelte den Kopf.

»Was?«

»Nein, nichts weiter. Einfach ein idiotischer Gedanke.«

Er trat hinter sie und strich ihr sanft über den Nacken. Am liebsten hätte sie geschnurrt wie eine Katze, doch hielt sie sich zurück. »Wenn man noch nicht mal einem Freund gegenüber einen idiotischen Gedanken äußern kann, wem denn bitte dann?«

»Tja, ich habe mich gefragt, ob Liebe tatsächlich alles überdauern kann, die Jahrhunderte und selbst den Tod.«

»Sie ist das einzig wirklich Dauerhafte auf der Welt.«

»Hast du jemals einen Menschen geliebt?«

»Nicht so, dass er in meinem Herzen Wurzeln geschlagen hätte, und wenn das nicht der Fall ist, nehme ich an, ist es auch keine wahre Liebe.«

Sie überraschte sie beide mit einem leisen Seufzer. »Wenn sie Wurzeln im Herzen des einen schlägt, aber nicht in dem des andren, dann ist sie sicher das Schlimmste, was es gibt.«

Das Zucken seines Herzens deutete er als Zeichen seines freundschaftlichen Mitgefühls. »Brenna, Schätzchen, willst du mir damit etwa sagen, dass du mich plötzlich liebst?«

Sie fuhr zusammen, wirbelte herum und starrte ihn entgeistert an. Sein Blick verriet eine solch verdammte Zuneigung, ein solch verdammtes Mitgefühl und eine solch verdammte Nachsicht, dass sie sich am liebsten mit ihm geprügelt hätte. Stattdessen trat sie einen Schritt nach vorn und nahm entschieden ihren Werkzeugkasten in die Hand. »Shawn Gallagher, du bist wirklich ein unglaublicher Idiot.«

Hoch erhobenen Hauptes stapfte sie mit ihren Werkzeugen hinaus.

Kopfschüttelnd machte er sich wieder ans Aufräumen. Wieder spürte er ein leises Zucken seines Herzens, als er sich fragte, auf wen die kleine O'Toole ein Auge geworfen haben könnte.

Wer auch immer der Glückliche sein mochte, dachte Shawn und schlug etwas zu kraftvoll die Tür des Schrankes zu, er hoffte für den Kerl, dass er ihrer würdig war.

3

Brenna war nicht gerade bester Stimmung, als sie, wie immer ohne zu klopfen, das alte Haus der Gallaghers betrat. Solange sie denken konnte, war sie hier ebenso ungezwungen ein- und ausgegangen wie ihre Freundin Darcy bei den O'Tooles.

Natürlich hatte das Haus im Verlauf der Jahre einige Veränderungen durchgemacht. War nicht vor fünf Jahren von ihr selbst und ihrem Vater der neue – sommerhimmelblaue – Boden in der Küche verlegt worden? Und hatte nicht ebenfalls sie selbst im vorletzten Juni Darcys altes Zimmer mit der hübschen Rosenknospentapete versehen?

Aber auch wenn hier und dort ein paar Kleinigkeiten anders waren als vor zwanzig Jahren, hatte sich die Atmosphäre des Hauses nie wirklich verändert. Wie schon damals war es auch heute noch ein einladender Ort, in dessen Zimmern selbst bei vollkommener Stille Musik zu klingen schien.

Nun, da Aidan und Jude hier eingezogen waren, standen immer Vasen, Schalen und Flaschen voller Blumen auf den Tischen und Regalen. Außerdem hatte Jude die Absicht, im Frühjahr den Garten zu erweitern, und sogar davon gesprochen, sich von Brenna eine kleine Laube errichten zu lassen.

Brenna war der Ansicht, dass zu dem verwinkelten, aus altem Stein und dickem Holz gebauten Haus nur etwas Altmodisches passte. Sie hatte bereits etwas im Kopf und würde immer, wenn sie etwas Zeit fand, ein wenig daran werkeln.

Trotz der schlechten Laune, mit der sie hereingekommen war, grinste sie, als sie von oben Darcys Lachen hörte. Frauen, dachte sie, während sie in Richtung Treppe ging, waren doch meistens eine so viel angenehmere Gesellschaft als Männer.

Sie fand ihre beiden Freundinnen in Shawns altem Zimmer, in dem sich außer seinem alten Bett und der alten Kommode nicht mehr viel von ihm fand. Die mit Noten voll gestopften Regale hatte er ebenso wie seine Fiedel und seine kleine Trommel mit zum Faerie Hill genommen.

Der verblichene, einst dunkelbraune Teppich lag noch auf dem Boden. Sie hatte zahllose Male im Schneidersitz darauf gesessen und Langeweile vorgegeben, während er irgendetwas spielte.

Ihre erste große Liebe war nicht Shawn gewesen, sondern seine Musik. Sie hatte sich vor so langer Zeit in sie verliebt, dass sie nicht mehr wusste, wann oder in welches Lied genau. Nicht, dass sie es sich jemals hätte anmerken lassen. Ihrer Meinung nach brachte man einen Menschen genau wie einen Esel eher durch Hiebe in Bewegung statt durch Schmeichelei. Obgleich sie längst die Feststellung getroffen hatte, dass sich dieser Kerl durch keines von beidem dazu hatte bewegen lassen, endlich den Hintern hochzukriegen, und etwas Vernünftiges mit seiner Gabe anzufangen.

Dabei wünschte sie es ihm von ganzem Herzen, diesem elenden Sturkopf.

Aber, erinnerte sie sich, das war alleine sein Problem, und sie war heute nicht hierher gekommen, um abermals darüber nachzugrübeln, wie er sich am besten helfen lassen würde.

Heute, dachte sie und spitzte ihre Lippen, war sie Judes wegen gekommen.

Die Wände sahen schrecklich aus, erkannte Brenna mit einem kurzen Blick. Von der sonnenverblichenen Farbe hoben sich unschön die Umrisse der Stellen ab, an denen Shawn Poster und was nicht sonst noch alles hängen gehabt hatte. Darüber hinaus bewiesen Dutzende von kleinen und nicht so kleinen Löchern, dass der Kerl keine Ahnung davon hatte, wie man einen Hammer auch nur hielt.

Sie konnte sich daran erinnern, dass er jedes Mal, wenn seine Mutter versucht hatte, ihn dazu zu bewegen, den Raum zu renovieren, lächelnd erklärt hatte, die Mühe könnte er sich sparen. Ihm gefiele alles, wie es sei.

Brenna lehnte sich in den Türrahmen und sah bereits vor sich, wie sich diese vernachlässigte ehemals männliche Domäne in ein fröhliches Kinderzimmer verwandeln lassen würde. Dann fiel ihr Blick auf die beiden Frauen, die am Fenster standen und hinausblickten.

Darcy mit ihrer wunderbaren, wild und frei wogenden Mähne und Jude mit ihrem sorgsam im Nacken zusammengebundenen schimmernd braunen Haar. Sie verkörperten gegenseitige Stilrichtungen, Darcy wirkte strahlend wie die Sonne, Jude, ähnlich dem Licht des Mondes, eher zurückhaltend und sanft. Beide, dachte Brenna, waren ungewöhnlich hoch gewachsen, gute sieben bis acht Zentimeter größer als sie selbst, und auch ihrer beider Körperbau war ziemlich ähnlich, nur war Darcy, was sie auch gerne zeigte, eindeutig üppiger gerundet.

Sie beide waren unverkennbar weiblich.

Nicht, dass Brenna sie darum beneidet hätte, nein. Doch hin und wieder wünschte sie sich, sie fühlte sich nicht ganz so unwohl, wann immer sie einen Rock und hochhackige Schuhe trug.

Da sie lieber nicht länger darüber nachdachte, schob sie die Hände in die Taschen ihrer weiten Hose, legte den Kopf auf die Seite und fragte: »Und wie wollt ihr herausfinden, was hier drin verändert werden soll, wenn ihr den ganzen Tag nur aus dem Fenster starrt?«

Jude drehte sich um, und ein Grinsen erhellte ihr hübsches, für gewöhnlich eher ernstes Gesicht. »Wir beobachten, wie Aidan und Finn über den Strand laufen.«

»Sobald wir angefangen haben, über Tapeten, Farben und Stoffe zu reden, ist der Kerl aus dem Zimmer gehetzt wie ein Kaninchen auf der Flucht vor einer Meute Jagdhunde«, erklärte Darcy, als Brenna sich zu ihnen gesellte. »Meinte, Finn bräuchte dringend ein bisschen Bewegung.«

»Tja, dann.« Brenna sah ebenfalls hinaus und entdeckte Aidan und den jungen Hund, die nebeneinander am Strand saßen und auf das Meer hinausblickten. »Zumindest bieten sie einen durchaus netten Anblick. Ein breitschultriger Mann und ein wirklich hübscher Hund an einem winterlichen Strand!«

»Ich wette, er ist tief in Gedanken versunken über sein zukünftiges Leben als Vater.« Darcy warf einen letzten liebevollen Blick auf ihren Bruder, bevor sie die Hände in die Hüften stemmte und sich zu Brenna umdrehte. »Und während er herumsitzt und philosophiert, ist es an uns, die praktischen Seiten dieser Angelegenheit in die Hand zu nehmen.«

Brenna tätschelte Judes noch völlig flachen Bauch. »Und, wie geht's der zukünftigen Mutter?«

»Gut. Der Arzt sagt, wir seien beide kerngesund.«

»Ich habe gehört, dass dir morgens nach dem Aufstehen immer noch speiübel ist.«

Jude verdrehte ihre grünen Augen. »Aidan macht viel

zu viel Aufhebens darum. Man könnte meinen, ich sei die erste Frau seit Eva, die ein Kind bekommt. Es ist nichts weiter als eine leichte morgendliche Übelkeit, die sich ganz sicher irgendwann auch wieder legt.«

»Ich an deiner Stelle«, verkündete Darcy und warf sich auf Shawns altes Bett, »würde die Sache schamlos ausnutzen. Am besten lässt du dich während der kommenden Monate nach Strich und Faden von deinem lieben Mann verwöhnen, Jude Frances. Denn wenn das Baby erst mal da ist, hast du sicher so viel zu tun, dass du dich nur noch mit Mühe an deinen eigenen Namen erinnern können wirst. Weißt du noch, wie es war, als Betsy Duffy ihr erstes Baby hatte, Brenna? Zwei Monate lang ist sie jeden Sonntagmorgen bei der Messe eingeschlafen. Beim zweiten Baby wirkte sie ständig, als sei sie in Trance, und beim dritten …«

»Schon gut.« Lachend setzte sich Jude zu Darcys Füßen auf den Boden. »Ich kann es mir ungefähr vorstellen. Aber im Augenblick bin ich noch in der Vorbereitungsphase. Brenna …« Sie hob ihre Hände. »Diese Wände!«

»Sie sind wirklich schrecklich, findest du nicht auch? Aber das kriegen wir schon hin. Erst mal machen wir vernünftig sauber, dann füllen wir die Löcher …« Sie steckte einen Finger in eine pfenniggroße Vertiefung. »Und dann streichen wir das Ganze neu.«

»Erst hatte ich an Tapeten gedacht, aber dann habe ich mir überlegt, dass mir Farbe doch besser gefällt. Irgendetwas Schlichtes, Freundliches. Und dann können wir Drucke an die Wand hängen. Mit Märchenmotiven.«

»Du solltest deine eigenen Bilder aufhängen«, erklärte Brenna ihr.

»Oh, so gut zeichne ich nun auch nicht.«

»Immerhin gut genug, um ein Buch mit eigenen Geschichten und eigenen Zeichnungen verkauft zu haben«, erinnerte Brenna sie. »Ich finde deine Bilder toll, und sicher wäre es doch schön für das Baby, in einem Zimmer aufzuwachsen, an dessen Wänden etwas hängt, was die eigene Mutter angefertigt hat.«

»Meinst du wirklich?« Jude klopfte sich mit einem Finger auf die Lippen, und ihre Augen leuchteten vor Freude auf. »Ich nehme an, ich könnte ein paar der Bilder rahmen lassen und gucken, wie sie aussehen.«

»Möglichst bunte Rahmen«, erklärte Brenna ihr. »Babys haben eine Vorliebe für leuchtende Farben, das sagt zumindest Ma.«

»In Ordnung.« Jude atmete tief ein. »Und jetzt zum Fußboden. Ich will keinen Teppichboden, aber die Dielen müssten zumindest abgezogen und neu lackiert werden.«

»Das ist kein Problem. Ein paar der Bretter müssten ausgetauscht werden, aber ich finde sicher neue, die dazu passen.«

»Hervorragend. So, und jetzt zu meinen Vorstellungen zur Einrichtung. Es ist ein großes Zimmer, also dachte ich, vielleicht könnten wir hier drüben eine Spielecke machen.« Jude ging durch das Zimmer. »Hier an der Wand ein paar Regale, und dann einen kleinen Stuhl und einen Tisch, der genau unter das Fenster passen müsste.«

»Das kriegen wir hin. Aber wenn du die Regale über die Ecke stellen würdest, würdest du den vorhandenen Platz ein bisschen besser nutzen, und außerdem hättest du die Spielecke auch optisch abgetrennt, verstehst du. Außerdem könnte ich die Regale so bauen, dass du sie nach Belieben verstellen kannst.«

»Über die Ecke ...« Jude kniff die Augen zusammen und versuchte, sich Brennas Vorschlag bildlich vorzustellen. »Ja. Das gefällt mir. Was meinst du, Darcy?«

»Ich meine, ihr beide wisst am besten, was hier drin zu tun ist, während ich die Aufgabe übernehme, mit dir nach Dublin zu fahren und ein paar schicke Umstandskleider für dich zu besorgen.«

Instinktiv legte Jude eine Hand auf ihren Bauch. »Man kann doch noch gar nichts sehen.«

»Weshalb willst du noch so lange warten? Du brauchst die Klamotten ganz sicher lange, bevor das Baby irgendwelche Regale nutzen kann, und an die Dinger denkst du schließlich auch schon. Wir fahren nächsten Donnerstag, wenn ich meinen freien Tag habe.« Und das Geld in der Tasche, das sie sich selbst für irgendwelchen Schnickschnack genehmigen würde. »Würde dir das passen, Brenna?«

Brenna nahm bereits das Maßband aus dem Werkzeugkasten. »Es würde mir passen, wenn ihr beiden nach Dublin fahren würdet. Ich selbst habe im Augenblick zu viel zu tun, um mich einen ganzen Tag lang durch irgendwelche Geschäfte zerren lassen und warten zu können, bis ihr lange genug mit großen Augen auf das nächste Paar Schuhe gestarrt habt, ohne das ihr nicht länger leben könnt.«

»Du könntest selbst ein paar neue Stiefel gebrauchen.« Darcy blickte bedeutungsvoll auf Brennas Füße. »Die Dinger sehen aus, als hättest du sie auf einem dreiwöchigen Marsch durch die Sümpfe an den Füßen gehabt.«

»Mir reichen sie vollkommen. Jude, sag Shawn, dass er irgendwo Platz für seinen Plunder finden soll, damit ich nächste Woche mit der Arbeit anfangen kann.«

»Das ist kein Plunder«, sagte Shawn aus Richtung der Tür. »Zum Beispiel habe ich in dem Bett, auf dem sich Darcy gerade häuslich einzurichten scheint, viele glückliche Nächte zugebracht.«

»Trotzdem ist es inzwischen nur noch Müll.« Brenna schnaubte leise auf. »Und außerdem steht es im Weg. Ach ja, vielleicht kannst du mir sagen, wie oft du auf einen Nagel hauen musstest, um derart große Löcher in die Wand zu kriegen?«

»Wenn man Bilder drüberhängt, ist die Größe der Löcher doch vollkommen egal.«

»Wenn du die Sache so siehst, solltest du, falls du irgendwas im Cottage an die Wände hängen möchtest, besser jemanden rufen, der ein Ende eines Hammers vom anderen unterscheiden kann. Du solltest es dir von ihm versprechen lassen, Jude«, warnte Brenna, »andernfalls wird von dem Haus im Frühjahr nicht viel mehr als ein Haufen alter Steine übrig sein.«

»Ich mache die verdammten Löcher eigenhändig wieder zu, wenn du dann die Klappe hältst.« Sein Ton war gefährlich sanft. Das bereits genügte, um Brennas Herz zucken zu lassen, was sie eilig durch eine weitere sarkastische Bemerkung vor den anderen verbarg.

»Ja, sicher, du machst die Löcher wieder zu. Genauso, wie du den Abfluss der Spüle im Pub selbst repariert hast, worauf ich durch zweieinhalb Zentimeter tiefes Wasser waten musste, um den Schaden zu beheben.«

Während Darcy fröhlich grinste, wandte sich Shawn gelassen an Jude. »Ich werde den Rest meiner Sachen bis morgen hier rausholen, Jude, falls dir das genügt.«

Jude erkannte, dass er in seinem Männerstolz verletzt war, also trat sie eilig auf ihn zu. »Es besteht kein Grund zur Eile, Shawn. Wir sind erst …« Plötzlich begann der Raum sich um sie herum zu drehen.

Ehe sie jedoch auch nur ins Schwanken kommen konnte, hatte Shawn schon mit atemberaubender Geschwindigkeit die Arme ausgestreckt und seine Schwägerin an seine Brust gezogen.

»Schon gut.« Der Schwindel hatte sich bereits wieder

gelegt, und Jude tätschelte ihm begütigend die Schulter. »Mir war nur kurz ein bisschen schwindlig, weiter nichts. Das passiert ab und zu.«

»Du legst dich ins Bett«, erklärte er und trug sie bereits aus dem Zimmer. »Lauf und sag Aidan Bescheid«, sagte er über die Schulter zu Darcy.

»Nein, nein, mit mir ist alles in Ordnung. Shawn, nicht –«

»Hol Aidan«, sagte er erneut, doch Darcy war bereits verschwunden.

Das Maßband in den Händen, stand Brenna einen Augenblick wie angewurzelt da. Als die Älteste von fünf hatte sie schon häufiger erlebt, wie sich ihre Mutter bei Schwindelanfällen während der Schwangerschaften auf den Küchenboden gelegt hatte, sodass sie nicht sonderlich besorgt war. Allerdings war sie verblüfft angesichts der flüssigen Stärke, mit der Shawn Jude, als wäre sie leicht wie eine Feder, auf den Arm genommen hatte.

Wo hatte er nur über all die Jahre diese Kraft vor ihr versteckt?

Sie schüttelte den Kopf und eilte gerade noch rechtzeitig ins Schlafzimmer hinüber, um zu sehen, wie Shawn Jude vorsichtig auf das Bett legte und ihr die Decke bis zum Kinn zog.

»Shawn, das ist einfach absurd. Ich –«

»Bleib liegen.« Er hob streng den Finger, sodass Jude wortlos gehorchte und Brenna vor Erstaunen die Augen aus dem Kopf quollen. »Ich rufe den Arzt.«

»Sie braucht keinen Arzt.« Brenna wäre beinahe zusammengezuckt, als er mit blitzenden Augen zu ihr herumwirbelte. Neben seinem Zorn jedoch erkannte sie die reine Angst des Mannes vor allem, was mit Schwangerschaft zu tun hatte, und war ehrlich gerührt. »Ein bisschen Schwindel gehört einfach dazu.« Sie ging durch das Zimmer, setzte sich auf den Rand des Bettes und nahm Judes Hand. »Meine Mutter hat sich dann immer auf den Küchenfußboden gelegt. Bei Alice Mae war das so gut wie jeden Tag.«

»Ich fühle mich gut.«

»Natürlich tust du das. Aber ein bisschen Ruhe kann nicht schaden. Shawn, warum holst du Jude nicht ein Glas Wasser?«

»Ich denke, wir sollten den Arzt rufen.«

»Das wird Aidan sicher tun.« Da Jude darüber derart unglücklich wirkte, drückte sie ihr mitfühlend die Hand. »Reg dich nicht auf. Ma sagt, Dad hätte genauso reagiert, als sie mit mir schwanger war. Als die anderen kamen, hatte er sich daran gewöhnt. Schließlich hat ein Mann das Recht, bei solchen Dingen in Panik auszubrechen. Im Gegensatz zu dir hat er schließlich keine Ahnung von dem, was in deinem Inneren passiert. Shawn, holst du jetzt bitte endlich das Glas Wasser?«

»Ist ja gut, ich gehe schon. Aber lass sie ja nicht aufstehen.«

»Mir geht es wirklich gut.«

»Natürlich. Du hast wieder Farbe im Gesicht und deine Augen leuchten.« Wieder drückte Brenna Judes Hand. »Soll ich versuchen Aidan abzufangen und ihn zu beruhigen?«

»Wenn du meinst …« Jude brach ab, als sie hörte, wie die Haustür ins Schloss krachte und eilige Schritte auf der Treppe polterten. »Zu spät.«

Brenna stand auf und hatte das Zimmer halb durchquert, als Aidan hereingeflogen kam. »Es ist alles in Ordnung. Nur der typische Schwangerschaftsschwindel. Sie ist –« Seufzend brach sie ab, als Aidan an ihr vorbeistürmte, ohne sie zu beachten.

»Ist alles in Ordnung? Bist du ohnmächtig geworden? Hat schon jemand den Doktor gerufen?«

»Am besten überlassen wir es ihr, ihn zu beruhigen.« Brenna winkte Darcy mit sich aus dem Zimmer und schloss leise die Tür.

»Bist du sicher, dass alles okay ist? Sie war so furchtbar bleich.«

»Es ist alles in Ordnung, das verspreche ich dir. Außerdem wird Aidan sie höchstwahrscheinlich sowieso zwingen, den Rest des Tages im Bett zu bleiben, egal, wie sehr sie sich dagegen wehrt.«

»Schlimm genug, dass eine Frau, um ein Baby zu bekommen, fett werden muss wie eine Kuh. Aber dann noch jeden Morgen über dem Klo zu hängen und ohne jede Vorwarnung ohnmächtig zu werden.« Darcy atmete hörbar aus und zwang sich, sich endlich zu beruhigen. »Es ist wirklich traurig. Und ihr –« Sie stieß ihren Zeigefinger in Shawns Brust, als er, ein Glas Wasser in der Hand, den Flur herunterkam. »Ihr habt euren Spaß dabei, wartet gelassen neun Monate ab und verteilt am Ende stolz stinkende Zigarren.«

»Das ist der Beweis dafür, dass Gott ein Mann ist«, erklärte er mit einem schwachen Lächeln.

Darcy schüttelte grinsend den Kopf. »Ich mache Jude jetzt erst mal einen Tee und etwas Toast.«

Sie schlenderte den Korridor hinunter und ließ Shawn und Brenna vor der Tür des Schlafzimmers zurück.

»Am besten stören wir nicht länger.« Brenna nahm seinen Arm und zerrte ihn in Richtung Treppe.

»Sollte ich ihr nicht wenigstens noch das Glas Wasser bringen?«

»Trink es besser selbst.« Brenna hob die Hand und legte sie an seine Wange. »Du bist selber kreidebleich.«

»Sie hat mir einen solchen Schrecken eingejagt, dass sie mein Leben sicher um zehn Jahre verkürzt hat.«

»Das sieht man dir an. Aber du hast schnell und richtig reagiert.« Sie ging ins Nebenzimmer und nahm das Maßband wieder in die Hand. »In ihr gehen alle möglichen Veränderungen vor sich, und wahrscheinlich ruht sie sich ganz einfach nicht genügend aus. Sie hat so viele Pläne«, fügte sie hinzu, maß die Höhe einer der Wände und schrieb sie in ein kleines Buch. »In ihrem Leben hat sich innerhalb so kurzer Zeit so viel Neues ereignet.«

»Ich schätze, Frauen kommen mit diesen Dingen einfach problemloser zurecht.«

»Das schätze ich auch.« Brenna nahm weiter Maß und machte sich Notizen. »Du musst dich doch daran erinnern, wie es war, als deine Mutter Darcy erwartete.«

»Dunkel.« Er nippte an dem Wasser, um seine durch die überstandene Aufregung trockene Kehle zu befeuchten. Brenna war völlig gelassen, stellte er bewundernd fest. Sie bewegte sich geschmeidig in ihren dicken, alten Stiefeln durch das Zimmer, nahm sorgfältig Maß, kritzelte Dinge in ihr Heftchen, machte kleine Kreuze und schrieb Zahlen direkt auf die Wände.

Ein paar Strähnen ihres Haares hingen ihr wirr um die Wangen. Nur ein paar lange, rote Wellen, die sich wahrscheinlich durch ihren Spurt ins Schlafzimmer gelöst hatten.

»Woran erinnerst du dich am genauesten?«

»Hmmm?« Irgendwo hatte er den Faden des Gesprächs verloren, und jetzt wanderte sein Blick verwundert von ihren roten Locken zurück auf ihr Gesicht.

»Aus der Zeit, als deine Mutter mit deiner Schwester schwanger war! Woran erinnerst du dich am genauesten?«

»Daran, dass ich meinen Kopf auf ihren Bauch gelegt

und all die Tritte und Bewegungen gespürt habe. Es war, als könnte es Darcy nicht erwarten, endlich rauszukommen und das Leben in Angriff zu nehmen.«

»Das ist eine schöne Erinnerung.« Brenna legte Maßband und Notizbuch in den Werkzeugkasten und wandte sich zum Gehen. »Tut mir Leid, dass ich dich vorhin so angefahren habe. Ich hatte einfach schlechte Laune.«

»Du hast fast immer schlechte Laune.« Lächelnd zog er ihre Mütze am Schirm ein wenig über ihre Augen. »Allerdings bin ich deine Seitenhiebe zu sehr gewöhnt, um mich wirklich darüber zu ärgern.«

Das Problem war, dass sie ihm im Augenblick statt eines Seitenhiebes lieber einen Kuss verpasst hätte, und zwar mitten auf den Mund. Um zu sehen, wie er schmeckte. Doch wenn sie das täte, nahm sie an, wäre plötzlich sie diejenige, die in Ohnmacht fallen würde. »Ich kann frühestens Montag oder Dienstag hier anfangen, es besteht also tatsächlich kein Grund, deine Sachen überstürzt herauszuholen. Aber …«

Sie tippte mit dem Finger gegen seine Brust. »Die Bemerkung, dass du besser nicht selbst Bilder in dem Cottage aufhängst, habe ich tatsächlich ernst gemeint.«

Er lachte unbekümmert auf. »Sollte ich plötzlich das dringende Bedürfnis verspüren, einen Hammer in die Hand zu nehmen«, begann er und brachte sie vollkommen aus dem Gleichgewicht, als er sich plötzlich herunterbeugte und sie freundschaftlich auf die Wange küsste, »dann werde ich mich ganz sicher bei dir melden.«

»Tu das«, entgegnete sie, schon wieder wütend, als plötzlich der völlig erschöpft wirkende Aidan in der Tür erschien.

»Es geht ihr gut. Sie sagt, dass es ihr gut geht, und außerdem habe ich den Doktor angerufen, und auch er sagt, ab und zu ein leichter Schwindel sei vollkommen normal. Sie soll einfach die Füße hochlegen und sich ein bisschen ausruhen.«

»Darcy kocht ihr gerade einen Tee.«

»Das ist gut, das ist genau das Richtige. Jude macht sich Gedanken, weil sie heute Nachmittag Blumen zum Grab der alten Maude bringen wollte. Ich würde sie ja selbst hinbringen, aber –«

»Das kann ich übernehmen«, erbot sich sein Bruder. »Für dich ist es sicher das Beste, wenn du noch ein bisschen bei ihr bleiben kannst. Währenddessen kann ich dorthin fahren, die alte Maud besuchen und rechtzeitig zur Öffnung des Pubs wieder da sein.«

»Dafür wäre – bin ich dir wirklich dankbar«, erklärte Aidan, und seine Miene hellte sich ein wenig auf. »Sie hat mir erzählt, dass du sie aufgefangen, ins Bett getragen und gezwungen hast sich hinzulegen.«

»Vielleicht könntest du sie darum bitten, nicht noch mal in meiner Nähe so einen Anfall zu bekommen. Noch einmal macht mein Herz so etwas sicherlich nicht mit.«

Shawn brachte Maude die fröhlichen purpurroten und leuchtend gelben Stiefmütterchen, die Jude bereits gepflückt hatte. Er kam nicht gerade häufig auf den alten Friedhof. Er hatte noch niemanden verloren, der ihm wirklich nahe gestanden hätte und dort begraben worden wäre.

Die Toten lagen in der Nähe des Brunnens von Saint Declan, wo die Pilgerreisenden zu Ehren des alten irischen Heiligen ihre Hände und Füße gewaschen hatten. In der Nähe standen drei steinerne Kreuze, die die heilige Stätte bewachten und vielleicht auch den Liebenden, die hoch auf diesen Hügel kamen, um die Toten zu ehren, Trost zu spenden vermochten.

Die Aussicht war fantastisch – die Bucht von Ardmore erstreckte sich wie ein grauer Halbmond unter dem sturmbereiten Himmel, der sich weit hinten am Horizont mit der Tag und Nacht pulsierenden irischen See verband. Zwischen dem Tosen der Brandung und dem Heulen des Windes waren leise Klänge von Musik zu hören, zu denen einige dem Winter trotzende gefiederte Gesellen zwitscherten.

Das schwache, weiße Licht der Sonne erhellte kaum die feuchte, raue Luft und die wilden Gräser, die sich ihren Weg zwischen Felsen und Kieseln hindurch kämpften, waren von einem kränklich bleichen Grün. Trotzdem hielt der Winter hier niemals wirklich Einzug, und Shawn wusste, dass sich bald schon zahlreiche frische grüne Triebe tapfer zwischen den alten Halmen ans Licht schieben würden.

Es war tröstlich zu wissen, dass nichts und niemand den Kreislauf des Lebens, den man hier erkannte, wirklich jemals unterbrach.

Shawn setzte sich neben das Grab, kreuzte gemütlich seine Beine und legte die Stiefmütterchen vor den Grabstein mit der Inschrift »Maude Alice Fitzgerald, Eine weise Frau.«

Seine Mutter war eine geborene Fitzgerald, also waren sie auf irgendeine Weise mit der alten Maude verwandt. Shawn konnte sich noch genau an sie erinnern. Eine kleine, dünne Frau mit grauen Haaren und rauchig grünen, klugen Augen.

Er konnte sich auch daran erinnern, wie sie ihn manchmal angesehen hatte, als blicke sie ihm mitten in die Seele. Doch trotz dieses Blickes, der ihn irritiert hatte, hatte er sich immer zu ihr hingezogen gefühlt und als Kind häufig zu ihren Füßen gesessen, wenn sie in den Pub gekommen war. Nie war er es leid geworden, sich ihre Geschichten anzuhören, und später, Jahre später, hatte er einige ihrer Erzählungen in Lieder umgewandelt.

»Jude schickt dir diese Blumen«, setzte er jetzt an. »Sie ruht sich gerade aus, weil ihr wegen des Babys ein bisschen schwindlig war. Es geht ihr schon wieder gut, mach dir also keine Sorgen. Aber da wir wollten, dass sie sich etwas hinlegt, habe ich gesagt, ich bringe dir die Blumen. Ich hoffe, du hast nichts dagegen.«

Er verstummte und ließ seinen Blick schweifen. »Nun, da Aidan und Jude das große Haus bezogen haben, lebe ich in deinem Cottage. Wie du sicher weißt, haben wir Gallaghers es immer so gehalten. Und jetzt, wo das Baby kommt, wäre es im Cottage auch ein bisschen eng. Judes Großmutter, deine Cousine Agnes Murray, hat ihr das Cottage bei ihrer Hochzeit überschrieben.«

Er machte es sich auf dem Boden bequem, während er unbewusst mit den Fingern im Rhythmus der Brandung auf eines seiner Knie trommelte.

»Ich lebe gern dort, mir gefällt die Stille. Aber es wundert mich, dass sich mir Lady Gwen bisher noch nicht gezeigt hat. Weißt du, dass sie Brenna O'Toole erschienen ist? Du erinnerst dich doch sicher noch an Brenna, die älteste Tochter der O'Tooles, die unterhalb von deinem Cottage wohnen. Sie ist die mit den roten Haaren – nun, die meisten der O'Toole'schen Mädchen haben rote Haare, aber Brennas Haare … leuchten wie das Feuer der Sonne. Man könnte denken, dass man sich, wenn man sie anfasst, die Finger daran verbrennt, aber sie sind nicht wirklich heiß, sondern wunderbar warm und weich wie feinste Seide.«

Er hörte seine Worte, runzelte die Stirn und räusperte sich leise. »Auf alle Fälle lebe ich seit beinahe fünf Monaten in deinem Cottage, und sie hat sich mir bisher nicht ein einziges Mal deutlich gezeigt. Und dann kommt plötzlich Brenna, um den Ofen zu reparieren, und die Dame zeigt sich ihr nicht nur, sondern spricht sogar mit ihr.«

»Frauen sind nun einmal seltsame Geschöpfe.«

Shawn zuckte zusammen, denn er hatte gedacht, er sei allein hier oben. Er hob vorsichtig den Kopf und sah einen Mann mit langen schwarzen Haaren, Augen in einem durchdringenden Blau und vollen Lippen, die von einem beinahe verruchten Lächeln umspielt wurden.

»Das habe ich ebenfalls schon oft gedacht«, antwortete er mit möglichst ruhiger Stimme, aber wild klopfendem Herzen.

»Und trotzdem scheinen wir ohne sie nicht auszukommen.« Der Mann erhob sich von seinem steinernen Sitzplatz in der Nähe der drei Kreuze, bewegte sich geschmeidig in seinen weichen Lederstiefeln über die Felsen und das Gras und nahm auf der Shawn gegenüberliegenden Seite der Grabstätte Platz.

Der eisig kalte Wind zerzauste seine Haare und ließ den kurzen roten Umhang flattern, den er sich majestätisch um die Schultern drapiert hatte.

Plötzlich wurde es heller und der Himmel klarte auf, sodass Shawn seine Umgebung – Steine, Gras und Blumen – überdeutlich sah. Aus der Ferne wehten zusammen mit dem Rauschen des Meeres und dem Heulen des Windes Pfeifen- und Flötenklänge an sein Ohr.

»Zumindest nicht auf Dauer«, erwiderte er und hoffte, dass sich sein Herzschlag bald wieder beruhigte.

Der Mann legte eine Hand auf seine Knie. Sowohl seine Strumpfhose als auch sein silbrig helles Wams waren mit Goldfäden durchwirkt. An einem seiner Finger trug er einen Silberring mit einem leuchtend blauen Stein. »Du weißt, wer ich bin, nicht wahr, Shawn Gallagher?«

»Ich habe die Bilder gesehen, die Jude von dir für ihr Buch gezeichnet hat. Sie hat ein wirklich gutes Auge.«

»Und obendrein ist sie inzwischen auch noch glücklich, oder? Verheiratet und schwanger.«

»Ja, das stimmt, Prinz Carrick.«

Carricks blitzende Augen verrieten Stärke und gleichzeitig Belustigung. »Macht es dir Angst, ein Gespräch mit dem Feenprinzen zu führen, Gallagher?«

»Nun, zumindest verspüre ich nicht den Wunsch, in einen Feenpalast entführt zu werden; denn es gibt viele Dinge, die ich lieber hier tue.«

Die Hand immer noch auf seinen Knien, warf Carrick den Kopf in seinen Nacken und lachte fröhlich auf. Es war ein volles, wohltönendes Geräusch. Verführerisch, gewinnend. »Einige der Damen am Hof fänden sicher Gefallen an dir, denn du bist attraktiv und hast obendrein die Gabe der Musikalität. Aber ich brauche dich hier, auf deiner Seite der Welt. Und deshalb wirst du auch hier bleiben, mach dir also keine Sorgen.«

Plötzlich beugte er sich mit ernster Miene vor. »Du hast erzählt, Gwen hätte mit Brenna O'Toole gesprochen. Was hat sie zu ihr gesagt?«

»Weißt du das denn nicht?«

Carrick war auf den Beinen, ohne dass er sich anscheinend auch nur bewegt hatte. »Ich habe keinen Zugang zu dem Cottage. Ich darf noch nicht mal in den Garten, obwohl mein Palast unmittelbar darunter liegt. Also, was hat sie gesagt?«

Shawn empfand ehrliches Mitleid mit dem Mann. Seine Frage hatte weniger herrisch als vielmehr flehentlich geklungen. »›Er hat sein Herz in dieses Lied hineingelegt‹, das hat sie zu Brenna gesagt.«

»Ich habe ihr niemals auch nur die kleinste Melodie geschenkt«, antwortete Carrick leise, hob einen Arm und tauchte mit einer kurzen Handbewegung den Friedhof in ein noch helleres Licht. »Ich habe ihr Juwelen aus dem Feuer der Sonne vor die Füße gelegt, als ich sie bat, mit mir zu kommen. Aber sie hat sich von den Juwelen, von mir und von ihrem eigenen Herzen abgewandt. Weißt du, wie das ist, Gallagher, wenn der einzige Mensch, den man begehrt, der einzige, den man je in seinem Leben wirklich will, sich von einem abwendet?«

»Nein, bisher habe ich noch nie nach etwas oder jemandem ein derartiges Verlangen gespürt.«

»Das ist bedauerlich für dich, denn dann hast du auch noch nie richtig gelebt.« Er hob seine andere Hand und eine von silbrigen Strahlen und Funken durchsetzte Dunkelheit senkte sich über das Land, während gleichzeitig ein dünner, feuchter Nebel von der Erde aufzusteigen begann. »Nun, nachdem sie sich also von mir abgewandt hatte, habe ich die Tränen des Mondes eingesammelt und ihr in Form von Perlen zu Füßen gelegt. Aber trotzdem hat sie mich nicht genommen.«

»Und die Juwelen der Sonne und die Tränen des Mondes verwandelten sich in leuchtend bunte Blumen«, fuhr Shawn mit der Erzählung fort. »Und diese Blumen hat sie Jahr für Jahr liebevoll gepflegt.«

»Was bedeutet mir denn schon die Zeit?« Carrick bedachte Shawn mit einem ungeduldigen, leicht zornigen Blick. »Ein Jahr, ein Jahrhundert?«

»Wenn man auf die Liebe wartet, erscheint einem ein Jahr leicht wie ein Jahrhundert.«

Carrick schloss die Augen. »Du kannst nicht nur mit Noten, sondern auch mit Worten umgehen, mein Freund. Und natürlich hast du Recht.«

Erneut hob er einen seiner Arme und die winterlich fahle Sonne kam zurück. »Trotzdem habe ich weiter gewartet, vielleicht sogar zu lange, bevor ich nochmals zu ihr ging. Und dieses Mal brachte ich ihr das blaue Herz des Meeres und breitete es in Gestalt Hunderter Saphire vor ihren Füßen aus. Ich gab meiner Gwen alles, was ich hatte, und noch mehr. Aber sie sagte, sie wäre eine alte Frau und es wäre zu spät. Zum ersten Mal sah ich sie um uns weinen, als sie sagte, wenn ich ihr nur einmal die Worte geschenkt hätte, die sich in meinem Herzen fanden, statt Juwelen, statt des Versprechens auf großen Reichtum und ewiges Leben, dann hätte sie vielleicht ihre Welt für die meine aufgegeben, dann hätte sie vielleicht ihre Pflichten gegen die Liebe eingetauscht. Aber ich habe ihr diese Erklärung nicht geglaubt.«

»Du warst wütend.« Shawn hatte die Geschichte unzählige Male gehört. Als Junge hatte er oft davon geträumt. Von dem strahlenden Feenprinzen, der auf dem Rücken seines weißen Flügelpferdes erst zur Sonne, dann zum Mond und dann auf den Grund des Meeres flog. »Weil du sie geliebt hast und nicht wusstest, wie du es ihr anders hättest zeigen oder sagen sollen.«

»Was kann ein Mann denn mehr tun?«, wollte Carrick wissen und Shawn bedachte ihn mit einem mitfühlenden Lächeln.

»Das kann ich dir nicht sagen. Aber wahrscheinlich war es nicht unbedingt das Klügste, euch beide mit einem Bann zu belegen, demzufolge ihr Hunderte von Jahren auf eure Erlösung warten müsst.«

»Ich habe eben meinen Stolz.« Carrick warf den Kopf zurück. »Und außerdem bin ich ziemlich jähzornig. Ich habe sie dreimal gebeten, mir zu folgen, und dreimal hat sie abgelehnt. Deshalb müssen wir beide warten, bis sich am Ort unserer bisher unerfüllten Liebe dreimal Liebende begegnen und ihre Gefühle von ganzem Herzen akzeptieren. Bis sie einander mit allen Mängeln und Vorzügen in Leid und Freude annehmen. Wie ich bereits sagte, du kannst mit Worten umgehen, Gallagher«, erklärte Carrick und verzog den Mund zu einem rauen Lächeln. »Es würde mich demnach wirklich enttäuschen, wenn du so lange wie dein Bruder bräuchtest, um sie auch zu nutzen.«

»So lange wie mein Bruder?«

»Dreimal müssen zwei Menschen ihre Liebe annehmen.« Carrick war wieder auf den Beinen, und seine blauen Augen strahlten. »Und einmal ist es inzwischen geschehen.«

Auch Shawn sprang auf die Beine und ballte seine Fäuste. »Sprichst du von Aidan und Jude? Willst du mir etwa erzählen, du elender Schurke, du hättest die beiden mit einem Zauberbann belegt?«

In Carricks Augen zuckten Blitze, und irgendwo in der Ferne wurde dunkles Donnergrollen laut. »Du bist wirklich ein Narr. Liebestrunke und ähnlich lächerliche Dinge gibt es doch nur in irgendwelchen Ammenmärchen. Man kann das Herz eines Menschen nicht verzaubern, denn seine Empfindungen sind mächtiger als jede Magie. Lust kann man mit einem Augenzwinkern wecken, Verlangen mit einem bloßen Lächeln, aber Liebe kann nur aus sich heraus entstehen und nichts kann daran rühren. Was dein Bruder und Jude Frances haben, ist ebenso wirklich wie die Sonne, der Mond und die Gezeiten des Meeres. Darauf gebe ich dir mein Wort.«

Langsam entspannte Shawn sich wieder. »Dann bitte ich dich um Verzeihung.«

»Ich nehme es dir nicht übel, dass du für deinen Bruder eintrittst. Wenn ich das täte«, erklärte Carrick mit einem dünnen Lächeln, »würdest du sowieso nur weiter he-rum-brüllen wie ein wild gewordener Esel.«

»Ich weiß deine Zurückhaltung zu schätzen«, begann Shawn, ehe er sich erneut anspannte. »Aber bildest du dir etwa allen Ernstes ein, ich sei der Zweite, der dir dabei hilft, den auf dir lastenden Bann zu brechen? Falls ja, lass mich dir sagen, dass du dich gewaltig irrst.«

»Ich weiß genau, wo ich zu suchen habe, junger Mann. Du bist derjenige, der blind ist. Aber schon bald werden dir die Augen aufgehen. Vielleicht eher als du denkst.« Carrick machte eine höfliche Verbeugung. Und löste sich in Luft auf, während sich der Himmel öffnete und dichten Regen auf die Erde trommeln ließ.

»Na, wunderbar.« Shawn stand im strömenden Regen. Er war wütend und verwirrt. Und er kam viel zu spät zur Arbeit.

4

Er war ein Mann, der sich gerne Zeit ließ bei allem, was er tat. Um über alles nachzudenken, die Dinge einzuschätzen und das Für und Wider zu erwägen. Und genau das tat er nach seiner Begegnung mit Carrick am Rand des Grabs der alten Maude.

Fürs Erste würde er niemandem davon erzählen.

Er machte sich Sorgen. Oh, nicht über die Begegnung mit dem Feenprinzen. Es lag in seinem Blut, Magie zu akzeptieren und sie sogar zu schätzen. Nein, es waren der Gegenstand und vor allem die Richtung ihres Gespräches, die eine gewisse Besorgnis in ihm weckten.

Er wollte verdammt sein, ehe er eine Frau suchen oder sich von einer Frau erwählen lassen und sich blind verlieben würde, nur weil Carrick es so wollte.

Im Gegensatz zu Aidan war er einfach nicht der Typ, der eine Ehe, eine Frau und Kinder brauchte. Natürlich hatte er ein Herz für Frauen. Er mochte ihren Duft, die weichen Formen und die Wärme. Aber, nun, es gab so viele wunderbare Frauen. Sie alle waren duftend, wohl geformt und warm.

So gern er über Liebe in all ihren erfreulichen und schmerzlichen Varianten schrieb, wich er ihr im Privatleben doch lieber weiter aus.

Liebe in der Form, die das Herz eines Menschen mit beiden Händen packte und einfach nicht mehr losließ, bedeutete eine allzu große Verantwortung. Und sein Leben empfand er auch ohne diese Art der Liebe als durchaus erfüllt. Er hatte seine Musik, den Pub, die Freunde und Verwandten, und nun auch noch das kleine Cottage, in dem er schalten und walten konnte, wie es ihm gefiel.

Nur der dort lebende Geist schien seine Gesellschaft nicht zu wollen.

Also ließ er sich Zeit, dachte gründlich über die Unterhaltung nach und erledigte gleichzeitig seine Arbeit. Er musste Fisch braten, Kartoffeln schneiden, und hatte einen riesengroßen, watteweichen Shepherd's Pie im Ofen. Drüben im Pub herrschte das normale samstagabendliche Treiben, und die von Aidan engagierten Musiker aus Galway spielten eine schwermütige Ballade, die wie geschaffen war für die warme, volle Stimme des Tenors.

Da Darcy in Gedanken bereits auf ihrer Einkaufstour in Dublin war, lächelte sie den ganzen Abend und zeigte sich ungewöhnlich umgänglich. Mit singender Stimme gab sie Bestellungen an ihren Bruder weiter und tänzelte mit den voll beladenen Tellern fröhlich durch die Tür. Himmel, sie hatten tatsächlich den ganzen Tag noch nicht gestritten.

Als er hörte, wie die Küchentür aufschwang, schob er eine lange Scheibe goldbraun gebratenen Fisch auf einen Teller. »Außer dieser letzten Bestellung ist alles auf den Tellern. Und der Pie ist auch in fünf Minuten fertig.«

»Dann hätte ich gern eine Portion.«

Er blickte über seine Schulter und verzog den Mund zu einem Lächeln. »Mary Kate! Ich dachte, es sei Darcy. Wie geht's dir, meine Liebe?«

»Bestens.« Sie ließ die Tür hinter sich zuklappen. »Und selbst?«

»Ebenfalls bestens.« Während er noch einen Berg Pommes frites neben den Fisch gab, sah er Brennas kleine Schwester an.

Sie war während ihrer Jahre auf der Uni regelrecht aufgeblüht. Sie musste etwa einundzwanzig sein und war ein Bild von einer Frau. Anders als bei Brenna hatten ihre Haare einen weicheren, golden schimmernden Rotton, und fielen in weichen Wellen um ihr zartes Gesicht. Ihre grünen Augen hatten einen Stich ins Graue und sie hatte sich dezent, aber hübsch geschminkt. Sie war nicht viel größer als ihre ältere Schwester, aber üppiger gerundet, und sie trug ein dunkelgrünes, beinahe elegantes Kleid, das ihre durchaus attraktiven Formen vorteilhaft betonte.

»Du siehst wirklich gut aus.« Er stellte die Teller auf die Warmhalteplatte und lehnte sich gegen die Arbeitsplatte, um ein kleines Schwätzchen mit seinem Gast zu halten. »Wie hast du es angestellt, hinter meinem Rücken plötzlich erwachsen zu werden? Sicher musst du dich täglich mit dem Knüppel gegen die Kerle zur Wehr setzen.«

Als sie lachte, gab sie sich die größte Mühe, es reif und fraulich klingen zu lassen und nicht wie das Kichern eines kleinen Mädchens. »Oh, neben der Arbeit im Hotel hatte ich auch so zu viel zu tun, um häufig den Knüppel schwingen zu können.«

»Gefällt dir deine Arbeit?«

»Sehr sogar. Du solltest mich mal dort besuchen.« In der Hoffnung, ihre Bewegungen wären lässig und gleichzeitig verführerisch, trat sie näher auf ihn zu. »Mach doch einfach einmal frei, und lass dich von mir dort zum Essen einladen.«

»Keine schlechte Idee.« Mit einem vergnügten Zwinkern wandte er sich in Richtung Ofen und sah nach dem bräunenden Pie.

Mit klopfendem Herzen trat sie noch einen Schritt näher. »Riecht einfach fantastisch. Du bist wirklich ein hervorragender Koch. Dabei können die meisten Männer anscheinend noch nicht mal einen Topf von einer Pfanne unterscheiden.«

»Wenn jemand – egal ob Mann oder Frau – sich in der Küche dämlich anstellt, dann meistens, weil er weiß, dass jemand kommt, um ihn von dort zu verscheuchen und die Kocherei in weniger Zeit und mit geringerem Aufwand für ihn zu erledigen.«

»Das ist natürlich schlau«, brachte sie vor lauter Ehrfurcht ob einer derartigen Weisheit flüsternd über die Lippen. »Aber obwohl du selbst so toll kochst, bin ich sicher, dass es dir trotzdem gefallen würde, wenn dir hin und wieder auch mal jemand die Arbeit abnähme.«

»Natürlich.«

Als Brenna durch die Tür kam, war das Erste und Einzige, was sie bemerkte, das zärtliche Lächeln, mit dem Shawn Gallagher ihrer eigenen kleinen Schwester in die strahlenden Augen sah.

»Mary Kate.« Ihre Stimme hallte wie der Schlag einer Peitsche durch die Luft, und ihre Schwester trat errötend einen Schritt zurück. »Was machst du da?«

»Ich … ich unterhalte mich mit Shawn.«

»In deinem guten Kleid hast du nicht in der Küche rumzulungern und Shawn von der Arbeit abzuhalten.«

»Das tut sie gar nicht.« Da er wusste, wie es war, wenn man von den älteren Geschwistern gemaßregelt wurde, tätschelte er Mary Kate tröstlich die linke Wange. Ohne dabei ihren verträumten Blick wahrzunehmen.

Aber Brenna hatte ihn bemerkt. Mit knirschenden Zähnen stapfte sie quer durch die Küche, packte Mary Kate am Arm und zerrte sie in Richtung Tür.

Dieses erniedrigende Schauspiel machte die von Mary Kate so mühsam erarbeitete reife Erhabenheit schlagartig zunichte. »Lass mich los, du knochenärschiges Scheusal.«

Ihre Stimme quietschte vor Erregung, und um ein Haar hätten sie Darcy umgestoßen, die in dem Augenblick hereinkam, als sie den Raum verließen. »Was ist bloß mit dir los? Du hast kein Recht, mich einfach so hinter dir herzuzerren. Das sage ich Ma.«

»Meinetwegen, sag's ihr doch.« Ohne ihren Griff zu lockern, zog Brenna ihre kleine Schwester in das kleine Hinterzimmer am Ende der Theke und schloss hinter ihr die Tür. »Mach nur, du Ziege, aber dann erzähle ich ihr, dass du Shawn Gallagher regelrecht nachgelaufen bist.«

»Bin ich nicht.« Schniefend reckte Mary Kate ihr Kinn und strich sorgsam die Ärmel ihres besten Kleides glatt.

»Als ich hereinkam, hättest du dich ihm gerade um ein Haar an den Hals geworfen. Was ist bloß in dich gefahren? Der Mann ist beinahe dreißig und du fast noch ein Teenager. Weißt du eigentlich, was für Signale du ihm gibst, wenn du derart unverhohlen deine Brüste an ihm reibst?«

Mary Kate blickte bedeutsam auf den verbeulten Pullover ihrer Schwester. »Wenigstens habe ich Brüste.«

Dies war Brennas wunder Punkt. All ihre Schwestern, selbst die kleine Alice Mae, hatten größere Brüste als sie. »Da das der Fall ist, solltest du besser auf sie achten und sie nicht einfach einem Mann ins Gesicht drücken.«

»Das habe ich gar nicht getan. Außerdem bin ich kein Kind mehr, das sich von jemandem wie dir die Leviten lesen lassen muss, Mary Brenna O'Toole.« Sie straffte ihre Schultern. »Ich bin eine erwachsene Frau. Ich habe studiert. Ich habe eine große Karriere vor mir.«

»Oh, das ist ja wirklich nett. Also nehme ich an, dass es allerhöchste Zeit ist, dass du dir den ersten Mann schnappst, der dir halbwegs gefällt, und dich nach Kräften mit ihm vergnügst.«

»Er ist nicht der Erste, der mir gefällt.« Als Brenna die Augen zusammenkniff, warf Mary Kate ihr Haar mit einem breiten Lächeln in den Nacken. »Aber ich finde ihn wirklich attraktiv und es gibt keinen Grund, ihn das nicht wissen zu lassen. Das ist allein meine Sache, Brenna. Also halt dich da raus.«

»Da du meine Schwester bist, ist es natürlich auch meine Sache. Sag schon, bist du überhaupt noch Jungfrau?«

Das Entsetzen in Mary Kates Gesicht genügte, um Brenna wissen zu lassen, dass ihre Schwester nicht nackt in den Korridoren der Universität von Dublin umhergesprungen war. Ehe sie jedoch Gelegenheit bekam, beruhigt zu seufzen, platzte Mary Kate der Kragen. »Wer zum Teufel meinst du, dass du bist? Mein Privatleben geht dich einen feuchten Dreck an. Du bist weder meine Mutter noch mein Priester, also halt dich zurück.«

»Ich bin deine Schwester.«

»Halt dich aus dieser Sache raus. Ich habe das Recht, mit Shawn zu sprechen, mit ihm auszugehen und mit ihm zu machen, was ich will. Und falls du dir einbildest, du könntest mich dadurch einschüchtern, dass du zu Ma rennst und mich verpetzt, dann warte nur mal ab, was sie dazu zu sagen haben wird, dass du und Darcy mit deinen Heiligenbildern Poker gespielt habt.«

»Das ist doch Jahre her.« Trotzdem verspürte Brenna bei dem Gedanken, ihre Mutter könnte etwas davon erfahren, leichte Panik. Mollie wäre es egal, wie lange diese Freveltat zurücklag. »Harmloser Jungmädchen-Quatsch. Aber das, was ich eben in der Küche erlebt habe, ist alles andere als harmlos. Obendrein ist es völlig idiotisch, Mary Kate, und ich möchte nicht, dass du verletzt wirst.«

»Ich kann durchaus selbst auf mich aufpassen.« Mary Kate warf erneut ihren Kopf nach hinten. »Wenn du eifersüchtig auf mich bist, weil ich weiß, wie man einen Mann für sich interessiert, statt die ganze Zeit selbst zu versuchen, einer zu sein, dann ist das dein Problem, nicht meins.«

Dieser Seitenhieb kam völlig unerwartet und kam der Wahrheit derart nahe, dass Brenna sich auch dann nicht rührte, als Mary Kate aus dem Raum stürmte, und lautstark die Tür hinter sich zuwarf. Plötzlich jedoch stiegen in ihren Augen heiße Tränen auf, und am liebsten hätte sie sich in einen der alten Korbsessel geworfen und losgeheult.

Sie wollte kein Mann sein, sondern nur sie selbst.

Und sie wollte ihre Schwester beschützen. Wollte verhindern, dass sie etwas tat, was sie verletzte, in Verlegenheit brachte oder noch Schlimmeres.

Shawn war schuld an allem, dachte sie erbost und überhörte ganz bewusst die leise Stimme tief in ihrem Inneren, die ihr etwas anderes sagte. Es war Shawns Schuld, dass er ihre kleine, unschuldige Schwester dazu brachte, derart für ihn zu schwärmen, und dafür würde sie ihn auf der Stelle zur Rechenschaft ziehen.

Sie stapfte aus dem Zimmer, schüttelte den Kopf, als Aidan ihr fragend eine Hand auf den Arm legte und marschierte mit blitzenden Augen in die Küche.

»Kannst du mir mal sagen, warum du die arme Mary Kate derart unsanft aus der Küche gezerrt hast, Brenna? Wir haben uns schließlich lediglich –«

Er brach ab, denn sie kam durch den Raum marschiert, rammte ihm die Spitzen ihrer Stiefel unsanft gegen die Zehen und bohrte ihm mit ihrem Zeigefinger beinahe ein Loch in die Brust. »Lass die Finger von meiner kleinen Schwester.«

»Wovon, zum Teufel, redest du?«

»Du weißt, verdammt noch mal, genau, wovon ich rede, du verfluchter Lüstling. Sie ist gerade mal zwanzig, beinahe noch ein Kind.«

»Was?« Er schob ihre Hand zurück, bevor sie ihren Finger direkt in sein Herz rammen konnte. »Was?«

»Falls du dir einbildest, ich würde ruhig daneben stehen und mit ansehen, wie du sie auf deine Liste von Eroberungen setzt, dann hast du dich geirrt.«

»Ich … Mary Kate?« Zuerst war er ehrlich entsetzt. Dann jedoch erinnerte er sich daran, wie das junge Mädchen – nein, nein, die junge Frau – mit ihren hübschen Lidern geklappert und ihm schöne Augen gemacht hatte. »Mary Kate«, wiederholte er nachdenklich mit einem leisen Lächeln.

Brenna sah ihn wie durch einen roten Schleier. »Sieh zu, dass dieses Blitzen aus deinen Augen verschwindet, Shawn Gallagher, oder ich verspreche dir zwei Veilchen, wie du sie dein Lebtag nicht vergessen wirst.«

Da sie die Fäuste bereits ballte, trat er zur Vorsicht einen Schritt nach hinten und hob besänftigend die Hände. Immerhin waren sie längst aus dem Alter heraus, in dem er sich noch guten Gewissens mit ihr hätte schlagen können. »Brenna beruhige dich. Ich habe sie nie angerührt, habe nie auch nur daran gedacht. Ich habe Mary Kate erst eben, als du davon anfingst, überhaupt zum ersten Mal als Frau gesehen. Um Himmels willen, ich habe sie schon gekannt, da lag sie noch in den Windeln.«

»Tja, die hat sie inzwischen abgelegt.«

»Da hast du sicher Recht«, sagte er in unvernünftig beifälligem Ton, und so hatte er den ersten Fausthieb, der ihn in den Bauch traf, sicherlich verdient. »Meine Güte, Brenna, du kannst es einem Mann doch nicht verübeln, dass er Augen im Kopf hat.«

»Dann lenk deinen Blick in Zukunft gefälligst in eine andere Richtung. Falls du ihr je zu nahe kommst, breche ich dir beide Beine. Das verspreche ich.«

Es war selten, dass er die Geduld verlor, und um es auch jetzt nicht so weit kommen zu lassen, schob er seine Hände einfach unter ihre Ellbogen und hob sie so weit in die Höhe, bis sie einander in die Augen sehen konnten.

Ihr Blick verriet Entsetzen und gleichzeitig heißen Zorn.

»Du solltest mir nicht drohen. Wenn ich derartige Wünsche in Bezug auf deine kleine Schwester hätte, würde ich ihnen nachgeben, ohne dass es dich auch nur das Geringste anginge. Hast du das verstanden?«

»Sie ist meine Schwester«, setzte Brenna zu einer Widerrede an, verstummte jedoch, als er sie unsanft schüttelte.

»Und das gibt dir das Recht, sie in Verlegenheit zu bringen und auf mich einzuschlagen, nur weil wir zusammen hier in meiner Küche gestanden und uns unterhalten haben? Tja, wie bereits zahllose Male vorher mache ich im Augenblick mit dir genau das Gleiche. Aber habe ich dir jemals die Kleider vom Leib gerissen und dich zu irgendwas gezwungen?«

Er stellte sie wieder auf die Füße und traf sie einfach, indem er ihr den Rücken zuwandte, schmerzlich mitten ins Herz. »Du solltest dich schämen dafür, dass du derart schmutzige Gedanken hegen konntest«, sagte er mit ruhiger Stimme.

»Ich –« Verzweifelt kämpfte sie gegen die erneut aufsteigenden Tränen, schluckte mehrmals nacheinander und schloss, als Darcy in die Küche kam, verzweifelt ihre Augen. »Ich muss gehen«, brachte sie mühsam heraus und floh blindlings durch die Hintertür in die Dunkelheit hinaus.

»Shawn.« Darcy stellte die leeren Teller in die Spüle und wandte sich wütend an ihren Bruder. »Was, zum Teufel, hast du getan, das Brenna zum Weinen gebracht hat?«

Schuldgefühle, Zorn und Empfindungen, die er lieber nicht näher erforschte, fochten in seinem Herzen einen erbitterten Kampf. »Oh, verdammt«, schnauzte er wütend. »Für heute Abend habe ich von euch Weibern wirklich die Nase voll.«

Sie fühlte sich entsetzlich elend und schämte sich zu Tode. Sie hatte zwei Menschen, die sie von Herzen liebte, beschimpft, beleidigt und in Verlegenheit gebracht. Sie hatte sich in eine Sache eingemischt, die sie tatsächlich nicht das Geringste anging.

Nein, so war es dann doch nicht. Es *ging* sie etwas an. Mary Kate hatte auf geradezu empörend unverblümte Weise mit Shawn geflirtet, ohne dass dieser auch nur etwas davon gemerkt hatte.

Typisch.

Aber irgendwann wäre sogar ihm ein Licht aufgegangen. Ihre Schwester war schön, süß, intelligent. Und vor allem war sie eine junge, voll erblühte Frau.

Sie zu beschützen war richtig gewesen. Doch hatte sie es auf eine ziemlich unbeholfene Weise und obendrein aus Eigennutz heraus getan. Denn – sie konnte es nicht leugnen – sie war nicht nur eine Schwester, sondern vor allem eine Frau, die ihr Revier verteidigte.

Was Shawn natürlich ebenfalls nicht wusste.

Alles, was ihr jetzt zu tun blieb, war, den Schaden zu begrenzen.

Sie hatte einen langen Spaziergang an den Strand hinunter unternommen. Um sich auszuheulen, alles noch einmal zu überdenken und sich möglichst zu beruhigen. Und um sicherzugehen, dass ihre Eltern, wenn sie nach Hause käme, schon im Bett lagen, und sie Mary Kate allein antraf.

Über der Haustür und in einem der Fenster empfingen sie zwei einladende Lichter. Sie ließ sie beide brennen, da ihre Schwester Patty ganz sicher noch nicht von ihrer samstäglichen Verabredung nach Hause gekommen war.

Bald gäbe es schon wieder eine Hochzeit in ihrer Familie, dachte sie und zog beinahe zornig an den Ärmeln ihrer Jacke. Wieder wären sie alle völlig aus dem Häuschen, würden ausgiebig Pläne schmieden und mit ansehen müssen, wie Patty wegen irgendwelcher Blumen oder Stoffmuster in Tränen ausbrach.

Sie konnte beim besten Willen nicht verstehen, wie ein auch nur halbwegs vernünftiger Mensch all diesen Unsinn über sich ergehen lassen konnte. Maureen war ein nervliches Wrack gewesen und hatte die ganze Familie wahnsinnig gemacht, bevor sie schließlich im Herbst vor den Altar getreten war.

Nicht, dass sie nicht reizend ausgesehen hätte, dachte Brenna, und hängte ihre Mütze an einen Haken der Garderobe. Ihre Wangen hatten regelrecht geglüht, und in dem wogenden weißen Kleid und dem Spitzenschleier, den ihre Mutter schon an ihrem Hochzeitstag getragen hatte, hatte sie frisch wie der Morgentau ausgesehen. Die Aura des Glückes hatte sich wie helles Sonnenlicht auf die gesamte Kirche übertragen, und beim Anblick ihrer vor Liebe strahlend schönen Schwester war sich Brenna – wenn auch nur für einen kurzen Augenblick – in ihrem eigenen rüschenbesetzten blauen Brautjungferngewand nicht mehr wie eine vollkommene Närrin vorgekommen.

Trotzdem, falls sie selbst jemals den Sprung in eine Ehe wagte – was, da sie sich Kinder wünschte, nicht auszuschließen war – wollte sie eine möglichst dezente, schlichte Zeremonie.

Eine kirchliche Hochzeit wäre sicherlich in Ordnung, denn sie war sich sicher, dass ihre Eltern sich eine solche Feier für alle Töchter wünschten. Aber sie wollte verdammt sein, wenn sie Monate damit verbrächte, sich Kleider anzusehen, Kataloge zu wälzen und das Für und Wider von Rosen, Tulpen oder anderen Blumen zu erwägen.

Entschieden ging sie in Richtung des Zimmers, das Mary Kate mit ihrer jüngsten Schwester, Alice Mae, bewohnte, schob sich lautlos durch die Tür, nahm den süßen, weiblichen Geruch wahr und griff, während sich ihre Augen an das Dunkel gewöhnten, in Richtung des Deckenberges auf dem Bett direkt neben dem Fenster.

»Mary Kate, bist du noch wach?«

»Natürlich ist sie das.« Alice Mae hob ihren von dichten, wirren Locken gerahmten Kopf. »Und ich kann dir sagen, sie hasst dich von ganzem Herzen, wird dich hassen bis zu dem Tag, an dem sie stirbt, und wird bis dahin kein Wort mehr mit dir reden.«

»Schlaf am besten einfach weiter.«

»Wie soll ich das denn bitte machen, wenn sie hier hereinkommt und mir mit ihren Flüchen beinahe die Ohren verätzt? Hast du sie wirklich im *Gallagher's* hinter dir her aus der Küche gezerrt und sie dann noch beschimpft?«

»Habe ich nicht.«

»Hat sie doch«, widersprach Mary Kate in steifem, förmlichem Ton. »Und vielleicht wärst du so freundlich, Alice Mae, ihr zu sagen, dass sie ihren knochigen Hintern aus meinem Schlafzimmer bewegen soll.«

»Sie sagt, du sollst –«

»Himmel, ich habe sie gehört. Aber ich bleibe.«

»Tja, wenn sie nicht geht, dann gehe eben ich.« Mary

Kate schwang ihre Beine auf den Boden, wurde jedoch umgehend unsanft auf das Bett zurückgedrückt.

Ob der gedämpften Flüche und der leisen Kampfgeräusche schaltete Alice Mae neugierig ihre Nachttischlampe an. »Du hast sowieso keine Chance, Katie, denn du kämpfst wie ein Mädchen. Hast du denn nie auf irgendwas von dem gehört, was Brenna uns erklärt hat?«

»Halt still, du dumme Ziege. Wie zum Teufel soll ich mich bei dir entschuldigen, wenn du die ganze Zeit versuchst, mir in die Hand zu beißen?«

»Ich will gar keine Entschuldigung von dir.«

»Tja, aber trotzdem kriegst du eine, selbst wenn ich sie dir aufzwingen muss.« Wütend und am Ende ihrer Weisheit tat Brenna das Einzige, was ihr noch blieb. Sie setzte sich rittlings auf ihre Schwester.

»Brenna hat geweint.« Alice Mae hatte das weichste Herz Irlands, und so kletterte sie eilig aus dem Bett und trottete in Richtung ihrer großen Schwester. »Schon gut.« Sie küsste Brenna sanft auf beide Wangen. »So schlimm kann es doch gar nicht sein.«

»Du bist wie eine Mutter«, murmelte Brenna und wäre um ein Haar erneut in Tränen ausgebrochen. Das Baby der Familie war inzwischen ein schlankes, hübsches Mädchen und würde schon in Kürze zu einer schlanken, hübschen jungen Frau heranreifen. Aber darüber, dachte Brenna mit einem Seufzer, machte sie sich besser Gedanken, wenn es so weit war. »Geh wieder ins Bett, Schätzchen. Du kriegst doch sicher kalte Füße.«

»Ich bleibe hier sitzen.« Sie setzte sich auf die Beine der armen Mary Kate. »Und helfe dir, sie festzuhalten. Wenn sie dich schon zum Weinen gebracht hat, sollte sie wenigstens die Höflichkeit besitzen, sich anzuhören, was du ihr zu sagen hast.«

»Sie hat *mich* zum Weinen gebracht.«

»Bei dir waren es Tränen der Wut«, zitierte Alice Mae eine Redewendung ihrer Mutter.

»Bei mir zum Teil wohl auch.« Seufzend legte Brenna Alice Mae den Arm um die Schultern. »Sie hat allen Grund, wütend auf mich zu sein. Ich habe mich wirklich schlecht benommen. Mein Verhalten und die Dinge, die ich gesagt habe, tun mir Leid, Katie.«

»Tatsächlich?«

»Tatsächlich.« Wieder stiegen hinter ihren Augen heiße Tränen auf. »Ich liebe dich.«

»Ich dich auch«, antwortete Mary Kate ihr schluchzend. »Tut mir auch Leid. Ich habe dir schreckliche Dinge an den Kopf geworfen. Aber ich habe sie bestimmt nicht so gemeint.«

»Schon gut.« Brenna rutschte ein wenig zur Seite und zog Mary Kate ebenfalls in ihre Arme. »Ich kann es nicht ändern, dass ich mir Sorgen um dich mache«, murmelte sie leise. »Ich weiß, du bist erwachsen, aber ich kann mich einfach nicht daran gewöhnen. Bei Maureen und Patty war es leichter. Maureen ist gerade mal zehn Monate jünger als ich und ein Jahr später kam schon Patty. Aber ihr beiden …« Sie breitete die Arme aus und zog erneut die beiden jüngsten Schwestern an die Brust. »Ich kann mich noch genau erinnern, wie es war, als ihr beiden auf die Welt kamt, deshalb ist es mit euch irgendwie etwas anderes für mich.«

»Aber ich habe doch gar nichts getan.«

»Ich weiß.« Brenna schloss die Augen. »Du bist so wunderhübsch, Katie. Und ich nehme an, du musst deine Reize einfach ausloten. Ich wünschte einfach, du würdest es bei Jungen deines Alters tun.«

»Das habe ich bereits.« Mit einem tränenfeuchten Lachen nahm Mary Kate den Kopf von Brennas Schulter und grinste. »Und ich glaube, jetzt bin ich bereit, die nächste Stufe auszuprobieren.«

»Mutter Gottes!« Wieder schloss Brenna ihre Augen. »Gib mir nur eine Antwort. Meinst du wirklich, du bist in Shawn verliebt?«

»Ich weiß es nicht.« Sie zuckte mit den Schultern. »Vielleicht. Er sieht einfach so gut aus, wie ein Ritter auf einem weißen Pferd. Und gleichzeitig ist er ein wahrer Dichter, so romantisch, mit einem solchen Tiefgang. Er sieht einem immer direkt in die Augen. Die meisten Jungen gucken immer etwas tiefer, sodass man weiß, dass es ihnen nicht um einen selbst geht, sondern allein um die Möglichkeit, einem die Bluse auszuziehen. Hast du jemals auf seine Hände geachtet, Brenna?«

»Seine Hände?« Er hatte lange, schmale, geschickte – ungemein prachtvolle Finger.

»Er hat die Hände eines Künstlers, und schon, wenn man sie ansieht, weiß man, wie sie sich anfühlen müssten, würde er einen je damit berühren.«

»Ja«, entfuhr es ihr mit einem Seufzer, ehe sie sich wieder fing. »Was ich sagen will, ist, dass ich verstehen kann, dass er mit seinem Aussehen gewisse, nun, Gefühle in einem wecken kann. Ich möchte einfach, dass du vorsichtig bist, das ist alles.«

»Das werde ich ganz sicher sein.«

»So, jetzt habt ihr euch wieder vertragen.« Alice Mae stand auf und gab beiden Schwestern einen Kuss. »Wenn du dann vielleicht wieder gehen würdest, Brenna, könnten wir alle endlich schlafen.«

Brenna schlief nicht besonders viel, und wenn, hatte sie seltsame, wirre, derart klare Träume, dass sie ihr beinahe wehtaten. Sie träumte von einem weißen, geflügelten Pferd mit einem in Silber gewandeten Reiter, dessen lange schwarze Haare um sein fein gemeißeltes Gesicht wehten.

Umgeben von hell leuchtenden Sternen, flog er höher und höher durch die Dunkelheit in Richtung des glühend weißen, vollen Mondes. Eines Mondes, dessen Strahlen Tränen glichen, Tränen, die der Reiter wie Perlen in seiner Tasche aus schimmerndem Silber sammelte und Lady Gwen zu Füßen legte, als sie beide vor dem Cottage auf dem Feenhügel standen.

»Dies sind die Tränen des Mondes. Sie sind das Zeichen meiner Sehnsucht nach dir. Nimm sie und nimm bitte auch mich.«

Aber sie wandte sich von ihm ab, schickte ihn fort und brach in Tränen aus.

Die Perlen glühten im nächtlich dunklen Gras, verwandelten sich in Mondblumen, und Brenna war diejenige, die sie pflückte, nachts, als ihre zarten, weißen Blüten weit geöffnet waren. Sie legte sie auf die Treppe vor der Tür des Cottages, da sie nicht den Mut hatte, sie zu Shawn hineinzutragen und ihm anzubieten.

Aufgrund des Schlafmangels und der intensiven Träume war Brenna am nächsten Morgen nachdenklich und schlecht gelaunt. Nach der Messe nahm sie den Motor eines alten Rasenmähers auseinander, wechselte die Zündkerzen an ihrem Laster und stellte ihn, obwohl es gar nicht nötig war, neu ein.

Dann schob sie sich unter den alten Wagen ihrer Mutter und wechselte das Öl, als sie plötzlich die Stiefel ihres Vaters vor sich sah.

»Deine Mutter sagt, ich soll rauskommen und nachsehen, was mit dir los ist, bevor du anfängst, auch noch den Motor aus der alten Kiste auszubauen.«

»Ich kümmere mich nur um ein paar Dinge, die noch erledigt werden müssen.«

»Das sehe ich.« Er ging in die Hocke und schob sich dann mit einem abgrundtiefen Seufzer neben sie unter das Auto. »Dann ist also nichts mit dir los.«

»Vielleicht doch.« Sie arbeitete einen Augenblick lang schweigend weiter, da sie wusste, dass er ihr Zeit ließ, um sich zu sammeln. »Kann ich dich etwas fragen?«

»Das weißt du doch.«

»Was ist es, was die Männer wollen?«

Mick spitzte die Lippen und beobachtete voller Freude, wie geschickt seine Tochter mit dem Schraubenschlüssel umging. »Tja, eine gute Frau, eine regelmäßige Arbeit, eine heiße Mahlzeit und ein Glas Bier am Ende des Tages stellen die meisten Männer schon zufrieden.«

»Mir geht es vor allem um den ersten Teil. Was will ein Mann von einer Frau?«

»Oh. Tja, nun.« Ihre Frage verwirrte ihn, dennoch begann er ruhig, sich wieder unter dem Wagen hervorzuschieben. »Ich hole am besten deine Mutter.«

»Du bist ein Mann, sie nicht.« Brenna packte ihn am Bein, bevor er flüchten konnte. Er war drahtig, aber sie hatte einen ziemlich festen Griff. »Ich will von einem Mann wissen, was die Männer von den Frauen wollen.«

»Ah … nun … Verstand«, sagte er etwas zu fröhlich. »Das ist schon mal ein positiver Zug. Und Geduld. Ehrlich gesagt, braucht ein Mann vor allem viel Geduld von einer Frau. Es gab mal eine Zeit, da wollten die Männer vor allem, dass die Frauen ihnen ein behagliches Heim bereiten, aber in der heutigen Welt – da ich selbst fünf Töchter habe, weiß ich, wovon ich rede – geht es eher um ein gegenseitiges Geben und Nehmen. Darum, dass man einander immer wieder Hilfestellung gibt.« Er klammerte sich an das Wort, als wäre es ein Seil, das man ihm zugeworfen hatte, während er auf einem äußerst schmalen, langsam, aber sicher abbröckelnden Felsvorsprung gefangen war. »Ein Mann will eine Frau, die ihm Hilfestellung gibt. Eine Partnerin fürs Leben.«

Brenna schob sich unter dem Wagen hervor und richtete sich auf. Da sie spürte, dass er immer noch davongelaufen wäre, hätte er nur die Chance, hielt sie seinen Knöchel weiter fest umklammert. »Ich glaube, wir beide wissen, dass ich nicht von Vernunft, Geduld und praktischer Hilfestellung rede.«

Erst färbte sich sein Gesicht rosa, dann wurde er plötzlich kreidebleich. »Ich werde mit dir nicht über Sex reden, Mary Brenna, schlag dir das am besten aus dem Kopf. Über dieses Thema unterhalte ich mich ganz sicher nicht mit einer meiner Töchter.«

»Warum nicht? Ich weiß, dass du es tust, sonst gäbe es mich ja wohl nicht.«

»Wie auch immer«, sagte er und presste die Lippen aufeinander.

»Wenn ich ein Sohn wäre und keine Tochter, könnten wir dann darüber reden?«

»Du bist aber kein Sohn, also reden wir nicht darüber, Ende der Diskussion.« Er kreuzte entschieden die Hände vor der Brust.

In dieser Pose erinnerte er Brenna mit einem Mal an einen erbosten Kobold, und sie fragte sich, ob Jude ihn vielleicht als Modell für ihre Skizzen genommen hatte.

»Und wie soll ich etwas verstehen, wenn man nicht mit mir darüber redet?«

Da Mick sich nicht auf diese Art der Logik einlassen

wollte, blickte er stirnrunzelnd in die Ferne. »Wenn du schon über solche Dinge reden musst, dann tu das mit deiner Mutter.«

»Schon gut, schon gut, vergiss es.« Am besten ginge sie die Sache aus einer anderen Richtung an. War nicht er selbst derjenige gewesen, der sie gelehrt hatte, dass man jede Arbeit auf verschiedene Art in Angriff nehmen konnte? »Dann sag mir etwas anderes.«

»Geht es dabei auch wirklich um ein völlig anderes Thema?«

»Das könnte man so sagen.« Lächelnd tätschelte sie sein Bein. »Ich frage mich, was du tun würdest, wenn du etwas wolltest, wenn du es schon seit langem gewollt hättest.«

»Wenn ich es wollte, warum sollte ich es dann nicht längst schon haben?«

»Weil du dir bisher nicht wirklich Mühe gemacht hast, um es auch zu bekommen.«

»Und warum habe ich das nicht getan?« Er zog seine sandfarbenen Brauen in die Höhe. »Bin ich nur ein bisschen langsam oder obendrein noch dumm?«

Brenna dachte über diese Frage nach und kam zu dem Ergebnis, dass er nicht wissen konnte, dass seine Erstgeborene soeben zutiefst von ihm beleidigt worden war. Dann nickte sie bedächtig mit dem Kopf. »In diesem bestimmten Fall vielleicht etwas von beidem.«

Erleichtert, weil sich das Gespräch einem sicheren Thema zugewendet hatte, sah er seine Tochter lächelnd an. »Dann würde ich ein bisschen schneller machen, versuchen, mich nicht länger dämlich anzustellen, gut zielen und zusehen, dass ich das, was ich will, schnellstmöglich erreiche. Was ganz sicher funktioniert, denn wenn ein O'Toole erst etwas im Visier hat, bei Gott, dann trifft er auch ins Mark.«

Was, wie sie wusste, durchaus nicht unzutreffend war. »Aber vielleicht bist du ein bisschen nervös und dir deiner Talente auf diesem besonderen Gebiet nicht allzu sicher?«

»Mädchen, wenn du dich nicht um die Dinge bemühst, wirst du sie nie bekommen. Wenn du nicht fragst, kann auch niemand dir eine positive Antwort geben. Wenn du nicht den ersten Schritt wagst, kommst du niemals von der Stelle.«

»Du hast Recht.« Sie legte ihre Hände auf seine Schultern und verschmierte ein wenig Öl auf seinem Hemd, als sie ihm einen Kuss gab. »Du hast einfach immer Recht, Dad, und deshalb musste ich dich fragen.«

»Tja, dafür ist ein Vater schließlich da.«

»Würde es dir etwas ausmachen, das hier für mich fertig zu machen?«, fragte sie und zeigte mit dem Daumen auf den Wagen. »Ich würde es ja selbst tun, aber es gibt da etwas, das ich umgehend in Angriff nehmen muss.«

»Kein Problem.« Er schob sich unter das Auto und machte sich, froh, seiner Tochter geholfen zu haben, pfeifend an die Arbeit.

5

Shawn kochte sich einen so starken Tee, dass er auf seiner Oberfläche hätte tanzen können, und griff nach einem der vom Vortag übrig gebliebenen süßen Brötchen. Er würde es sich mit seinem bescheidenen Frühstück und der nach der Messe im Dorf erstandenen Sonntagszeitung gemütlich machen, bis er in einer Stunde wieder in den Pub müsste.

Aus dem Radio auf der Anrichte tönte traditionelle gälische Musik, und im Ofen prasselte ein behagliches Torffeuer. Er fühlte sich wie im Himmel.

Nicht mehr lange, und er würde für die zahlreichen sonntäglichen Gäste des *Gallagher's* kochen, Darcy käme alle paar Minuten in die Küche, würde ihn mit irgendetwas löchern, und dieser oder jener würde sicherlich hereinschauen, um ihm etwas zu erzählen. Bestimmt käme auch Jude für ein, zwei Stunden, und er würde dafür sorgen, dass sie ein leckeres, gesundes Mittagessen bekam.

Nichts davon machte ihm auch nur das Geringste aus. Trotzdem meinte er, sein Kopf würde zerspringen, hätte er nicht hin und wieder etwas Zeit für sich allein. Er konnte sich durchaus vorstellen, für den Rest seines Lebens das kleine Cottage zu bewohnen, in Gesellschaft des stets gereizten schwarzen Katers, der sich im Augenblick neben dem Feuer ausgestreckt hatte, und Morgen für Morgen die wunderbare Ruhe zu genießen.

Er lauschte den Pfeifen- und Flötenklängen aus dem

Radio und klopfte mit dem Fuß den Takt, als er plötzlich zusammenzuckte.

Es klopfte laut an die Hintertür des Hauses, die riesige gelbe Hündin der O'Tooles grinste mit heraushängender Zunge durch die Scheibe und stemmte ihre dicken Pfoten gegen das bis eben noch strahlend saubere Glas. Shawn schüttelte den Kopf, stand aber trotzdem auf. Er hatte nichts gegen Bettys Besuche. Sie war eine angenehme Gesellschaft und nachdem er sie ein wenig gekrault hätte, würde sie sich neben seinem Stuhl zusammenrollen und ihren eigenen Träumen nachhängen.

Bub fauchte und machte einen Buckel, doch weniger aus wirklicher Verärgerung als vielmehr aus Routine. Als die gutmütige Betty ganz einfach nicht darauf reagierte, wandte er ihr den Rücken zu und leckte sich betont gleichmütig das Fell.

»Und, machst du mal wieder einen Spaziergang?«, fragte Shawn die Hündin, als er sie aus dem kalten Wind hereinließ. »Tja, du bist mir stets willkommen, egal, was der schwarze Teufel dazu sagt.«

Er wollte die Tür schon wieder schließen, als er Brenna sah. Zuerst empfand er einen leichten Ärger, denn sie war niemand, dem es bereits genügte, schweigend mit ihm zusammen den Klängen aus dem Radio zu lauschen. Sie wollte sich sicher mit ihm unterhalten. Trotzdem ließ er die Tür geöffnet und stand halb im Kalten, halb im Warmen, während er sie näher kommen sah.

Ein paar Strähnen ihrer Haare wehten wie rote Rubine um ihr schmales Gesicht. Sie hatte die Lippen zusammengepresst, sodass er sich fragte, ob vielleicht irgendjemand sie geärgert hatte. Was nicht weiter schwierig war. Trotzdem hatte sie, wenn man sich die Zeit nahm, ihn genauer zu betrachten, einen wirklich hübschen Mund.

Sie machte für eine kleine Frau erstaunlich große Schritte. Sie bewegte sich, als hätte sie etwas zu erledigen und wollte es möglichst schnell hinter sich bringen. Nun, so, wie er sie kannte, würde sie nicht lange fackeln und ihn umgehend wissen lassen, worum es ihr ging.

Sie umrundete das kleine Kräuterbeet, das er zu einem vollständigen Küchengarten auszubauen gedachte und wandte ihm, als sie ihn erreichte, ihr von der Kälte rosiges Gesicht zu.

»Guten Tag, Mary Brenna. Falls du gerade einen Spaziergang mit eurer Hündin unternimmst, lass mich dir sagen, dass sie genug zu haben scheint. Sie sitzt bereits unter dem Tisch, und Bub straft sie mit Missachtung.«

»Sie wollte mich begleiten.«

»Sicher, und wenn du normal gehen würdest statt derart grimmig zu marschieren, ginge sie vielleicht noch etwas länger mit. Komm erst mal herein.« Er machte einen Schritt zurück, um sie vorbeizulassen und verzog mit einem Mal das Gesicht zu einem Lächeln. »Du riechst nach Blumen und Schmieröl.«

»Eher wohl nach Motoröl und dem Rest des Parfüms, das ich mir von Alice Mae geborgt habe.«

»Eine wirklich betörende Mischung.« Und typisch für Brenna O'Toole. »Wie wär's mit einem Tee?«

»Sehr gern.« Sie zog ihre Jacke aus, warf sie über einen Haken, dann fiel ihr plötzlich die Mütze ein, die sie ebenfalls vom Kopf nahm.

Immer, wenn die Fülle ihrer Haare über ihren schmalen Schultern wogte, zog sich sein Magen leicht zusammen. Idiotisch, dachte er, und ging hinüber an den Herd. Schließlich wusste er genau, was unter ihrer grauenhaften Kappe steckte. Und trotzdem war es jedes Mal wieder eine vollkommene Überraschung.

»Ich habe auch noch ein paar süße Brötchen.«

»Nein, danke.« Sie verspürte das Bedürfnis sich zu räuspern, denn ihre Kehle war wie zugeschnürt. Unterwegs hatte sie beschlossen, besser nicht direkt mit der Tür ins Haus zu fallen, also begann sie mit einem, wie sie fand, vollkommen neutralen Thema. »Ich habe mich gefragt, ob ich mir vielleicht irgendwann nächste Woche mal dein Auto ansehen soll. Es macht wirklich traurige Geräusche.«

»Ich hätte nichts dagegen, wenn du das könntest.« Er beobachtete, wie sich Bub erst an Brennas Beine schmiegte und dann auf ihren Schoß sprang. Sie war das einzige menschliche Wesen, für das der Kater so etwas wie Zuneigung empfand. Sicher weil sie ebenso reizbar war wie er.

»Hast du nicht genug mit Judes Kinderzimmer zu tun?«

Sie kraulte Bub hinter den Ohren, worauf dieser tatsächlich vor Wohlbehagen schnurrte. »Ich schiebe den Wagen einfach irgendwo dazwischen.«

Er nahm Brenna gegenüber Platz, und als Betty sich schwanzwedelnd zu seinen Füßen setzte, gab er ihr ein halbes Brötchen. »Dann kommt ihr dort drüben also gut voran?« Er kam zu dem Ergebnis, dass es doch sehr schön war, in Gesellschaft der Tiere mit ihr in der warmen Küche zu sitzen und zu plaudern.

»Sehr gut. Eigentlich ging es Jude nur darum, das Zimmer ein bisschen zu verschönern. Aber plötzlich ist sie der Ansicht, dass sich die anderen Räume im Vergleich zu dem renovierten Kinderzimmer irgendwie schäbig ausnehmen würden, und deshalb hätte sie jetzt das Schlafzimmer ebenfalls gerne neu gemacht.«

»Und was ist daran falsch?«

Brenna zuckte mit den Schultern. »Eigentlich nichts, aber Jude und Darcy haben ungefähr ein Dutzend Wünsche. Neue Tapeten für die Wände, neue Farbe für die Decke, komplettes Abschleifen des Fußbodens. Und als ich erwähnte, wie schön die Aussicht aus den großen Fenstern ist, meinte Jude urplötzlich, sie hätte dort furchtbar gerne eine Bank. Ich habe gesagt, das wäre nicht weiter problematisch, und schon will sie, dass ich eine baue.«

Geistesabwesend griff Brenna nach der Brötchenhälfte, die noch auf dem Teller lag, und begann daran herumzuknabbern. »Ich wette, am Ende werden Dad und ich vom Keller bis unter das Dach sämtliche Räume des Hauses umkrempeln. Sie hat es sich nun mal in den Kopf gesetzt, alles zu verschönern. Scheint eine Art von Nestbautrieb zu sein.«

»Tja, wenn es ihr Spaß macht und Aidan nichts dagegen hat …« Shawn brach mitten im Satz ab und stellte sich vor, wie es wäre, inmitten all des Hämmerns und Sägens leben zu müssen. Lieber würde er langsam über einem Holzfeuer geröstet.

»Aidan soll etwas dagegen haben?« Brenna lachte schnaubend auf. »Er kommt immer wieder mitten in unseren Diskussionen ins Zimmer geplatzt und grinst sie dämlich an. Der Mann ist vollkommen verrückt nach seiner Frau. Ich glaube, sie könnte sogar sagen, lass Brenna das Haus einmal um hundertachtzig Grad drehen, damit wir nicht mehr aufs Meer blicken, und er würde ihr zustimmen.« Seufzend nippte sie an ihrem Tee.

»Sie ist das, worauf er die ganze Zeit gewartet hat.« Auf Brennas verwirrten Blick schüttelte er den Kopf. »Natürlich hat er gewartet. Man musste ihn nur genau ansehen, um es zu bemerken. Als sie an dem ersten Abend in den Pub kam, war es bereits um ihn geschehen. Der Augenblick war für sie beide der Anfang eines völlig neuen Lebens, auch wenn sie es noch nicht mal ahnten.«

»Aber du hast es gewusst?«

»Ich kann nicht behaupten, ich hätte es gewusst, aber ich war mir völlig sicher, dass sich von da an etwas ändern würde.«

Fasziniert beugte sie sich über den Tisch. »Und worauf wartest *du*?«

»Ich?« Er zog erstaunt die Brauen in die Höhe. »Oh, mir gefällt mein Leben, genauso wie es ist.«

»Das ist das Problem mit dir, Shawn. Du solltest endlich mal versuchen, ein bisschen beweglicher zu werden.« Sie erinnerte sich an die Worte ihres Vaters. »Dich vorwärts zu bewegen. Wenn du dich nicht weiterbewegst, bleibt immer alles, wie es ist.«

Belustigt hob er seine Tasse an den Mund. »Aber so wie es ist, gefällt es mir doch auch.«

»Ich persönlich bin zu einer Veränderung bereit, ich bin bereit, einen Schritt nach vorn zu wagen.« Sie kniff die Augen zusammen und sah ihm ins Gesicht. »Und ich übernehme meinetwegen auch die Führung, wenn es nicht anders geht.«

»Und in welcher Beziehung willst du die Führung übernehmen?«

»In Bezug auf dich.« Sie lehnte sich zurück und ignorierte sein breites Grinsen. »Ich denke, wir sollten endlich miteinander ins Bett gehen.«

Er verschluckte sich an seinem Tee, schüttete sich etwas von der heißen Flüssigkeit über die Hand und begann heftig zu husten. Entschlossen schob sie den verärgerten Bub von ihrem Schoß, ging um den Tisch und klopfte Shawn unsanft auf den Rücken. »So furchtbar kann der Gedanke ja wohl wirklich nicht sein.«

»Himmel!«, war das Einzige, was er herausbrachte. »Gütiger Himmel!« Als sie sich wieder auf ihren Stuhl warf, starrte er sie mit großen Augen an und atmete hörbar ein und wieder aus. »Was redest du auf einmal für ein Zeug?«

»Ich rede einfach nicht länger um den heißen Brei herum.« Um sich weder ihre Nervosität noch ihren Ärger anmerken zu lassen, ließ sie möglichst lässig einen Arm über die Lehne ihres Stuhls baumeln. »Tatsache ist, dass ich nun mal eine Schwäche für dich habe. Und zwar seit geraumer Zeit.« Dieses Mal klappte ihm die Kinnlade herunter und seine entsetzte Miene hätte um ein Haar ihren Zorn entfacht. »Was denkst du denn? Dass nur Männer körperliche Gelüste haben können?«

Natürlich dachte er das nicht. Aber ebenso wenig hätte er geglaubt, dass jemals einfach eine Frau in seine Küche platzen und ihm erklären würde, es wäre an der Zeit, mit ihr zu schlafen. »Was würde deine Mutter denken, wenn sie dich so reden hören würde?«

Brenna neigte den Kopf. »Sie ist aber nicht hier, oder?«

Er schob so abrupt seinen Stuhl zurück, dass Betty entsetzt aufsprang und, da er einen klaren Kopf bekommen musste, in Richtung Tür marschierte. »Ich brauche frische Luft.«

Einen Augenblick lang blieb Brenna einfach sitzen. Sie befahl sich, langsam und möglichst tief zu atmen, bis sie sich halbwegs beruhigt hätte. Ihre Vernunft, ihre Reife und einen klaren Kopf auch jetzt noch zu bewahren. Ihr Verstand kämpfte gegen ihren Zorn, ehe er nach etwa zehn Sekunden den Schwanz einkniff und vom Schlachtfeld floh.

Was bildete der Kerl sich ein? Was *bildete* der Kerl sich ein? War sie vielleicht irgendeine Art Ungeheuer, das einen Mann bereits bei dem bloßen Gedanken an irgendeine Art der körperlichen Nähe die Flucht ergreifen ließ? Musste sie vielleicht erst in kurzen Röcken und angemalt wie eine

Diva durch die Gegend stolzieren, bevor Shawn Gallagher sie überhaupt bemerkte? Den Teufel würde sie tun.

Sie sprang von ihrem Stuhl, ging Richtung Tür und trat hinaus in den beißend kalten Wind. »Wenn du kein Interesse hast, brauchst du es nur zu sagen.«

Sie baute sich vor ihm auf, doch er löste das Problem, indem er sich einfach umdrehte und in die andere Richtung weiterging.

Er hatte wirklich Glück, dass sie unbewaffnet war.

»Lauf nicht einfach vor mir weg, du elender Feigling.«

Er bedachte sie mit einem bösen Blick über die Schulter. »Du solltest dich schämen.« Wieder wandte er sich ab und ging weiter.

Er schämte sich fast zu Tode. Und, Gott mochte ihm beistehen, gleichzeitig empfand er ehrliches Verlangen. Er weigerte sich, in diesen Kategorien an Brenna zu denken. Hatte sich derartige Überlegungen immer schon verboten. Nun, falls seine Gedanken ein- oder zweimal in diese Richtung abgeglitten waren, hatte er sie nicht umgehend unterdrückt? Und genau das hatte er jetzt ebenfalls vor.

»Ich soll mich schämen?« Ihre Stimme traf ihn wie ein Fausthieb. »Wer zum Teufel bist du, dass du dir anmaßt zu entscheiden, welcher Dinge ich mich schämen soll?«

»Ich bin der Mann, dem du dich vor wenigen Minuten so locker angeboten hast wie eine Tüte Chips und ein Glas Bier.«

Sie hatte ihn gerade eingeholt, doch bei seinen Worten wich alle Farbe aus ihrem schmalen Gesicht. »Ist es das, was du denkst? Dass ich nicht mehr bin als ein Glas Bier und eine Tüte Chips? Dann bist du derjenige, der sich in Grund und Boden schämen sollte.«

Er hatte sie eindeutig verletzt, was seine Verwirrung noch verstärkte. »Brenna, eine Frau läuft nun einmal nicht in der Gegend herum und bietet einem Mann an, einfach so mit ihm zu schlafen. Es ist einfach nicht richtig.«

»Aber es ist in Ordnung, wenn Männer zu Frauen so was sagen?«

»Nein. Das finde ich auch nicht in Ordnung. Es ist … es sollte … heilige Mutter Gottes, ich kann mich mit dir einfach nicht über ein solches Thema unterhalten. Du bist für mich so was wie eine Schwester.«

»Warum kann anscheinend keiner der Männer, die ich näher kenne, normal über Sex reden? Außerdem bin ich nicht deine Schwester.«

Vielleicht war er ein Feigling, aber vor allem war er anständig, deshalb trat er einen Schritt zurück. »Bleib, wo du bist.«

»Wenn du nicht mit mir ins Bett willst, brauchst du nur zu sagen, dass ich dich als Frau nicht reize.«

»Ich sehe dich gar nicht als Frau.« Er trat noch einen Schritt nach hinten und landete im Kräuterbeet. »Wie gesagt, du bist praktisch meine Schwester.«

Sie bleckte ihre Zähne. »Aber ich *bin*, verdammt noch mal, nicht deine Schwester, oder?«

Der Wind ließ ihre Haare wehen, und am liebsten hätte er sie mit beiden Händen gepackt – etwas, was er als vollkommen harmlose Geste schon hundertmal getan hatte.

Nun jedoch hatte er die Befürchtung, dass nichts zwischen ihnen beiden je wieder harmlos sein würde.

»Nein, bist du nicht. Aber ich habe dich fast mein ganzes Leben so gesehen – oder es zumindest versucht. Wie kannst du da erwarten, dass ich das urplötzlich über Bord werfe und … ich kann es einfach nicht«, erklärte er hastig, als sein Blut erneut in Wallung zu geraten drohte. »Es wäre ganz einfach nicht richtig.«

»Wenn du nicht mit mir schlafen willst, dann ist das

dein Problem.« Sie nickte ihm kühl zu. »Andere sind da weniger zurückhaltend.« Mit diesen Worten drehte sie sich auf dem Absatz um und machte sich auf den Weg nach Hause.

»Verdammt, warte eine Sekunde.« Wenn nötig, konnte er überraschend schnell sein, und ehe sie drei Schritte gemacht hatte, hielt er sie bereits fest, drehte sie zu sich herum und packte ihre Arme. »Falls du dir einbildest, ich ließe dich jetzt einfach gehen, dann hast du dich geirrt. Ich lasse ganz sicher nicht zu, dass du jetzt davonläufst und dich einem anderen Kerl in die Arme wirfst, nur weil du wütend auf mich bist.«

Das Blitzen ihrer Augen hätte ihm eine Warnung sein müssen, aber ihre Stimme war so leise und so kühl, dass er es übersah. »Bilde dir ja nicht zu viel ein, Shawn Gallagher. Wenn ich mit einem Mann ins Bett gehen will, dann tue ich das auch. Und zwar, ohne dass es dich das Geringste anginge. Es mag dich schockieren, aber ich habe tatsächlich bereits Sex gehabt, und er hat mir Spaß gemacht. Und wenn es mir in den Sinn kommt, wiederhole ich dieses Erlebnis, egal, was du dazu sagst.«

Ebenso gut hätte sie ihm einen Vorschlaghammer in die Leistengegend rammen können. »Du – wer …«

»Das geht dich nichts an«, unterbrach sie böse. »Und jetzt lass mich endlich los. Ich habe dir nichts mehr zu sagen.«

»Aber ich habe dir noch einiges zu sagen.« Doch angesichts der Vorstellung von Brenna mit einem anderen, namenlosen Mann war sein Gehirn wie leer gefegt.

Sie warf den Kopf zurück, und ihre Augen blitzten, als sie noch einmal fragte: »Willst du nun mit mir schlafen oder nicht?«

Wahrheit oder Lüge? Plötzlich war er sich völlig sicher,

dass beide Möglichkeiten ihm das Leben zur Hölle machen würden. Trotzdem hielt er eine Lüge in diesem Fall für sicherer. »Nein.«

»Dann wäre das also geklärt.« Erniedrigt und zugleich wütend befreite sie sich von ihm. Vielleicht aus Stolz, vielleicht aber auch einfach aus einem tiefen inneren Bedürfnis heraus handelte sie mit einem Mal spontan.

Sie sprang mit einem kleinen Satz in seine Arme, schlang ihre Beine um seine Hüften und presste ihren Mund auf seine Lippen. Sie glaubte, Betty bellen zu hören – einmal, zweimal, dreimal hintereinander, beinahe wie ein Lachen. Aber sie hing wie eine Klette an Shawn, als dieser leise schwankte, biss ihm wenig zärtlich in die Unterlippe und legte alles, was sie hatte, in diese heiße, leidenschaftliche Vereinigung der Münder. Irgendjemand stöhnte, doch wer, war ihr vollkommen egal.

Sie hatte ihn eindeutig überrascht. Das war der Grund, weshalb er sie noch immer hielt. Natürlich. Es war einfach eine instinktive Reaktion, diesen herrlich straffen Hintern mit beiden Händen zu umfassen, und dann seine Hände über ihren schmalen Rücken bis in ihr Haar gleiten zu lassen, wo sie sich verloren.

Auch sein leises Keuchen deutete er lieber als ein Zeichen seines Schocks. Es war schließlich nicht seine Schuld, dass ihr Duft und ihr Geschmack ihn schwindlig werden ließen.

Er musste die Sache beenden. Um ihretwillen musste er den Kuss beenden … in einer Sekunde. Oder auch ein bisschen später.

Der Wind peitschte wie ein eisig kaltes Band um ihre Körper. Die Sonne hatte sich hinter die Wolkenwand verzogen und ein weicher, sanfter Regen ging auf die Erde nieder. Er meinte beinahe zu spüren, wie ihm das Blut aus dem Kopf wich, bis er nur noch daran denken konnte, sie zurück ins Haus zu tragen, die Treppe hinauf in Richtung seines Bettes.

Dann machte sie sich von ihm los, sprang behände wieder auf den Boden und sah ihn verächtlich an. »Ich dachte, du solltest wenigstens eine Kostprobe dessen bekommen, was du abgelehnt hast.«

Während er reglos dastand, erregter als je zuvor in seinem Leben, strich sie sich über den Ärmel ihres Hemdes. »Ich werde mir dein Auto ansehen, wenn ich etwas Zeit erübrigen kann. Du siehst besser zu, dass du ins Dorf kommst, sonst erscheinst du noch zu spät im Pub.«

Noch immer sagte er kein Wort, als sie ins Haus zurückging und blieb stumm in dem leisen Regen stehen, während sie zusammen mit der gelben Hündin den Hügel hinunterschlenderte.

»Du kommst zu spät«, erklärte Aidan, als Shawn durch die Küchentür des Pubs trat.

»Dann schmeiß mich doch einfach raus.«

Diese ungewohnt schlecht gelaunte Antwort ließ Aidan die Brauen hochziehen, während er zusah, wie Shawn die Tür des Kühlschranks aufriss und Eier, Milch und Fleisch herausnahm. »Es ist schwer, einen Mann zu feuern, dem ein ebenso großer Anteil an dem Unternehmen gehört wie mir selbst.«

Shawn knallte eine Pfanne auf den Herd. »Dann zahl mich doch einfach aus.«

Als Darcy durch die Tür kam, hob Aidan seine Hand, schüttelte den Kopf und winkte sie wieder hinaus. Nicht besonders erfreut darüber, kam sie aber doch der Bitte nach.

»Was ist los?«

»Nichts ist los. Ich muss mich auf meine Arbeit konzentrieren.«

»Bisher hast du es noch immer geschafft zu arbeiten und gleichzeitig zu reden.«

»Ich habe nichts zu sagen, und muss jede Menge Fleischpasteten machen. Aber, was zum Teufel ist bloß mit den Weibern los?«, wandte er sich plötzlich stirnrunzelnd an seinen Bruder. »Erst wollen sie dies, dann wollen sie das, und nie weiß man, was sie als Nächstes von einem verlangen.«

»Aha.« Aidans Sorge wich ehrlicher Belustigung. Er nahm sich einen Becher Tee und lehnte sich an die Arbeitsplatte, während sich Shawn wütend murmelnd wieder an die Arbeit machte. »Über dieses Rätsel könnten wir den ganzen Tag und die halbe Nacht lang reden, ohne einer Lösung dadurch auch nur im Mindesten näher zu kommen. Das ist ein wirklich schwieriges Thema. Aber es ist wesentlich angenehmer, sich von einer Frau Schwierigkeiten machen zu lassen, als gar keine Frau zu haben, findest du nicht auch?«

»Im Augenblick nicht.«

Aidan lachte unbekümmert auf. »Na, welches weibliche Wesen ist denn für dein Elend verantwortlich?«

»Keins. Es ist nichts. Es ist einfach lächerlich.«

»Hmm, du willst es mir also nicht sagen.« Aidan nippte nachdenklich an seinem Tee. »Dann scheint es wirklich ernst zu sein.«

»Du kannst leicht so selbstzufrieden lächeln«, fuhr Shawn ihn zornig an. »Du hast es mit deiner Jude Frances ja auch wirklich gut getroffen.«

»Das ist natürlich wahr.« Aidan nickte zustimmend. »Aber so war es nicht immer, und du hast mir damals, als ich am Ende meiner Weisheit war, eine Reihe guter Ratschläge erteilt. Vielleicht solltest du dir diesmal selbst ein paar Tipps geben, wenn du sie schon von mir nicht annimmst.«

»Ich will im Augenblick ganz einfach keine Frau in meinem Leben«, murmelte Shawn so leise, dass Aidan ihn kaum hören konnte. »Und schon gar nicht diese. Nein, schon gar nicht diese.«

Er versuchte, nicht länger an den wilden, verruchten Kuss zu denken, oder daran, wie Brennas kleiner, fester Körper regelrecht an ihm geklebt hatte.

»Du weißt sicher am besten, was du willst. Alles, was ich dazu sagen kann, ist, dass es eine Zeit gibt, in der einem der Verstand etwas vollkommen anderes zu raten scheint als das Gefühl. In Bezug auf die Frauen stellen wir Männer uns manchmal ziemlich kindisch an. Wir wollen haben, was wir nicht haben sollen, und übernehmen uns dabei ganz einfach. Zu wissen, dass etwas nicht gut für einen ist, heißt noch lange nicht, dass man es nicht mehr will.«

»Es wäre nicht gut für sie.« Etwas ruhiger nahm Shawn eine Schüssel aus dem Schrank, um den Pastetenteig zu kneten. »Selbst wenn nicht noch eine ganze Reihe anderer Faktoren eine Rolle spielen würde, wäre es nicht gut für sie. Also denke ich am besten gar nicht länger über diese Sache nach.«

Er legte ein Tuch über die Schüssel mit dem Gemisch aus Mehl und Wasser und schob sie in den Kühlschrank. »Ich mache Früchtekuchen«, erklärte er Aidan, während er Butter und Schmalz zum Bestreichen der Pastete miteinander verrührte. »Und außerdem habe ich noch Meerfenchel, den der kleine Brian Duffy für mich gesammelt hat und den ich eingemacht habe. Der passt gut zu dem Lachs, den du heute Morgen gekauft hast. Sag Jude, dass sie rüberkommen soll, dann mache ich ihr eine anständige Mahlzeit.«

»Werde ich machen, danke. Shawn –« Er brach ab, als sich Darcy mit böser Miene nochmals durch die Tür schob.

»Erst sagst du, ich soll möglichst früh herunterkommen, und dann schickst du mich wieder weg. Wenn ihr beiden weiter hier herumstehen und Männergeheimnisse austauschen wollt, braucht ihr es nur zu sagen. Dann kann ich nämlich wieder raufgehen und mir die Nägel lackieren, denn schließlich machen wir sowieso erst in einer Stunde auf.«

»Lass mich dir einen Tee einschenken, Schätzchen, nachdem ich derart scheußlich zu dir war.« Aidan tätschelte ihr begütigend die Wange und zog mit einer tiefen Verbeugung einen Stuhl für sie heran.

»Tja, ich nehme eine Tasse, aber nur, wenn ich auch Plätzchen dazu kriege.« Sie nahm Platz, faltete ihre Hände auf der Tischplatte und schenkte ihrem Bruder ein herausforderndes Lächeln.

»Also dann auch ein paar Plätzchen.« Aidan holte die Keksdose und stellte sie vor ihr auf den Tisch. »Ich muss sowieso noch mit euch beiden reden. Wegen einer Sache, die auch unseren Pub betrifft.«

»Dann musst du reden, während ich arbeite.« Shawn nahm die Schüssel wieder aus dem Kühlschrank und rollte den Teig auf der Arbeitsplatte aus.

»Du warst derjenige, der zu spät gekommen ist, erinnerst du dich noch?«, fragte Aidan lässig. »Aber jetzt zu meinem Problem. Es geht um diesen Mann aus New York, diesen Magee. Scheint, als fände er Gefallen an der Idee, das Theater direkt hinter der Kneipe zu errichten. Ich dachte daran, ihm das Land langfristig zu verpachten, aber er würde es lieber kaufen. Falls wir das tun, geben wir jedoch das Land auf und dadurch auch einen Teil unserer Einflussmöglichkeiten auf das, was dort geschieht.«

»Wie viel will er bezahlen?«, fragte Darcy und biss in einen Keks.

»Darüber haben wir bisher noch nicht gesprochen, aber ich glaube, er würde die Summe zahlen, die wir dafür verlangen. Ich muss zwar noch Ma und Dad anrufen, aber da die Leitung des Pubs inzwischen bei uns liegt, müssen wir uns auch überlegen, was wir damit machen.«

»Wenn er genug zahlt, würde ich sagen, verkaufen wir ihm das Land. Wir nutzen es doch sowieso nicht.«

»Dieses Land hat immer uns gehört.« Shawn sah, während er das ausgerollte Rechteck mit der Butter-Schmalz-Mischung bestrich, in Darcys Richtung.

»Und wenn wir es verkaufen würden, brächte es uns Geld.«

»Ich habe ziemlich lange über diese Sache nachgedacht.« Aidan drehte den Becher zwischen seinen Händen. »Wenn wir ihm das Grundstück nicht verkaufen, findet dieser Magee sicher ein anderes Fleckchen, an dem er sein Theater bauen kann. Wenn es allerdings direkt hinter unserem Pub steht, profitieren wir sicher davon. Er scheint ein guter Geschäftsmann zu sein, und ich würde lieber persönlich mit ihm verhandeln als nur am Telefon. Aber er sagt, er kann im Augenblick nicht rüberkommen, weil er erst noch ein anderes Geschäft in den Staaten zum Abschluss bringen muss.«

»Dann schick mich rüber nach New York.« Darcy flatterte mit ihren schwarz getuschten Wimpern. »Ich werde ihn schon dazu bringen, dass er genug springen lässt.«

Aidan lachte schallend auf. »Ich glaube nicht, dass er der Typ ist, der sich so einfach um den kleinen Finger wickeln lässt. Meiner Meinung nach geht es ihm einzig ums Geschäft. Ich dachte daran, Dad zu fragen, ob er nicht nach New York fliegen und diesen Magee treffen kann, denn Dad ist ein ebenso zäher Verhandlungspartner. Aber erst müssen wir drei hier beschließen, was wir überhaupt wollen.«

»Profit«, kam Darcys umgehende Antwort.

»Das stimmt, aber was wollen wir auf lange Sicht?«

»Einen guten Ruf«, erklärte Shawn, und Aidan sah ihn fragend an. »Wir haben uns alle Mühe gegeben, das *Gallagher's* zu einem Zentrum für gute Musik werden zu lassen. Steht nicht unser Name in sämtlichen Touristenführern, und zwar als Markenzeichen nicht nur für gutes Essen und Trinken, sondern auch für die Musik, die bei uns gespielt wird? Rufen nicht inzwischen regelmäßig Bands oder sogar deren Manager hier an, um sich nach der Möglichkeit eines Auftritts zu erkundigen?«

»Sicher, und damit sind wir bisher immer gut gefahren«, pflichtete ihm Aidan unumwunden bei.

»Falls also dieser Magee die Absicht hat, die Musikszene in Ardmore zu vergrößern und dadurch noch mehr Touristen, noch mehr Gäste anzulocken, würde das unser Ansehen noch steigern.«

Shawn faltete den Teig um die Füllung, drückte die Ränder zusammen und schob das Ganze wieder in den Kühlschrank. »Aber es muss auch weiter so laufen, wie wir es uns vorstellen, meint ihr nicht auch?«

Aidan lehnte sich auf seinem Stuhl zurück, als Shawn Kartoffeln aus einem Eimer in die Spüle kippte und sie zu schrubben begann. »Du überraschst mich immer wieder, Shawn. Ja, entweder läuft es auf unsere Art oder gar nicht. Was bedeutet, entweder wird es ein traditionelles, bescheidenes, irisches Theater oder wir lassen die Sache einfach sein. Auf keinen Fall wollen wir irgendwas Grelles oder allzu Seichtes.«

»Also müssen wir ihn davon überzeugen, dass es für ihn von Vorteil ist, mit uns zusammenzuarbeiten. Denn schließlich kennen wir uns im Gegensatz zu ihm hier in Ardmore und der näheren Umgebung bestens aus.«

»Und für unser Engagement verlangen wir einen Anteil an den Einnahmen seines Theaters«, führte Aidan die Überlegungen zu Ende. »Das wäre zumindest meine Überlegung – und das, was Dad meiner Meinung nach diesem Magee beibringen sollte.«

Darcy trommelte mit den Fingern auf der Tischplatte. »Dann verpachten oder verkaufen wir ihm das Land unter der Bedingung, dass er uns an der Planung, der Errichtung und den Einnahmen des Theaters beteiligt.«

»Genau.« Aidan zwinkerte ihr zu. Die gute Darcy hatte wirklich einen ausgeprägten Sinn für alles Geschäftliche. »Ganz nach Gallagher'scher Art.« Er erhob sich von seinem Platz. »Dann sind wir uns also einig?«

»Wir sind uns einig.« Darcy nahm ein weiteres Plätzchen aus der Dose. »Mal sehen, ob uns dieser Magee am Ende nicht noch reich macht.«

Shawn warf die Kartoffeln in einen Topf mit kochendem Wasser. »Genau. Und jetzt seht endlich zu, dass ihr aus meiner Küche verschwindet.«

»Mit dem größten Vergnügen.« Darcy schickte ihrem Bruder eine Kusshand und segelte erfüllt von glücklichen Träumen davon, wie sie das Geld des Amis unter die Leute bringen würde, durch die Tür.

Da er davon ausging, dass Aidan alles unter Kontrolle hatte, verschwendete Shawn keinen weiteren Gedanken an Landverkäufe, Theaterbauten und die daraus resultierenden Gewinne. Er kochte das Essen, und als die ersten

Gäste kamen, zogen bereits köstliche Düfte aus der Küche in den Schankraum.

Er nahm Bestellungen entgegen und verfiel in die gewohnte Routine seiner Arbeit, aber die Musik, die ihm normalerweise durch den Kopf ging, blieb an diesem Sonntag aus. Er hatte angefangen, mit einer Melodie zu spielen, hatte den Noten und dem Rhythmus freien Lauf gelassen, doch dann stand er in Gedanken urplötzlich wieder mit Brenna in dem sanften Regen, und die einzige Musik, die er noch hörte, war das Tosen seines Blutes. Was ihn zutiefst beunruhigte.

Sie war eine Freundin, und es war einfach nicht richtig, wenn ein Mann in so einer Weise an diese Freundin dachte.

Wie zum Teufel sollte er sie je noch einmal arglos küssen, nachdem er wusste, wie sie schmeckte? Nachdem er wusste, wie gut ihre Münder zueinander passten, und wie viel … Hitze in ihrem kleinen Körper steckte? Wie sollte er je das schmerzliche Bewusstsein unterdrücken, dass sie eine Frau war – ein Bewusstsein, das ihm mehr als ungelegen kam.

Sie war noch nicht einmal sein Typ – nein, alles andere als das. Er mochte sanfte, feminine, anschmiegsame Frauen. Bei Gott, er mochte Frauen, die ihm die Führung überließen. Schließlich war er ein Mann. Und ein Mann sollte die Frau dazu verführen, sich ihm hinzugeben, statt sich sagen zu lassen, er solle mit ihr ins Bett springen, weil sie – wie hatte sie es genannt? Weil sie eine Schwäche für ihn hatte? Von körperlichen Gelüsten geplagt wurde?

Er wollte verdammt sein, wenn er einfach irgendjemandes körperliche Gelüste befriedigte.

Er nahm sich vor, Brenna in den nächsten Tagen oder Wochen sorgsam aus dem Weg zu gehen. Am besten suchte er nicht jedes Mal, wenn er aus der Küche in den Pub kam, nach ihrer grauenhaften Kappe oder horchte auf ihre Stimme.

Trotzdem sah er sich weiter nach ihr um, trotzdem spitzte er weiterhin die Ohren. Aber an diesem Sonntagabend erschien sie nicht im Pub.

Er machte seine Arbeit, und sämtliche Essensgäste gingen mit vollen Bäuchen gut gelaunt nach Hause. Nur er selbst machte sich, nachdem er in der Küche für Ordnung gesorgt hatte, mit trotz des guten Essens seltsam leerem Magen und alles andere als zufrieden auf den Weg zurück zu seinem Cottage.

Er versuchte, sich wieder in seinen Melodien zu verlieren und verbrachte beinahe zwei Stunden am Klavier. Aber irgendwie klangen die Noten säuerlich, irgendwie brachte er nur Missklänge hervor.

Einmal, als er die Finger über die Tasten gleiten ließ und den Kopf schüttelte, weil ihm die Akkorde nicht gefielen, spürte er eine Veränderung der Atmosphäre. Vernahm eine beinahe unmerkliche Bewegung, hörte ein beinahe unhörbares Geräusch. Doch als er den Kopf hob, sah er nur das kleine Wohnzimmer und die offene Tür zum Flur.

»Ich weiß, dass du hier bist«, sagte er leise und hob erwartungsvoll den Kopf. Doch niemand sprach ein Wort. »Was willst du mir sagen?«

Als sich die Stille in die Länge zog, erhob er sich von seinem Platz, warf Asche auf das Feuer im Kamin und lauschte auf das Flüstern des winterlichen Windes. Obwohl er ganz sicher zu gereizt war, um einschlafen zu können, ging er nach oben und legte sich ins Bett.

Beinahe sofort, nachdem sein Kopf das Kissen berührte, versank er in Träumen von einer liebreizenden Frau mit langen, goldenen Haaren, die im Licht des Mondes im

Garten seines Cottages stand. Mit rauschenden Flügel-schlägen näherte sich ihr ein großes weißes Pferd und traf schließlich mit seinen Hufen auf das Gras. Der Mann auf dem Rücken des Tieres hatte nur Augen für die Frau. Als er abstieg, stoben aus der glitzernden Silbertasche, die er trug, kleine bläulich weiße Funken.

Er legte ihr Perlen vor die Füße, weiß und rein wie der Mond. Aber ohne die Perlen auch nur eines Blickes zu würdigen, wandte sie sich von ihm ab. Ihre hellen Haare waren plötzlich feuerrot und ihre zuvor so sanften Augen blitzten wie grüne Smaragde. Es war Brenna, die er an sei-ne Brust zog, Brenna, die er innig umarmte.

Brenna, die er im Schlaf – jeder Logik und jedes Funken Verstandes beraubt – leidenschaftlich küsste.

6

Gib mir doch bitte mal die Hüterin des Gleichgewichts, mein Schatz.«

Brenna nahm die Wasserwaage – ihr Vater hatte fast für alle seine Werkzeuge liebevolle Kosenamen –, ging damit durch das mit verkleckster Folie ausgelegte Zimmer und hielt sie ihm hin.

Allmählich nahm der Raum Gestalt an, und inzwischen war er für Brenna viel mehr das Kinderzimmer als Shawns altes Zimmer. Sicher gab es Menschen, die nicht in der Lage waren, sich inmitten des Durcheinanders von Werkzeugen und Sägeböcken, nackten Wänden und Zentimetern dicken Holzstaubs vorzustellen, was am Ende der Arbeit herauskäme. Sie jedoch liebte das Chaos eines laufenden Projektes ebenso wie sein strahlendes Ergebnis.

Sie liebte die Gerüche, die Geräusche und den guten, gesunden Schweiß, den einem das Schwingen eines Hammers oder das Schleppen schwerer Bretter über die Stirn rinnen ließ. Als sie jetzt einen Schritt zurücktrat, um zuzusehen, wie ihr Vater die Wasserwaage an ein Brett des zukünftigen Regals hielt, dachte sie daran, wie sehr sie all die kleinen Arbeitsschritte mochte. Das Abmessen, das Schneiden, Hämmern, Leimen und nochmalige Messen, bis das, was man gebaut hatte, ein perfekter Spiegel der ursprünglichen Idee war.

»Das Ding ist sein Geld wert.« Mick lehnte die Wasserwaage zufrieden an die Wand. Ohne es zu bemerken, stemmten sie beide die Hände in die Hüften, spreizten bequem die Beine und sahen sich grinsend an.

»Und da es von den O'Tooles gebaut wurde, wird es die nächsten Jahrhunderte problemlos überdauern.«

»Genau.« Er schlug ihr fröhlich auf die Schulter. »Ich denke, für heute Morgen haben wir genug getan. Wie wäre es, wenn wir runter in den Pub zum Mittagessen gehen und das Ding dann heute Nachmittag fertig stellen würden?«

»Oh, ich habe keinen Hunger.« Ohne ihrem Vater ins Gesicht zu blicken, trat Brenna näher an die Wand, um sich die Zierleisten genauer anzusehen, von denen das Regal gerahmt würde. »Geh doch einfach schon vor. Ich glaube, ich mache noch ein wenig weiter.«

Mick kratzte sich im Nacken. »Du warst die ganze Woche noch nicht einmal im *Gallagher's*.«

»Ach nein?« Sie wusste, verdammt noch mal, genau, dass sie seit letztem Samstag keinen Fuß mehr über die Schwelle des Pubs gesetzt hatte. Und sicher würde sie noch ein, zwei Tage brauchen, ehe sie sich ausreichend von ihrer Schmach erholt hätte, um Shawn unter die Augen treten zu können.

»Nein. Am Montag hast du mir erklärt, du hättest dir von zu Hause was zu essen mitgebracht, Dienstag hast du gesagt, du würdest später etwas essen, und gestern hast du behauptet, du wolltest erst noch eine Arbeit fertig machen und kämst ein bisschen später. Was du dann aber nicht getan hast.« Er legte den Kopf auf die Seite und sagte sich, dass sie eine Frau war und Frauen nun einmal seltsame Geschöpfe waren. »Hast du dich mit Darcy gestritten?«

»Nein.« Sie war dankbar, dass er an Darcy dachte und sie somit nicht zu einer Lüge zwang. »Ich habe sie erst gestern noch gesehen, als sie hier vorbeikam. Du warst gerade bei den Clooneys, um dir ihr Abflussrohr anzusehen.«

Sie hielt die Zierleiste in die Höhe und bemühte sich um einen möglichst beiläufigen Ton. »Ich will einfach unbedingt sehen, wie das Kinderzimmer aussieht, wenn alles fertig ist. Und außerdem habe ich Unmengen gefrühstückt. Geh einfach alleine Mittagessen, Dad. Falls ich plötzlich doch noch Hunger kriege, gehe ich einfach runter und sehe nach, was Jude im Kühlschrank hat.«

»Wie du meinst.« So sehr er seine Töchter liebte, verstand er sie doch selten. Er konnte sich einfach nicht vorstellen, was mit seiner Mary Brenna los war. Schließlich griff er nach seiner Jacke und zwinkerte ihr zu. »Wir kriegen das Zimmer schon fertig. Und wenn du schon nicht mit mir zusammen zu Mittag essen willst, können wir ja vielleicht wenigstens heute Abend nach der Arbeit zusammen ein Bier trinken.«

»Sicher. Durst habe ich heute Abend bestimmt.« Trotzdem würde sie irgendeinen Vorwand finden, um statt noch in den Pub direkt nach Hause zu gehen.

Als ihr Vater fort war, klebte sie die Zierleiste provisorisch an die Wand und nahm Hammer und Nägel aus dem Werkzeuggürtel. Sie hatte den festen Vorsatz, nicht zu grübeln. Und indem sie ihre Arbeit tat, würde sie über ihre wirren Gefühle für Shawn ganz sicher am einfachsten hinwegkommen.

Es gab jede Menge Dinge, die sie wollte, und sicher nie bekam. Ein weiches, großes Herz wie Alice Mae, einen Ordnungssinn wie Maureen, die gleiche endlose Geduld wie ihre Mutter. Oder ein paar verdammte zusätzliche Zentimeter Körpergröße, fügte sie hinzu, während sie die Klappleiter durch den Raum zerrte, um den oberen Rand der Zierleiste erreichen zu können.

Sie lebte ohne all diese Dinge und kam trotzdem hervorragend zurecht. Also würde sie ganz sicher auch weiter ohne diesen Mann, nein, ganz ohne Männer, leben können.

Verdammt, und trotzdem vermisste sie den Bastard.

In den vierundzwanzig Jahren ihres Lebens war bisher kaum ein Tag vergangen, an dem sie ihn nicht gesehen hatte. Im Pub, irgendwo im Dorf, bei ihm zu Hause oder auch bei sich. Sie vermisste die Gespräche, die leidenschaftlichen Streitereien, seine Stimme und auch seinen Anblick. Irgendwie musste sie ihr Verlangen nach ihm unterdrücken, damit es ihnen wieder möglich würde, freundschaftlich zu verkehren.

Dass es momentan nicht klappte, lag an ihrer eigenen Schwäche, war einzig ihre Schuld. Aber das würde sie in Ordnung bringen. Seufzend lehnte sie sich an die Wand. Sie hatte ein Talent dafür, Dinge in Ordnung zu bringen.

Als sie Schritte im Flur hörte, riss sie sich zusammen und begann eilig zu hämmern.

»Oh, Brenna!« Jude trat strahlend durch die Tür. »Ich kann einfach nicht glauben, wie viel ihr in den paar Tagen schon geschafft habt. Es ist einfach fantastisch!«

»Es wird fantastisch werden«, verbesserte Brenna, kletterte die Leiter hinunter und griff nach der dritten Zierleiste. »Dad ist kurz im Pub, um Mittag zu essen, aber die Regale kriegen wir heute noch fertig. Ich glaube, sie werden wirklich schön.«

»Selbst das Baby scheint sich bereits darauf zu freuen. Es war sicher ein Zeichen seiner Aufregung, dass es letzte Nacht zum ersten Mal gestrampelt hat.«

»Oh, tja, nun.« Brenna wandte sich der Freundin zu. »Das ist natürlich wunderbar.«

Judes Blick wurde verträumt. »Ich kann gar nicht beschreiben, wie wunderbar es ist. Ich hätte nie gedacht, dass ich je so viel empfinden, dass ich je so glücklich sein, dass ich je einen Menschen wie Aidan finden würde, der mich liebt.«

»Weshalb denn nicht?«

»Ich hatte nie das Gefühl, gut oder intelligent oder klug genug für so etwas zu sein.« Sie legte eine Hand auf ihren Bauch, trat zur Wand und strich ehrfürchtig über die Zierleiste. »Rückblickend betrachtet kann ich gar nicht mehr verstehen, warum ich mich je so – nun – unzulänglich gefühlt habe. Niemand außer mir selbst hat mir je Grund dazu gegeben. Aber weißt du, ich glaube, ich musste ganz einfach so empfinden, denn anders hätte mein Leben mich sicher nicht Schritt für Schritt hierher geführt.«

»Das ist die gute, irische Art, die Dinge zu sehen.«

»Das ist der Glaube ans Schicksal«, pflichtete ihr Jude mit einem halben Lachen bei. »Weißt du, manchmal wache ich nachts auf, spüre Aidan neben mir und denke, hier bin ich. Jude Frances Murray. Nein, Jude Frances Gallagher«, verbesserte sie sich mit einem Lächeln, das die Grübchen in ihren Wangen zu Tage treten ließ. »Lebe hier in Irland unmittelbar am Meer, bin eine verheiratete Frau und spüre, wie Leben in mir wächst. Außerdem bin ich inzwischen eine echte Schriftstellerin, die bereits ein Buch veröffentlicht hat und ein zweites gerade schreibt. Es fällt mir schwer, in mir noch die Frau zu erkennen, die ich in Chicago war. Und ich kann dir gar nicht sagen, wie froh ich darüber bin.«

»Sie ist immer noch ein Teil von dir, sonst wüsstest du den neuen Menschen, der du bist, und das neue Leben, das du führst, nicht derart zu schätzen.«

Jude zog die Brauen hoch. »Du hast vollkommen Recht. Vielleicht hättest du an meiner Stelle Psychologin werden sollen.«

»Nein, danke. Ich hämmere lieber auf einem Stück Holz herum statt auf dem Schädel eines Menschen.« Brenna presste die Lippen zusammen und schlug einen Nagel in die Wand. »Mit einigen wenigen Ausnahmen.«

Ah, dachte Jude, dies war endlich die Eröffnung des Gesprächs, das sie angesteuert hatte. »Könnte es vielleicht sein, dass mein werter Schwager die Liste dieser wenigen Ausnahmen anführt?«

Bei dieser Frage schlug sich Brenna mit dem Hammer auf den Daumen. »O verdammt, verfluchter Dreck!«

»Oh, lass mich sehen. Ist es sehr schlimm?«

Brenna holte zischend Luft, als Jude besorgt auf ihren Finger blickte. »Nein, es ist nichts weiter. Ich bin einfach eine tollpatschige, unbeholfene Idiotin. War meine eigene Schuld.«

»Komm mit runter in die Küche, dann lege ich dir etwas Eis auf deinen Daumen.«

»So schlimm ist es wirklich nicht«, erklärte Brenna und schüttelte die wunde Hand.

»Komm mit runter.« Jude nahm sie am Arm und zog sie Richtung Tür. »Es war meine Schuld. Ich habe dich abgelenkt. Also ist ja wohl das Mindeste, was ich tun kann, dich ein bisschen zu pflegen.«

»Der Daumen ist höchstens ein bisschen gequetscht.« Trotzdem ließ sich Brenna die Treppe hinunter in die Küche zerren.

»Setz dich. Ich hole etwas Eis.«

»Ja, sicher kann es nicht schaden, sich eine Minute zu setzen.« Sie hatte sich schon immer wohl gefühlt in der Gallagher'schen Küche. Seit ihrer Kindheit hatte sich in diesem Raum, auch wenn Jude hier und da ihre Spuren hinterlassen hatte, kaum etwas verändert.

Die Wände waren cremefarben gestrichen und wirkten,

verglichen mit der Decke aus beinahe schwarzem Holz, zart wie Porzellan. Auf den dicken, breiten Fensterbänken standen Töpfe mit selbst gezogenen Kräutern, und der alte Schrank mit den Glastüren und den zahllosen Schubladen, der eine ganze Wand einnahm und der mit dem allmählich abblätternden weißen Anstrich wenig elegant, doch anheimelnd gewesen war, wirkte mit Judes zartgrünem Anstrich frisch und hübsch und irgendwie weiblich.

Hinter den Glastüren sah man das Feiertagsservice, das die Gallaghers früher an Festtagen und zu sonstigen besonderen Anlässen benutzt hatten. Es war aus feinem, weißem Porzellan und hatte einen dünnen Rand aus zarten, blauen Veilchen.

Das Feuer in dem kleinen Herd aus Pflastersteinen wurde von einer handgeschnitzten Fee behütet, die Brenna Jude zu ihrem dreißigsten Geburtstag geschenkt hatte.

»Der Raum passt zu dir«, erklärte Brenna, während Jude vorsichtig in ein Handtuch gehüllte Eiswürfel auf ihren verletzten Daumen legte.

»Ich fühle mich hier auch wirklich wohl.« Jude merkte gar nicht, dass sie allmählich den singenden Tonfall der Iren übernahm. »Ich wünschte nur, ich könnte kochen.«

»Du kochst doch gar nicht schlecht.«

»Trotzdem wird es ganz sicher nie eine meiner Stärken. Zum Glück haben wir Shawn.« Sie trat vor den Kühlschrank und hoffte, dass ihre Stimme möglichst neutral klang. »Er hat Aidan gestern Abend einen Topf Kartoffelsuppe mitgegeben. Mit Liebstöckel gewürzt. Da du schon nicht mit deinem Vater zum Essen in den Pub gegangen bist, werde ich uns einen Teller davon aufwärmen.«

Brenna wollte gerade ablehnen, aber ihr Magen drohte, lautstark zu knurren, also gab sie sich geschlagen. »Danke, Jude.«

»Das Brot habe ich selbst gebacken.« Jude gab etwas von der Suppe in einen Topf und stellte ihn auf den Herd. »Also übernehme ich keine Garantie dafür, dass es schmeckt.«

Brenna bedachte den Laib, den Jude auf den Tisch legte, mit einem beifälligen Blick. »Braunes Hefebrot, nicht wahr? Das esse ich am liebsten. Sieht fantastisch aus.«

»Ich glaube, allmählich habe ich den Bogen raus.«

»Warum machst du dir überhaupt die Mühe? Du bräuchtest doch eigentlich nur Shawn zu bitten, dass er für euch mitbäckt?«

»Ich backe gern Brot. Das Mischen, das Kneten und das Warten, während der Teig aufgeht.« Jude legte die abgeschnittenen Scheiben auf einen kleinen Teller. »Währenddessen kann man gut nachdenken.«

»Das sagt meine Mutter auch immer. Ich für meinen Teil lege mich zum Nachdenken lieber gemütlich in mein Bett. Da macht man sich all die Mühe, was Leckeres zu kochen …« Brenna nahm sich eine der Scheiben von dem Teller und biss herzhaft hinein. »Und schon ist es wieder weg.« Sie grinste die Freundin an.

»Den Leuten beim Essen zuzugucken, ist eins der größten Vergnügen jedes Kochs.« Jude rührte die Suppe langsam um. »Du hast dich mit Shawn gestritten, und diesmal war es nicht nur eins eurer üblichen Geplänkel.«

»Wir haben nicht wirklich gestritten, aber es war tatsächlich etwas anders als sonst. Trotzdem wird es vorbeigehen. Mach dir darüber keine Gedanken.«

»Ich liebe euch. Ich liebe euch beide.«

»Das weiß ich. Aber es ist wirklich nichts weiter, das kannst du mir glauben.«

Schweigend holte Jude zwei Teller und zwei Löffel. Wie weit, fragte sie sich, durfte man sich in die Angelegenheiten einer Freundin einmischen? Wo waren die Grenzen?

Seufzend kam sie zu dem Ergebnis, dass es keine Grenzen gab. »Du empfindest etwas für ihn.«

Brennas Nerven flatterten. »Tja, sicher, natürlich empfinde ich was für den Kerl. Schließlich kennen wir uns seit unserer Geburt. Was nur einer der zahllosen Gründe dafür ist, dass er mir häufig derart auf die Nerven geht, dass ich ihm am liebsten eins mit dem Hammer überbraten würde.«

Sie lächelte, als sie das sagte, doch Judes Miene blieb ernst. »Du empfindest etwas für ihn«, wiederholte sie mit ruhiger Stimme. »Etwas, was nichts mit eurer Kindheit oder eurer Freundschaft zu tun hat, sondern einzig damit, dass du eine Frau bist und er ein Mann.«

»Ich ...« Brenna spürte, wie ihr – der Fluch des Rotschopfs – die Röte ins Gesicht schoss. »Nun, das ist nicht ...« Die Lüge lag ihr auf der Zunge, wollte ihr jedoch nicht über die Lippen. »Oh, verdammt.« Sie fuhr sich mit der unverletzten Hand durch das Gesicht, hielt inne und spreizte die Finger über ihren plötzlich vor Entsetzen weit aufgerissenen Augen. »Jesus, Maria und Josef, merkt man es mir derart deutlich an?«

Ehe Jude etwas erwidern konnte, war Brenna auf den Beinen, stapfte durch die Küche, schlug sich mit den Handflächen gegen die Schläfen und stöhnte und fluchte abwechselnd. »Ich muss von hier wegziehen, muss meine Familie verlassen. Ich könnte in einen der Bezirke an der Westküste gehen. Meine Mutter hat ein paar Verwandte in Galway. Nein, nein, das ist nicht weit genug. Am besten verlasse ich das Land. Ich werde nach Chicago ziehen und bei deiner Großmutter bleiben, bis ich etwas finde. Sie nimmt mich doch sicher auf.«

Sie wirbelte herum und fletschte die Zähne, als Jude leise kichernd die Suppe in die Teller füllte. »Oh, tja, nun, vielleicht findest du das Ganze zum Lachen. Ich habe mich vor allen Leuten, die ich kenne, dadurch blamiert, dass ich mich in einen hübschen, aber schwachsinnigen Kerl verguckt habe.«

»Du hast dich vor niemandem blamiert, und tut mir Leid, dass ich lache. Aber dein Gesicht … nun!« Jude unterdrückte ein erneutes Kichern, stellte die Teller auf den Tisch und tätschelte begütigend Brennas Schulter. »Setz dich und atme erst einmal tief durch. Du brauchst ganz sicher nicht das Land zu verlassen.«

Als Brenna sie stumm anstarrte, war Jude diejenige, die tief Luft holte. »Ich glaube nicht, dass man es dir ansieht, zumindest nicht sehr. Aber ich bin es gewohnt, die Menschen zu beobachten, sie zu analysieren, und vor allem glaube ich, dass man, wenn man selbst liebt, empfänglicher ist für die Gefühle anderer. Irgendwie … ich weiß nicht, irgendwie ist die Luft spannungsgeladen, sobald ihr beiden zusammen in einem Raum seid. Nach einer Weile wurde mir klar, dass zwischen euch nicht die normale zärtliche Feindseligkeit wie zwischen manchen Freunden oder Geschwistern herrscht, sondern etwas, nun, etwas Elementareres.«

Brenna winkte ab. Ihr ging es nur um eins. »Man sieht es mir nicht an?«

»Nein, außer man nimmt dich genau unter die Lupe. Und jetzt setz dich endlich hin.«

»Dann ist es ja gut.« Sie atmete auf, auch wenn sie noch keine vollkommene Erleichterung empfand. »Wenn Darcy etwas gemerkt hätte, hätte sie ganz sicher längst etwas gesagt. Sie könnte der Versuchung ganz bestimmt nicht widerstehen, mich damit zu piesacken. Wenn also nur ihr beide, du und Shawn Bescheid wisst, kann ich damit leben.«

»Du hast es ihm gesagt?«

»Ich dachte, es wäre an der Zeit, ihm gegenüber ehrlich zu sein.« Ohne großen Appetit tauchte Brenna ihren Löffel in die Suppe. »Ich empfinde schon seit langem so ein Verlangen nach ihm, wenn du so willst, und ich dachte, wenn wir ein- oder zweimal miteinander ins Bett gingen, würde es wieder verschwinden.«

Jude ließ klappernd ihren Löffel auf den Tisch fallen. »Du hast ihn gebeten, mit dir ins Bett zu gehen?«

»Ja, und man hätte denken können, ich hätte ihm einen Fausthieb in den Unterleib verpasst. Was auch schon beinahe das Ende unseres Gespräches war.«

Jude faltete die Hände und beugte sich über den Tisch. »Das hätte ich dann doch gerne ein bisschen detaillierter.«

Brennas Mundwinkel zuckte. »War das noch nicht detailliert genug?«

»Nicht annähernd. Was genau hast du zu ihm gesagt?«

»Ich habe klar und deutlich erklärt, dass ich denke, wir sollten miteinander ins Bett gehen. Was ist daran bitte falsch?« Sie fuchtelte mit ihrem Löffel durch die Luft. »Man sollte meinen, dass ein Mann Ehrlichkeit und Direktheit bei einer Frau zu schätzen weiß.«

»Hmmm«, war alles, was Jude dazu einfiel. »Ich nehme an, Shawn hat es nicht zu schätzen gewusst.«

»Hah! Er sagt, ich sei für ihn so was wie eine Schwester. Und ich sollte mich schämen. Schämen«, wiederholte sie wütend. »Und dann hat er mir rundheraus erklärt, er hätte kein derartiges Interesse an meiner Person. Also habe ich ihn angesprungen.«

»Du …« Jude begann zu husten und griff erneut nach ihrem Löffel. Sie brauchte etwas, um ihre gereizte Kehle zu beruhigen. »Du hast ihn angesprungen?«

»Ja. Habe ihm einen Kuss gegeben, den er ganz sicher

nicht so schnell vergisst. Und er hat sich nicht unbedingt gewehrt.« Sie zerriss eine Scheibe Brot und schob sich eine Hälfte in den Mund. »Als ich mit ihm fertig war, habe ich ihn einfach stehen lassen. Er sah aus, als hätte ihn der Schlag getroffen.«

»Das kann ich mir vorstellen. Und er hat deinen Kuss erwidert?«

»Natürlich.« Sie zuckte mit den Schultern. »Männer sind ja derart simpel. Selbst wenn eine Frau nicht nach ihrem Geschmack ist, nehmen sie doch gerne eine Kostprobe, nicht wahr?«

»Hmmm, ich nehme es an.«

»Und jetzt halte ich mich eine Zeit lang von ihm fern, weil ich nicht entscheiden kann, ob mich die Sache eher wütend oder doch verlegen macht.«

»Er war in den letzten Tagen ziemlich geistesabwesend.«

»Ach ja?«

»Und übellaunig.«

Brenna fühlte, dass ihr Appetit zurückkam. »Das höre ich gern. Ich hoffe, dass er wirklich leidet.«

»Wenn ich wollte, dass er leidet, würde ich ihn dabei bestimmt gerne beobachten.« Jude schob sich einen weiteren Löffel Suppe in den Mund. »Aber vielleicht geht es dir da anders.«

»Ich nehme an, es kann nicht schaden, wenn ich heute Abend nach der Arbeit noch kurz in den Pub gehe.« Brenna bedachte Jude mit einem schnellen, bösartigen Grinsen. »Danke für das hilfreiche Gespräch.«

»Nichts zu danken. Es war mir ein Vergnügen.«

Brenna machte sich pfeifend, gut gelaunt und voller Eifer wieder an die Arbeit. Sie nahm an, es war nicht gerade nett von ihr, sich derart über das Elend eines anderen zu freuen. Aber ganz sicher war es menschlich.

Als sie am Abend das *Gallagher's* betrat, war sie, anders als in den letzten Tagen, geradezu euphorisch. Es saßen noch nicht viele Gäste an den Tischen, und Darcy, die kaum etwas zu tun hatte, stand neben der Theke und unterhielt sich mit Jack Brennan.

»Setz du dich ruhig zu deinen Freunden«, erklärte Brenna ihrem Vater, als sie einige von ihnen neben dem Kamin sitzen sah. »Ich gehe rüber an die Theke und rede ein bisschen mit Darcy.«

Brenna schob sich neben Jack auf einen Hocker.

»Hallo, Fremde.« Aidan, der seine Kundschaft kannte, stellte, ohne zu fragen, ein großes und ein kleines Glas unter den Zapfhahn. »Wo hast du dich die ganze Woche über versteckt?«

»Bei dir zu Hause. Sieh dir, wenn du heimkommst, mal das Kinderzimmer an und sag mir, was du davon hältst.«

Während sie sprach, blickte Brenna mit einem Auge Richtung Küche. »Na, Jack, wie geht's?«

»Bestens, Brenna, und selbst?«

»Ebenfalls bestens. Du verliebst dich doch wohl nicht gerade in unsere liebe Darcy?«

Jack hatte ein kugelrundes Mondgesicht und Schultern wie ein Ochse, und wie jedes Mal, wenn man sich solch einen Scherz mit ihm erlaubte, errötete er bis unter die Haarwurzeln.

»So dumm bin ich nicht. Sie würde mein Herz zerquetschen wie einen kleinen, unschuldigen Käfer.«

»Aber du würdest glücklich sterben«, klärte ihn Darcy fröhlich auf.

»Hör nicht auf sie.« Aidan zapfte mit geschickten Händen das Guinness für die beiden O'Tooles. »Sie ist so ziemlich das launischste und flatterhafteste Wesen, dem ich je begegnet bin.«

»Stimmt«, pflichtete Darcy ihm mit einem wunderhübschen Lachen bei. »Ich warte auf irgendeinen reichen Kerl, der mich auf ein Podest stellt und den Boden zu meinen Füßen mit Juwelen pflastert. Aber bis es soweit ist …« Sie strich mit den Fingerspitzen über eine von Jacks puterroten Wangen. »Genieße ich gerne die Aufmerksamkeit großer, attraktiver Männer.«

»Geh lieber und bring meinem Vater sein Bier, bevor es unserem Jack vollends die Sprache verschlägt.« Brenna prostete ihrem Nachbarn zu. »Bei mir bist du in Sicherheit, mein Lieber.«

»Du bist genauso hübsch wie sie.«

»Das solltest du besser nicht so laut sagen, dass Darcy es hört, sonst zieht sie sicher uns beiden bei lebendigem Leib die Haut ab.« Gerührt und amüsiert küsste sie ihn auf die Wange. Genau in dem Moment, in dem Shawn hereinkam.

Es sah wirklich komisch aus, dachte Brenna und bedauerte, dass niemand außer ihr bemerkte, wie er mitten in der Bewegung Halt machte, sie anstarrte und zusammenfuhr, als die zuschlagende Tür gegen sein Hinterteil prallte.

Sie zog spöttisch die Brauen in die Höhe und legte ihre Hand auf Jacks Schulter. »Guten Abend, Shawn.«

»Brenna.« In seinem Inneren herrschte ein solches Durcheinander, dass er die verschiedenen Gefühle nicht mehr unterscheiden konnte. Er verspürte heißen Zorn und gleichzeitiges Unbehagen, vor allem aber – verdammt – ein vollkommen unpassendes, geradezu schmerzliches Verlangen. Den Rest seiner Gefühle vermochte er noch nicht mal zu benennen.

Sie nippte vorsichtig an ihrem Bier und blickte über den weißen Schaum hinweg in seine Richtung. »Ich habe heute Mittag bei Jude einen Teller von deiner Suppe gegessen. War wirklich ziemlich lecker.«

»Heute Abend gibt es Schweinebraten. Mrs Laury hat diese Woche frisch geschlachtet.«

»Tja, davon kriegt man schön was auf die Rippen, nicht wahr, Jack?«

»Stimmt. Bleibst du auch zum Essen, Brenna?«

»Nein. Ich gehe nach meinem Guinness nach Hause.«

»Falls du es dir anders überlegen solltest, könnten wir gemeinsam essen. Ich liebe Schweinebraten, und Shawn macht ihn besonders gut.«

»Er hat wirklich ein Händchen fürs Kochen, nicht wahr?« Sie verzog den Mund zu einem Lächeln, doch ihr Blick war eher verächtlich. »Und, Jack, wie steht's mit deinen Kochkünsten?«

»Würstchen und Spiegeleier kriege ich noch hin. Und ich kann Kartoffeln kochen.« Typisch Jack, er dachte ernsthaft über diese Frage nach. »Außerdem kann ich mit den entsprechenden Zutaten recht passable Sandwiches zubereiten. Obwohl das wahrscheinlich nicht als Kochen bezeichnet werden kann.«

»Zumindest wirst du so niemals verhungern.« Sie tätschelte Jack freundschaftlich die Schulter. »Du und ich, wir überlassen das Kochen besser Leuten wie dem guten Shawn. Aidan, brauchst du mich an diesem Wochenende im Service?«

»Samstagabend wäre wirklich prima. Die Band, die wir gebucht haben, ist ziemlich bekannt, und Mary Kate hat erzählt, dass sie eine ganze Reisegruppe erwarten. Ich denke, ein paar von denen schauen sicher hier herein.«

»Dann komme ich am besten gegen sechs.« Sie leerte ihr Glas und glitt von ihrem Hocker. »Jack, kommst du am Samstag auch?«

»Sicher. Die Band ist wirklich nicht übel.«

»Dann also bis übermorgen.«

Darcy kam gerade mit einem Tablett voll leerer Gläser an den Tresen. »Nächsten Montag habe ich eine Verabredung mit einem Kerl aus Dublin, der auf der Durchreise bei uns Station gemacht hat. Er führt mich in Waterford City zum Essen aus. Warum besorgst du dir nicht auch einen Mann und kommst ganz einfach mit?«

»Vielleicht mache ich das tatsächlich.«

»Oder besser noch, ich sage ihm, dass er einen Freund mitbringen soll.«

»In Ordnung.« Brenna hatte nicht das geringste Interesse daran, mit Fremden in einem Restaurant in Waterford zu sitzen, aber in Hörweite von Shawn derartige Pläne zu schmieden, erfüllte sie mit einer gewissen Befriedigung. »Und anschließend übernachte ich einfach bei dir, denn wir kommen sicher nicht allzu früh zurück.«

»Er holt mich um sechs Uhr ab«, rief Darcy Brenna hinterher, als sie Richtung Tür ging. »Also sei bitte pünktlich, und sieh zu, dass man erkennen kann, dass du eine Frau bist.«

Als Brenna den Pub verlassen hatte, seufzte Jack leise in sein Bier. »Sie riecht nach Sägemehl«, sagte er mehr zu sich selbst. »Wirklich äußerst angenehm.«

»Weshalb schnupperst du überhaupt an ihr herum?«, fragte Shawn unfreundlich, worauf Jack ihn verwirrt anblinzelte.

»Was?«

»Ich bin gleich wieder da.« Er öffnete den Durchgang des Tresens, ließ die Klappe laut hinter sich zufallen und eilte Brenna nach.

»Warte einen Moment. Mary Brenna! Verdammt, warte einen Augenblick.«

Sie stand neben dem Lastwagen, und beinahe zum ersten Mal in ihrem Leben wogte warme, weibliche Befriedigung in ihrer Seele auf. Ein herrliches Gefühl. Wirklich ein herrliches Gefühl.

Trotzdem schenkte sie ihm einen möglichst desinteressierten Blick. »Gibt es vielleicht irgendein Problem?«

»Und ob. Kannst du mir mal sagen, warum du plötzlich derart mit Jack Brennan flirten musst?«

Sie zog ihre Brauen bis unter den Schirm ihrer Kappe. »Könntest du mir vielleicht verraten, weshalb dich das interessiert?«

»Noch vor ein paar Tagen hast du mich gebeten, mit dir zu schlafen, und kaum drehe ich mich um, umgarnst du den armen Jack und schmiedest Pläne für ein Abendessen mit irgendeinem Kerl aus Dublin.«

Sie wartete einen Moment. »Und?«

»Und?« Verwirrt und wütend starrte er sie an. »Es ist einfach nicht richtig.«

Sie zuckte mit den Schultern, wandte ihm den Rücken zu und öffnete die Fahrertür des Lasters.

»Es ist einfach nicht richtig«, wiederholte er, packte sie bei den Armen und drehte sie zu sich herum. »Da spiele ich nicht mit.«

»Das hast du bereits vor ein paar Tagen unmissverständlich zum Ausdruck gebracht.«

»Das habe ich nicht gemeint.«

»Oh, falls du zu dem Schluss gekommen sein solltest, dass du plötzlich doch gern mit mir schlafen würdest, dann solltest du wissen, dass ich es mir inzwischen anders überlegt habe.«

»Ich bin zu keinem derartigen Schluss –« Er brach ab und starrte sie mit großen Augen an. »Du hast es dir anders überlegt?«

»Genau. Dich zu küssen war nicht ganz so, wie ich es mir vorgestellt hatte. Also hattest du anscheinend Recht und ich habe mich geirrt. Am besten tun wir also, als wäre nie etwas geschehen.« Sie tätschelte ihm auf geradezu beleidigende Weise die Wange.

»Den Teufel werden wir tun.« Er presste sie gegen die Seite ihres Wagens, und unter dem Gewicht seines Körpers wallten gleichzeitig Erregung und Ärger in ihr auf. »Wenn ich dich will, dann werde ich dich auch bekommen. Und bis dahin möchte ich, dass du dich anständig benimmst.«

Sie brachte keinen Ton über die Lippen. Sie war sich sicher, dass sie bei dem Versuch zu sprechen an ihren Worten ersticken würde. Also folgte sie ihrem Impuls und rammte ihm die Faust zwischen die Beine.

Er atmete zischend ein, und sein zuvor zornrotes Gesicht verlor jegliche Farbe. Doch er brach nicht zusammen. Die Tatsache, dass er trotz ihres gezielten Schlages tapfer weiter stehen blieb, ließ erneut Erregung in ihr aufwallen.

»Darüber werden wir uns noch unterhalten, Brenna, und zwar, wenn wir allein sind.«

»Meinetwegen. Ich habe dir noch einiges zu sagen.«

Endlich trat er einen Schritt zurück. »Du kannst morgen früh zu mir ins Cottage kommen.«

Kochend vor Wut kletterte sie in ihren Laster und schlug krachend die Tür zu. »Das könnte ich natürlich machen«, erklärte sie und ließ bereits den Motor an. »Aber ich werde es nicht tun. Du hast mich einmal abblitzen lassen, und ein zweites Mal gebe ich dir ganz sicher nicht die Gelegenheit dazu.«

Er machte einen zweiten Schritt nach hinten, um seine Zehen vor den Reifen ihres LKWs zu retten. Wenn sie nicht zu ihm käme, dachte er, als sie davonfuhr, fände er eben einen anderen Weg, um sie zu treffen und sich … mit ihr zu einigen.

Und zwar unter vier Augen.

7

Man hätte wirklich glauben können, sie hätte sich ihm niemals in die Arme geworfen und ihn beinahe bis zur Besinnungslosigkeit geküsst, niemals ihm gegenüber an seinem eigenen Küchentisch gesessen und ihm vorgeschlagen, sich mit ihr im Bett zu tummeln.

Aber all das hatte sie getan. Er wusste es, denn jedes Mal, wenn er in ihre Nähe kam, zog sich sein Magen vor Verlangen zusammen. Was ihm keineswegs gefiel. Ebenso wenig wie die Tatsache, dass sie sich so verdammt *normal* benahm, als sie Aidan am Samstagabend im *Gallagher's* zur Hand ging. Jedes Mal, wenn er aus der Küche kam, bedachte sie ihn mit diesem halb freundlichen, halb herablassenden Blick, der typisch für sie war.

Was die Frage in ihm wachrief, weshalb er jemals Gefallen gefunden hatte an ebendiesem Ausdruck.

Aidan bediente die Zapfhähne an einem Ende der Theke und Brenna die am anderen. Sie unterhielt sich mit den Gästen, scherzte mit dem alten Mr. Riley, der die Angewohnheit hatte, jede halbwegs attraktive junge Dame zu bitten, ihn zu heiraten. Und wenn die Musiker etwas spielten, was sie mochte, sang sie fröhlich den Refrain.

Sie machte alles, was sie an Hunderten von Samstagen zuvor auch getan hatte, wenn im *Gallagher's* Gedränge herrschte und ihr die Musik gefiel.

Es hätte ihn erleichtern sollen, dass sie beide wieder wie früher miteinander umzugehen schienen.

Stattdessen erfüllte es ihn mit kochend heißem Zorn.

Sie trug Jeans und einen weiten Pullover. Wahrscheinlich hatte er sie bereits mindestens zwanzigmal in diesem Ding gesehen. Weshalb also dachte er urplötzlich an den schmalen, festen Körper, den sie darunter verbarg? Einen schnellen, beweglichen, kraftvollen Körper mit kleinen, festen Brüsten wie nahezu reifen Pfirsichen?

Geistesabwesend gab er Pommes frites aus der Fritteuse auf einen Teller, verbrannte sich an dem heißen Öl die Finger und fluchte darüber, dass er auch nur für eine Minute daran gedacht hatte, wie es wäre, diesen Körper und diese Brüste zärtlich zu berühren.

Ganz sicher hatte dieses durchtriebene Weibsbild nichts anderes geplant. Sie hatte derartige Gedanken, hatte sein Verlangen wachgerufen – schließlich war auch er nur ein normaler Mann –, und nun quälte sie ihn dadurch, dass sie in seiner Nähe und dennoch unerreichbar für ihn war.

Nun, dieses Spiel konnten auch zwei spielen.

Statt darauf zu warten, dass Darcy die vollen Teller holte, trug er sie selbst hinüber in den Schankraum. Nur, um Brenna zu beweisen, dass sie ihn keineswegs beunruhigte.

Doch die Kreatur blickte noch nicht einmal in seine Richtung, als er in den Pub kam und sich durch das Gedränge zu den Tischen durchkämpfte. Nein, nur um ihn zu ärgern – da war er sich ganz sicher –, zapfte sie weiter ihre Biere und unterhielt sich derart angeregt mit einigen Touristen, als wären sie die besten Freunde und dies ihr regelmäßiges samstagabendliches Treffen.

Ihre mit einem schwarzen Samtband zurückgebundenen Locken loderten im gedämpften Licht der Lampen wie ein heißes Feuer.

Er wünschte sich, er müsste nicht die ganze Zeit an ihre

Haare denken. Er wünschte sich, er könnte seine Hände wohlig in der sanften Glut vergraben.

»Hallo, Shawn.« Als er die Pommes frites auf den Tisch der Clooneys stellte, sah er Mary Kate. In der Hoffnung, ihr neues Parfüm fände Gefallen, schob sie sich möglichst dicht an ihn heran. »Ziemlich viel los heute Abend.«

»Die Band ist wirklich gut. Und ich glaube, wir haben eure vollständige Reisegruppe hier.«

»Sie amüsieren sich prächtig.« Obgleich sie, um sich trotz der lauten Musik verständlich zu machen, beinahe brüllen musste, bemühte sie sich um einen möglichst verführerischen Ton. »Trotzdem höre ich persönlich lieber dich.«

»Mich kannst du hören, wann du willst. Aber diese Typen aus Galway haben wirklich Feuer.« Er blickte in Richtung des kleinen Podestes und bewunderte die Weise, wie der Fiedler seinen langen Bogen schwang. »Bist du mit deiner Familie hier?«

Mary Kates Selbstbewusstsein schrumpfte. Warum sah er sie immer als eins der Kinder der O'Tooles? Inzwischen war sie eine erwachsene Frau. »Nein, ich bin allein hier.« Dies war keine echte Lüge, beruhigte sie ihr Gewissen. Zwar war sie mit ihren Eltern und Alice Mae hereingekommen, hatte sich jedoch sofort nach Betreten des Pubs von ihnen entfernt.

»Sie spielen wirklich gut«, murmelte er und vergaß Mary Kate über seiner Begeisterung für die Musik. »Schnell, geschickt und fröhlich. Kein Wunder, dass sie inzwischen recht bekannt sind. Der Tenor hat die mit Abstand stärkste Stimme, aber trotzdem versteht er es, sich nicht ständig in den Vordergrund zu drängen.«

Er fragte sich, was die Musiker aus einer seiner eigenen Balladen machen würden, und kehrte erst, als Mary Kate an seinem Ärmel zupfte, in die Gegenwart zurück. »Du könntest ebenfalls berühmt werden.« Sie bedachte ihn mit einem träumerischen Blick. »Viel berühmter als diese Typen hier.«

Um weder etwas antworten noch allzu gründlich über diese Möglichkeit nachdenken zu müssen, gab er ihr ein Küsschen auf die Wange. »Mary Kate, du bist wirklich ein Schatz. Aber jetzt muss ich leider wieder in die Küche.«

Kaum hatten sich die Türen hinter ihm geschlossen, als sie sich auch schon wieder öffneten und Brenna wie eine Furie hereingeschossen kam. »Ich habe dir schon mal gesagt, du sollst dich von meiner Schwester fern halten.«

»Was?«

Sie baute sich in ihrer ihm allzu bekannten kampfbereiten Pose vor ihm auf. »Habe ich nicht erst vor einer Woche hier gestanden und dir meine Position in Bezug auf dich und Mary Kate ausführlich erläutert?«

Das hatte sie eindeutig getan. Und – Shawn fuhr sich mit den Händen durch die Haare – er hatte keinen weiteren Gedanken auf das Gespräch verschwendet. »Ich habe mich nur mit ihr unterhalten, Brenna, mehr nicht. Es war genauso harmlos, als wenn ich ein Baby gekitzelt hätte.«

»Aber sie ist kein Baby mehr, und außerdem hast du sie nicht gekitzelt, sondern geküsst.«

»Oh, gütiger Himmel, genauso würde ich auch meine Mutter küssen.«

»Die Deutschen haben Hunger«, erklärte Darcy fröhlich, als sie mit einem Tablett voller leerer Teller in die Küche kam. »Sie wollen drei Portionen Eintopf und zweimal den Fisch. Man könnte meinen, sie hätten, seit sie ihr Vaterland verlassen haben, nichts mehr zwischen die Kiemen gekriegt.«

Sie stellte die Teller in die Spüle und trommelte zufrieden mit ihren Fingern auf die mit Trinkgeld gefüllte Tasche ihrer Schürze. »Aber sie sind alles andere als geizig, und bisher hat mir nur einer von den Kerlen den Hintern getätschelt.«

Als sie Wasser in die Spüle laufen lassen wollte, holte Brenna, um sich zu beruhigen, erst einmal tief Luft. »Darcy, würde es dir etwas ausmachen, die Teller ein bisschen später zu spülen? Ich würde mich gerne kurz mit Shawn alleine unterhalten.«

Darcy blickte sich um und zog eine ihrer Brauen in die Höhe. Plötzlich konnte sie die Spannung spüren, die in dichten Wellen zwischen den beiden hin und her lief. Nun, die beiden waren niemals wirklich glücklich, wenn sie nicht miteinander stritten. Aber hier schien es um etwas … anderes zu gehen. »Ist irgendwas passiert?«

»Deine Freundin bildet sich allen Ernstes ein, ich würde mich für ihre kleine Schwester interessieren, und jetzt will sie mich warnen.« Er zerrte an der Tür des Kühlschranks und holte zwei Fischfilets heraus. Nicht jedoch, ehe er gesehen hatte, wie Brenna zusammenfuhr.

»Ich habe nie behauptet, dass du dich für sie interessierst.« Da ihre Stimme ohne den normalen Biss war, drehte sich Shawn zu ihr herum. »Aber sie interessiert sich eindeutig für dich.«

»Stimmt, auch wenn er es selbst ganz sicher niemals merken würde, scheint Mary Kate tatsächlich für den guten Shawn zu schwärmen«, bestätigte Darcy.

»Ich habe nur mit ihr geredet.« Um nicht länger den mitleidigen und zugleich angewiderten Blicken der beiden Frauen ausgeliefert zu sein, trat er eilig an den Herd und erhitzte etwas Öl in einer Pfanne. »Nächstes Mal, wenn ich sie treffe, werde ich sie einfach wegstoßen. Seid ihr dann zufrieden?«

»Du bist wirklich ein Idiot.« Darcy seufzte, tätschelte Brenna verständnisvoll den Arm und ließ die beiden Streithähne allein.

»Tut mir Leid, dass ich hier hereingeschossen gekommen bin und dich so angefahren habe.« Entschuldigungen kamen nur selten über Brennas Lippen, was diesen Worten eine besondere Bedeutung verlieh. »Im Augenblick ist alles so furchtbar neu für Mary Kate. Sie hat gerade erst die Uni abgeschlossen und mit ihrer Arbeit angefangen. Außerdem sieht sie Maureen, die völlig selig in ihrem Glück als frisch verheiratete Frau schwelgt, und Patty, die vor lauter Aufregung über ihre eigene Hochzeit im kommenden Frühjahr vollkommen aus dem Häuschen ist. Sie ...«

Hilflos fuhr sie mit den Händen durch die Luft. Immer, wenn etwas wirklich wichtig war, fehlten ihr die Worte. »Sie bildet sich ein, sie wäre plötzlich erwachsen und bereit, ein völlig neues Leben anzufangen. Dabei ist sie tief in ihrem Herzen immer noch dasselbe romantische, schwärmerische junge Mädchen wie noch vor einem Jahr. Sie ist sehr verletzlich, Shawn. Du könntest ihr wehtun.«

»Das werde ich bestimmt nicht.«

»Ganz sicher nicht mit Absicht.« Anders als sonst reichte ihr Lächeln nicht bis zu ihren Augen. »Schließlich bist du im Grunde deines Herzens ein anständiger Mensch.«

»Es wäre mir lieber, wenn du wieder wütend auf mich wärst statt traurig. Es gefällt mir nicht, dich unglücklich zu sehen. Brenna ...« Aber als er ihr über die Haare streichen wollte, schüttelte sie den Kopf und wich ihm eilig aus.

»Nein. Sonst sagst du gleich noch etwas Nettes, Süßes, und ich verliere vollends die Beherrschung. Wir haben beide noch zu tun.«

»Ich denke in einer Weise an dich, wie ich es früher nie getan habe«, erklärte er ihr, als sie sich bereits zum Gehen wandte, mit leiser, ruhiger Stimme. »Und zwar Tag und Nacht.«

Ihr Herz zog sich zusammen, und sie atmete tief ein. »Tja, du hast dir wirklich einen günstigen Augenblick gesucht, um die Sprache auf dieses Thema zu bringen. Aber außer bei deiner Musik hattest du noch niemals einen Sinn für gutes Timing.«

»Ich denke Tag und Nacht an dich«, wiederholte er, trat entschieden auf sie zu und freute sich über ihren plötzlich argwöhnischen Blick.

»Was hast du vor?« Sie war eindeutig verlegen. Nie zuvor hatte ein Mann, und schon gar nicht Shawn, sie in Verlegenheit gebracht. Natürlich würde sie mit ihm fertig. Sie war immer mit ihm fertig geworden und würde auch jetzt und in Zukunft immer mit ihm fertig werden. Nur schien es, als könnte sie ihre Beine plötzlich nicht mehr bewegen.

Wirklich interessant. Zufrieden schob er sich noch dichter an Brenna heran. Sie wirkte tatsächlich nervös, wurde tatsächlich rot. »Bis vor ein paar Tagen habe ich nie daran gedacht.« Er schob eine seiner schmalgliedrigen Hände sanft in ihren Nacken und zog sie, ohne ihr Gesicht aus den Augen zu lassen, eng an seine Brust. »Und jetzt kann ich an nichts anderes mehr denken.«

Spielerisch, lockend, flüsternd, betörend strichen seine Lippen über ihren vollen Mund.

Sie hätte wissen müssen, dass er, wenn er es wollte, derart küssen würde. Seidig, sanft und sexy, bis eine Frau ganz einfach nicht mehr denken konnte. Die Hand in ihrem Nacken spannte sich und wurde locker, spannte sich und wurde locker, bis ihr Puls vor Verlangen nach der Massage raste. Wärme füllte ihre Kehle, ihre Brüste, ihren Leib, ließ ihre Knie schmelzen, bis sie am Ende im verführerischen, allein von seinem Mund bestimmten Rhythmus ihres Herzschlags schwankte.

Sie zitterte wie Espenlaub. Er genoss es zu spüren, wie Brenna O'Toole vor Leidenschaft erbebte. Wollte es sofort noch einmal spüren.

Doch als sie eine ihrer Hände abwehrend gegen seine Schulter stemmte, ließ er von ihr ab.

»Du hast mich letzte Woche überrascht, als du mich mit einem Mal geküsst hast«, erklärte er ihr, während ihr Blick langsam wieder klar wurde. »Und es scheint ganz so, als sei mir soeben dasselbe bei dir gelungen.«

Reiß dich zusammen, Mädchen, wies sie sich zornig an. Dies war nicht die rechte Art, mit Männern umzugehen. »Dann sind wir sozusagen quitt.«

Er bedachte sie mit einem nachdenklichen Blick. »Dann ist das hier also ein Wettstreit?«

Da die leichte Verärgerung in seiner Stimme sie weniger aus der Fassung brachte als sein leiser, verführerischer Ton, nickte sie entschieden. »So habe ich es die ganze Zeit über gesehen. Aber, wie es beim Sex nun mal so geht, können wir mit ein bisschen Glück beide etwas gewinnen. Und jetzt muss ich mich weiter um die Gäste kümmern.«

Mit noch immer prickelnden Lippen ging sie in den Pub zurück.

»Vielleicht gewinnen wir am Ende beide.« Shawn sah ihr versonnen nach. »Aber, meine liebe Brenna, ich spiele ganz sicher nicht nach deinen Regeln.«

Zufrieden machte er sich wieder an die Arbeit, um auch die deutschen Touristen glücklich zu machen.

Am Sonntag war der Himmel leuchtend blau und klar, und selbst die Sonne fasste den Entschluss zu scheinen.

Der graue Schatten weit im Osten zeigte, dass das Unwetter über England bis zum Abend sicher auch hierher kommen würde, doch augenblicklich war das Wetter wie geschaffen für einen Spaziergang durch die Hügel.

Wenn er wie zufällig in Richtung des Hauses der O'Tooles spazierte, würde man ihn sicher zu Tee und Plätzchen in die Küche einladen. Es würde ihm gefallen zu verfolgen, wie Brenna darauf reagierte, ihn nach den Geschehnissen des Vorabends in ihrer Küche sitzen zu sehen.

Er glaubte zu verstehen, was in ihrem Kopf vorging. Sie war eine Frau, die die Dinge direkt anging und – ihren Vorstellungen entsprechend – ausführte. Aus irgendeinem Grund schien es, als hätte sie sich in den Kopf gesetzt, ihn zu bekommen, und allmählich begann der Gedanke ihm tatsächlich zu gefallen. Und zwar sehr.

Aber er hatte seine eigene Art, die Dinge anzugehen. Weniger direkt, mit ein paar kleinen Umwegen. Schließlich übersah man, wenn man immer nur nach vorne blickte, all die kleinen Dinge drumherum.

Er war ein Mensch, der auch die kleinen Dinge liebte. Den hellen Ruf einer Elster, den dünnen Strahl der winterlichen Sonne auf einem grünen Halm, die Stärke, mit der die hohen Klippen seit Jahrhunderten dem steten Schlag der Wellen trotzten.

Er war sich der Tatsache bewusst, dass die meisten Menschen dachten, er täte nichts, während er träumte, und dass sie ihn nachsichtig belächelten. Doch in Wahrheit tat er, wenn er träumte, sogar vieles. Er sammelte neue Kräfte, dachte über Dinge nach, vertiefte sich in Betrachtungen.

Weshalb er Mary Kate auch erst bemerkte, als sie winkend und laut rufend auf ihn zugelaufen kam.

»Schöner Tag für einen Spaziergang.« Sicherheitshalber vergrub er beide Hände in den Taschen seiner Jacke.

»So warm war es schon seit Tagen nicht mehr.« Für den Fall, dass ihr kurzer Sprint ihre Frisur zerzaust hatte, strich sie sich diskret über die Haare. »Ich dachte, ich mache einen kleinen Spaziergang zu deinem Cottage, und jetzt treffe ich dich unterwegs.«

»Zu meinem Cottage?« Sie trug zwar nicht mehr ihr Sonntagskleid, aber sie hatte einen anscheinend neuen Pullover an und trug Ohrringe, Parfüm und frischen Lippenstift. All die kleinen Dinge, die die Frauen benutzten, um die Männer zu betören.

Plötzlich war er sich vollkommen sicher, dass Brenna mit dem, was sie gesagt hatte, richtig gelegen hatte. Panik wallte in ihm auf.

»Ich hatte gehofft, ich könnte dich beim Wort nehmen.«

»Beim Wort nehmen?«

»Du hast gesagt, ich könnte jederzeit deine Musik hören. Ich liebe es zuzuhören, wenn du deine eigenen Melodien spielst.«

»Ah … eigentlich wollte ich gerade zu euch rüber, um mit Brenna über eine Sache zu reden.«

»Sie ist nicht zu Hause.« Um ihn ein wenig zu ermutigen, hakte sich die Kleine bei ihm ein. »Sie muss irgendetwas bei Maureen reparieren, deshalb ist sie zusammen mit Ma und Patty rübergefahren.«

»Mit deinem Vater hätte ich auch was zu bereden.«

»Der ist ebenfalls nicht da. Er ist mit Alice Mae runter an den Strand, um Muscheln zu suchen. Aber trotzdem bist du natürlich herzlich willkommen.«

Verwegen streichelte sie, während sie gingen, seinen muskulösen Arm. Das Gefühl der Kraft, die von ihm ausging – schließlich war dies der Arm eines richtigen Mannes –, ließ das Blut in ihren Adern tanzen. »Ich mache dir gerne einen Tee und eine Kleinigkeit zu essen.«

»Das ist wirklich nett.« Er war ein toter Mann.

Von der Hügelkuppe aus sah er das O'Toole'sche Haus, das trotz des aus dem Kamin aufsteigenden Rauchs erschreckend leer wirkte.

Brennas kleiner Laster stand nicht auf der Straße, und auch der Hund war nirgendwo zu sehen. Offensichtlich ließ selbst Betty ihn in seiner Bedrängnis gnadenlos im Stich.

Seine einzige Chance bestand in einem schnellen, feigen Rückzug.

»Himmel.« Er blieb stehen und schlug sich vor die Stirn. »Ich habe vollkommen vergessen, dass ich Aidan bei der Renovierung helfen soll. Ich habe einfach nicht mehr daran gedacht.« So schnell wie möglich machte er sich los und schob sanft ihre Hand fort, als sei sie ein Welpe, der allzu übermütig an ihm hochgesprungen war. *Brav, Mädchen.* »Aber da ich ständig irgendwas vergesse, findet er es sicher nicht weiter überraschend, dass ich mal wieder zu spät komme.«

»Tja, wenn du sowieso zu spät kommst …« Sie bedachte ihn mit einem Blick, den selbst ein geistesabwesender Feigling wie er als einladend erkannte.

»Sicher sucht er mich bereits.« Dieses Mal tätschelte er sie wie ein Kleinkind auf den Kopf und sah an ihrem Schmollmund, dass sie anscheinend endlich die Bedeutung der Geste begriff. »Ich komme sicher bald einmal zum Tee. Bis dahin grüß bitte deine Familie von mir.«

Nach zwanzig Schritten atmete er auf. Was um Himmels willen, fragte er sich, war plötzlich mit den O'Toole-Mädchen los? Statt weiter gemütlich spazieren zu gehen, vielleicht eine Tasse Tee in einer anheimelnden Küche serviert zu bekommen und anschließend in Ruhe zu Hause an seiner Musik herumzuwerkeln, müsste er nun anstandshalber hinunter ins Dorf und sehen, ob Aidan etwas für ihn zu tun hatte.

»Was machst du denn hier?«, wollte der Bruder von ihm wissen.

»Das ist eine lange und komplizierte Geschichte.« Shawn blickte sich, als er eintrat, vorsichtig nach allen Seiten um. »Ist Jude auch da?«

»Sie ist mit Darcy oben. Unsere Schwester hat offenbar einige Schwierigkeiten zu entscheiden, was sie tragen soll, um diesen Kerl aus Dublin, mit dem sie ausgeht, vollends um den Verstand zu bringen.«

»Dann sind die beiden sicher noch eine Zeit lang beschäftigt. Gut. Im Augenblick habe ich einfach genug von den Weibern«, erklärte er, als Aidan ihn fragend anblickte. »Na, mein Guter?«, fuhr Shawn fort, ging in die Hocke und kraulte Finn den Kopf. »Jedes Mal, wenn ich ihn sehe, ist er ein Stückchen größer.«

»Allerdings, aber trotzdem ist er gutmütig wie eh und je, nicht wahr, mein Freund?«

Finn bedachte Aidan mit einem glückseligen Blick und wedelte derart begeistert mit dem Schwanz, dass er abwechselnd gegen Shawns Knie und das neben der Tür stehende Tischchen trommelte. »Wenn er so weiterwächst, reißt er sicher bald die Lampen von den Tischen, wenn er mit seinem Schwanz herumpeitscht. Hättest du vielleicht ein Bier?«

»Sogar zwei, eins für dich und eins für mich. Aber da du gerade davon redest«, fuhr Aidan auf dem Weg in Richtung Küche fort. »Dir werden die Frauen sicher immer Kopfzerbrechen machen. Mit deinem hübschen Gesicht ziehst du sie einfach magisch an.«

Grinsend setzte Shawn sich an den Tisch, während Aidan zwei Flaschen Harp aus dem Kühlschrank holte und für sie beide öffnete. Geistesabwesend tätschelte er Finn den Schädel, als der unter die Tischkante krachte. »Wenn ich mich recht entsinne, hast du früher ebenfalls den Frauen reihenweise die Köpfe verdreht. Und dabei bist du nicht halb so attraktiv wie ich.«

»Dafür bin ich schlauer.« Grinsend reichte Aidan seinem Bruder eine Flasche. »Ich habe einfach so lange herumprobiert, bis ich am Ende die Beste bekam.«

»Da kann ich dir nicht widersprechen.« Sie stießen miteinander an, und Shawn nahm einen großen Schluck. »Tja, eigentlich bin ich nicht gekommen, um über Frauen zu reden, sondern um vor ihnen zu flüchten.«

»Dann reden wir doch einfach über das Geschäft.« Aidan holt eine Tüte Chips und legte sie zwischen sie beide auf den Tisch. »Dad hat heute Morgen bei mir angerufen. Er und Ma lassen dich herzlich grüßen. Eigentlich wollte er sich bei dir auch noch melden.«

»Ich war spazieren. Wahrscheinlich hat er es währenddessen im Cottage versucht.«

»Nun, er hat gesagt, dass er nächste Woche nach New York fliegt, um diesen Magee zu treffen. Er will sich den Mann erst einmal ansehen, bevor wir irgendwelche Geschäfte mit ihm machen.«

»Niemand kann Menschen besser und schneller beurteilen als Dad.«

»Genau. Und in der Zwischenzeit schickt dieser Magee seinen Mann hierher, um seinerseits ein wenig Maß zu nehmen. Sein Name ist Finkle, und er hat bereits ein Zimmer im Cliff Hotel gebucht. Dad und ich sind uns darüber einig, dass wir erst dann mit diesem Finkle über Geld reden werden, wenn wir uns ein Bild von Magee gemacht haben.«

»Du und Dad kennt euch mit diesen Dingen sicherlich am besten aus. Nur ...«

»Nur?«

»Mir scheint, dass es auch darum geht herauszufinden, was für uns bei der Sache rausspringt. Was das Geld betrifft, aber auch in Bezug auf unseren Pub.«

»Ja, sicher.«

»Also ist die Frage«, Shawn nippte nachdenklich an seinem Bier, »wie wir Informationen über das Projekt bekommen, ohne selbst allzu viel zu verraten.«

»Darum wird Dad sich sicher kümmern.«

»Was uns nicht daran hindert, hier ebenfalls etwas zu tun. In unserer glücklichen kleinen Familie gibt es einen cleveren Geschäftsmann« – Shawn gestikulierte in Richtung seines Bruders – »und« – er zeigte Richtung Decke – »zwei wunderbare Frauen. Die eine verbirgt hinter ihrem charmanten, doch zurückhaltenden Wesen ein mehr als nur funktionstüchtiges Hirn, und die andere wickelt mit ihrer Schönheit und ihrer Flirtbereitschaft die Männer um den Finger, ehe sie merken, dass sie alles andere als ein Dummchen ist.«

Aidan nickte langsam mit dem Kopf. »Sprich weiter.«

»Und dann gibt es noch mich, den kleinen Bruder ohne jeden Sinn fürs Geschäft. Den freundlichen Träumer, dem Geld völlig egal ist.«

»Tja, du bist durchaus freundlich, und du bist ein Träumer, aber du hast einen ebenso ausgeprägten Geschäftssinn wie ich selbst.«

»Das nicht, aber genug, um mich nicht übers Ohr hauen zu lassen. Und ich bin schlau genug zu wissen, dass sich dieser Finkle auf dich konzentrieren wird. Und während er das tut, können wir anderen unsere jeweiligen Fähigkeiten nutzen, um ihn unauffällig auszuhorchen. Ich denke, auf diese Weise werden wir alles herausfinden, was wir wissen müssen. Anschließend kannst du den Vertrag abschließen, Aidan. Und das *Gallagher's* wird der beste Pub im ganzen Land.«

Aidan lehnte sich zurück und sah seinen Bruder ernst an. »Ist es das, was du willst?«

»Es ist das, was *du* willst.«

»Danach habe ich dich nicht gefragt.« Ehe Shawn einen weiteren Zug aus seiner Flasche nehmen konnte, umfasste Aidan derart hart sein Handgelenk, dass er fragend den Kopf auf die Seite legte. »Ist es das, was du willst?«

»Das *Gallagher's* gehört uns«, kam Shawns simple Antwort. »Also sollten wir zusehen, dass die Sache ein Erfolg wird.«

Nach einem Augenblick erhob sich Aidan von seinem Platz und ging rastlos durch die Küche. »Ich hätte nie gedacht, dass du auf Dauer überhaupt hier bleiben würdest.«

»Wo sollte ich denn hingehen? Weshalb sollte ich fortwollen?«

»Ich dachte immer, irgendwann käme der Tag, an dem du wüsstest, was du mit deiner Musik anfangen willst, und dann würdest du gehen, um deine Pläne zu realisieren.«

»Ich mache genau das, was ich will. Meine Musik macht mir ganz einfach Spaß. Was sollte ich darüber hinaus mit ihr anfangen?«

»Warum hast du nie versucht, sie zu verkaufen? Warum bist du nie nach Dublin, London oder New York gegangen, um sie dort in den Pubs zu spielen?«

»Meine Musik ist einfach noch nicht so weit, dass ich sie verkaufen könnte.« Es war eine Ausrede, aber sie war alles, was er hatte. Nun, zumindest den zweiten Grund konnte er völlig ehrlich nennen. »Und außerdem habe ich kein Verlangen, nach Dublin, London oder New York zu gehen, um dort mit meiner Musik mein Leben zu bestreiten. Das hier ist mein Zuhause. Mein Herz hängt hier an diesem Ort.«

Er lehnte sich zurück. »Anders als du oder Darcy oder Ma und Dad hatte ich noch niemals das Bedürfnis, die Welt kennen zu lernen. Ich will morgens aufwachen, Dinge sehen, die mir vertraut sind, und Geräusche hören, die ich kenne. Weißt du, es ist mir einfach ein Bedürfnis, die Namen der Menschen zu kennen, von denen ich umgeben bin, und dort, wo ich lebe, heimisch zu sein.«

»Du bist der Beste von uns allen«, erklärte Aidan mit ruhiger Stimme, worauf Shawn vor Verlegenheit und Überraschung leise lachte.

»Das ist ein wirklich netter Satz.«

»Ich meine es ernst. Du liebst dieses Land, dieses Meer und diese Luft von ganzem Herzen. Du liebst diese Umgebung und begegnest ihr mit dem gebührenden Respekt. Ich konnte das erst, nachdem ich durch die Welt gereist war und alles Mögliche gesehen hatte. Und als ich damals fortging, Shawn, hatte ich nicht die Absicht, noch einmal zurückzukommen und für immer zu bleiben.«

»Aber trotzdem hast du es getan.«

»Weil mir klar wurde, was du schon immer wusstest. Nämlich, dass das hier unsere Heimat ist. Ginge es nicht nach dem Geburtsrecht, sondern nach dem Herzen, müsstest du der Chef des Pubs sein.«

»Dann könnten wir innerhalb eines Jahres zumachen. Nein danke.«

»Das ist nicht wahr. Auch wenn ich dir die gebührende Anerkennung ganz offensichtlich nicht immer habe zuteil werden lassen. Ich möchte, dass du meine Gefühle und Gedanken verstehst, bevor es hier zu weiteren Veränderungen kommt. Denn die werden, wenn wir das Geschäft abschließen, ganz sicher nicht ausbleiben.«

»Natürlich wird es Veränderungen geben, aber wir werden diejenigen sein, die die Richtung bestimmen.«

»Die Sache würde einen Teil von deiner Zeit beanspruchen.«

Er überlegte, wie er diese Zeit am besten nutzen würde. »Das ist kein Problem.«

»Und auch Darcy bekäme dadurch einiges zu tun – worüber sie nicht allzu glücklich sein dürfte.«

»Nein.« Shawn atmete hörbar aus. »Aber dafür wird sie sich über all den Schnickschnack freuen, den sie sich von dem verdienten Geld endlich leisten können wird. Außerdem würde sie sich jederzeit ebenso wie wir für das *Gallagher's* einsetzen, Aidan.« Shawn sah seinem Bruder in die Augen. »Daran besteht nicht der geringste Zweifel.«

»Zumindest so lange, bis sie endlich ihren reichen Ehemann gefunden hat.«

»Selbst dann könntest du sie, wenn sie sich dazu herablässt, uns einfache Menschen zu besuchen, immer noch bitten, eine Schürze umzubinden und sich ein Tablett zu schnappen.«

»Was sie mir ganz sicher umgehend gegen den Schädel schlagen würde.« Trotzdem nickte Aidan mit dem Kopf. »Ja, ich weiß, sie würde uns nie im Stich lassen.«

»Also lade dir diese Last – all die Sorgen und Arbeit, die mit dem möglichen Zustandekommen des Geschäfts zusammenhängen – bitte nicht alleine auf. Schließlich sind wir zu dritt, und mit Jude Frances sogar zu viert. Das *Gallagher's* war, ist und bleibt ein Familienunternehmen. Und dieses Geschäft wird für uns alle von Vorteil sein, Aidan. Ich habe bei der Sache ein wirklich gutes Gefühl.«

»Es ist gut, dass du vorbeigekommen bist. Unser Gespräch hat mir geholfen, alles etwas klarer zu sehen.«

»Tja, dann –« Plötzlich hörte er zwei helle Stimmen. »Oh, gütige Mutter Gottes, da kommen die Frauen. Ich muss los. Am besten schleiche ich mich einfach durch die Hintertür davon.«

»Nächstes Mal werde ich dich einfach betrunken machen, damit du mir endlich erzählst, weshalb du dich plötzlich derart vor den Frauen fürchtest.«

»Wenn ich nicht bald selbst einen Weg finde, um die Sache in den Griff zu bekommen, werde ich es dir sowieso erzählen.« Mit diesen Worten floh Shawn durch die Hintertür nach draußen.

8

Der Walzer, der Shawn durch den Kopf ging, versetzte ihn in beste Laune. Eingehüllt in den Dampf aus seinen Töpfen, das Zischen des Bratfetts in den Ohren, lauschte er den flotten Takten und veränderte hier und da vereinzelte Töne, um dem Ganzen eine gewisse Dramatik zu verleihen. Der Text war später an der Reihe. Es war eindeutig ein leichtes, helles Sommerlied, das die Düsternis und Kälte des Winters für einen Augenblick vertrieb.

Das Gespräch in Aidans Küche am Vortag hatte ihn in seine gewohnt ruhige Stimmung zurückversetzt.

Er konnte gar nicht mehr nachvollziehen, weshalb er so nervös gewesen war. Die kleine Mary Kate machte bestimmt nur eine dieser typischen Phasen junger Leute durch. Ihre Schwärmerei für ihn würde ebenso schnell wieder verfliegen, wie sie plötzlich über sie gekommen war. Er selbst hatte schließlich ganz ähnlich schwere Zeiten durchmachen müssen. Er konnte sich noch genau daran erinnern, wie er als Achtzehnjähriger für die hübsche Colleen Brennan geschwärmt hatte. Glücklicherweise hatte er nie genügend Mut besessen, um ihr seine Verliebtheit zu gestehen, denn die reizende Colleen war damals bereits zweiundzwanzig und mit Tim Riley verlobt gewesen.

Innerhalb weniger Wochen war die Sache überstanden gewesen, und er hatte für eine andere attraktive, junge Frau geschwärmt. Das war nun mal der Lauf der Dinge.

Irgendwann dann hatte er natürlich mehr getan, als den jungen Damen leise seufzend hinterherzublicken, und hatte das Wunder eines nackten Frauenkörpers unter sich erlebt. Er fand durchaus Gefallen an der Sache.

Trotzdem achtete er sorgfältig darauf, wen er berührte und wie er diese Dinge anging, damit beide etwas von dem Erlebnis hatten. Er war jemand, der den Akt der Liebe ernst nahm. Weshalb er, wie er dachte, bereits seit ein paar Monaten zur Gänze auf dieses Glück verzichtet hatte.

Was wahrscheinlich darin begründet lag, dass ausgerechnet Brenna ihn plötzlich derart reizte.

Er sah nach den Schweinsfüßen, die es zusammen mit Kohl und Pellkartoffeln geben sollte, und verfeinerte die Sauce mit ein wenig Majoran.

Am liebsten servierte er dieses spezielle Gericht, wenn Amerikaner im Pub waren. Ihre verschiedenen Reaktionen auf die Schweinsfüße brachten ihn jedesmal zum Lachen. Heute Abend bediente Jude die Gäste, und ganz sicher würde sie ihm alles ganz genau berichten.

Zunächst jedoch musste er das Essen für die beiden Wanderer aus Wexford machen, also gab er den Schellfisch, den sie bestellt hatten, in die Pfanne und blickte sich, als die Tür aufging, neugierig um.

Sofort erstarrte er, kniff die Augen zusammen und merkte, wie sich alles in seinem Inneren zusammenzog.

»Riecht gut.« Brenna schnupperte beifällig. »Das sind nicht zufällig Schweinsfüße? Ich bezweifle, dass wir so etwas in Waterford bekommen.«

Sie war tatsächlich geschminkt, trug blitzende Ohrringe und ein Kleid – oh, Gott, ein Kleid, das ihre schlanken, muskulösen Beine deutlich zeigte und auch sonst kaum noch etwas der Fantasie des Mannes überließ.

»Was hast du vor? Was machst du hier in diesem Aufzug?«

»Ich gehe mit Darcy und ihren zwei Jungs aus Dublin zum Essen aus.« Lieber, viel lieber hätte sie sich einen Stuhl an den Küchentisch gezogen und eine Portion Schweinsfüße verschlungen, doch sie hatte es Darcy versprochen, und nun gab es kein Zurück.

»Du gehst mit einem Mann aus, den du nie zuvor gesehen hast.«

»Darcy hat ihn gesehen, und am besten gehe ich rauf und zerre sie von ihrem Spiegel fort, denn sonst malt sie sicher noch eine Stunde lang an sich herum und ich kriege überhaupt nichts mehr zwischen die Zähne.«

»Verdammt. Einen Augenblick.«

Allein sein scharfer, vollkommen untypischer Ton hätte sie bereits im Gehen innehalten lassen, doch ehe sie sich auch nur umdrehen konnte, packte er sie am Arm. »Himmel, was ist denn jetzt in dich gefahren?«

»Auch noch Parfüm«, stellte er, als ihr Duft ihm ins Gesicht schlug, angewidert fest. »Ich hätte es wissen müssen. Tja, am besten machst du auf der Stelle kehrt und gehst zurück nach Hause. Ich lasse nämlich ganz bestimmt nicht zu, dass du in einem solchen Aufzug mit wildfremden Kerlen durch die Gegend läufst.«

Ihr kochend heißer Zorn wurde noch übertroffen von dem Schock. »Du lässt es nicht zu? In welchem Aufzug laufe ich denn, bitte schön, herum?«

»Nein, ich lasse es nicht zu. Und du weißt sehr wohl, in was für einem Aufzug du herumläufst. Es überrascht mich, dass deine Mutter dich so aus dem Haus gelassen hat.«

»Ich bin vierundzwanzig, für den Fall, dass du es vergessen haben solltest. Meine Mutter sagt bereits seit Jahren nichts mehr zu meiner Kleidung. Und dich geht es erst recht nichts an, wie ich mich anziehe.«

»Das sehe ich anders. Und jetzt fahr schön brav zurück nach Hause, und wasch dir das Zeug aus dem Gesicht.«

»Das tue ich bestimmt nicht.« Tatsache war, dass sie den Lippenstift und das übrige Make-up lediglich deshalb aufgetragen hatte, weil sie wusste, dass Darcy sie, wäre sie ungeschminkt erschienen, mindestens doppelt so dick angemalt hätte. Aber es gab keinen Grund, das jetzt vor Shawn zu sagen, vor allem, da allmählich doch ihr Zorn die Oberhand gewann.

»Also gut, dann erledige ich das einfach hier.« Er klemmte ihren Kopf unter seinen Arm und zerrte sie, ohne auf ihre schrillen Flüche und das Trommeln ihrer Fäuste zu reagieren, in Richtung der Spüle. Vor lauter Wut hätte er sie am liebsten kopfüber unter den eiskalten Wasserstrahl gehalten.

Gerade, als seine Hand den Wasserhahn berührte, kam Jude hereingestürzt. »Shawn!«

Ihr betroffener, irgendwie mütterlicher Tonfall drang nur mit Mühe zu ihm durch.

»Was um Gottes willen geht hier vor sich? Lass Brenna sofort los!«

»Ich tue, was getan werden muss. Sieh dir bloß an, wie sie sich aufgetakelt hat, Jude, und das alles, um mit einem völlig Fremden auszugehen. Es ist einfach nicht richtig.«

Fluchend gelang es Brenna, ihren Kopf zu drehen und zu versuchen, in seinen Unterarm zu beißen, aber sie erwischte lediglich ein Stück von seinem Hemd. Da sie vor lauter Wut die Zähne in Höhe seines Männerstolzes bleckte, verstärkte Shawn zur Vorsicht seinen Griff.

So, so, dachte Jude, während sie sich weiter um eine möglichst ernste Miene bemühte. »Lass sie los«, wiederholte sie mit strenger Stimme. »Du solltest dich wirklich schämen.«

»*Ich* sollte mich schämen? Statt in diesem Kleid könnte sie ebenso gut nackt herumlaufen, und ich soll mich schämen?«

»Brenna sieht reizend aus.« Jude sah keinen anderen Weg, als Brennas strampelnden Füßen auszuweichen, sich neben ihrem Schwager aufzubauen und ihn am Ohr zu packen. »Lass sie sofort los.«

»Aua! Verdammt.« Die letzte Frau, die derart an seinen Ohren gezogen hatte, war seine eigene Mutter gewesen – und schon ihr gegenüber hatte er keine Möglichkeit der Gegenwehr besessen. »Ich passe doch nur auf, dass sie keine Dummheiten macht. Also gut, lass los«, gab er sich geschlagen, als Jude gnadenlos weiterdrehte.

Er stellte Brenna auf die Füße und atmete bekümmert ein. »Du verstehst das alles nicht«, setzte er an, brach jedoch urplötzlich ab und schwankte, als eine der Pfannen auf seinen Schädel krachte.

»Bastard. Nur weil du selber mich nicht willst, hast du noch lange nicht das Recht, mir mein Vergnügen mit anderen zu verbieten. Sieh zu, dass du das nie wieder vergisst.«

Er umklammerte den Rand der Spüle und beobachtete, wie drei verschwommene Brennas in Richtung der Hintertür marschierten. »Sie hat mir tatsächlich eins mit der Pfanne übergebraten.«

»Du hattest es verdient.« Trotzdem nahm Jude ihn sanft bei der Hand. »Du solltest dich besser setzen. Zum Glück hat sie nicht das Ding aus Gusseisen erwischt, sonst würdest du jetzt am Boden liegen.«

»Ich will nicht, dass sie mit irgendeinem Kerl aus Dublin ins Restaurant geht.« Benommen ließ er sich von Jude auf einen Stuhl drücken. »Ich will nicht, dass sie in einem solchen Aufzug rumläuft.«

»Warum nicht?«

»Weil ich es nicht will.«

Geduldig und mitfühlender, als sie ihn wissen ließ, fuhr Jude vorsichtig mit ihren Fingern durch sein Haar. »Man kriegt nicht immer, was man will. Die Haut ist nicht aufgeplatzt, aber sicher bekommst du eine Riesenbeule.« Sie umfasste sanft sein Kinn, drehte sein Gesicht in ihre Richtung und küsste ihn, gerührt von seinem Starrsinn und gleichzeitigen Elend, zärtlich auf die Stirn. »Ich wusste gar nicht, was für ein Dickschädel du bist. Wenn du nicht willst, dass Brenna mit einem anderen ausgeht, warum hast du sie dann nicht selbst schon längst eingeladen?«

»Ich muss mich um das Essen kümmern.« Er stellte die schmutzige Pfanne in die Spüle, holte eine zweite und füllte sie mit frischem Öl. »Würdest du wohl Aidan sagen, dass er den Wanderern in meinem Namen ein Bier ausgibt und sich dafür entschuldigt, dass ihr Essen noch nicht da ist?«

»Kein Problem.« Sie wollte gerade gehen, machte jedoch nochmals kehrt. Es war immer noch so furchtbar neu für sie, Teil einer Familie zu sein, in der man aufeinander Acht gab. »Shawn, es gibt Augenblicke, in denen sollte man überprüfen, wo man steht. Mach also bitte endlich einen Schritt, egal, in welche Richtung. Weiter auf der Stelle zu treten, wäre Brenna gegenüber ganz einfach nicht fair.«

»Spricht da vielleicht die Psychologin?« Er blickte gerade rechtzeitig über die Schulter, um zu sehen, wie Jude zusammenfuhr. »Ich habe es nicht böse gemeint, Jude. Und natürlich hast du Recht. Nur weiß ich einfach noch nicht, ob ich besser vor oder zurück gehe.« Nachdenklich panierte er den Fisch. »Tatsache ist, sie hat mich bedrängt.

Und wenn man mich bedrängt, weckt das in mir automatisch das Bedürfnis, mich dagegen anzustemmen.«

»Das kann ich verstehen. Ebenso wie ich verstehe, dass Brenna der Typ ist, der die Dinge in Bewegung bringen muss. Egal, in welche Richtung.«

»Genau.« Vorsichtig betastete er die wachsende Beule oberhalb von seiner Stirn. »Egal, in welche Richtung.«

»Wenn du noch einen Ratschlag aushältst, lass mich dir sagen, dass du, wenn du Brenna die Treppe runterkommen hörst, am besten in die Speisekammer flüchtest.«

»Du bist wirklich eine kluge Frau.«

»Läuft doch alles gut, nicht wahr?« Darcy puderte sich auf der Damentoilette des Restaurants die Nase und suchte im Spiegel Brennas Blick.

»Das Essen ist wirklich sehr gut.«

»Tja, das auch, aber ich meine den ganzen Abend. Es ist wirklich nett, sich zur Abwechslung mal mit einem gebildeten Mann zu unterhalten. Matthew hat ein ganzes Jahr lang in Paris gelebt«, fuhr Darcy enthusiastisch fort. »Er spricht Französisch wie ein echter Franzose. Ich glaube, ich sollte ihn auf den Gedanken bringen, mich mal auf ein Wochenende dorthin einzuladen.«

Unweigerlich musste Brenna lachen. »Oh, du wirst es sicher sogar schaffen, ihm weiszumachen, dass er selbst auf die Idee gekommen ist.«

»Natürlich. So wollen es die Männer haben. Und Daniel scheint von dir ganz begeistert zu sein.«

»Er ist ein netter Mensch.« Da sie wusste, dass Darcy noch Stunden brauchen würde, bis sie mit ihrem Äußeren zufrieden war, zog Brenna ihren Lippenstift hervor. Oder besser den von Mary Kate, den sie im heimischen Badezimmer hatte mitgehen lassen.

»Er sieht fantastisch aus und ist stinkreich. Warum lassen wir uns nicht einfach beide nach Paris einladen?«

»Ich habe keine Zeit, um nach Frankreich zu fahren, und ebenso wenig habe ich Lust, in der sicher erwarteten Weise für die Reise zu bezahlen.«

»Wir haben jede Menge Zeit.« Darcy fuhr sich vorsichtig mit den Händen durch die Haare. »Und eine kluge Frau zahlt niemals, solange sie nicht will. Ich habe ebenfalls nicht die Absicht, mit Matthew zu schlafen.«

»Ich dachte, er gefällt dir.«

»Das tut er auch. Nur irgendwie verspüre ich, wenn ich ihn sehe, nicht das geringste Kribbeln. Aber das kann sich ja noch ändern«, fügte sie gut gelaunt hinzu.

Brenna spitzte ihre Lippen und drehte an ihrem Lippenstift herum. »Wolltest du je mit einem Mann ins Bett gehen, der dazu keine Lust hatte?«

»Ich kenne keinen Mann, der nicht bereits bei der geringsten Provokation den Reißverschluss aufgemacht hätte. So sind sie nun einmal geschaffen, sie können nichts dafür.«

»Aber sicher gibt es doch Männer, die unter Umständen auf bestimmte Frauen einfach keine Lust haben.«

»Ich nehme an, es gibt Ausnahmen von jeder Regel. Aber mach dir keine Sorgen.« Sie tätschelte Brenna aufmunternd die Schulter. »Daniel findet dich äußerst attraktiv. Ich bin sicher, wenn du ihn ein bisschen ermuntern würdest, ginge er mehr als bereitwillig mit dir ins Bett.«

Seufzend schob Brenna den Lippenstift zurück in ihre Tasche. »Tja, das ist wirklich eine große Erleichterung für mich.«

Sie verbrachte einen wunderbaren Abend. Den besten Abend ihres Lebens. Mit einer anständigen Mahlzeit an einem anständigen Ort mit anständigen Leuten.

Niemals würde sie zugeben, dass sie sich beinahe zu Tode langweilte.

Nach dem Essen hatte sie Daniel ihre Telefonnummer gegeben und sich geschworen, wieder mit ihm auszugehen, wenn er tatsächlich anrief. Er war höflich und amüsant gewesen, sagte sie sich auf dem Weg nach Hause. Er hatte so getan, als interessiere er sich für ihre Arbeit und sich tatsächlich Mühe gegeben, irgendwelche Gemeinsamkeiten zu finden. Im Ergebnis waren sie auf ihre Vorliebe für alte amerikanische Filme gekommen, und zwar das Genre *film noir*.

Er besaß eine große Videosammlung und hatte möglichst beiläufig erwähnt, dass sie doch einmal nach Dublin kommen könnte, um mit ihm gemeinsam ein kleines, privates Filmfestival zu veranstalten.

Vielleicht hätte sie daran sogar Freude. Ebenso wie an dem freundlichen Gutenachtkuss während des allgemeinen Abschieds. Er hatte sich nicht allzu aufdringlich gebärdet, hatte seine Hände an keine Stelle an ihr wandern lassen, an die sie nach einer so kurzen Bekanntschaft nicht gehört hätten.

Ein wirklich netter Mann.

Zur Hölle mit Shawn Gallagher, dass er ihre Lust auf andere Männer zerstört hatte.

Sie verlangsamte das Tempo ihres kleinen Lasters und brachte ihn auf Höhe seines kleinen Cottages, der in zarten Nebel eingehüllt war, am Straßenrand zum Stehen.

Oh, das alte Ekel war zu Hause. Das sah sie an dem Licht im Wohnzimmer. Wahrscheinlich machte er Musik. Wäre eins der Fenster offen, hätte sie sie sicherlich gehört.

Sie wünschte sich, sie könnte wirklich seine Musik hören.

Ehe sie jedoch wieder weich wurde, runzelte sie wütend die Stirn. Am liebsten wäre sie in seine Einfahrt eingebogen, ausgestiegen, hätte bei ihm geklingelt, ihm die Meinung gesagt und ihm eine Ohrfeige verpasst.

Aber dadurch maße sie seinem Verhalten vom frühen Abend allzu viel Bedeutung bei. Besser, wenn sie ihn ignorierte. Diesen Bastard!

Er hatte ihr allen Ernstes das Gesicht waschen wollen.

Schnaubend wollte sie wieder nach ihrem Lenkrad greifen, als sie plötzlich hinter dem Fenster in der oberen Etage des Cottages eine Bewegung ausmachte. Einen Augenblick lang dachte sie voll Scham und voll Entsetzen, Shawn stünde hinter den Gardinen und beobachte sie, während sie vor seinem Haus stand.

Doch die Schamesröte erreichte ihre Wangen nicht, denn vorher sah sie im zarten Licht des Mondes die Umrisse einer Frau und den Schimmer langer weizenblonder Haare.

Seufzend kurbelte sie ihr Fenster herunter und legte ihr Kinn auf die gekreuzten Arme.

Wie viele Nächte hatte die arme Lady Gwen bereits einsam und mit gebrochenem Herzen hinter diesem Fenster zugebracht? Und das alles wegen eines Mannes.

»Warum geben wir uns überhaupt mit ihnen ab, Gwen? Warum lassen wir uns derart von ihnen beeinflussen? Im Grunde gehen sie einem doch furchtbar auf die Nerven.«

Sein Herz ist in seiner Musik. Brenna hörte die Worte, als flüstere jemand sie ihr direkt ins Ohr. *Ebenso wie du. Also hör gut hin.*

Sie kniff erschreckt die Augen zu. »Nein, nein, ich bin mit ihm fertig. Ich verschwende nicht länger meine Zeit und meine Gedanken auf diesen widerlichen Kerl. Das habe ich bereits viel zu lange getan.«

Zornig legte sie einen Gang ein und fuhr endgültig nach Hause.

Er wusste, dass sie arbeitete, denn er hatte es überprüft. Mick O'Toole hatte oben im Cliff Hotel zu tun, und Jude war einkaufen gegangen.

Auf der Treppe hörte er bereits das Hämmern. Was hieß, dass sie bewaffnet war. Nun, dieses Risiko müsste er eben eingehen.

Er hatte den Großteil der Nacht mit Grübeln zugebracht – das wurde ihm allmählich zur Gewohnheit und kostete ihn jede Menge Schlaf. Am Ende war er zu dem Schluss gekommen, das Jude Recht hatte. Es war an der Zeit, dass er einen Schritt machte. Und das geplante Gespräch würde ihm zeigen, in welche Richtung er am besten gehen sollte.

Das Hämmern kam, wie er merkte, aus dem neuen Kleiderschrank des Babys. Spontan schloss er die Zimmertür, drehte den Schlüssel herum und steckte ihn in seine Tasche. Auf diese Weise könnte sie ihm zumindest nicht vor Ende seiner Rede davonlaufen.

Gefasst auf die Explosion, die sein Erscheinen unweigerlich hervorrufen würde, ging er in Richtung Schrank.

»Jude? Bist du schon wieder zurück? Sieh dir mal die Regale an und sag mir, ob sie dir gefallen.« Sie stand auf der drittobersten Stufe ihrer Leiter, blickte über die Schulter und entdeckte Shawn.

Er wartete, doch statt ihn zu beschimpfen, blickte sie reglos durch ihn hindurch und machte sich dann wieder an die Arbeit.

Dies war in der Tat ein wirklich schlechtes Zeichen.

»Ich möchte mit dir reden«, setzte er vorsichtig an.

»Ich bin bei der Arbeit. Ich habe keine Zeit zum Plaudern.«

»Ich muss mit dir reden.« Er trat einen Schritt nach vorn und legte eine Hand auf ihre Hüfte. Es erforderte viel Mut, dass er keinen Satz nach hinten machte, als sie mit einem bösen Blick in seine Richtung erneut nach ihrem Hammer griff. »Würdest du das Ding bitte kurz weglegen?«

»Nein.«

Zwar war er kein Feigling, doch war er auch nicht dumm, also nahm er ihr mit einer raschen Bewegung den Hammer aus der Hand. »Eine Beule in der Größe eines Golfballs genügt mir vollkommen. Brenna, ich möchte nur kurz mit dir reden.«

»Ich habe dir nichts zu sagen, Shawn, und da ich die Freundschaft nicht gefährden will, die uns ein Leben lang verbunden hat, bitte ich dich darum, mich im Augenblick einfach in Ruhe zu lassen.«

Dies war ebenfalls ein schlechtes Zeichen, dachte er, und leise Panik stieg in ihm auf. »Ich möchte mich bei dir entschuldigen.«

Sie kehrte ihm den Rücken zu und griff nach ihrem Maßband.

Die Frau trieb einen in den Wahnsinn, war alles, was Shawn denken konnte, als er sie um die Hüfte fasste und entschieden von der Leiter zog. Sie drehte sich zornig zu ihm um, und obgleich er auf den Hieb gefasst war, wich er ihm nicht aus. Nicht, nachdem er die Tränen in ihren Augen hatte blitzen sehen.

»Tut mir Leid.« Inzwischen bekam er vor lauter Panik nur noch mühsam Luft. »Bitte weine nicht. Das halte ich nicht aus.«

»Ich weine ja gar nicht.« Eher würde sie sich von ihren Tränen die Augen ausbrennen lassen, als zu erlauben, dass auch nur eine von ihnen in seiner Gegenwart über ihre Wange kullerte. »Ich habe dich darum gebeten, mich in Ruhe zu lassen. Da du dazu anscheinend nicht bereit bist, gehe eben ich.«

Sie hastete Richtung Tür, drehte den Knauf und wirbelte entsetzt zu ihm herum. »Du hast abgeschlossen! Bist du inzwischen vollkommen wahnsinnig geworden?«

»Ich kenne dich – also wusste ich auch, dass du mich freiwillig sicher nicht anhören würdest. Aber jetzt bist du dazu gezwungen.«

Er sah, dass sie in Richtung ihres Werkzeugkoffers blickte und stellte sich vor, wie sie überlegte, welche der darin versteckten Waffen sie als Nächste benutzen könnte. Auch wenn seine Entschuldigung von Herzen kam, würde er sich aus lauter Reue bestimmt nicht von ihr in Stücke hacken lassen, also schob er sich eilig zwischen Brenna und die verführerische Kiste.

»Du sagst, dass du unsere bisherige Freundschaft nicht gefährden willst. Das will ich auch nicht, denn diese Freundschaft ist mir wichtig. Sie ist mir wirklich wichtig. Ebenso wie du, Brenna.«

»Ist das der Grund, weshalb du mich gestern Abend behandelt hast, als wäre ich ein kleines Flittchen?«

Zu seinem Entsetzen brach tatsächlich ihre Stimme, und er bemühte sich eilig um eine Antwort. »Ich nehme an, dass das tatsächlich der Grund gewesen ist. Schließlich ist es ziemlich ungewöhnlich, dich in einer solchen Aufmachung zu sehen.«

Sie warf frustriert die Hände in die Luft. »In was für einer Aufmachung?«

»Wunderhübsch.« Er sah, dass sie entsetzt die Augen aufriss, nutzte den Moment der Überraschung und schob sich etwas näher an Brenna heran. »Elegant und überraschend weiblich.«

»Um Himmels willen, schließlich bin ich eine Frau.«

»Ich weiß, aber für gewöhnlich machst du dir nicht die Mühe, das zur Geltung zu bringen.«

»Weshalb sollte ich auch?«, wollte sie wissen. Dies war ein wunder Punkt, auf den sie ungern näher einging. »Darf ich etwa, nur weil ich weiß, wie man einen Nagel in die Wand haut oder einen verstopften Abfluss wieder frei kriegt, nicht zugleich eine Frau sein? Machen mich ein Kleid und etwas Lippenstift dann schon zu einem Flittchen?«

»Nein, sie enttarnen mich als Narren, weil ich zugelassen habe, dass du so etwas denkst. Mein Benehmen war unbeholfen, idiotisch und ganz einfach unverzeihlich. Es tut mir wirklich Leid.«

Als sie nichts sagte, schob er seine Hände in die Hosentaschen, zog sie jedoch sofort wieder heraus. Am besten brachte er die ganze Sache so schnell wie möglich über die Bühne. »Die Wahrheit ist ganz einfach, dass ich mir, als du hereinkamst und so fantastisch aussahst und mit einem anderen Mann ausgehen wolltest, die schlimmsten Dinge ausgemalt habe. Und zwar aus reiner Eifersucht. Das war mir in dem Moment natürlich nicht bewusst, das konnte ich mir erst später eingestehen, als ich wieder etwas klarer denken konnte. Nie zuvor in meinem Leben habe ich auch nur die geringste Eifersucht verspürt. Und ich muss sagen, es ist wirklich ein unschönes Gefühl.«

Sie hatte sich weit genug beruhigt, um nachdenken zu können. »Ich kann dir versichern, für mich war es ebenfalls nicht gerade nett.«

»Ich habe mir eingeredet, du wärst nur deshalb in diesem Kleid, mit den offenen Haaren und den angemalten Lippen in die Küche gekommen, um mich verrückt zu machen.«

Ja, dachte sie. Und nickte. »Wenn ich daran gedacht hätte, hätte ich das vielleicht tatsächlich getan. Nur bin ich ganz einfach nicht so schlau.«

»Nein, du bist immer vollkommen direkt. Ich weiß.« Er

hielt inne, neigte den Kopf und sah sie nachdenklich an. Bei jedem Schritt, den er in ihre Richtung machte, ging sie einen Schritt zurück. »Warum weichst du, wenn ich auf dich zukomme, immer aus? Warst nicht du diejenige, die alles angefangen hat?«

»Das stimmt, aber inzwischen habe ich es mir anders überlegt. Also halt bitte etwas Abstand, während ich die Sache überdenke«, bat sie, als sie das dunkle Blitzen in seinen Augen sah. Sein Blick war nicht gerade beruhigend. »Wir waren Zeit unseres Lebens miteinander befreundet, und diese Freundschaft will ich nicht verlieren. Wenn wir sofort gehandelt hätten, als ich von Sex gesprochen habe, wenn du einfach gegrinst und gesagt hättest: ›Nun, Brenna, das ist wirklich eine sehr gute Idee, lass uns ins Bett gehen‹, dann wäre alles wunderbar gewesen. Dann hätten wir unseren Spaß gehabt, hätten die Sache nicht unnötig kompliziert und hätten uns als Freunde voneinander getrennt. Aber jetzt ist es keine spontane Sache mehr, jetzt ist alles furchtbar schwierig.«

Er brachte sie dadurch zum Stehen, dass er, ehe sie sich bewegen konnte, seine Hände zu beiden Seiten ihres Kopfes gegen die Wand stemmte. »Du hast die Angewohnheit, immer impulsiv zu handeln, während ich für meinen Teil alles erst einmal gründlich überdenke. Du bist schnell, und ich bin langsam.«

Ihr Blut begann zu summen, doch nicht nur seine Arme, sondern auch ihr Stolz hielt sie an ihrem Platz. »Himmel, Shawn, sogar ein Eisberg ist beweglicher als du.«

»Trotzdem komme ich immer dort an, wo ich will, oder etwa nicht? Ich denke, Brenna, dass wir uns irgendwo in der Mitte zwischen Impuls und Überlegung, zwischen Tempo und Vorsicht, treffen können sollten.«

»Inzwischen ist das alles viel zu … schwierig.«

»Ich kann beinahe hören, wie dein Herz schlägt«, murmelte er, schob sich ein wenig näher und legte eine seiner Hände zwischen ihre Brüste. In ihren Augen blitzte Argwohn, sie atmete zitternd aus und – als er seine Finger spreizte – hörbar wieder ein. »Jetzt kann ich es fühlen. Ich verspüre schon seit langem das Bedürfnis, dich zu berühren.«

Ihre Knie wurden weich. »Wenn ich nicht davon angefangen hätte, hättest du doch nie auch nur daran gedacht.«

»Sicher, aber ich kann nicht gerade behaupten, dass es mir etwas ausmacht, dass du als Erste auf die Idee gekommen bist.« Er neigte seinen Kopf und nagte sanft an ihrer Unterlippe. »Und inzwischen denke ich kaum noch an etwas anderes. Als ich heute hierher kam …« Seine Lippen fuhren über ihren Kiefer, »tat ich es, um mich bei dir zu entschuldigen, und die Dinge zwischen uns möglichst wieder ins Lot zu bringen. Ich war mir beinahe sicher, dass ich einen Schritt zurück machen und versuchen würde, alles zu belassen, wie es immer war. Aber jetzt will ich dich berühren.« Er spielte zärtlich mit dem straffen Nippel unter ihrem Hemd. »Ich will dich kosten.«

Und endlich, endlich küsste er sie auf den Mund.

Sie vergrub ihre Finger tief in seiner Hüfte, während ihre Zunge mit seiner Zunge tanzte und ihre Lippen sich erhitzten. Sie wollte es schneller, heißer, härter, denn die sanfte, wunderbare Wärme seines Kusses würde sie umbringen.

»Warte.« Etwas in ihrem Inneren schien sich aufzulösen. Etwas, das fest an seinem Platz zu bleiben hatte, damit sie nicht auch noch den letzten Rest an Verstand verlor. »Warte! Du bildest dir doch wohl nicht ernsthaft ein, dass ich all das Theater brauche.« Sie drehte ihren Kopf, doch das hieß, dass seine Zähne ihr Ohrläppchen fanden.

Himmel, den magischen Kräften dieses Mundes konnte sicher keine Frau auf Dauer widerstehen.

»Wenn du das denkst, dann hast du dich geirrt.« Ihr keuchender Atem rief ein Gefühl des Schwindels in ihr wach. »Ebenso wenig, wie ich es brauche, dass mich ein Mann verführt.«

»Aber ich brauche alle diese Dinge.« Er nagte sanft an ihrem Hals.

»Da du anscheinend zu dem Schluss gekommen bist, dass wir doch miteinander ins Bett gehen sollten, nehmen wir uns am besten einfach eine Stunde frei und fahren rüber in dein Cottage.«

Sein Lachen wurde von ihrer sonnenwarmen, seidig weichen Haut gedämpft. »Wie gesagt, wir sollten uns irgendwo in der Mitte treffen, Brenna. Ich will dich.« Er spürte ihren Schauder, als er seinen Mund erneut auf ihre Lippen drückte. »Aber ich habe es mir in den Kopf gesetzt, uns beide ein bisschen wahnsinnig zu machen, bevor ich dich nackt unter mir habe.«

»Warum?«

»Weil es einfach mehr Spaß macht. Gefällt es dir, wenn ich das hier mache?« Sie atmete zitternd ein, als seine Finger federleicht unter ihr Hemd glitten und zärtlich über ihre Brüste rieben. »Ich sehe, dass es dir gefällt. Ich sehe es an deinem seltsam verschwommenen Blick.«

»Ich bin halb blind. Zum Teufel mit dem Cottage, am besten bringen wir's gleich hier zu Ende.«

Doch als sie ihre Arme um seinen muskulösen Hals schlang, schwenkte er sie laut lachend im Kreis. »Oh, nein, das werden wir ganz sicher nicht. Ich werde weder dich noch mich des größten Vergnügens berauben.«

»Mir scheint, als träfen wir uns statt in der Mitte eher dort, wo du uns haben willst.«

»Vielleicht, aber am Ende wirst du mir dafür danken.«

»Typisch Mann«, erklärte sie, als er sie wieder auf den Boden stellte. »Bildet sich ein, er wüsste alles besser.«

Er sah sie grinsend an. »Brenna, Schätzchen, wenn ich kein Mann wäre, hätten wir gar nicht erst dieses Gespräch.«

Schnaubend rückte sie ihre Kappe auf ihrem Kopf zurecht. »Tja, da hast du ausnahmsweise Recht.«

»Du hast mir erzählt, du hättest ein gewisses körperliches Verlangen. Ich werde dieses Verlangen stillen, aber zu meiner Zeit und auf die Art, die ich für uns gewählt habe. Das ist doch sicher fair.«

Sie nickte mit dem Kopf. »Frustrierend, aber fair.«

»Und wie auch immer unser Verhältnis weitergehen wird, werden wir am Ende als Freunde auseinander gehen. So sehr ich dich nämlich begehre, werde ich dich nicht noch mal berühren, solange wir uns das nicht versprechen.«

Einen Mann, der so weit dachte – und dem es wirklich ernst war –, musste man ja wohl unweigerlich gern haben. »Wir werden stets dieselben Freunde bleiben, die wir auch bisher immer waren.« Sie bot ihm ihre Hand. »Darauf gebe ich dir mein feierliches Wort.«

»Und ich dir das meine.« Er nahm ihre Hand und hob sie, um ihre Reaktion zu testen, sanft an seinen Mund.

Vor Überraschung klappte ihr die Kinnlade herunter, und er lachte dröhnend auf.

»Mary Brenna, ich glaube, du machst dich besser auf ein paar Überraschungen gefasst.«

»Vielleicht.« Sie entzog ihm ihre prickelnde Hand und schob sie hinter ihren Rücken. »Aber ich selbst habe auch noch ein paar Tricks auf Lager.«

»Darauf verlasse ich mich.« Er zog den Schlüssel aus der

Tasche und ging in Richtung Tür. »Warum kommst du nicht heute Abend in den Pub? Dann mache ich dir ein vernünftiges Abendessen und zeige dir, welche ... Überraschungen dir die Speisekammer zu bieten hat.«

»Die Speisekammer?« Ehe sie lachen konnte, schoss ihr ein erschreckender Gedanke durch den Kopf. »Dürfte ich vielleicht fragen, wie viele Frauen du schon vor mir in der Speisekammer überrascht hast?«

»Schätzchen.« Auf der Schwelle drehte er sich noch mal um und zwinkerte ihr zu. »Ich bin kein Mann, der diese Dinge zählt.«

9

Dieser Finkle ist da.« Darcy kam eilig in die Küche.

Shawn blickte von den drei Sandwiches auf, die er gerade belegte. »Ach, ja?«

»Er sitzt drüben im Pub.« Aus reiner Gewohnheit blickte sie kurz in den kleinen, neben der Tür hängenden Spiegel. »Aidan zapft ihm gerade ein Bier und unterhält sich mit ihm an der Theke. Der Kerl sieht schon aus wie ein typischer Geschäftsmann.«

Da er die Talente seiner Schwester kannte, winkte Shawn mit seinem Messer. »Beschreib ihn mir in höchstens hundert Worten.«

Darcy kniff die Augen zusammen und legte ihren Zeigefinger an die Lippen. »Mitte fünfzig, schüttere Haare. Was ihn ziemlich stört, denn er kämmt sie so, dass es möglichst wenig auffällt. Ein ansehnlicher Bauch, der mir sagt, dass er durchaus gerne isst. Verheiratet, aber trotzdem nicht blind für schöne Frauen. Ein Büromensch. Ein typischer leitender Angestellter, der es gewohnt ist, Befehle entgegenzunehmen und nach unten weiterzugeben. Geizig, denn Mary Kate hat mir erzählt, dass er leidenschaftlich über den Zimmerpreis verhandelt hat, obwohl er die Unterkunft über sein Spesenkonto abrechnet. Durch und durch ein Stadtmensch und ziemlich geschniegelt. Seine Schuhe sind derart auf Hochglanz poliert, dass ich mir davor die Augenbrauen zupfen könnte.«

»Gut.« Shawns Augen blitzten vor Aufregung. »Dann

wirst du also keine Schwierigkeiten haben, den Typen zu becircen, oder?«

Darcy blickte auf ihre lackierten Nägel und setzte ein selbstzufriedenes Lächeln auf. »Ebenso problemlos, wie man einen Fisch in einer Wassertonne fängt.«

»Ich spreche nicht davon, dass du ihn tatsächlich in Versuchung führen sollst, Darcy. Es genügt völlig, wenn du dich gut mit ihm verstehst.«

»Also bitte. Ich sagte doch, er ist verheiratet. Und ich bin ganz sicher niemand, der freiwillig eine Ehe in Gefahr bringt.«

»Tut mir Leid. Es war nur wegen deines Blickes. Er kann einen Mann in Angst und Schrecken versetzen.«

Sie zog einen Lippenstift aus der Tasche ihrer Schürze, zeichnete die Konturen ihrer vollen Lippen damit nach und sah im Spiegel in Richtung ihres Bruders. »Aber trotzdem scheinen die Männer ihn zu lieben.«

»Da kann ich dir nicht widersprechen. Schließlich habe ich schon allzu viele Typen freiwillig vor dir in die Knie gehen sehen. Ich helfe dir, die Sandwichs an die Tische zu bringen, damit dieser Finkle auch gleich den trotteligeren der beiden Brüder zu Gesicht bekommt.«

Darcy half Shawn beim Beladen des Tabletts. »Ich habe den Eindruck, dass er es gar nicht erwarten kann, sich das Grundstück anzusehen und zum geschäftlichen Teil seines Besuchs überzugehen.«

»Das hier ist Irland«, erwiderte Shawn gelassen. »Und wir Gallaghers haben noch niemals etwas überstürzt.«

Er fügte die Bestellungen zusammen und füllte Chips in ein paar kleine Schüsseln, um sie auf der Theke abzustellen. »Ich habe nicht geträumt«, sagte er, als sie in den Pub hinübergingen, vernehmlich zu Darcys Rücken. »Ich habe nachgedacht.«

Darcy seufzte. »Wie willst du je das Essen rechtzeitig fertig bekommen, wenn du ständig in Gedanken ganz woanders bist? Reiß dich doch bitte wenigstens ab und zu etwas zusammen.«

Mit beleidigter Miene begann Shawn die Schüsseln auf dem Tresen zu verteilen.

»Shawn, ich möchte dich mit Mr. Finkle aus New York bekannt machen.« Mit freundlicherer Miene ging Shawn in Richtung seines Bruders, lehnte sich gegen die Theke und schenkte dem Mann mit dem schütteren Haar und den schwarzen Augen, der ihn leicht irritiert ansah, ein argloses Lächeln.

»Nett, Sie kennen zu lernen, Mr. Finkle. Wir haben Verwandte und Freunde in New York. Sie sagen, es sei eine Stadt, in der alles schnell geht, in der jeder beschäftigt ist und in der es jede Minute des Tages was zu tun gibt. Aidan, du warst doch schon mal in New York. Hast du die Stadt auch so in Erinnerung?«

Da er ein leises Lachen unterdrücken musste, nickte Aidan nur wortlos. Shawn hatte seinen Akzent gerade weit genug verstärkt, um einigermaßen unbedarft zu klingen.

»Aidan ist schon immer gern gereist. Die Reiselust liegt bei uns in der Familie. Nur ich bleibe lieber schön zu Hause.«

»Tja, nun.« Finkle war offensichtlich drauf und dran, Shawn gnädig zu entlassen, um sich wieder wichtigen Dingen zuwenden zu können.

»Machen Sie Ferien hier in Ardmore, Mr. Finkle? Ein wirklich schönes Fleckchen Erde. Und Sie haben Glück, im Augenblick ist es noch ziemlich ruhig. Ende Mai kommen die Leute in Schwärmen an die Strände, und dann ist es hier im Pub so voll, dass man kaum mit dem Servieren nachkommt. Tja, wenigstens kann man sich im Winter etwas von den Strapazen erholen.«

»Ich bin geschäftlich hier.« Finkles harte Konsonanten verrieten ihn als gebürtigen New Yorker. »Im Auftrag von Magee Enterprise.«

Auf Shawns überzeugend verwunderten Blick hin schüttelte Aidan nachsichtig den Kopf. »Shawn, ich habe dir doch von einem möglichen Geschäft mit Mr. Magee erzählt. Von seinem Theater?«

»Ach ja, nun, ich hätte nie gedacht, dass du das wirklich ernst meinst.« Shawn kratzte sich am Kopf. »Ein Kino hier in Ardmore?«

»Kein Kino«, sagte Finkle unüberhörbar ungeduldig. »Ein richtiges Theater.«

»Ich finde, das ist eine hervorragende Idee.« Darcy gesellte sich zu den Männern an die Theke und strahlte Finkle an. »Einfach fantastisch. Sie müssen heute Abend zu uns in den Pub kommen, Mr. Finkle. Dann können Sie sich ein Bild von den einheimischen Talenten machen, die wir Ihnen für Ihr Theater zur Verfügung stellen könnten.«

»Was ist mit dem Mann aus London?« Shawn bedachte erst Darcy und dann Aidan mit einem verwunderten Blick. »Dem Typen mit dem Restaurant?«

»Darüber reden wir am besten später.« Aidan stieß seinen Bruder auffällig unauffällig in die Rippen. »Das ist nicht weiter wichtig.«

Finkle straffte die Schultern und zog die Brauen zusammen. »Führen Sie vielleicht gleichzeitig Gespräche mit einem anderen möglichen Investor, Mr. Gallagher?«

»Die Sache ist noch nicht allzu weit gediehen. Nein, wir stehen wirklich erst am Anfang. Aber vielleicht sollte ich Ihnen zuallererst das Land zeigen, über das wir beide sprechen. Sicher werden Sie es sich ansehen wollen. Schließlich kauft niemand gern die Katze im Sack. Shawn, sei bitte so nett und bleibe einen Augenblick hinter der Theke.«

Eilig öffnete Aidan den Durchgang in Richtung des Schankraums. »Am besten machen wir erst mal eine Ortsbegehung, Mr. Finkle, und dann sehen wir weiter.«

»Ich hoffe, Sie kommen heute Abend wieder«, rief Darcy und registrierte mit Genugtuung, wie Finkle, als er über die Schulter zurückblickte, ein wenig rot wurde. »Ich würde wirklich gerne etwas für Sie singen.«

Sie wartete, bis Aidan den Amerikaner durch die Tür bugsiert hatte. »Der Mann aus London«, erklärte sie kichernd. »Das war wirklich eine fantastische Idee.«

»Plötzlich kam mir der Gedanke. Und ich wette, dass der Typ, sobald er irgendwo ein Telefon findet, diesen Magee in New York anruft und ihm sagt, dass es noch einen zweiten Interessenten gibt.«

»Das Ganze könnte ein Eigentor werden. Vielleicht sieht sich dieser Magee dann sofort nach etwas anderem um.«

»Vielleicht aber auch nicht.« Shawn fuhr seiner Schwester durch die Haare. Es überraschte ihn, wie viel Spaß ihm dieses Spielchen machte. »Man muss im Leben auch mal etwas riskieren, oder etwa nicht?«

Er hob den Kopf, als Brenna zusammen mit ihrem Vater zum Essen in den Pub kam. »Aber dadurch bekommt man erst so richtig Spaß. Guten Tag, Mr. O'Toole«, sagte er, als sich Mick der Theke näherte. »Mary Brenna. Was kann ich für euch tun?«

»Ich bin halb verdurstet.« Mick zwinkerte Darcy zu.

»Dagegen kann ich helfen.« Da er seine Gäste kannte, stellte Shawn, ohne zu fragen, ein großes Glas unter den Hahn und zapfte Mick ein Guinness. »Und du, Brenna?«

»Ich interessiere mich eher für die Suppe, die auf der Tageskarte steht.« Sie nickte in Richtung der schwarzen

Tafel, die neben der Tür hing. »Aber ich habe es nicht eilig.«

»Nein, wir haben es nicht eilig«, bestätigte Mick und glitt gemütlich auf einen der Hocker. »Wir sind heute Morgen so gut wie fertig geworden im Haus von deinem Bruder. Brenna wird nachher noch aufräumen und dann machen wir uns wieder an die Renovierung der Zimmer im Hotel. Wobei ich dein Essen vermissen werde, Shawn. Nicht, dass es im Hotel keine anständigen Mahlzeiten gäbe, aber sie schmecken einfach nicht ganz so gut wie das, was man bei dir bekommt.«

»Möchten Sie dann vielleicht auch eine Suppe, und dazu noch ein Sandwich, Mr. O'Toole?« Darcy glitt hinter die Theke, um einen Tee für Brenna einzuschenken. »Wenn ein Mann so hart arbeitet wie Sie, dann braucht er auch etwas zum Verbrennen.«

»Danke, Darcy. Eines Tages wirst du einen Mann sehr glücklich machen, denn du weißt, wie man für ihn sorgt.«

Lachend schob Darcy den Tee in Brennas Richtung. »Ich bin auf der Suche nach jemandem, der für *mich* sorgt – und zwar möglichst üppig. Apropos, hat Daniel dich schon angerufen, Brenna?«

»Daniel?« Sie sah Shawns hochgezogene Brauen und bemühte sich, gelassen zu bleiben. »Ja.«

»Das ist gut. Matthew hat gesagt, er würde sich sicher umgehend bei dir melden. Er ist ein wirklich gut aussehender und wohlerzogener junger Mann, und er hat ein Auge auf Ihre Tochter geworfen, Mr. O'Toole.«

»Warum auch nicht? Schließlich ist sie ein hübsches junges Ding.«

»Dad!«

»Wenn es doch so ist, warum sollte ich es dann nicht sagen?«

Er schlug ihr auf die Schulter, wie sicher die meisten Männer es bei ihren Söhnen getan hätten. »Der Mann, der einmal meine Brenna kriegt, hat wirklich ein Riesenglück. Schließlich ist sie nicht nur hübsch, sondern obendrein noch handwerklich begabt. Vielleicht ein bisschen temperamentvoll, aber das gibt dem Ganzen die notwendige Würze. Schließlich wollen die wenigsten Männer langweilige Frauen, habe ich nicht Recht, Shawn?«

Shawn betätigte erneut den Zapfhahn. »Das kommt sicher auf den Mann an.«

»Tja, zumindest ein kluger Mann hätte sicher kein Interesse an einer allzu zahmen Frau, denn mit ihr würde er sich innerhalb eines Jahres zu Tode langweilen. Nicht, dass ich es besonders eilig damit hätte, meine Brenna unter die Haube zu bringen. Meine Mädels verlassen allzu schnell das Haus. Maureen ist bereits verheiratet, und bei Patty dauert es auch nur noch ein paar Monate, bis es so weit ist.« Er seufzte leise auf. »Ich weiß wirklich nicht, was ich ohne meine Brenna machen werde, wenn auch sie eines Tages den Richtigen trifft.«

»Ich werde dich nie im Stich lassen. Schließlich sind wir Partner. Shawn, am besten gehe ich einfach selber in die Küche und hole uns die Suppe. Du hast hier genug zu tun.«

Es war eine gute Ausrede, um sich den unangenehmen Gesprächen zu entziehen, und so ging sie in der Hoffnung, dass niemand merkte, wie eilig sie es hatte, hinter die Theke und weiter in die Küche.

Auch wenn sie es meistens eher rührend fand, wie sentimental ihr Vater werden konnte, war dieser Wesenszug im Augenblick eher störend. Sie holte zwei Schalen aus dem Wandschrank, als jemand den Raum betrat. Sie brauchte sich gar nicht erst umzudrehen, um zu wissen, dass es Shawn war.

Da er wusste, dass es sie verlegen machen würde, trat er leise hinter sie, umfasste ihre Hüfte und küsste sie zärtlich auf den Hals.

Hitze schoss von ihrem Kopf bis in die Zehen. »Was machst du da? Du hast zu tun.«

»Ja, und zwar mit dir.« Er drehte sie zu sich herum und ließ seine Hände an ihrem Leib hinaufgleiten.

»Ich habe gerade genug Zeit, um eine Kleinigkeit zu essen. Ich muss zurück ins Haus und aufräumen.«

»Ich mache dir sofort etwas zu essen.« Seine Hände unter ihren Armen, hob er sie ohne jede Mühe auf den Tisch. »Aber erst muss ich meinen eigenen Hunger stillen.«

Sie wollte protestieren, doch sein Mund lag bereits auf ihren Lippen. »Es könnte jemand reinkommen«, brachte sie erstickt hervor, während sie ihre Hände in seinem dichten, braunen Haar vergrub.

»Und weshalb sollte dich das stören? Konzentrier dich lieber ganz auf das hier.« Er umfasste ihr Gesicht, neigte seinen Kopf und küsste sie erneut.

Er hatte ihr versprochen, sie wahnsinnig zu machen, und sie war gezwungen zuzugeben, dass er sein Wort hielt. Seit Tagen empfand sie eine gleichermaßen frustrierende wie herrliche Erregung. Nie gönnte er ihr mehr als einen Kuss, langsam, genüsslich und unendlich zärtlich, oder aber schnell und hart und heiß. Immer berührte er sie höchstens beinahe beiläufig oder bedachte sie mit einem derart betörenden Blick, dass ihr Puls, ohne dass sie auch nur ein Wort gewechselt hätten, zu rasen begann.

Er musste seinen eigenen Hunger stillen, hatte er gesagt. Und es schien zu stimmen, da er, als hätte er nie etwas Köstlicheres genossen, begierig und zugleich genüsslich an ihr nagte. Als sie zu zittern begann, knurrte er zufrieden.

»Shawn.« Der Mann machte sie schwindelig und zugleich vollkommen wild. »Ich kann so nicht weitermachen.«

»Ich schon.« Seine Stimme klang verträumt. »Und zwar noch jahrelang.«

»Das fürchte ich auch.«

Lachend trat er einen Schritt zurück und freute sich über das Verlangen in ihren grünen Augen. »Was hast du zu diesem Daniel gesagt?«

»Zu welchem Daniel?«

Sein Grinsen wurde breiter. Fluchend stieß sie ihn von sich fort und sprang auf die Erde. »Verdammt, Shawn, deshalb also bist du mir gefolgt. Nur, um mich weich zu machen und mein Hirn derart zu vernebeln, dass ich dich in deinem übersteigerten Selbstbewusstsein noch bestärke.«

»Das war nur eine positive Nebenwirkung.« Er holte die Zutaten für das Sandwich aus dem Kühlschrank. »Aber Tatsache ist, dass ich wirklich daran interessiert bin zu erfahren, ob du vorhast, noch mal mit diesem Kerl auszugehen.«

»Allein um dir eins auszuwischen, sollte ich es tun.« Sie vergrub ihre Hände in den Hosentaschen. »Darcy würde es so machen.«

»Aber du bist nicht Darcy, stimmt's?«

»Nein, ich bin nicht Darcy, und ich habe weder das Talent noch die Energie, um mit den Männern wie mit Äpfeln zu jonglieren. Ich habe Daniel gesagt, es gäbe einen anderen.«

Shawn sah ihr in die Augen. »Danke.«

»Was ich gerne wissen würde, ist, wann ich mit diesem anderen endlich ins Bett gehen werde.«

Er strich etwas von dem scharfen Senf auf das Sandwich, von dem er wusste, dass Mick O'Toole ihn liebte, und zog die Brauen in die Höhe. »In all den Jahren, in denen ich dich kenne, war mir nie bewusst, dass du derart vom Sex besessen bist.«

»Ich wäre nicht davon besessen, wenn ich welchen hätte.«

»Tja, nun, wie kannst du da so sicher sein? Schließlich hattest du mit mir bisher noch niemals das Vergnügen.«

Am liebsten hätte sie sich die Haare gerauft, doch sie beschloss zu lachen. »Himmel, Shawn, du könntest eine Frau tatsächlich zur Alkoholikerin werden lassen.«

»Dann geh raus, und lass dir von Darcy auf meine Kosten ein Guinness zapfen«, begann er, hob dann jedoch den Kopf und lauschte auf die Stimmen in der Nähe der Hintertür. »Nein, warte. Ich brauche deine Hilfe.«

»Meine Hilfe?«

»Hier, gib die Suppe in die Schalen.« Er winkte in Richtung des Topfes. »Und dann spiel einfach mit.«

Die Tür ging auf, Aidan trat zur Seite, um Finkle den Vortritt zu gewähren. »Wie Sie sehen können, führt hier in der Küche Shawn das Regiment. Auf seinen Wunsch hin haben wir einiges verändert. Oh, hallo, Brenna! Das ist unsere Freundin und gelegentliche Aushilfe Brenna O'Toole. Brenna, das hier ist Mr. Finkle aus New York.«

»Nett, Ihre Bekanntschaft zu machen.« Mit arglosem Lächeln löffelte Brenna die Suppe in die Schalen.

»Mr. Finkle ist hier, um ein Restaurant neben dem Pub zu eröffnen«, wandte sich Shawn an seine Freundin.

»Ein Theater«, sagte Aidan derart rüde, dass Brenna fast die Suppenschale aus der Hand gefallen wäre. »Das Theater, Shawn. Du bringst schon wieder alles durcheinander.«

»Oh, ja, das Theater. Sicher. Tut mir Leid. Geschäftliche Dinge kann ich mir nie länger als fünf Minuten merken.«

»Aber du kochst eine wunderbare Suppe.« Brenna bedachte ihn mit einem aufmunternden Blick, als wäre er ein etwas zurückgebliebener zwölfjähriger Junge. Sie hoffte nur, dass er das auch von ihr wollte. »Hätten Sie vielleicht auch gerne eine Schale, Mr. Finkle, oder haben Sie schon etwas gegessen?«

»Nein.« Es duftete wie in der Küche einer fürsorglichen Großmutter, und ihm lief das Wasser im Mund zusammen bei der Vorstellung der zu erwartenden Genüsse. »Riecht sehr aromatisch.«

»Und schmeckt noch besser, das kann ich Ihnen sagen. Und was für ein Theater haben Sie im Sinn?«

»Ein kleines, geschmackvolles Haus. Mein Chef hätte gern etwas möglichst Traditionelles.«

»Und vor und nach der Aufführung hätten die Leute gern etwas zu essen und zu trinken, nicht wahr?« Shawn gab etwas Petersilie und ein paar Scheiben Radieschen auf das Brot.

»Normalerweise ja.« Finkle betrachtete die blank polierten Töpfe, den blitzenden Tisch und die saubere Arbeitsplatte. Der Herd war riesengroß und sah aus, als stamme er noch aus der Zeit der alten Griechen, aber er schien durchaus funktionstüchtig zu sein.

Es könnte funktionieren, dachte er. Er würde die Küche in seinem Bericht extra erwähnen.

»Also, besser als hier im *Gallagher's* könnten Sie es gar nicht treffen«, versicherte ihm Brenna. »Würden Sie gern hier in der Küche sitzen oder lieber an einem der Tische draußen?«

»Wenn es recht ist, lieber drüben im Pub«, erklärte er Brenna. Dort konnte er besser verfolgen, wie die Geschäfte liefen.

»Ich bringe Sie an einen Tisch.« Aidan winkte Richtung

Tür. »Sagen Sie einfach Darcy, was Sie gerne hätten. Natürlich sind Sie unser Gast.«

Aidan blickte triumphierend über seine Schulter, als Finkle vor ihm die Küche verließ.

»Von was für einem Theater hat der Kerl geredet? Und warum hast du dich benommen, als hättest du heute Morgen beim Aufstehen ein paar Hirnzellen verlegt?«

»Das werde ich dir sagen. Bring deinem Dad das Essen, dann erzähle ich dir alles ganz genau.«

Als er geendet hatte, lehnte sich Brenna auf ihrem Stuhl zurück und nahm wie immer, wenn sie nachdachte, ihre Unterlippe zwischen ihre Zähne. »Ich kenne diesen Magee.«

»Ach ja?«

»Nun, nicht persönlich, aber ich habe schon von ihm gehört. Oder besser gesagt, von ihnen. Vater und Sohn, auch wenn sich inzwischen fast nur noch der Sohn um die Geschäfte kümmert.«

»Ein Familienunternehmen.« Shawn sah Brenna an. »Nun, das ist etwas, was mir durchaus gefällt.«

»Es ist ein ziemlich angesehenes Unternehmen. Dieser Magee baut wirklich schöne Dinge. Vor allem Theater, Stadien und so. In Amerika und ich glaube, auch in England hat er einen ziemlich guten Namen. Der Neffe der Cousine meiner Mutter, Brian Cagney, arbeitet für ihn in der Konstruktionsabteilung in New York. Er hat mir vor ein, zwei Jahren geschrieben, falls ich rüberkommen wollte, hätte ich ganz sicher einen Job – denn dieser Magee nimmt gute Leute auch dann, wenn sie keine Zeugnisse vorzuweisen haben.«

»Denkst du etwa daran, nach New York zu gehen?« Allein der Gedanke war ein derartiger Schock, dass er große

Mühe hatte, seine Stimme auch nur ansatzweise gelassen klingen zu lassen.

»Nein.« Brenna war in Gedanken schon wieder ganz woanders. »Ich arbeite mit Dad zusammen, und wir arbeiten hier. Aber Brian schreibt mir ab und zu. Er sagt, dieser Magee würde seine Leute gut behandeln, sie überdurchschnittlich bezahlen und, wenn ihm der Sinn gerade danach steht, sogar selbst den Hammer schwingen. Aber Schlamperei kann er nicht ausstehen, und wenn du deine Sache schlecht machst, fliegst du in hohem Bogen raus. Am besten werde ich Brian schreiben und fragen, was er sonst noch alles weiß oder herausfinden kann.«

Plötzlich sah sie Shawn mit großen Augen an. »Bringt er seine eigenen Leute mit oder stellt er Einheimische ein?«

»Keine Ahnung.«

»Tja, er sollte Leute von hier nehmen. Wenn er in Irland bauen lassen will, sollte er dazu auch Iren einsetzen. Und wenn er in Ardmore bauen lassen will, sollte er Leute aus dem Dorf und der Umgebung nehmen. Dad und ich könnten die Arbeit gut gebrauchen.« Sie sprang von ihrem Stuhl.

»Wo willst du hin?«

»Mit diesem Mr. Finkle reden.«

»Warte, warte. Gott, du sitzt nie lange genug still, als dass jemals auch nur eine Fliege auf deiner Nase landen könnte. Aber jetzt ist nicht der richtige Zeitpunkt für ein solches Gespräch.«

»Warum nicht? Schließlich will ich von Anfang an dabei sein.«

»Lass erst mal Aidan machen.« Er packte ihre Hand. »Die Verhandlungen haben gerade erst begonnen. Sobald wir diesen Finkle dort haben, wo wir ihn haben wollen, kannst du dich wegen der Bauarbeiten an ihn wenden.«

Sie hasste es zu warten, hasste es, einsehen zu müssen, dass Shawn natürlich Recht hatte. »Dann musst du mir aber sofort Bescheid geben, wenn der Deal abgeschlossen ist.«

»Das verspreche ich.«

»Ich werde dir zeigen, wie das Ding aussehen sollte.« Sie zog einen Stift aus ihrer Tasche und hätte die Skizze direkt auf die Wand gezeichnet, hätte Shawn sie nicht gepackt und ihr ein Stück Papier unter die Nase geschoben. »Das hier ist die Nordwand. Hier macht ihr einen Durchbruch, ähnlich einer überdimensionalen Tür.« Eilig zeichnete sie sämtliche Linien und Winkel auf das Blatt. »Und dann baut ihr einen Durchgang, durch den die Leute vom Pub ins Theater und zurück können. Den Durchgang gestaltet ihr möglichst ähnlich wie den Pub. Dasselbe Holz, derselbe Boden, damit ihr einen – wie soll ich sagen? – symmetrischen Übergang ins Foyer des Theaters bekommt. Noch besser wäre es natürlich, wenn der Durchgang sich in Richtung Pub verbreitern würde, sodass das Foyer ein Teil des Pubs wird, denn anders herum würde der Pub Teil des Foyers.«

Sie nickte, hob den Kopf. Und kniff die Augen zusammen. »Kannst du mir mal sagen, warum du so grinst?«

»Es ist immer wieder lehrreich, dir bei der Arbeit zuzusehen.«

»Wenn es nach mir geht, kannst du mir in Zukunft monatelang bei der Arbeit zusehen, und Dad kann jeden Mittag zum Essen hierher in den Pub kommen. Apropos Arbeit, jetzt muss ich aber los.«

»Kannst du deine Mittagspause nicht ein bisschen ausdehnen?« Ehe sie sich zum Gehen wenden konnte, nahm er ihre Hand.

»Ich nehme an, das könnte ich. Es wird sicher nicht allzu lange dauern, dich aus deinen Kleidern zu schälen und die Sache endlich hinter mich zu bringen.«

»Ich hatte eher etwas anderes im Sinn. Was dein Anliegen betrifft, habe ich, wenn es so weit ist, lieber jede Menge Zeit.« Er hob ihre Hand an seine Lippen und strich sanft über ihre Knöchel. »Komm mit mir runter an den Strand.«

Typisch, dass er daran dachte, mitten im Winter zusammen mit ihr an den windumtosten Strand zu gehen. »Hol mich einfach bei Jude ab. Wenn du so viel Zeit hast, habe ich sie auch.«

»Dann komm und gib mir zum Abschied einen Kuss.«

Sie stellte sich auf ihre Zehenspitzen, beugte sich nach vorn und küsste ihn zärtlich auf die Lippen, als plötzlich die Küchentür aufging.

»Dieser Finkle meint, er könnte noch einen zweiten Teller Suppe und –« Beim Anblick ihrer besten Freundin, die ihren Bruder küsste, blieb Darcy wie vom Donner gerührt mitten in der Küche stehen. »Himmel, was hat das zu bedeuten?«

»Nichts anderes als das, was du gesehen hast. Du bist noch nicht fertig«, sagte Shawn zu Brenna und wollte sie, nachdem sie vor Schreck mindestens dreißig Zentimeter zurückgesprungen war, wieder an seine Brust ziehen.

»Doch. Und jetzt muss ich zurück an meine Arbeit.« Eilig flüchtete Brenna durch die Hintertür hinaus.

»Du sagst, der Typ will noch einen Teller Suppe?« Lässig schlenderte Shawn in Richtung Herd.

»Shawn, du hast gerade Brenna geküsst.«

»Genau, obwohl ich kaum angefangen hatte, als du plötzlich hereingeschossen kamst und sie verschreckt hast.«

»Was hast du dir dabei gedacht?«

Er sah sie verwundert an. »Ich war mir sicher, dass unsere Mutter dir diese Dinge ausführlich erklärt hat, aber falls du ein bisschen Nachhilfe zu diesem Thema brauchst, werde ich mein Möglichstes tun, um dir zu helfen.«

»Mach dich nicht über mich lustig.« Aber sie war derart verblüfft, dass sie den Zorn vermissen ließ, der ihnen beiden für gewöhnlich amüsante Gefechte bescherte. »Sie ist beinahe so etwas wie eine Schwester für mich, und ich lasse nicht zu, dass du sie derart auf den Arm nimmst.«

Er gab Suppe in eine dicke, große Schale. »Vielleicht solltest du erst ein paar Worte mit ihr wechseln, bevor du mich attackierst.«

»Bilde dir ja nicht ein, das würde ich nicht tun.« Sie schnappte sich die Schale. »Ich weiß, was für ein Spiel du mit den Frauen treibst, Shawn Gallagher.«

Er legte den Kopf auf die Seite. »Ach ja?«

»Ach, ja«, erklärte sie mit ihrer dunkelsten, bedrohlichsten Stimme, warf den Kopf nach hinten und stapfte aus dem Raum.

Sofort, nachdem sie Finkle seine Suppe serviert und ihm lange genug geschmeichelt hatte, um ihn abermals erröten zu lassen, erklärte Darcy Aidan, sie mache eine kurze Pause. Und war bereits zur Tür hinaus, ehe der antworten konnte.

In ihrer Eile vergaß sie, ihre Schürze abzulegen oder die Jacke anzuziehen, sodass ihr Trinkgeld fröhlich in der Tasche klimperte, als sie in Richtung ihres Elternhauses rannte.

Vollkommen außer Atem und mit rosigen Wangen stürzte sie schließlich durch die Tür und hastete schnurstracks die Treppe in Richtung Kinderzimmer hinauf, wo Brenna den frisch geschliffenen Fußboden lackierte.

»Ich will wissen, was los ist.«

»Nun, ich versiegele den Boden. Es dauert ein, zwei Tage, bis das Zeug trocken ist. Dann kommt die zweite Lackschicht und dann ist alles fertig.«

»Mit dir und Shawn! Verdammt, Brenna, du kannst dich nicht einfach so von ihm küssen lassen. Die Leute könnten einen völlig falschen Eindruck kriegen.«

Brenna lackierte ruhig weiter. Sie fand nicht den Mut, ihrer Freundin ins Gesicht zu sehen. »Ich denke, dass sie vielleicht eher genau den richtigen Eindruck von uns bekommen. Ich hätte es dir sagen sollen, Darcy, ich wusste nur nicht, wie.«

Darcy stützte sich mit einer Hand gegen den Türrahmen, als ihr alles Blut aus dem Gesicht wich. »Es – es gibt etwas, was du mir hättest sagen sollen?«

»Tja, nicht so viel, wie du denkst. Aber nicht, weil ich es nicht versucht hätte.« Zeit, der Wahrheit ins Gesicht zu sehen, sagte sich Brenna und drehte sich um. »Ich will mit ihm schlafen. Das ist alles.«

»Du willst –« Darcy brach ab und fuhr sich mit der Hand über den Hals. »Du willst mit ihm *schlafen*? Warum?«

»Aus den üblichen Gründen.«

Darcy wollte etwas sagen, hob dann jedoch die Hand, um Brenna am Weitersprechen zu hindern, bis sie sich weit genug gesammelt hätte. »Also gut, lass mich nachdenken. Du hattest in letzter Zeit so etwas wie eine sexuelle Dürreperiode, also kann ich verstehen, dass du … nein, nein, ich kann es nicht verstehen. Wir sprechen hier von Shawn. Shawn, der uns beiden, seit wir Babys waren, ständig auf die Nerven geht.«

»Sicher. Ich gebe zu, es ist ein bisschen seltsam. Aber die Sache ist die, Darcy, ich habe schon immer ein bisschen für ihn … geschwärmt. Und ich dachte, es wäre an der Zeit, etwas dagegen zu unternehmen, sonst würde es nie aufhören, und wo stünde ich dann?«

»Ich muss mich setzen.« Tatsächlich ließ sich Darcy ermattet auf den Boden gleiten. »Du hast also etwas dagegen unternommen.«

»Allerdings, und er war, zumindest anfangs, ebenso überrascht davon wie du. Er hat sich nicht gerade schmeichelhaft benommen, aber inzwischen hat er ein gewisses Interesse. Ich habe festgestellt, dass man ihn selbst in dieser Hinsicht nicht einfach überrollen kann. Dabei bringt mich mein Verlangen inzwischen beinahe um.«

Sorgfältig tauchte sie die Rolle in den Lack. »Tut mir Leid, dass dich die Sache derart aufregt. Ich hatte gehofft, wir könnten das alles einfach hinter uns bringen, ohne dass jemand etwas davon erfährt.«

»Dann empfindest du also nichts weiter für ihn?«

»Natürlich empfinde ich etwas für ihn.« Brenna hob abermals den Kopf. »Natürlich, Darcy. Wir alle sind wie eine große Familie. Nur ist es mit ihm einfach … ein bisschen anders.«

»Es ist ganz offensichtlich anders.« Darcy seufzte leise auf. »Ich wollte dich vor ihm beschützen – schließlich weiß ich, dass er eine Art hat, die die Frauen um den Verstand bringt, ohne dass er es die Hälfte der Zeit überhaupt bemerkt. Aber nun, da ich dich gehört habe, Brenna, muss ich wohl die Fronten wechseln.«

Ehrlich überrascht stellte Brenna die Rolle in die Ecke. »Du denkst, du müsstest ihn vor mir beschützen? Darcy, ich bin nicht gerade eine *femme fatale*.« Sie spreizte ihre Arme, wohl wissend, wie sie in ihren fleckigen Arbeitskleidern und den abgetragenen Stiefeln wirkte. »Ich glaube, Shawn droht von einer Frau wie mir tatsächlich nicht die mindeste Gefahr.«

»Dann verstehst du ihn ganz einfach nicht. Er ist ein Romantiker, ein Träumer, lebt irgendwo zwischen den Wolken. Er ist sehr zart besaitet. Eher würde er sich den Arm abhacken lassen, als einem anderen Menschen wehzutun. Sogar beide, wenn es um einen Menschen ginge, den er gern hat. Er hat dich wirklich gern. Und es ist kein allzu großer Schritt von dort bis hin zu echter Liebe. Was wirst du machen, wenn er entdeckt, dass er dich liebt?«

»Das passiert bestimmt nicht.« Trotzdem zuckte sie zusammen. »Nein, das passiert bestimmt nicht.«

»Tu ihm nicht weh.« Darcy stand müde wieder auf. »Bitte tu ihm nicht weh.«

»Ich –« Darcy hatte sich schon abgewandt, und so lief Brenna ihr eilig hinterher. »Darcy, du brauchst dir keine Sorgen zu machen.« Sie umklammerte das Treppengeländer, als Darcy sich auf halbem Weg die Stufen hinunter zu ihr umdrehte. »Wir beide wissen genau, was wir tun, das verspreche ich dir. Wir haben uns bereits geschworen, auch anschließend noch gute Freunde zu sein.«

»Sorg dafür, dass du diesen Schwur nicht brichst. Ihr seid mir nämlich beide wirklich wichtig.« Sie zwang sich zu einem Lächeln. »Du willst also tatsächlich mit dem guten Shawn ins Bett gehen«, erklärte sie am Ende in ihrem typisch bissigen Tonfall. »Scheint, als würde allmählich die ganze Welt verrückt.«

10

Nach dem Schließen des Pubs, als es im Dorf so ruhig war, dass man das Rauschen des Meeres hören konnte, versammelte sich die Familie bei Tee und Whiskey um den Küchentisch im Gallagher'schen Elternhaus.

»Die Sache sieht so aus.«

Aidan griff während des Sprechens nach einer von Judes Händen und verschränkte ihrer beider Finger.

»Dieser Finkle mag Amerikaner sein, aber er ist trotzdem sehr clever. Ich hätte mir auch nicht vorstellen können, dass ein Geschäftsmann mit dem Ruf dieses Magee einen weniger gewitzten Menschen geschickt hätte, um seine Interessen zu vertreten.

»Sei es, wie es ist.« Shawn bedachte seinen Bruder mit einem nachdenklichen Blick. »Trotzdem ist er auf die Sache mit dem Londoner hereingefallen.«

Aidan nickte grinsend. »Tja, nun, schließlich sind wir ebenfalls nicht dumm. Wir Iren haben schon mit Pferden gehandelt, bevor Amerika auch nur entdeckt wurde. Auch wenn es darum jetzt nicht geht.«

Er wollte dem geduldig unter dem Tisch ausharrenden Finn ein Plätzchen geben, als ihm einfiel, dass seine Frau anwesend war und er sich verlegen räusperte. »Finkle haben die Beschaffenheit und die Lage des Grundstücks eindeutig gefallen. Da bin ich mir ganz sicher, auch wenn er die ganze Zeit vor sich hin geschnaubt hat und es nicht zugeben wollte. Er meinte noch einmal, Magee wäre eher an einem Kauf als an einer langfristigen Pacht interessiert, und ich habe noch einmal geantwortet, ich könnte das durchaus verstehen, denn schließlich hätte man immer lieber etwas völlig Eigenes und so. Aber trotzdem haben wir uns am Ende auf eine Pacht geeinigt.«

»Wenn wir das Grundstück einfach verkaufen würden, bekämen wir auf einen Schlag eine hübsche Stange Geld und könnten sie Gewinn bringend anlegen«, meinte Darcy, und Aidan nickte.

»Das ist natürlich richtig.«

»Aber wenn wir es verpachten, haben wir weiter die Kontrolle über das Grundstück, regelmäßige Einnahmen und ein Mitbestimmungsrecht bezüglich der Dinge, die auf dem Land geschehen. Denk doch mal an die Zukunft, Darcy. Daran, wie es in zehn oder zwanzig Jahren vielleicht ist, daran, dass du dann was hast, was du deinen Kindern vererben kannst.«

»Wer sagt denn, dass ich überhaupt mal Kinder haben werde?« Sie zuckte mit den Schultern. »Aber ich verstehe, was du meinst. Auch wenn es mir schwer fällt, der Versuchung zu widerstehen, auf der Stelle möglichst viel zu verdienen.«

»An einem hundertjährigen Pachtvertrag verdient man auch nicht gerade schlecht.«

»Hundert?« Darcy quollen beinahe die Augen aus dem Kopf, und Aidan blickte in Richtung seiner Frau.

»Hundert ist eine magische Zahl.«

»Hier geht es um Geschäfte und nicht um Magie.«

»Am besten nutzt man die Magie, wann immer man sie findet.« Zur Feier dieser Fortschritte gab Shawn einen Tropfen Whiskey in seinen dampfend heißen Tee. »Wenn dieser Magee langfristig denkt, findet er einen hundertjährigen Pachtvertrag sicher ziemlich reizvoll. Brenna weiß ein bisschen über seine Unternehmen.« Aus dem Augenwinkel sah er, dass Darcy bei der Erwähnung von Brennas Namen auf ihrem Stuhl zusammenfuhr. »Nach allem, was sie mir erzählt hat, scheint er ein durchaus fairer, aber gewiefter Geschäftsmann zu sein. Also denke ich, dass er über die Gegenwart hinausdenkt.«

»Genau wie wir es machen sollten. Ich dachte an eine hundertjährige Pacht in Höhe von jährlich einem Pfund.«

»Ein Pfund?« Darcy warf entsetzt die Hände in die Luft. »Dann können wir ihm das verdammte Land ebenso gut einfach schenken.«

»Außerdem verlangen wir fünfzig Prozent der Einnahmen aus dem Theater.«

Darcy lehnte sich wieder zurück, und ihre Augen blitzten. »Über welchen Zeitraum?«

»Zwanzig Jahre. Und am Ende gehören beiden Parteien – das heißt uns Gallaghers und Magee – sowohl das Land als auch das Theater jeweils zu gleichen Teilen.«

»Eine gute Sache, falls das Theater ein Erfolg ist«, pflichtete Darcy ihrem Bruder unumwunden bei. »Und zwar vor allem gut für uns.«

»Es wird ein Erfolg«, erklärte Aidan mit ebenfalls blitzenden Augen. »Und zwar dank des Glücks der Gallaghers und des Geldes von diesem Magee.«

»Da könntest du durchaus Recht haben. Aber weshalb sollte er mit diesen Bedingungen einverstanden sein?«

»Ich –«, setzte Jude an, schloss jedoch sofort wieder den Mund.

»Nein, sag schon, was du denkst.« Aidan drückte ihr aufmunternd die Hand. »Du gehörst schließlich zur Familie.«

»Nun, ich denke, er wird einverstanden sein. Natürlich erst nach zähen Verhandlungen, in deren Verlauf er versuchen wird, uns zu beweisen, dass er uns nicht braucht, und vielleicht nach ein paar kleineren Veränderungen des Vertrags. Vielleicht braucht er etwas Zeit, aber am Ende werdet ihr ihn sicher dazu bringen, auf euren Vorschlag einzugehen – denn im Grunde wollt ihr alle etwas Ähnliches.«

»Magee will sein Theater«, meinte Darcy.

»Auch, aber nicht nur.« Jude schlug ihrem Schwager automatisch auf die Finger, bevor er Finn ein Plätzchen geben konnte. »Er hat seine Gründe dafür, dass er das Theater ausgerechnet hier in Ardmore bauen will, und er ist die Art von Mann, die nach der Devise lebt, dass ein erfolgreicher Geschäftsmann sich ab und zu auch eine Grille leisten kann. Seine Familie stammt aus dieser Gegend«, fuhr sie mit der Erklärung fort. »Sein Großonkel war mit meiner Großtante verlobt.«

»Natürlich.« Shawn klopfte mit einem Finger gegen die Whiskeyflasche vor ihm. »John Magee, der im ersten Weltkrieg verschollen war. Sein jüngster Bruder Dennis ging nach Amerika und wurde dort reich. Dass mir diese Verbindung nicht schon längst aufgefallen ist.«

»Ich weiß nicht, inwieweit dieser Magee Ardmore aus Sentimentalität gewählt hat.« Jude sah die anderen an. »Aber ich bin sicher, dass seine emotionale Bindung an die Gegend einer der Gründe für seine Entscheidung ist. Falls dieser Magee aus einer auch nur ansatzweise ähnlichen Familie kommt wie ich, dann wurden ihm in seiner Kindheit sicher zahllose Geschichten über Irland und vor allem über diese Gegend hier erzählt. Und jetzt will er anscheinend eine spürbarere Bindung an den Ort, aus dem seine Familie stammt. Das kann ich gut verstehen.«

»Die typische Sentimentalität der Amis.« Amüsiert genehmigte sich Darcy ebenfalls ein Schlückchen Whiskey.

»Ich kann sie einfach nicht verstehen. Schließlich sind ihre Vorfahren genau wie unsere schon ewig tot. Aber falls seine Gefühlsduseleien zu einem erfolgreichen Geschäftsabschluss beitragen, habe ich nichts dagegen.«

»Sie sind sicher einer der Gründe für seine Entscheidung – tut mir Leid, wenn jetzt mal wieder die Psychologin aus mir spricht –, aber ebenso wird er darauf achten, dass auch materiell etwas für ihn dabei herausspringt. Wenn nicht, wäre er nicht einer der größten und erfolgreichsten Unternehmer der Vereinigten Staaten. Und genau aus diesen Gründen wird er darauf bedacht sein, auch bei diesem Vorhaben seinen Ruf nicht zu gefährden.«

»Da geht es uns nicht anders.« Shawn hob seinen Becher an die Lippen.

»Dass gerade du so etwas sagst.« Darcy bedachte ihren Bruder mit einem säuerlichen Lächeln.

»Natürlich ist mein Ruf nicht ganz so gut wie deiner.«

»Wenigstens laufe ich nicht durch die Gegend und verführe alte Freunde.«

Langsam stellte Shawn den Becher auf den Tisch, und da seine Augen geradezu bedrohlich blitzten, hob Aidan – ehe die Fetzen fliegen konnten – beruhigend die Hand. »Also bitte. Könntet ihr mir vielleicht sagen, was hier plötzlich los ist?«

»Ah, sie ist wütend, weil ich Brenna geküsst habe.«

»Das ist doch noch lange kein Grund, sich in die Haare zu …« Aidans Hand fiel krachend auf den Tisch. »Brenna O'Toole?«

»Natürlich Brenna O'Toole.«

»Warum hast du das getan?«

»Aidan.« Jude zog an seinem Ärmel. »Das ist ja wohl allein seine Sache.«

»Nein, sie geht auch uns und Brenna etwas an.«

»Heilige Mutter Gottes! Es ist nicht so, dass ich sie an den Haaren auf den Küchenboden gezerrt und mich ihr aufgezwungen hätte, während sie sich mit Händen und Füßen gegen mich gewehrt hat.«

»Ihr habt auf dem Fußboden gelegen?«

»Nein!« Am Ende seiner Weisheit angelangt, legte Shawn die Finger über seine Augen. »Diese Familie muss immer alles unnötig kompliziert machen. Ich habe Brenna heute Nachmittag nicht zum ersten, und wenn es nach mir geht, auch ganz sicher nicht zum letzten Mal geküsst. Allerdings verstehe ich nicht, weshalb sich alle derart darüber aufregen.«

Darcy faltete die Hände. Ihre Stichelei hatte ganz zu den von ihr erhofften Enthüllungen geführt. Er hatte nicht erwähnt, dass die Veränderung ihrer bisherigen Beziehung von Brenna ausgegangen war. Bei einem anderen Mann hätte sie diese Unterlassung mit seinem Männerstolz begründet. Shawn jedoch versuchte instinktiv, die Frau, um die es ging, zu schützen.

Was sie gleichermaßen erfreute wie beunruhigte.

»Diese Sache kommt nur einfach ziemlich ... überraschend«, erklärte Aidan seinem Bruder.

»Ich rege mich ebenfalls nicht auf.« Darcy schenkte Shawn einen milden, schwesterlichen Blick. »Aber ich bin einigermaßen verwirrt. Schließlich hat Brenna dich sogar schon nackt gesehen – gut, es ist ein paar Jahre her, aber solche Dinge vergisst man sicher nicht. Und nachdem sie dich bereits in dieser wenig beeindruckenden Pose begutachten konnte, kann ich einfach nicht verstehen, weshalb sie auch nur das geringste Interesse haben sollte.«

»Das ist eine Frage, die du vielleicht besser ihr stellst.« Er wollte es bei dieser würdevollen Antwort belassen, doch irgendwie kratzten Darcys Worte zu sehr an seinem

Ego. »Davon abgesehen war ich damals gerade fünfzehn und das Wasser war eisig. Du kannst wohl kaum von einem Mann erwarten, dass er seine ganze Pracht entfaltet, wenn er aus dem kalten Wasser steigt.«

»Das ist deine Version der Geschichte.«

»Außerdem hättet ihr beiden gar nicht in meine Richtung sehen sollen. Aber vor allem du hattest schon immer einen Hang zur Perversion.«

»Weshalb hätte ich denn nicht hingucken sollen? Schließlich haben alle hingesehen. Er hatte seine Badehose im Wasser verloren«, erklärte sie Jude, die sie verwundert anblickte. »Und hat es erst gemerkt, als er splitternackt am Ufer stand. Es tut mir noch heute Leid, dass ich keine Kamera dabei hatte.«

Jude sah Shawn mitfühlend an. »Bisher habe ich immer bedauert, ein Einzelkind zu sein. Aber offenbar gibt es Momente, in denen – oh!«

»Was ist los?« Aidan war umgehend auf den Beinen, um seiner Frau aufzuhelfen und sie ins Bett zu tragen. »Ihr beide habt sie mit euren Streitereien aufgeregt.«

»Nein, nein. Das Baby bewegt sich.« Begeistert nahm sie Aidans Hand und legte sie auf ihren Bauch. »Spürst du es? Es fühlt sich an wie kleine Wellenbewegungen.«

Seine Panik verflog, und plötzlich waren sein Herz und seine Augen voller Ehrfurcht. »Ganz schön lebhaft, das Kerlchen.«

»Schließlich ist das hier eine Familienversammlung. Weshalb also sollte das Baby nicht daran teilnehmen?« Shawn griff erneut nach seinem Becher. »*Slainte*. Prost!«

Er ging die alte Maude besuchen. Zu ihren Lebzeiten hatte er sie jede Woche ein-, zweimal getroffen, und nach ihrem Tod hatte er keinen Grund gesehen, mit dieser schönen

Gewohnheit zu brechen. Vor allem, da man sie an einem wunderschönen Ort begraben hatte, der einen zum Nachdenken geradezu einzuladen schien.

Ein wenig hatte seine Entscheidung auch damit zu tun, dass er auf dem Weg zum Friedhof am Cliff Hotel vorbeikäme. Höchstwahrscheinlich würde er Brenna dort sowieso nicht sehen, aber wenn er nicht in diese Richtung ging, bekam er sie garantiert nicht zu Gesicht.

Soweit er sich erinnern konnte, hatte Maude Fitzgerald eine durchaus romantische Ader besessen, sodass sie seine Logik sicherlich verstand.

Das Hotel hoch oben auf den Klippen bot einen geradezu dramatischen Ausblick auf die endlos grüne See, und obgleich die Luft so früh am Morgen beißend kalt war, genossen bereits einige der Gäste das wilde, ursprüngliche Szenario. Auch Shawn blickte versonnen auf die Fischerboote, die auf dem Wasser wippten, und dankte seinen Vorfahren dafür, dass sie, statt ebenfalls zu fischen, lieber einen Pub eröffnet hatten.

Weit draußen zerrten Tim Riley und seine Helfer tonnenschwere Netze über Bord, während die Wellen um den Kutter tanzten. Shawn klopfte im Rhythmus ihrer Arbeit mit dem Fuß und verwandelte im Geiste den Kampf der Männer gegen die Gewalt des Wassers in ein musikalisches Duell zwischen einer hellen Flöte und einem tiefen Cello.

Sicher fanden die Touristen die Boote pittoresk. Wahrscheinlich erschien ihnen die Arbeit der Fischer wie ein in der Geschichte und Tradition des Landes verankertes, romantisches Vergnügen. Er hingegen empfand sie als kalt, einsam und gefährlich.

Er persönlich gab der Arbeit in der warmen Küche einer Wirtschaft jederzeit den Vorzug.

Während er so dastand, ihm die dunklen Haare um das

Gesicht peitschten und ständig versuchten, sich im Kragen seines Pullovers zu verkriechen, sah ihn Mary Kate. Romantische Gefühle wallten in ihr auf, und sie legte eine Hand an ihr Herz, damit es angesichts des Bildes, das sich ihr bot, nicht zerbarst.

Sie blickte auf Shawn, der mit gespreizten Beinen auf den Klippen stand und in Richtung des Horizonts blickte, und dachte an Heathcliff, Rhett Butler, Lancelot und sämtliche anderen Helden, von denen sie je geträumt hatte.

Sie war froh, dass sie sich an diesem Morgen Pattys neue Bluse ausgeliehen hatte, auch wenn ihre Schwester darüber sicher nicht sonderlich erfreut wäre, sich die Haare glatt strich und eilte in Richtung ihres Schwarms.

»Shawn.«

Als er sich umdrehte und sie in seine Richtung kommen sah, verfluchte er sich selbst. Vor lauter Gedanken an Brenna hatte er die Möglichkeit, ihrer Schwester zu begegnen, einfach nicht bedacht.

Vorsicht, Gallagher, sagte er sich. »Guten Morgen, Mary Kate. Ich hatte ganz vergessen, dass es hier im Hotel inzwischen nur so wimmelt von O'Tooles.«

Sie hatte einen Knoten in der Zunge. Seine Augen leuchteten im Licht der winterlichen Sonne so intensiv, dass sie, wenn sie tief genug hineinsah, sich selbst darin erblickte. Eine wirklich verführerische Überlegung.

»Ich habe gerade eine kurze Pause. Du solltest hereinkommen, dich aufwärmen und von mir zu einem Tee einladen lassen.«

»Danke für das Angebot, aber ich bin auf dem Weg zum Grab der alten Maude. Tim Riley hat gerade die Netze eingezogen. Sie schienen ziemlich voll zu sein. Ich muss unbedingt später zu ihm und ihm was von seinem Fang abkaufen.«

»Warum kommst du nicht auf dem Rückweg kurz herein?« Sie neigte ihren Kopf, fuhr sich mit einer Hand durch ihre Haare und bedachte ihn mit einem Blick, den sie stundenlang vor dem Spiegel geübt hatte. »Ich kann meine Mittagspause machen, wann ich will.«

»Ah …« Sie hatte mehr Talent zum Flirten, als er gedacht hatte. Es war wirklich beängstigend. »Ich muss bald in den Pub.«

»Ich würde mich wirklich gern mit dir unterhalten.« Sie legte eine Hand auf seinen Arm. »Wenn mal nicht so viel los ist.«

»Tja, kein schlechter Gedanke. Aber jetzt muss ich wirklich los, und du solltest auch besser wieder reingehen. Wenn du noch länger in dieser dünnen Bluse hier draußen in der Kälte stehst, bekommst du sicher einen Schnupfen. Bitte grüß deine Familie von mir.«

Er setzte sich eilends in Bewegung, und Mary Kate blieb seufzend stehen. Er hatte die Bluse tatsächlich bemerkt.

Er hatte die Sache gut hinter sich gebracht, beglückwünschte sich Shawn. Freundlich, wie ein älterer Bruder gegenüber einer kleinen Schwester. Eindeutig war die kleine Krise überstanden. Und im Grunde war es niedlich, dass sie für ihn geschwärmt hatte. Ein wenig Schmeichelei tat jedem Mann gut, und trotzdem war es ihm gelungen, die Fronten zu klären, ohne auch nur den geringsten Schaden zu verursachen.

Dennoch wäre ein wenig Unterstützung sicher nicht von Nachteil, also tauchte er die Hände in den Brunnen von Saint Declan und verspritzte das Wasser auf der Erde.

»Könnte es sein, dass ein moderner Mann wie du tatsächlich abergläubisch ist?«

Shawn hob den Kopf und blickte in die leuchtend blauen Augen des Feenprinzen Carrick. »Ein moderner Mann wie ich weiß eben, dass es einen Grund zum Aberglauben gibt, vor allem, wenn er hier steht und ein Gespräch mit jemandem wie dir führt.«

Da er nicht ohne Grund gekommen war, ging Shawn von dem Brunnen in Richtung von Maudes Grab. »Treibst du dich eigentlich immer hier in der Gegend herum? Ich kenne diesen Friedhof, seit ich ein kleines Kind war, aber ich habe dich erst vor kurzem zum ersten Mal gesehen.«

»Vorher gab es keinen Grund für dich, mich zu sehen. Ich habe eine Frage, Shawn Gallagher, und ich hoffe, dass du sie mir beantwortest.«

»Um dir das sagen zu können, muss ich die Frage erst mal hören.«

»Da hast du natürlich Recht.« Carrick setzte sich Shawn gegenüber auf die Erde und sah ihm ins Gesicht. »Worauf in drei Teufels Namen wartest du so lange?«

Shawn hob seine Brauen und legte seine Hände auf die Knie. »Auf alle möglichen Dinge.«

»Diese Antwort ist mal wieder typisch für einen Kerl wie dich.« Carricks Stimme klang erbost. »Ich spreche von Mary Brenna O'Toole und davon, dass du immer noch nicht mit ihr geschlafen hast.«

»Das ist ja wohl eine Sache, die nur sie und mich etwas angeht«, kam die ruhige Antwort. »Dich zumindest betrifft sie ganz bestimmt nicht.«

»Und ob sie mich betrifft.« Carrick war schneller auf den Beinen, als es das menschliche Auge wahrzunehmen vermocht hätte. Der Ring an seinem Finger leuchtete in einem dunklen Blau und der Silberbeutel an seinem Gürtel glitzerte. »Ich dachte, du würdest diese Dinge verstehen, aber du erweist dich als noch dickschädeliger als dein Bruder.«

»Das haben vor dir schon andere gesagt.«

»Es ist alles besiegelt, Gallagher, der Jüngere.«

Da Carrick inzwischen direkt vor ihm stand, sprang Shawn auf die Füße. »Was willst du damit sagen?«

»Deine Zukunft, dein Schicksal. Du hast deine Wahl getroffen. Wie kommt es, dass du in dein Herz blickst und dort deine Musik findest, nicht jedoch dein Leben?«

»Mein Leben ist genau so, wie es mir gefällt.«

»Dickschädel«, sagte Carrick nochmals. »Der Himmel bewahre mich vor der Narretei der Sterblichen.« Er warf die Hände in die Höhe, worauf am wolkenlosen blauen Himmel Donnergrollen laut wurde.

»Falls du dir einbildest, du könntest mich mit derartigen Tricks beeindrucken, dann hast du dich geirrt. Sie sind doch nur ein Ausdruck deines Jähzorns, und ich kann ebenfalls recht wütend werden.«

»Würdest du es wirklich wagen, dich mit mir zu messen?« Carrick winkte mit dem Finger, und ein blendend weißer Blitz schlug direkt vor Shawns Füßen in den Boden.

»Reine Schikane!« Trotzdem hätte Shawn vor Schreck und Überraschung beinahe einen Satz zurück gemacht. »Und deiner nicht würdig.«

Carricks Augen verdunkelten sich vor Zorn, und an seinen Fingerspitzen züngelten wütende, kleine, rote Flammen, die jedoch erloschen, als er plötzlich den Kopf zurückwarf und schallend zu lachen begann. »Nun, du bist entweder mutiger oder aber viel dümmer, als ich dachte.«

»Auf alle Fälle bin ich vernünftig genug, um zu wissen, dass du zwar Schabernack treiben, jedoch keinen echten Schaden verursachen kannst. Du machst mir also keine Angst.«

»Ich könnte dich in die Knie zwingen und wie einen Ochsenfrosch krächzen lassen, wenn ich wollte.«

»Was meinen Stolz verletzen würde, aber weiter nichts.« Trotzdem würde Shawn es lieber nicht probieren. »Was soll das Ganze? Versuchst du etwa, mich durch solche Drohungen wohlgesonnen zu stimmen?«

»Ich habe über einen Zeitraum von sechs Menschenleben darauf gewartet, etwas zu bekommen, das du haben könntest, indem du einfach die Hände danach ausstreckst.« Carrick seufzte leise auf. »Beim zweiten Mal habe ich die Tränen des Mondes für sie gesammelt.« Er löste den Beutel von dem Gürtel. »Habe ihr die aus ihnen erwachsenden Perlen vor die Füße geschüttet, und alles, was sie sah, waren die Perlen.«

Er drehte den Beutel herum und überschüttete Maudes Grab mit glitzernd weißen Steinen. »Sie schimmerten im mondbeschienenen Gras, weiß und glatt wie ihre Haut. Aber sie sah nur die Perlen, sah nicht, dass ich auch mein Herz vor sie hingelegt hatte – mein Verlangen, meine reine Liebe. Ich wusste nicht, dass ich es ihr hätte sagen müssen oder dass es vielmehr sowieso bereits zu spät war, weil ich ihr den Teil meiner, den sie hätte haben wollen, vorenthalten hatte.«

Carricks Stimme klang derart verzweifelt und unglücklich, dass Shawn tröstend nach seinem Arm griff. »Was hätte sie denn haben wollen?«

»Liebe. Nur das Wort. Nur das eine Wort. Stattdessen gab ich ihr Diamanten – die Juwelen der Sonne, die Perlen, die hier vor dir liegen, und schließlich die Steine, die ihr Saphire nennt, und die ich vom Grund des Meeres geholt hatte.«

»Ich kenne die Geschichte.«

»Ja, das kann ich mir denken. Und die Frau deines Bruders, Jude, hat sie in ihrem Märchen- und Legendenbuch verewigt. Trotzdem gibt es immer noch kein glückliches

Ende, denn vor lauter Zorn und Schmerz habe ich meine geliebte Gwen mit einem schlimmen Bann belegt – überstürzt, wie ich inzwischen einraumen muss. Dreimal müssen zwei Herzen einander in Liebe begegnen, dreimal müssen zwei Wesen einander vorbehaltlos akzeptieren, ehe meine Gwen und ich frei und zusammen sein können. Dreimal hundert Jahre habe ich nunmehr gewartet, und meine Geduld neigt sich dem Ende zu. Du bist ein Mann der Worte.«

Nachdenklich ging Carrick um Shawn und das Grab herum. »Du verwendest sie in deiner Musik – Musik, die auch andere hören sollten, aber darum geht es heute nicht. Ein Mann, der das Talent hat, mit Worten umzugehen, ist jemand, der versteht, was in einem Menschen vorgeht, manchmal sogar, ehe dieser selbst es weiß. Es ist eine Gabe, und ich bitte dich lediglich darum, dass du sie endlich nutzt.«

Er machte eine ausladende Handbewegung, und aus den Perlen auf dem Grab erwuchsen kleine, weiße Blüten. »Die Juwelen, die ich Gwen gegeben habe, wurden zu Blumen. Jude wird dir erzählen, dass sie die Blumen behalten und liebevoll gepflegt hat. Ich habe daraus gelernt, dass manche Frauen die einfachen Dinge bevorzugen.«

Er reckte einen Finger, auf dessen Spitze eine einzelne, perfekt geformte Perle lag. Mit einem dünnen Lächeln schnippte er sie in Shawns Richtung und nickte, als dieser sie auffing, zufrieden. »Nimm sie, und behalte sie, bis dir klar wird, wer diejenige ist, der du sie geben willst. Und wenn du es tust, gib ihr zugleich die Worte. Sie besitzen einen größeren Zauber als das, was du in deiner Hand hältst.«

Die Luft begann zu flirren, und Carrick verschwand ebenso unmerklich, wie er zuvor erschienen war.

»Der Kerl ist wirklich anstrengend«, murmelte Shawn, als er sich erneut neben das Grab setzte. »Du hast wirklich höchst ungewöhnliche Gesellschaft.«

Dann ließ er die Stille des Friedhofs auf sich wirken. Er blickte auf die Mondblumen, die trotz des hellen Tageslichts in voller Blüte auf dem Grab wippten, studierte die Perle und rieb sie zwischen seinen Fingern. Dann schob er sie in seine Tasche, beugte sich nach vorn und pflückte eine Blume.

»Da sie für Jude ist, hast du sicher nichts dagegen«, erklärte er der alten Maude, blieb noch eine Weile sitzen und wandte sich schließlich nachdenklich zum Gehen.

Er klopfte nicht an. Er war einfach viel zu lange in dem Haus daheim gewesen, um nur daran zu denken. Sobald allerdings die Tür hinter ihm ins Schloss gefallen war, fürchtete er jedoch, Jude vielleicht bei der Arbeit zu stören.

Allerdings erschien sie bereits oben an der Treppe, ehe er kehrtmachen konnte, und er hob entschuldigend den Kopf. »Du hast sicher zu tun. Ich komme vielleicht besser später noch mal wieder.«

»Nein, schon gut. Ich könnte eine kurze Pause gut vertragen. Möchtest du vielleicht einen Tee?«, fragte sie und kam ihm bereits entgegen.

»Gern, ja, aber lass mich ihn bitte kochen.«

»Dagegen ist nichts einzuwenden.« Sie lächelte unsicher, als er ihr die Blüte überreichte. »Danke. Aber ist jetzt nicht die falsche Jahreszeit dafür?«

»Eigentlich schon. Das ist eines der Dinge, über die ich gerne mit dir reden würde.« Gemeinsam gingen sie in Richtung Küche. »Wie fühlst du dich heute?«

»Gut. Sogar sehr gut. Ich glaube, die morgendliche Übelkeit hat sich endlich gelegt, und ich muss sagen, dass mir das nicht gerade Leid tut.«

»Und mit deiner Arbeit kommst du gut voran?«

Typisch Shawn, dass er sich erst ein wenig wand, ehe er auf den tatsächlichen Grund seines Besuches zu sprechen kam. Während er den Teekessel mit Wasser füllte, suchte sie ein Fläschchen für die Blume. »Allerdings. Obwohl es immer noch Momente gibt, in denen ich nicht glauben kann, was ich inzwischen tue. Letztes Jahr um diese Zeit habe ich noch als Lehrerin gearbeitet und meinen Job gehasst. Jetzt habe ich ein Buch geschrieben, das in Kürze publiziert wird und schreibe bereits an meinem zweiten. Es macht mich ein bisschen nervös, weil ich dieses Mal nicht einfach Geschichten sammle, die andere mir erzählen, sondern weil ich mir selbst etwas ausdenke, aber die Arbeit macht mir einen Riesenspaß.«

»Vielleicht wird die Geschichte dank deiner Aufgeregtheit ja sogar noch besser.« Da er sich hier zu Hause fühlte, griff er nach der Plätzchendose und gab ein paar der Kekse auf einen kleinen Teller. »Ich meine, sicher gehst du, weil du nervös bist, besonders sorgfältig zu Werke.«

»Ich hoffe, du hast Recht. Bist du nervös, wenn du deine Musik schreibst?«

»Nicht bei den Melodien«, erklärte er nach einem Augenblick des Überlegens. »Aber manchmal bei den Worten. Wenn ich versuche, das auszudrücken, was die Töne mir sagen. Manchmal ist es regelrecht frustrierend.«

»Und wie gehst du damit um?«

»Oh, ich zerbreche mir endlos den Kopf.« Er gab den Tee in die vorgewärmte Kanne. »Und wenn ich davon nichts anderes als einen Brummschädel kriege, mache ich einen langen Spaziergang und versuche, an etwas völlig anderes zu denken. Meistens kommen die Worte dann wie von selbst, als hätten sie die ganze Zeit darauf gewartet, dass ich sie endlich pflücke.«

»Ich fürchte mich davor, die Arbeit zu verlassen, wenn ich nicht vorankomme. Ich denke immer, wenn ich das tue, kann ich am Ende gar nicht mehr schreiben. Deine Art, mit diesen Dingen umzugehen, ist sicher wesentlich gesünder.«

»Aber du bist eine angesehene Autorin, oder etwa nicht?« Während der Tee zog, holte er die Becher aus dem Schrank.

»Willst du denn, dass deine Musik ebenfalls veröffentlicht wird, Shawn?«

»Vielleicht, eines Tages. Es besteht kein Grund zur Eile.« Was er, wie er wusste, bereits seit Jahren sagte. »Ich schreibe sie, weil es mir Spaß macht, und für den Moment ist das genug.«

»Mein Agent hat auch Kontakte in der Musikbranche. Ich kann gerne mit ihm sprechen.«

Sein Magen zuckte zusammen wie ein verschrecktes Kaninchen. »Oh, dazu besteht keine Veranlassung. Eigentlich bin ich auch in einer vollkommen anderen Sache hier.«

Sie wartete, bis er die Teekanne zum Tisch getragen und ihnen beiden eingeschenkt hatte; doch er setzte sich auf seinen Stuhl, starrte auf seinen dampfenden Becher und sprach immer noch nicht weiter.

»Shawn, sag mir, weshalb du hier bist.«

»Tja, ich versuche herauszufinden, wie ich es dir am besten sage. Vielleicht fange ich am besten so an.« Er griff in seine Tasche, zog die Perle heraus und legte sie neben ihren Becher.

»Eine Perle?« Sie wollte verwundert danach greifen, dann jedoch hob sie abrupt den Kopf und ließ ihre Finger einen Millimeter vor dem runden, weißen Juwel auf die Tischplatte sinken. »Oh, Carrick!«

»Er spricht sehr gut von dir.«

»Wie seltsam. Wirklich … seltsam.« Jetzt nahm sie die Perle vorsichtig in die Hand. »Ebenso seltsam wie die Mondblume. Abgesehen von dieser einen haben sich die Perlen alle in Mondblumen verwandelt.«

»Mitten auf dem Grab der alten Maude. Was hältst du davon?«

»Was soll eine moderne, aufgeklärte, halbwegs intelligente Frau schon davon halten, wenn sie erfährt, dass Feen tatsächlich existieren?« Sie ließ die Perle auf ihrer Handfläche herumrollen und schüttelte den Kopf. »Ich finde es fantastisch. Und zwar im wahrsten Sinne des Wortes. Carrick ist ein arroganter, ungeduldiger und ziemlich angeberischer Kerl, aber sein Auftauchen war eins der Dinge, die mein Leben unwiderruflich verändert haben.«

»Ich habe den Eindruck, als hätte er die Absicht, auch mein Leben umzukrempeln. Andernfalls hätte er mir die Perle nicht gegeben.«

»Ja, ich bin sicher, dass du Recht hast.« Jude gab ihm das Juwel zurück. »Und was empfindest du dabei?«

»Ich denke, dass er sich besser auf eine lange Wartezeit gefasst macht, weil mir mein Leben, so wie es jetzt ist, durchaus nicht schlecht gefällt.«

»Denkst du …?« Jude hob ihren Becher an die Lippen. »Ich hatte nie Geschwister, also weiß ich nicht sicher, wann ich mit meinen Fragen zu weit gehe. Aber trotzdem wüsste ich gern, ob du dabei nie an Brenna denkst.«

»Ich denke ständig an sie. Und habe auch mehr als einmal darüber gegrübelt, dass Carrick meine Beziehung zu ihr als den nächsten Schritt zur Aufhebung des Bannes sieht, mit dem er Gwen und sich belegt hat.«

»Und?«

Shawn nahm sich ein Plätzchen und biss nachdenklich hinein. »Ich kann nur wiederholen, dass er sich besser auf eine lange Wartezeit gefasst macht.« Als Jude in ihren Becher starrte, verzog er seinen Mund zu einem Lächeln. »Habe ich in deinen Augen vielleicht gerade das Blitzen der Kupplerin gesehen, Jude Frances?«

Sie schnaubte leise auf. »Ich weiß nicht, wovon du redest.«

»Ich rede von einer glücklich verheirateten Frau, die ihren unverheirateten Schwager ansieht und denkt: ›Wäre es nicht nett, wenn unser guter Shawn die passende Frau fände und sich mit ihr zusammentäte – und könnte ich nicht vielleicht irgendetwas unternehmen, um den Prozess etwas zu beschleunigen?‹«

»Ich würde mir nie anmaßen, mich in derartige Dinge einzumischen.« Trotz ihres züchtigen Tons verriet sie das Lachen ihrer Augen. »Oder höchstens ein bisschen.«

»Dafür bin ich dir wirklich dankbar.« Er schob die Perle zurück in seine Tasche. »Und damit du dir über meine Gedanken und Gefühle in dieser Angelegenheit im Klaren bist, sage ich dir eins. Falls aus Brenna O'Toole und mir jemals etwas werden sollte, dann ganz sicher nicht, weil mich ein Feenprinz bedrängt hat oder weil meine geliebte und geschätzte Schwägerin es wünscht.«

»Ich möchte einfach, dass du glücklich bist.«

»Ich bin durchaus glücklich und habe die feste Absicht, es auch weiterhin zu bleiben. Weshalb ich jetzt am besten rüber in den Pub gehe, bevor Aidan als Chef mir den Kopf abreißen muss, weil ich zu spät komme.«

11

Brenna fand nicht, dass sie spionierte. Und sie hätte jeden zu einem Duell herausgefordert, der ihr das vorgeworfen hätte. Sie hatte einfach rein zufällig etwas im Zimmer dieses Finkle zu erledigen. Er hatte sich beschwert, weil das Wasser aus der Dusche seiner Meinung nach zu langsam ablief, und da sie gerade vor Ort war, hatte man sie darum gebeten, sich den Abfluss anzusehen.

War es vielleicht ihre Schuld, dass er, gerade als sie hereinkam, mit seinem Chef telefonierte? Nein, ganz sicher nicht. Und konnte man ihr vorwerfen, dass er zu der Art Mensch gehörte, die taten, als seien kleine Angestellte Luft?

Außer sie sahen aus wie Darcy. In einem solchen Fall hätte ein Mann mit Taubheit und gleichzeitiger Blindheit geschlagen sein müssen, um sie nicht zu bemerken. Doch darum ging es im Moment nicht.

Er hatte sie hereingelassen, ungeduldig in Richtung Badezimmer gewinkt und sich wieder ans Telefon begeben.

Doch außer Augen hatte sie auch Ohren, und sie ließen sich nicht einfach verschließen.

»Bitte entschuldigen Sie die Störung, Mr. Magee. Ich musste gerade den jungen Mann hereinlassen, der sich um die defekte Dusche kümmern soll.«

Den jungen Mann? Brenna biss sich auf die Zunge und verdrehte die Augen.

»Ich werde Ihnen den Bericht zufaxen, sobald ich ihn

entsprechend in Form gebracht habe. Vielleicht ist es dann in New York schon Abend, Sir. Am besten schicke ich ihn also auch noch zu Ihnen nach Hause.«

Im Bad klapperte Brenna vernehmlich mit dem Werkzeug. Von ihrer Position aus sah sie nur Finkles blank polierten Schuhe und einen schmalen Streifen taubenblauer Socken.

»Nein, den Namen der Londoner Firma, die ebenfalls Interesse an dem Grundstück hat, konnte ich nicht herausbekommen. Der Ältere der beiden Brüder geht nicht näher darauf ein. Er behauptet, sein jüngerer Bruder bringt die Dinge manchmal ein wenig durcheinander. Und damit hat er sicher Recht. Der junge Mann ist durchaus freundlich, aber er wirkt nicht gerade helle.«

Schnaubend schob Brenna die Spirale in den Abfluss. Und zwar so leise wie möglich.

»Trotzdem muss ich auf Grund der Reaktionen und der Geschwindigkeit, mit der der Lapsus des jüngeren Bruders überspielt wurde, davon ausgehen, dass tatsächlich irgendwelche anderweitigen Gespräche stattgefunden haben.«

Finkle schwieg einen Moment. Brenna spitzte die Ohren und hörte das leise Trommeln seiner Finger auf dem Holz des Telefontischchens. »Ja, es ist ein wunderbarer Ort. Pittoresk, vollkommen unverdorben. Schlicht wäre vielleicht die passendste Beschreibung. Doch zugleich entsetzlich abgelegen. Nachdem ich das Dorf kennen gelernt habe, kehre ich zu meiner anfänglichen Meinung zu diesem Vorhaben zurück. Ich kann mir einfach nicht vorstellen, dass dieses Theater ein finanzieller Erfolg werden kann. Dublin wäre die logischere Wahl. Oder aber –«

Wieder verfiel Finkle in Schweigen und seufzte, ehe er wieder etwas sagte, leise auf. »Ja, natürlich. Mir ist bewusst, dass Sie Ihre Gründe für die Wahl des Ortes haben. Ich kann Ihnen versichern, dass das Grundstück der Gallaghers die allerbeste Lage hat. Und auch der Pub scheint Ihren Erwartungen durchaus zu entsprechen. Natürlich ist gerade Nebensaison, trotzdem gibt es regelmäßige Kundschaft, und der ältere der beiden Brüder scheint den Laden wirklich gut zu führen. Das Essen ist hervorragend, was mich zugegebenermaßen etwas überrascht hat. Ganz anders als das Zeug, das man für gewöhnlich in Pubs vorgesetzt bekommt. Die Schwester? Nun, sie ist ... sie ist ...«

Finkles Zögern veranlasste Brenna, in die Innenseite ihrer Wange zu beißen, um ein lautes Auflachen zu unterdrücken. Männer waren derart berechenbar.

»Sie macht ihre Arbeit durchaus gut. Tatsächlich war ich gestern Abend auf ihre Einladung hin noch einmal kurz im Pub. Darcy, die Schwester, Miss Gallagher, hat eine wirklich außergewöhnliche Singstimme. Alle drei Geschwister sind wirklich musikalisch, was für uns von Vorteil sein könnte. Wenn Sie tatsächlich entschlossen sind, hier in Ardmore ein Theater zu bauen, dann wäre meiner Meinung nach die vernünftigste Entscheidung, dieses Theater mit dem Pub zu verbinden.«

Immer noch auf Händen und Knien war es Brenna unmöglich, die geballte Faust zu recken. Ein kräftiges Wackeln mit dem Hintern war deshalb der Ausdruck ihres Triumphs.

»Oh, Sie können sich darauf verlassen, dass ich sie noch herunterhandeln werde. Ich weiß, Sie würden das Land am liebsten kaufen, aber in dem Punkt sind sie unerbittlich; und wenn man es genau bedenkt, bedeutet der angebotene Pachtvertrag ein geringeres Risiko für Sie und würde langfristig Ihre Bindung an das bereits bestehende Unternehmen festigen. Ich habe den Eindruck, dass es zu

Ihrem Vorteil wäre, das *Gallagher's* und seinen guten Ruf zu nutzen, um Ihrem Theater von vornherein ein gewisses Ansehen zu verleihen.«

Wieder hörte Brenna das Trommeln seiner Finger und sah, wie er die Füße erst nebeneinander stellte und dann wieder kreuzte. »Ja, das ist klar. Nicht mehr als fünfundzwanzig Prozent. Sie können mir vertrauen. Ich hoffe, ich habe die Sache innerhalb der nächsten vierundzwanzig Stunden unter Dach und Fach. Ich bin sicher, dass ich den älteren Gallagher davon überzeugen kann, dass er weder von einem Unternehmen aus London noch von irgendjemandem ein besseres Angebot bekommt.«

Da sie spürte, dass sich das Gespräch dem Ende zuneigte, rappelte sich Brenna hoch, drehte den Hahn der Dusche auf und beobachtete summend, wie das Wasser problemlos durch den Abfluss rann. Nachdem sie das Wasser wieder abgedreht hatte, klapperte sie noch ein wenig mit dem Werkzeug, schwang sich ihren Koffer über die Schulter und schlenderte ins Nebenzimmer.

»Jetzt kann man dem Wasser kaum noch hinterhersehen, so schnell läuft es wieder ab. Bitte entschuldigen Sie die Unannehmlichkeiten, die Sie durch meine Arbeit hatten.«

Ohne auch nur den Kopf von dem kleinen Laptop auf dem Schreibtisch zu heben, winkte er sie achtlos aus dem Raum.

»Ich wünsche Ihnen noch einen schönen Tag, Sir«, rief sie gut gelaunt über die Schulter und glitt, begleitet vom Klicken der Tasten seines Keyboards, aus dem Raum.

Sobald die Tür hinter ihr zu war, fing sie an zu laufen. Finkle war nicht der Einzige, der wusste, wie man Bericht erstattete.

»Tja, nun, die Bemerkung über den Londoner Interessenten war anscheinend wirklich mehr als nur geschickt.« Aidan schlug seinem Bruder krachend auf die Schulter und bedachte Brenna mit einem beifälligen Blick. »Sie hat dazu geführt, dass sie überraschend schnell den Arsch hoch bekommen haben.«

»Manche Menschen empfinden Konkurrenz anscheinend als belebend.« Sie standen in der Küche, und Shawn holte vier Flaschen gut gekühltes Bier aus dem Kühlschrank. »Ich denke, wir sollten auf die gute Brenna trinken und darauf, dass sie so hervorragende Ohren hat.«

»Ich war einfach zufällig zur rechten Zeit am rechten Ort.« Trotzdem nahm sie die Flasche dankbar an.

»Sie haben sich wirklich tapfer geschlagen, Sergeant O'Toole.« Aidan prostete erst ihr und dann seinen Geschwistern zu. »Fünfundzwanzig Prozent und keinen Penny mehr. Bedauerlich für ihn, dass er nicht wusste, dass uns sogar zwanzig Prozent gereicht hätten.«

»Der Mann – dieser Magee«, erklärte Brenna. »Er ist fest entschlossen, das Theater hier zu bauen, obwohl dieser Finkle damit nicht einverstanden ist. Allerdings findet er Gefallen an Shawns Kochkünsten, Darcys Aussehen und deinem Talent als Geschäftsführer, Aidan. Oh, Shawn, dich hält er für ein bisschen dämlich, aber durchaus nett. Und wenn er von dir spricht, Darcy, fängt er an zu stottern.«

Darcy lachte fröhlich auf. »Gebt mir noch ein, zwei Tage, und ich bringe ihn dazu, dass er, wenn es um mich geht, noch nicht einmal mehr stottert. Und dass er auf mindestens dreißig Prozent raufgeht.«

Aidan schlang einen Arm um Darcys Schultern. »Wir nehmen ein Viertel und unterschreiben den Vertrag. Ich werde diesem Finkle das Gefühl geben, als hätte er uns

Daumenschrauben angelegt, um uns so weit herunterzuhandeln, denn weshalb sollte er nicht mit dem Gefühl nach Hause fliegen, er hätte hier wirklich was geleistet? Ich kann euch sagen, Dad gefällt, was er bisher von diesem Magee mitbekommen hat. Er hat heute Morgen angerufen, um mir das zu sagen und zu erklären, dass er die Details dieses Geschäftes allein uns überlässt!«

»Führen wir also noch ein paar zähe Verhandlungen mit dem guten Finkle« – Shawn nahm einen Zug aus seiner Flasche – »bis er uns das gibt, was wir von ihm wollen.«

»Genau. Tja, und jetzt machen wir uns am besten alle wieder an die Arbeit. Brenna, Schätzchen, meinst du, du könntest dich ein bisschen im Hintergrund halten, bis die Sache unter Dach und Fach ist?«

»Natürlich kann ich das. Aber für Typen wie ihn bin ich sowieso nicht sichtbar. Er brauchte nur den Werkzeugkoffer zu sehen und schon nannte er mich junger Mann.«

»Dann braucht er wirklich eine Brille.« Aidan legte eine Hand unter ihr Kinn und gab ihr einen Kuss. »Ich bin dir wirklich dankbar.«

»Trotzdem könnte ich ohne große Mühe dreißig aus ihm rausholen«, verkündete Darcy, ging jedoch gehorsam hinter Aidan hinüber in den Pub.

»Das könnte sie bestimmt«, bemerkte Brenna, als sie mit Shawn allein war.

»Es besteht keine Veranlassung, derart gierig zu werden. Ich bin dir ebenfalls dankbar für das, was du herausgefunden hast.«

Sie wiegte den Kopf ein wenig und verzog spöttisch das Gesicht. Dies war einer der Gesichtsausdrücke, die Shawn am meisten an ihr liebte. »Kriege ich von dir dann vielleicht auch noch einen Kuss?«

»Ich werde darüber nachdenken.«

»Sicher, und lass dir ruhig, wie immer, wenn du nachdenkst, jede Menge Zeit.«

»Ich lasse mir nicht mehr Zeit, als ich brauche.« Also umfasste er ihr immer noch verächtlich verzogenes Gesicht, bog ihren Kopf zurück und presste seinen Mund auf ihre Lippen.

Langsam, betörend, wie eine warme Brise an einem lauen Sommermorgen. Entspannt lehnte sie sich an seine Schulter und lächelte leise. Dann jedoch ging er langsam und so unauffällig tiefer, dass es bereits um sie geschehen war, noch ehe sie erkannte, dass seine weiche Süße sie hoffnungslos in seinen Bann zog.

Sie machte ein Geräusch, halb Seufzer, halb Stöhnen, und während ihr Herz an seinen Rippen pochte, glitten ihre Hände über seinen Rücken bis in Höhe seiner Schultern. Noch während ihr Körper sich nach mehr verzehrte, trat er allerdings schon einen Schritt zurück.

»Dankbarer kann ich im Moment nicht sein.«

Verdammt, der Mann machte sie schwindelig und brachte ihren Körper dazu, nach ihm zu schreien. »Das hast du absichtlich gemacht.«

»Natürlich.«

»Schwein! Ich gehe jetzt zurück an meine Arbeit.« Sie bückte sich nach ihrem Werkzeugkoffer und stieß, da sie ihr Gleichgewicht immer noch nicht zur Gänze zurückerlangt hatte, schmerzhaft gegen den Tisch. Ihr Kopf fuhr herum, und sie kniff warnend die Augen zusammen, doch er wäre ohnedies klug genug gewesen, noch nicht einmal zu grinsen.

Schnaubend stapfte sie in Richtung Hintertür, blieb dort noch einmal stehen und bedachte ihn mit einem letzten bösen Blick. »Weißt du, wenn du aufhörst nachzudenken, machst du deine Sache wirklich gut.«

Er grinste erst, als sie weg war. »Das ist wirklich großes Glück, denn ich glaube, am besten gebe ich das Denken einfach auf.«

Shawn ging Finkle, als dieser am Abend in den Pub kam, möglichst aus dem Weg, bereitete ihm jedoch aus gebackener Scholle mit Kräuterbutter, Salzkartoffeln mit Thymian und Winterkohl ein königliches Mahl.

Darcy kam in die Küche und erklärte, Finkle hätte, wäre niemand in der Nähe gewesen, sicher noch den Teller abgeleckt. Daraufhin ging Shawn in der Gewissheit, dass er seinen Beitrag zum Gelingen ihres Unternehmens schon geleistet hatte, nicht nur aus Geschäftsinteresse, sondern auch aus übermütigem Spaß persönlich in den Pub und brachte Finkle eine Portion Zitronen-Käsekuchen.

Entspannt von der wunderbaren Mahlzeit und von der Aufmerksamkeit, mit der Darcy ihn bedachte, sah Finkle Shawn beinahe lächelnd an. »Ich weiß nicht, wann ich je besseren Fisch gegessen hätte. Mr. Gallagher, Sie sind wirklich ein einfallsreicher Koch.«

»Nett, dass Sie das sagen, Sir. Ich hoffe, der Nachtisch wird Ihnen ebenfalls zusagen. Ich habe ihn nach einem Rezept meiner guten, alten Großmutter gebacken, und ich glaube, wenn Sie erst wieder in London sind, werden Sie Probleme haben, etwas Ähnliches zu finden.«

Finkle, der sich gerade den ersten Bissen hatte in den Mund schieben wollen, hielt mitten in der Bewegung inne. »New York«, sagte er deutlich.

Shawn blinzelte verwirrt. »New York? Ach, ja sicher, das habe ich ja auch gemeint. Der Mann aus London war dünn wie eine Bohnenstange und hatte eine kleine Brille mit runden Gläsern. Man sollte wirklich meinen, dass ich Sie beide auseinander halten kann, nicht wahr?«

Finkle probierte ein Stückchen des Kuchens. »Dann haben Sie also mit jemandem aus London über die Eröffnung eines Restaurants gesprochen?«

»Oh, Aidan ist derjenige, der die Gespräche führt. Ich habe nicht den geringsten Geschäftssinn. Und, schmeckt Ihnen der Kuchen?«

»Er ist hervorragend.« Der Kerl war wirklich langsam von Begriff, sagte sich Finkle, aber an seinen Kochkünsten konnte tatsächlich niemand etwas aussetzen. »Der Mann aus London«, ließ er sich nicht beirren, »wissen Sie zufällig seinen Namen? Ich habe dort nämlich eine Reihe von Bekannten.«

Shawn starrte zur Decke und rieb sich nachdenklich das Kinn. »Finkle? Ach nein, das sind ja Sie.« Mit einem netten, harmlosen Gesichtsausdruck hob er die Hände in die Luft. »Ich habe die schlechte Angewohnheit, mir Namen einfach nicht merken zu können. Aber er war ein wirklich netter Mensch, genau wie Sie, Sir. Falls Sie noch Platz für einen Nachschlag finden, lassen Sie es Darcy wissen.«

Er schlenderte zurück zu seiner Arbeit und zwinkerte Aidan, als er an ihm vorbeiging, fröhlich zu.

Zehn Minuten später streckte Darcy den Kopf durch die Tür der Küche und zischte: »Finkle hat Aidan gefragt, ob er kurz für ihn Zeit hat. Sie sind in den Nebenraum gegangen.«

»Das ist gut. Sag mir Bescheid, falls du Hilfe an der Theke brauchst.«

»Bescheid! Frank Malloy kommt gerade mit seinen Brüdern durch die Tür.«

»Hatten er und seine Frau mal wieder Streit?«

»So wie er aus der Wäsche sieht, würde ich beinahe drauf wetten. Und ich komme unmöglich mit den Malloys und den übrigen Gästen gleichzeitig zurecht.«

»Dann komme ich wohl besser rüber.«

Er zapfte den Malloys – einer Reihe kräftig gebauter, strohblonder Hünen, die sich ihren Lebensunterhalt als Fischer verdienten – bereits die zweite Runde Bier, als Aidan und Finkle aus dem Nebenzimmer traten.

Finkle nickte erst Aidan und dann Shawn zum Abschied zu, blickte in Richtung von Darcy, und für einen Augenblick bekamen seine sonst so strengen Züge die Weichheit des Gesichtchens eines auf Zuneigung hoffenden Welpen.

»Wollen Sie sich schon so früh von uns verabschieden, Mr. Finkle?« Darcy stellte ihr Tablett ab und bedachte den armen Mann mit einem Lächeln, das selbst einen Eisberg zum Schmelzen gebracht hätte.

»Ich –« Ihm blieb nichts anderes übrig, als seine sorgsam geknotete Krawatte ein wenig zu lockern, denn seine Kehle war wie zugeschnürt. »Ich fürchte, mir bleibt nichts anderes übrig. Ich muss morgen ziemlich früh zum Flughafen.«

»Oh, dann wollen Sie uns also schon wieder verlassen?« Sie bot ihm eine Hand. »Wie schade, dass Sie nicht länger bleiben können. Aber ich hoffe, Sie kommen bald mal wieder.«

»Ganz bestimmt.« Unfähig, sich zurückzuhalten, ließ sich Finkle zu etwas hinreißen, was er in seinem ganzen Leben, selbst seiner Frau gegenüber, noch nie getan hatte. Er küsste Darcys Hand. »Es war mir wirklich ein großes Vergnügen.«

Er machte auf dem Absatz kehrt und eilte mit leicht geröteten Wangen aus dem Pub.

»Nun?«, wandte sich Darcy neugierig an Aidan.

»Warte einen Momènt. Wir wollen lieber sichergehen, dass Finkle nicht noch mal zurückkommt, um sich vor dir auf die Knie zu werfen und dich anzuflehen, mit ihm nach Tahiti durchzubrennen.«

Darcy kicherte und schüttelte den Kopf. »Nein, der Mann liebt seine Frau. Vielleicht gestattet er sich einen schwülen Traum von den Dingen, die wir beide an einem solchen Ort miteinander tun könnten, aber weiter würde er ganz sicher niemals gehen.«

»Also gut, reden wir vom Geschäft.« Er legte eine seiner Hände auf Darcys Hand und die andere auf die Schulter seines Bruders. »Wir haben uns genau geeinigt, wie wir und Jude es besprochen haben. Jetzt kehrt er nach New York zurück, um die Verträge aufsetzen zu lassen.«

»Fünfundzwanzig Prozent?«, fragte Shawn mit ruhiger Stimme.

»Fünfundzwanzig Prozent und ein Mitspracherecht beim Design des Theaters. Natürlich gibt es noch ein paar knifflige Details, aber gemeinsam mit den Anwälten werden wir und dieser Magee das sicher glatt bügeln.«

»Dann ist die Sache also abgemacht?« Shawn legte den Lappen beiseite, mit dem er den Tresen hatte wischen wollen.

»Sieht ganz so aus, denn schließlich habe ich dem Mann mein Wort gegeben.«

»Ich kümmere mich weiter um die Theke. Geh du und erzähl es Jude.«

»Das kann ich auch später noch. Schließlich herrscht im Augenblick hier Hochbetrieb.«

»Gute Nachrichten sind umso schöner, je früher man sie hört. Ich komme hier auch ohne dich zurecht, und dafür, dass ich sogar noch aufräume und abschließe, kannst du mir morgen Abend freigeben. Das heißt, falls Kathy Duffy die Küche übernimmt. Ich habe schon ziemlich lange keinen freien Abend mehr gehabt.«

»Das ist fair. Außerdem werde ich Dad anrufen«, fügte Aidan, während er sich bereits zum Gehen wandte, noch hinzu. »Es sei denn, ihr hättet es lieber, dass ich bis morgen warte, damit wir alle mit ihm sprechen können.«

»Nein, ruf ihn einfach an.« Darcy winkte ihn hinaus. »Sicher wird er sofort wissen wollen, was aus der Sache wird.«

»Aidan denkt nur noch an den Vertrag«, wandte sie sich, nachdem Aidan gegangen war, an Shawn. »Ich aber nicht. Hast du morgen Abend vielleicht etwas mit Brenna vor?«

Ungerührt nahm Shawn die leeren Gläser vom Tablett und stellte sie in die Spüle. »Du hast Gäste, Schätzchen, und ich auch.« Er beugte sich ein wenig vor. »Du hast ein Privatleben. Und ich auch.«

Darcy zuckte wütend mit den Schultern. »Dein verdammtes Privatleben ist mir vollkommen egal. Du bist nichts weiter als mein nervtötender Bruder. Aber bei Brenna ist es anders. Sie ist meine Freundin.«

Da sie jedoch wusste, dass eine der nervtötenden Eigenschaften ebendieses Bruders sein grauenhafter Starrsinn war, gab sie sich geschlagen. Wenn Shawn es nicht wollte, bekäme sie noch nicht mal unter Androhung der schlimmsten Folter irgendetwas heraus.

Er hatte einen Plan. Er war gut im Planen. Das hieß nicht, dass es immer funktionierte, aber davon, wie es funktionieren könnte, hatte er eine recht klare Vorstellung.

Da auch Kochen in seinem Plan enthalten war, war er in seinem Element. Er wollte etwas Simples, ein Gericht, das er vorbereiten und dann sich selbst überlassen konnte, bis es gebraucht wurde. Also machte er eine würzige Tomatensauce und ließ sie einfach köcheln.

Außerdem brauchte er ein geeignetes Szenarium. Er liebte Inszenierungen und erhoffte sich davon in diesem Fall einen gewissen Vorteil – den er gegenüber einer Frau wie Brenna ganz sicher auch brauchen würde.

Zuerst musste er mit ihr telefonieren, was er am Ende der Mittagsschicht vom Pub aus tat, als er sicher sein konnte, dass sie bis zum Hals in ihrer Arbeit steckte.

Ebenso wie er sicher sein konnte, dass sie – typisch Brenna – nach Ende ihrer Arbeit noch bei ihm vorbeikäme, um sich die angeblich defekte Waschmaschine anzusehen.

Als er schließlich nach Hause kam, war das kleine Cottage mit dem appetitlichen Duft der Sauce angefüllt. Er pflückte ein paar der Petunien und Stiefmütterchen, die selbst im Winter blühten, und stellte sie zusammen mit den Kerzen vom Markt ins Schlafzimmer.

Die Laken hatte er bereits gewechselt, was ihn auf die Idee mit der Waschmaschine gebracht hatte.

Als Nächstes ging es um die Auswahl der passenden Musik. Sie war zu sehr Teil von seinem Leben, um nicht in sein Vorhaben eingebaut zu werden. Also suchte er seine Lieblings-CDs aus dem Regal, schob sie in das Gerät und ließ sie laufen, während er hinunter in die Küche ging, um die ersten Vorbereitungen zu treffen.

Den Kater, der zu spüren schien, dass etwas Wichtiges passierte und sich ihm bei jeder sich bietenden Gelegenheit in den Weg stellte, setzte er entschieden vor die Tür.

Sicher käme sie frühestens gegen sechs, sodass er genug Zeit hätte, um kleine Häppchen auf einer Platte zu arrangieren, Weingläser zu polieren und die aus dem Pub mitgebrachte Flasche Rotwein zu öffnen und zum Atmen auf die Anrichte zu stellen.

Nachdem er seine Sauce ein letztes Mal probiert und

umgerührt hatte, sah er sich zufrieden um. Es war alles fertig, und wie erwartet, war es tatsächlich zehn vor sechs, als er hörte, wie sie in ihrem kleinen Laster vorfuhr.

»Sie ist wirklich immer pünktlich«, murmelte er, und zu seiner Überraschung kribbelte vor Aufregung mit einem Mal sein Magen. »Himmel, es ist doch nur Brenna«, sagte er sich streng. »Du kennst sie, seit sie ein kleines Baby war.«

Aber nicht so, wie er sie – und sie ihn – kennen lernen wollte. Plötzlich hatte er das Bedürfnis, in die kleine Abstellkammer zu laufen, irgendeinen Schlauch von der Waschmaschine abzureißen und alles andere zu vergessen.

Aber seit wann war er ein solcher Feigling? Vor allem gegenüber einer Frau? Mit diesen Gedanken ging er langsam Richtung Tür.

Den Werkzeugkoffer in der Hand, kam sie bereits herein. Unterhalb des rechten Knies klaffte ein neues Loch in ihrer Jeans, und auf der Wange prangte irgendwelcher Schmutz.

Sie schloss die Haustür, machte zwei weitere Schritte, sah ihn – und wäre beinahe aus ihren Stiefeln gesprungen. »Himmel, Shawn, warum gibst du mir, statt mich derart zu erschrecken, nicht gleich eins mit dem Hammer über den Schädel? Was machst du um diese Zeit zu Hause?«

»Ich habe heute Abend frei. Was du dir hättest denken können, denn schließlich parkst du direkt hinter meinem Wagen, oder etwa nicht?«

»Ja, aber ich dachte, du wärst entweder zu Fuß gegangen oder jemand hätte dich mitgenommen.« Während sie darauf wartete, dass sich ihr Herzschlag wieder normalisierte, reckte sie schnuppernd die Nase in die Luft. »Riecht nicht gerade, als würdest du deinen freien Abend nutzen. Was kochst du da?«

»Eine neue Spaghetti-Sauce. Ich dachte, ich probiere sie erst einmal aus, bevor ich sie im Pub mache. Hast du schon gegessen?«, fragte er, obgleich er wusste, dass dies bestimmt nicht der Fall war.

»Nein. Ma erwartet mich zu Hause.«

Was nicht stimmte, denn Shawn hatte bei Mollie angerufen, um zu sagen, er würde Brenna etwas zu essen machen. »Iss doch stattdessen hier.« Er nahm ihre Hand und zog sie in die Küche. »Dann kannst du mir sagen, ob die Sauce so okay ist.«

»Vielleicht, aber erst sollte ich nach deiner Waschmaschine sehen.«

»Die Waschmaschine funktioniert hervorragend.« Er nahm ihren Werkzeugkoffer und stellte ihn in eine Ecke.

»Was soll das heißen, sie funktioniert hervorragend? Hast du nicht extra im Hotel angerufen und gesagt, sie gäbe keinen Ton mehr von sich?«

»Ich habe gelogen. Hier, probier mal.« Er nahm eine gefüllte Olive und schob sie ihr zwischen die Lippen.

»Gelogen?«

»Ja. Und ich hoffe, dass es die Sache wert ist.«

»Aber warum hättest du …« Allmählich dämmerte es ihr, und plötzlich fühlte sie sich linkisch und gereizt. »Ich verstehe. Dann ist dies also der für dich passende Ort und Zeitpunkt.«

»Ja. Ich habe deiner Mutter erklärt, du bliebst eine Weile hier, also brauchst du dir darüber keine Gedanken zu machen.«

»Hmmm.« Aufmerksamer als vorher sah sie sich in der Küche um. Auf dem Herd köchelte leise die duftende Sauce, auf dem Tisch stand eine Platte mit köstlichen kleinen Bissen und auf der Anrichte atmete eine Flasche Wein. »Du hättest mich wenigstens vorwarnen können. Mir etwas Zeit geben, um mich an die Vorstellung zu gewöhnen.«

»Jetzt hast du ja Zeit.« Er füllte zwei Gläser. »Ich weiß, dass du von Wein immer Kopfschmerzen bekommst, aber ein, zwei Gläser sind sicherlich nicht schlimm.«

Sie würde den Kater riskieren, um ihre wie ausgedörrte Kehle ein wenig zu befeuchten. »Du weißt, dass du dir meinetwegen keine derartige Mühe hättest machen müssen. Ich habe dir von Anfang an gesagt, dass ich solche Dinge nicht brauche.«

»Aber ich brauche solche Dinge, also musst du sie wohl hinnehmen.« Ihr Unbehagen half ihm, sich zu beruhigen, und er trat auf sie zu. »Leg doch deine –«, beinahe hätte er gelacht, als sie ihn entsetzt anstarrte, »Kappe ab«, beendete er seinen Satz, nahm ihr die Mütze vom Kopf, legte sie neben sein Weinglas auf den Tisch und fuhr ihr durch die Haare, bis sie wild um ihre Schultern wogten, so wie er es liebte. »Nimm Platz.«

Er drückte sie auf einen Stuhl und setzte sich ihr gegenüber. »Warum ziehst du nicht einfach die Stiefel aus?«

Sie beugte sich vor, zog an den Schnürsenkeln und richtete sich plötzlich wieder auf. »Musst du mich dabei beobachten? Du gibst mir das Gefühl, mich vollkommen lächerlich zu machen.«

»Wenn du dir schon lächerlich vorkommst, wenn du vor mir die Stiefel ausziehst, dann wirst du dich sicher bald wie ein Riesentrottel fühlen. Zieh die Stiefel aus, Brenna«, sagte er mit einer leisen Stimme, die ihr einen wohligen Schauder über den Rücken rinnen ließ. »Es sei denn, du hättest es dir plötzlich anders überlegt.«

»Habe ich nicht.« Verärgert bückte sie sich erneut nach ihren Stiefeln. »Ich habe die Sache angefangen, also bringe ich sie auch zu Ende.«

Allerdings hatte sie sich »die Sache« völlig anders vorgestellt. Sie hatte nur daran gedacht, wie sie beide nackt im Bett lägen und sich ans Werk machten. Auf die Schritte, die sie unternehmen mussten, um überhaupt so weit zu kommen, hatte sie keine weiteren Überlegungen verschwendet.

Sie streifte ihre Stiefel von den Füßen, trat sie unter den Tisch und zwang sich, ihm wieder ins Gesicht zu sehen.

»Hast du Hunger?«

»Nein.« Unter den gegebenen Umständen würde sie ganz sicher keinen einzigen Bissen herunterbekommen. »Dad und ich haben gemeinsam zu Mittag gegessen.«

»Umso besser. Dann essen wir später. Lass uns den Wein mit nach oben nehmen.«

Nach oben. Also gut, sie würden nach oben gehen. Schließlich hatte sie ihm den Vorschlag unterbreitet. Doch als er ihre Hand nahm, musste sie sich zwingen, nicht davonzulaufen. »Das ist eine ziemlich unfaire Vorgehensweise, Shawn. Ich komme gerade von der Arbeit und hatte noch nicht mal die Gelegenheit, mich halbwegs zu säubern.«

»Würdest du dann vielleicht gerne duschen?« Auf dem Weg die Treppe hinauf rieb er den Schmutz von ihrer Wange. »Ich wasche dir gerne den Rücken.«

»Ich wollte es lediglich erwähnen.« Um Gottes willen, sie konnte unmöglich mit ihm zusammen duschen. Einfach so. Das leise Flüstern einer Harfe drang an ihre Ohren, doch ihre Nerven schrien qualvoll auf.

Sie betrat das Schlafzimmer, sah die Blumen, die Kerzen, das Bett. Und nahm einen großen Schluck von ihrem Wein.

»Mach lieber langsam.« Er entwand ihr vorsichtig das Glas. »Schließlich sollst du dich nicht betrinken.«

»So schnell bin ich nicht betrunken«, setzte sie an und rieb ihre feuchten Hände an den Oberschenkeln ihrer Hose, als er herumging, um die Kerzen anzuzünden. »Das ist doch nicht nötig. Es ist noch gar nicht ganz dunkel.«

»Bald wird es dunkel sein. Ich habe dich schon einmal im Kerzenlicht gesehen«, sagte er leichthin, als er die Kerzen auf dem schmalen Kaminsims zum Brennen brachte, in dem bereits ein sanftes Feuer glühte. »Damals habe ich mir nicht die Zeit genommen, dich genügend zu bewundern, und das will ich heute nachholen.«

»Ich verstehe nicht, warum du die Sache so entsetzlich romantisch gestalten musst.«

»Hast du vielleicht Angst vor ein bisschen Romantik, Mary Brenna?«

»Nein, aber …« Er drehte sich zu ihr um, und die warmen, goldenen Flammen des Kaminfeuers tanzten über sein Gesicht und über seinen Körper. Es war, als wäre er einer von Judes Zeichnungen entstiegen. Von Feenprinzen, tapferen Rittern und Harfe spielenden Poeten.

»Irgendetwas an deinem Aussehen«, brachte sie erstickt hervor, »lässt mir ständig das Wasser im Mund zusammenlaufen. Ehrlich gesagt, finde ich das eher störend, und deshalb möchte ich die Sache endlich hinter mich bringen.«

»Tja, nun.« Seine Stimme war ebenso sanft wie ihre zornig. »Warum versuchen wir nicht einfach, dieses Problem zu lösen?«

Ohne ihr Gesicht aus den Augen zu lassen, trat er auf sie zu.

12

Wie seltsam die Situation auch sein mochte, sagte sich Brenna, dies hier war immer noch Shawn, ein Mann, den sie Zeit ihres Lebens gekannt und gemocht hatte. Und so lächerlich ihr das Szenarium auch erschien, begehrte sie ihn noch immer mit jeder Faser ihres Herzens.

Aufregung war ebenso unangebracht wie Kerzenschein und Harfenspiel, also hob sie, als er seine Hände auf ihre Schultern drückte, an ihren Armen herabfuhr und schließlich ihre Finger sanft umschloss, entschieden ihren Kopf. »Wenn ich jetzt lache, darfst du es nicht persönlich nehmen. Nur, irgendwie erscheint mir diese ganze Situation ein wenig absurd.«

»In Ordnung.«

Da er reglos dastand und sie ansah, als warte er darauf, dass sie den ersten Schritt tat, stellte sie sich auf die Zehenspitzen und legte ihren Mund auf seine Lippen. Sie hatte nicht die Absicht, etwas zu überstürzen, denn das würde er sowieso nicht zulassen. Doch als sie ihn schmeckte, wollte sie urplötzlich mehr, wollte sie urplötzlich alles. Und zwar möglichst schnell.

»Ich habe ein beinahe übermächtiges Verlangen nach dir. Ich kann einfach nichts dagegen tun.«

»Wer sagt denn, dass du etwas dagegen tun sollst?« Er würde nichts überstürzen, aber der Gedanke, das Tempo etwas zu beschleunigen, war wirklich verlockend. Ihr faszinierender Körper bebte bereits an seinem Leib, und ihre fiebrig heißen Lippen lagen fest an seinem Mund. Trotzdem wäre es sicher wesentlich schöner, sich noch eine Zeit lang von ihr verrückt machen zu lassen.

»Komm her.« Er umfasste ihre Hüfte und zog sie in die Höhe, sodass sie, wie schon einmal, ihre Beine um ihn schlang. »Und küss mich noch einmal. Es gefällt mir, mich von dir küssen zu lassen.«

Jetzt lachte sie tatsächlich, und ihre Anspannung verflog. »Ach ja? Nun, so weit ich mich entsinne, hast du mich beim ersten Mal …« – sie brachte ihren Mund in Atemweite seiner Lippen und zog ihn spielerisch wieder zurück – »angesehen, als hätte ich dir eins mit einem Hammer übergebraten.«

»Das lag nur daran, dass ich nicht darauf gefasst war und dass ich einfach nicht mehr denken konnte.« Er kniff sie vertraulich und freundschaftlich in ihren schmalen, festen Po. »Aber ich wette, du schaffst es nicht noch einmal, mich derart aus dem Gleichgewicht zu bringen.«

»Die Wette gilt.« Mit herausfordernd blitzenden Augen ballte sie die Fäuste in seinem dichten Haar. »Am besten machst du dich schon mal darauf gefasst, dass du verlierst.«

Sie machte ihre Sache wirklich gut, und er glaubte beinahe zu spüren, wie seine Augen sich verdrehten, als sie ihn mit ihren Lippen attackierte. Es gab Augenblicke, in denen es keineswegs erniedrigend zu sein schien, wenn man sich einem Menschen unterwarf. Auf ihrer Zunge lag immer noch das warme, herbe Aroma des Weines, das sich lieblich und berauschend mit ihrem eigenen Geschmack verband.

Harfenspiel und Kerzenlicht und eine heißblütige Frau, die seinen Leib umschlang, erfüllten ihn gleichermaßen mit Romantik wie mit heißer Leidenschaft. Verführerisch.

Erregend. Beinahe schmerzlich sanft und eindringlich zugleich.

Sie spürte, wie sich seine Finger in ihrem Fleisch vergruben, hörte, wie sein Atem schneller wurde wie der eines Sprinters, der einen Berg erklommen hatte. Als er sich umdrehte und sie in Richtung Bett trug, empfand sie dies wie einen Sieg.

Endlich würde sie ihn haben. Und zwar so, wie sie es wollte. Schnell und zornig, und dann wäre es vorbei. Dann fände der schreckliche Druck in ihrer Brust, ihrem Bauch und ihrem Schädel endlich ein Ventil. Sie atmete keuchend ein, als er sie auf das Bett warf, sich über sie schob, sie in die Matratze drückte und ihrer beider festen Leiber regelrecht verschmolzen.

»Das war wirklich nicht schlecht.« Das Glitzern ihrer Augen wurde noch stärker, als er ihre Hände über ihren Kopf schob und ihre Handgelenke fest umklammerte. »Aber jetzt bin ich dran. Wenn ich mich recht entsinne, wurde dein Blick, als ich dich zum ersten Mal geküsst habe, wunderbar verhangen.« Er drückte seine Zähne sanft an ihren Kiefer. »Und du hast gezittert.«

Sie presste ihre Hüften gegen seinen Bauch. »Ich wette, das schaffst du nicht noch einmal.«

Sie war sich sicher, dass ein Mann nicht lange zögern würde, war er erst derart erregt. Trotzdem strich sein Mund so quälend zärtlich über ihre Lippen, dass sie abermals erschauderte, dass ihre Arme schlaff wurden und ihr Blick so trübe, wie er es sich erhofft hatte. Der innere Druck, den sie verspürte, wandelte sich in wunderbares, schmerzliches Verlangen.

Die ersten zarten Strahlen des aufgehenden Mondes mischten sich silbrig mit den goldenen Flammen der Kerzen und des Feuers.

Er umfasste ihre Brüste und fuhr mit seinen Fingerspitzen an ihnen entlang, ehe er die Knöpfe ihres Hemdes zu öffnen begann. Darunter trug sie ein weißes Männer-T-Shirt, und als Shawn das Hemd schließlich zur Seite schob, starrte er fasziniert auf die straffe Rundung ihres kleinen, festen Busens, der unter der schlichten, weißen Baumwolle verführerischer wirkte, als er es sich erträumt hätte.

»Ich habe deine Hände immer schon gemocht.« Sie hatte die Augen geschlossen und genoss die sanften Schockwellen, die die Berührung seiner Finger in ihr auslösten. »Und jetzt mag ich sie noch lieber.« Als er jedoch den Kopf neigte und seine Lippen auf den weichen Wollstoff presste, riss sie die Augen wieder auf. »Himmel.«

Vielleicht hätte er gelacht, doch fand er dazu einfach nicht den Atem. Dunkler Schwindel wallte in ihm auf. Wo hatte sie diesen Geschmack, diese Weichheit, diese Formen bisher vor ihm versteckt? Wie viel hatte er bisher verpasst?

Sie zerrte an seinem Pullover und beide richteten sich auf und starrten sich keuchend an. Trotz des Schocks, der beide zu überwältigen drohte, nickte sie. »Zu spät«, war alles, was er sagte, während er ihr das Hemd über den Kopf zog.

»Gott sei Dank.«

Schon stürzten sie sich aufeinander.

Vielleicht waren seine Hände etwas schneller, vielleicht hier und da ein wenig rauer, vielleicht war sein Mund ein bisschen heißer, ein bisschen weniger geduldig als noch wenige Minuten vorher, doch immer noch war er um Gründlichkeit bemüht. Er wollte sie ganz genau erforschen, wollte den Geschmack ihrer Haut, die zarten Stellen unter ihren Brüsten, die Rundung ihrer Taille und die seidige Weichheit ihres ganzen Körpers für alle Zeiten in sich einsaugen.

Ihre Kraft, die Härte ihrer Muskeln, als sie miteinander herumrollten, war überwältigend erotisch. Ebenso erotisch wie die plötzliche Schwäche, in der sie immer dann an seinem Leib erbebte, wenn er eine weitere empfindsame Körperstelle ausmachte.

Leise Flötenklänge schwebten, begleitet von jubelnden Pfeifentönen, wie Feengesänge durch das Zimmer. Das Licht des Mondes wurde heller und erfüllte die nach Kerzenwachs und Torffeuer duftende Luft über dem Bett mit einem samtig weichen Schimmer.

Sie vergrub den Kopf an seiner Schulter und rang mühsam nach Luft. »Shawn, um Gottes willen. Jetzt.«

»Noch nicht, noch nicht, noch nicht.« Es klang wie ein monotoner Gesang. Ihre kleinen, starken Hände sollten niemals aufhören, ihn derart zärtlich zu berühren. Und seine eigenen Hände wollten immer mehr und mehr von ihrer Herrlichkeit entdecken. Hatten diese wunderbaren Beine, nachdem er endlich die Jeans an ihr herabgezogen hatte, nicht seine ganze Aufmerksamkeit verdient? Und auch ihre Schulterblätter luden seine Finger zum Verweilen ein.

»Dafür, dass du so klein bist, hast du überraschend viel zu bieten.«

Verzweifelt vergrub sie ihre Zähne in seinem festen Fleisch. »Ich sterbe.«

»Warte. Warte.« Wieder presste er seinen Mund auf ihre Lippen, schob seine Finger zwischen ihre Beine und dann tief in ihre feuchte Hitze.

Nun war der letzte Damm gebrochen. Sie warf sich ihm entgegen, er schluckte ihren schockierten und gleichzeitig beglückten Schrei und sog ihn genüsslich in sich auf, während sein Blut zu kochen begann.

Dann wurde ihr Körper so weich wie das Wachs der

Kerzen, und bot ihm die Freiheit, sich an ihren Lippen, ihrer Kehle, ihren Brüsten zu ergötzen.

»Lass mich dich nur einen Augenblick genießen.«

Wieder weckte er ihr Verlangen, stärker und stärker, heißer und feuchter, bis sie ein zweites Mal schluchzend in sich zusammensank. Wie hielt er es nur aus? Auch er war vollkommen verschwitzt, auch sein Herz klopfte, als wolle es zerspringen, auch er war voll gespanntem Verlangen.

Noch einmal reckte sie sich ihm entgegen, noch einmal schlang sie ihre Beine fest um seinen Leib. Noch einmal sahen sie einander in die Augen.

»Jetzt.« Er schob sich derart seidig weich in sie hinein, als hätten sie sich vorher schon tausendmal geliebt.

Sie atmete zitternd ein und wieder aus, verschränkte ihrer beider Finger und, ohne einander aus den Augen zu lassen, begann sie sich rhythmisch zu bewegen.

Leicht und ohne jede Mühe, wie bei einem Tanz. Sich hebend und senkend, in einem wunderbaren, unfehlbaren Takt, bis sie ihr Tempo, als würde es von der Musik gefordert, unmerklich beschleunigten. Seine verträumten blauen Augen verdunkelten sich, und als sie ihre Beine fester um ihn schlang, die Augenlider senkte und vor Wonne stöhnte, vergrub er sein Gesicht in ihren wunderbaren Haaren und verlor sich vollends im Wunder des Gleichklangs ihrer Leiber.

Sie bräuchte eine Minute. Eine Stunde. Oder vielleicht ein, zwei Tage. Danach könnte sie sich vielleicht wieder bewegen oder zumindest an eine Bewegung denken. Im Augenblick jedoch erschien es ihr am klügsten, einfach unter Shawn auf dem Bett liegen zu bleiben.

Ihr Körper fühlte sich an wie in Gold gefasst. Hätte sie die Energie, die Augen aufzumachen, sähe sie ihn sicherlich im dunklen Zimmer glühen.

Es war, wie sie immer gesagt hatte. Wenn der Kerl erst mal aufhörte zu denken, machte er seine Sache wirklich gut.

»Du frierst bestimmt, oder?« Seine Stimme klang gedämpft und schläfrig.

»Ich würde sicher noch nicht mal frieren, wenn wir beide nackt auf einem Eisberg liegen würden.«

»Gut.« Er bewegte sich leicht auf ihr. »Dann lass uns einfach noch ein wenig so hier liegen.«

»Wenn du nicht auf mir einschläfst.«

Wieder vergrub er sein Gesicht in ihrem Haar. »Deine Haare riechen gut.«

»Ich nehme an, nach Sägemehl.«

»Stimmt. Aber außerdem ein wenig nach Zitrone.«

»Das ist wahrscheinlich das Shampoo, das ich Patty geklaut habe.« Ihr Körper kam allmählich wieder zu sich, und sie bemerkte, wie gut er zu seinem Körper passte. Doch während sich neues Verlangen in ihr rührte, spürte sie auch Shawns Gewicht.

»Du bist schwerer, als du aussiehst.«

»Tut mir Leid.« Er schob einen seiner Arme unter ihren Rücken und rollte sich mit ihr herum. »Besser?«

»Richtig unangenehm war es vorher auch nicht.« Doch tatsächlich war es bequemer, die Arme auf seiner Brust kreuzen und ihm ins Gesicht sehen zu können. Er war so verdammt attraktiv, dass noch nicht einmal sein Grinsen sie im Moment störte. »Ich muss sagen, du hast wirklich wesentlich mehr Talent auf diesem Gebiet, als ich gedacht hätte.«

Er öffnete die Augen. Wieder waren sie von einem verträumten, sanften Blau. »Tja, ich gebe zu, dass ich im Verlauf der Jahre ab und zu geübt habe.«

»Dagegen ist nichts einzuwenden, aber trotzdem habe ich jetzt ein Problem.«

»Ach ja?« Er wickelte sich eine ihrer Locken um den Finger. »Und das wäre?«

»Tja, eigentlich hatte ich lediglich im Sinn, einmal mit dir zu schlafen.«

»Ich kann mich erinnern, dass du so etwas erwähnt hast.« Er ließ die Locke wieder fallen und wählte eine zweite. »Und ich muss zugeben, dass die Idee gar nicht so schlecht war.«

»Das war nur der erste Teil des Plans. Außerdem habe ich gesagt, dass ich mit dir schlafen wollte, um mein Verlangen nach dir endlich zu überwinden.«

»Auch daran erinnere ich mich noch. Ich glaube, du nanntest es Befriedigung körperlicher Gelüste.« Er fuhr mit seinen Fingerspitzen über ihren Rücken. »Und ich habe mein Möglichstes getan, um dir diesen Wunsch zu erfüllen.«

»Das stimmt. Das kann ich nicht leugnen. Aber genau das ist jetzt mein Problem.« Sie fuhr mit einem Finger über sein Schlüsselbein und seinen Hals und beobachtete, wie er seine Lider genüsslich senkte.

»Tja, was für ein Problem hast du denn nun, O'Toole?«

»Weißt du, es scheint einfach nicht funktioniert zu haben. Scheint, als hätte sich mein Verlangen dadurch, dass ich mit dir im Bett war, wider Erwarten nicht gelegt. Also müssen wir wohl noch mal miteinander schlafen.«

»Nun, was sein muss, muss eben sein.« Er setzte sich auf. »Lass uns duschen und etwas zusammen essen, und dann sehen wir weiter.«

Lachend legte sie ihre Hände auf seine warmen Wangen. »Wir sind tatsächlich immer noch Freunde, nicht wahr?«

»Wir sind tatsächlich immer noch Freunde.« Er zog sie an seine Brust, um ihr einen leichten, freundschaftlichen Kuss zu geben, doch es war unmöglich.

Ihre Sinne begannen erneut zu schwinden, als er sie rücklings aufs Bett zurückdrückte. »Und was ist mit der Dusche und dem Essen?«

»Das hat beides noch ein wenig Zeit.«

Spater, viel später, verschlangen sie beide Unmengen von Spaghetti. Es war erstaunlich einfach, wieder gemeinsam am Küchentisch zu sitzen und wie Hunderte von Malen vorher zusammen zu essen.

Wusstest du schon, dass Betsy Clooneys gesamte Brut die Windpocken hat? Ist dir schon aufgefallen, dass Jack Brennan Theresa Fitzgerald, nachdem sie sich von Colin Riley getrennt hat, schöne Augen macht?

Zwischen zwei Bissen erzählte sie ihm, dass ihre Schwester Patty wegen der Frage, ob sie lieber pinkfarbene oder gelbe Rosen für den Brautstrauß wählen sollte, literweise Tränen vergossen hatte, und dann stießen sie auf den erfolgreichen Geschäftsabschluss mit dem Amerikaner an.

»Glaubst du, dass er jemanden schicken wird, der das Theater für ihn planen soll?« Brenna stand auf, um Bub hereinzulassen, als dieser an der Tür kratzte.

»Davon hat er bisher noch nichts gesagt.« Shawn beobachtete den Kater, der Brenna um die Beine strich.

»Natürlich wäre das der einzig richtige Weg.« Sie erwog einen Nachschlag, kam zu dem Schluss, dass sie es, wenn sie jetzt der Fressgier nachgab, anschließend bereuen würde, und schob mit einem leisen Seufzer ihren Teller weg. »Er kann ja wohl schlecht von seinem eleganten New Yorker Büro aus festlegen, was für ein Theater am besten hier nach Ardmore passt.«

»Und woher weißt du, dass er ein elegantes Büro hat?«

»Reiche Leute haben eine Vorliebe für Eleganz.« Grinsend lehnte sie sich auf ihrem Stuhl zurück. »Frag Darcy, ob der reiche Mann, den sie mal haben möchte, nicht auch elegant sein soll. Auf alle Fälle muss dieser Magee ja wohl erst einmal wissen, wer wir sind und was wir haben, ehe er sich überlegen kann, was er aus uns machen will.«

»Da hast du sicher Recht.« Er erhob sich, um die Teller abzuräumen. »Deine Skizze fand ich gar nicht übel. Vielleicht könntest du sie ja noch mal ins Reine bringen; dann könnten wir sie Aidan zeigen, und wenn sie ihm so gut gefällt wie mir, schicke ich sie einfach an diesen Magee, damit er sie sich mal ansieht.«

Einen Augenblick lang saß sie reglos da. »Das würdest du tun?«

Er ließ bereits heißes Wasser in die Spüle laufen. »Warum denn nicht?«

»Es würde mir sehr viel bedeuten. Selbst wenn dieser Magee über meinen Entwurf lachen und ihn achtlos zur Seite legen würde, wäre es mir wichtig. Ich bin keine Architektin, Ingenieurin oder so«, schloss sie und stand auf. »Aber ich hatte schon immer Spaß daran, Dinge zu entwerfen und sie dann auch zu bauen.«

»Du siehst ein leeres Feld oder einen freien Fleck und hast sofort ein Bild von dem im Kopf, was du daraus machen würdest.«

»Stimmt genau. Woher weißt du das?«

»Es ist ähnlich wie mit meinen Liedern.«

Sie runzelte die Stirn. Niemals hätte sie gedacht, dass sie tatsächlich in Bezug auf ihre Arbeit irgendetwas gemeinsam hätten. »Ich nehme an, da hast du Recht. Ich werde den Entwurf so sorgfältig wie möglich gestalten. Egal, ob dieser Magee sich ihn ansieht oder nicht, bin ich dir dafür dankbar, dass du daran gedacht hast, ihn ihm auch nur zu zeigen.«

Sie trocknete noch die Teller ab, danach erklärte sie, sie müsste gehen, da es inzwischen beinahe Mitternacht war.

Er brachte sie zur Tür, und sie hatte es beinahe bis in den Hof hinaus geschafft, als er es sich anders überlegte, sie sich über die Schulter warf und abermals ins Schlafzimmer schleppte.

Schließlich war es beinahe halb zwei, als sie zu Hause durch die Tür schlich. Mehr als schleichen hätte sie beim besten Willen auch nicht mehr geschafft. Wer hätte gedacht, dass der Mann sie an den Rand der Erschöpfung treiben könnte?

Sie schaltete das Licht aus, das ihre Mutter für sie hatte brennen lassen, doch selbst im Dunkeln wusste sie genau, welche Stufen der Holztreppe unter ihren Schritten knarrten, sodass sie ohne das leiseste Geräusch bis nach oben in ihr Zimmer kam.

Da sie keine Kinder hatte, war ihr natürlich nicht bewusst, dass ihre Mutter jeden ihrer Schritte trotzdem ganz genau verfolgte.

Als sie endlich im Bett lag, schloss sie seufzend ihre Augen, schlief auf der Stelle ein und träumte von einem silbrigen Palast unter einem grünen Hügel.

Um den Palast herum blühten Hunderte von Blumen und wuchsen wunderbare Bäume, die im goldenen Licht der Sonne aussahen wie gemalt.

Während eines Moments war sie versucht, einen der goldenen Äpfel oder eine der silbrigen Birnen abzupflücken, die an den Bäumen hingen, herzhaft hineinzubeißen und zu probieren, ob sie so köstlich waren, wie sie aussahen. Doch obwohl sie träumte, wusste sie genau, dass man im Feenland nichts essen und höchstens Wasser trinken durfte, wollte man nicht für hundert Jahre dort bleiben.

Und so sah sie die juwelengleich glitzernden Früchte nur begehrlich an.

Der Pfad, der unter den Bäumen von der weißen Brücke in Richtung der breiten, silbernen Eingangstür des Schlosses verlief, war rot wie eine Kette aus Rubinen.

Als sie vor die Tür trat, wurde diese wie von Geisterhand geöffnet und Pfeifen- und Flötenklänge drangen an ihr Ohr.

Sie folgte der Musik, erklomm die Treppe und legte dabei ihre Hand auf das seidig weiche Geländer, das glitzerte wie ein langer, gewundener Saphir.

Am oberen Ende der Treppe gab es einen zweiten langen Gang. Zu ihrer Linken war eine Tür ganz aus Topas, zu ihrer Rechten eine aus Smaragd und unmittelbar vor ihr eine, deren Oberfläche schimmerte wie eine samtig glatte Perle.

Durch diese Tür drang die Musik.

Sie drückte auf die Klinke und betrat den Raum.

Zu ihren Füßen fand sich ein Mosaik, eine Symphonie aus schillernden Juwelen, die ohne ein bestimmtes Muster dort verstreut waren.

Es gab Sessel, Kissen und gepolsterte Sofas, doch sie alle waren leer. Alle bis auf den Thron am Kopfende des Raums. Dort saß ein Mann in einem Wams aus strahlend hellem Silber.

»Du hast nicht gezögert«, sagte er zu ihr. »Das ist ein Zeichen deines Muts. Ohne auch nur einmal daran zu denken, wieder umzudrehen, bist du geradewegs hierher gekommen, an einen völlig unbekannten Ort.«

Er bedachte sie mit einem Lächeln, winkte mit der Hand und zeigte ihr den goldenen Apfel, der plötzlich darin lag. »Vielleicht findest du hieran Geschmack.«

»Vielleicht, aber ich kann keine hundert Jahre für dich erübrigen.«

Lachend schnippte er mit seinen Fingern und ließ den Apfel verschwinden. »Ich hätte dich sowieso nicht hier behalten wollen, denn oben bist du mir viel nützlicher.«

Neugierig sah sie sich um. »Bist du allein?«

»Nein. Aber selbst Feen brauchen ihren Schlaf. Das Licht sollte dich führen. Im Grunde ist hier unten ebenso Nacht wie oben in deiner eigenen Welt. Aber ich wollte mit dir sprechen, und zwar möglichst allein.«

»Tja, dann.« Sie hob ihre Arme und ließ sie wieder sinken. »Scheint, als wären wir allein.«

»Ich möchte dir eine wichtige Frage stellen, Mary Brenna O'Toole.«

»Ich werde versuchen, sie dir zu beantworten, Carrick, Prinz der Feen.«

Wieder verzog er den Mund zu einem beifälligen Lächeln, doch seine Augen blieben ernst. »Würdest du von deinem Geliebten eine Perle annehmen?«

Seltsame Frage, dachte sie. Aber schließlich befand sie sich in einem Traum und hatte in ihren Träumen schon Seltsameres erlebt. »Wenn er sie mir aus freien Stücken gäbe, ja.«

Seufzend trommelte er mit seinen Fingern auf die breite Lehne seines Throns. Der Ring an seinem Mittelfinger blitzte blau und silbern auf. »Wie kommt es, dass ihr Sterblichen nie mit einem einfachen Ja oder Nein antworten könnt?«

»Wie kommt es, dass ihr Feen euch anscheinend nie mit ehrlichen Antworten zufrieden geben wollt?«

Seine Augen blitzten auf. »Du bist wirklich mutig. Aber glücklicherweise habe ich eine Schwäche für euch Menschen.«

»Das weiß ich.« Sie trat einen Schritt näher. »Ich habe deine Geliebte gesehen. Sie verzehrt sich vor Sehnsucht nach dir. Ich weiß nicht, ob es dich freut oder dich noch unglücklicher macht, aber es ist so.«

Er stützte sein Kinn auf seine Hände. »Nun, wo es zu spät ist, um mehr zu tun als abzuwarten, weiß ich genau, was sie empfindet. Muss es in der Liebe immer Schmerzen geben, ehe man Erfüllung findet?«

»Darauf weiß ich leider keine Antwort.«

»Du selbst bist Teil der Antwort«, murmelte er und richtete sich wieder auf. »Und deshalb sag mir, was empfindest du in der Tiefe deines Herzens für Shawn Gallagher?« Ehe sie etwas erwidern konnte, hob er warnend eine Hand. Er hatte gesehen, dass diese Frage sie wütend zu machen schien. »Bevor du sprichst, bedenke bitte Folgendes: Du bist hier in meiner Welt, und ich kann dich problemlos dazu zwingen, die Wahrheit zu sagen. Nichts als die Wahrheit. Aber ich bin sicher, es ist uns beiden lieber, wenn du mir die Wahrheit aus freien Stücken sagst.«

»Ich weiß nicht genau, was ich für ihn empfinde. Das musst du mir glauben, denn alles andere wäre eine Lüge.«

»Dann ist es an der Zeit, dass du dein Herz befragst, um zu ergründen, welche Gefühle du tatsächlich für ihn hegst.« Sein Seufzer klang entnervt. »Aber ich weiß, das wirst du nicht eher tun, als bis du dazu bereit bist. Also geh fürs Erste am besten einfach wieder schlafen.«

Er machte eine Armbewegung und schon war er wieder mit seinen Überlegungen allein. Und Brenna lag traumlos schlafend daheim in ihrem Bett.

Obwohl sie nur vier Stunden geschlafen hatte, machte sie sich am nächsten Morgen tatkräftig wieder an die Arbeit. Normalerweise war sie, wenn sie spät ins Bett kam und früh wieder aufstehen musste, den Großteil des folgenden Tages schlecht gelaunt und reizbar; an diesem Tag jedoch war sie derart fröhlich, dass ihr Vater sie mehr als einmal nach dem Grund für ihre gute Laune fragte.

Doch so nahe sie einander standen und so sehr sie ihn auch liebte, bezweifelte sie doch, dass ihr Vater wirklich würde wissen wollen, wie sie den Abend verbracht hatte. Sie erinnerte sich derart klar und deutlich an ihren Traum von Carrick, dass sie sich fragte, ob sie vielleicht unbewusst etwas hinzugedichtet hatte. Aber darüber dachte sie lieber nicht ausführlich nach.

»Ich würde sagen, das war alles für heute. Was meinst du, Brenna-Schätzchen?« Mick richtete sich auf, stemmte seine Hände in die Hüften, blickte zu seiner Tochter, die die Fußleisten strich, und presste die Lippen zusammen, als er sah, dass sie ihren Pinsel genüsslich immer und immer wieder über dieselbe Stelle schwang.

»Brenna?«

»Hmm?«

»Meinst du nicht, dass die Stelle inzwischen genügend Farbe abbekommen hat?«

»Was? Oh!« Wieder tauchte sie den Pinsel in die Farbe und legte ihn an einer neuen Stelle an. »Anscheinend war ich in Gedanken.«

»Ich denke, wir sollten für heute aufhören.«

»Schon?«

Kopfschüttelnd sammelte er Pinsel, Roller und Farbtöpfe ein. »Was hat dir deine Mutter heute morgen nur in die Hafergrütze getan, um dich derart in Form zu bringen? Und warum hat sie mir nichts davon gegeben?«

»Der Tag ist einfach wie im Flug vergangen, das ist alles.« Sie sprang auf ihre Füße, betrachtete das Zimmer und stellte überrascht fest, wie viel sie doch geschafft hatten. Anscheinend hatte sie die Arbeit völlig unbewusst erledigt. »Wir sind beinahe fertig.«

»Morgen können wir sicher den nächsten Raum in Angriff nehmen. Auf alle Fälle haben wir uns von dem Braten, den deine Mutter für heute Abend versprochen hat, eine besonders große Portion verdient.«

»Du siehst ein bisschen müde aus. Lass also einfach mich aufräumen.« Auf diese Weise könnte sie vielleicht ihre Schuldgefühle etwas mildern. »Und danach wollte ich nur kurz rüber in den Pub zu Darcy. Könntest du also Ma vielleicht ausrichten, dass ich mir dort einfach ein Sandwich hole?«

Als sie ihm die Pinsel abnahm, bedachte er sie mit einem schmerzerfüllten Blick. »Dann lässt du mich also im Stich, obwohl du genau weißt, dass deine Mutter und Patty mir dann den ganzen Abend mit Gesprächen über die Hochzeit in den Ohren liegen werden.« Sie küsste ihn liebevoll auf die Wange. Als er fort war, verwandte Brenna mehr Zeit und Mühe auf das Reinigen der Pinsel als nötig. Auf diese Weise versuchte sie, ihre Schuldgefühle ein wenig zu besänftigen, obwohl sie tatsächlich Darcy sehen würde, wenn sie in den Pub ging. Falls sie auch Shawn begegnen sollte, was könnte sie dazu? Schließlich arbeitete er dort.

Trotzdem ging Brenna, sobald sie das *Gallagher's* betreten hatte, statt in die Küche schnurstracks zu Darcy. Da sie gerade am Ende der Theke mit dem alten Mr. Riley schwatzte, schwang sich Brenna dort auf einen Hocker, beugte sich ein wenig vor, und küsste Mr. Riley auf die runzlige Wange.

»Was muss ich da sehen? Nachdem Sie mir wieder und wieder erklärt haben, Sie hätten nur Augen für mich, flirten Sie, kaum dass ich Ihnen den Rücken zudrehe, schamlos mit einer anderen!«

»Nun, meine Liebe, ein Mann muss immer dahin sehen, wohin er seinen Kopf dreht. Aber ich habe die ganze Zeit darauf gewartet, dass Sie endlich kommen und sich mir auf den Schoß setzen.«

Der Mann war so dünn und seine Knochen sicherlich so brüchig, dass er unter ihrem Gewicht hundertprozentig zusammenbrechen würde. »Oh, wir O'Toole-Frauen sind nun einmal von Natur aus eifersüchtige Wesen, mein lieber Mr. Riley. Und deshalb werde ich mir jetzt die gute Darcy schnappen, um ihr den Kopf dafür zu waschen, dass sie versucht hat, mich um das Vergnügen zu bringen, ungestört mit Ihnen zusammen sein zu können.«

Noch während er fröhlich krächzend lachte, ging sie hinüber an einen der Tische und winkte Darcy hinter sich her. »Ich sterbe, wenn ich nicht sofort ein großes Bier und eine heiße Mahlzeit kriege. Was hat Shawn uns heute denn Gutes gekocht?«

Darcy kniff ihre leuchtend blauen Augen zusammen, zog eine ihrer dunklen Brauen in die Höhe und stemmte die Hände in die Hüften. »Du bist also tatsächlich mit ihm im Bett gewesen, stimmt's?«

»Was redest du denn da?« Obwohl Darcy leise gesprochen hatte, sah sich Brenna panisch um, ob nicht vielleicht irgendjemand sie gehört hatte.

»Meinst du etwa allen Ernstes, ich würde nicht sofort erkennen, wenn eine Frau, die ich seit Jahren kenne, guten Sex hatte? Bei Shawn kann man nicht sicher sein, denn er rennt fast immer mit verträumten Augen durch die Gegend. Aber bei dir ist das etwas völlig anderes.«

»Und wenn schon«, zischte Brenna, während sie sich setzte. »Ich habe gesagt, ich würde mit ihm schlafen. Und nein«, fuhr sie angesichts des Blitzens in Darcys Augen fort, »ich werde dir nichts davon erzählen.«

»Wer hat denn gesagt, dass ich was davon hören will?« Doch natürlich platzte Darcy beinahe vor Neugier, und so setzte sie sich ihr gegenüber und beugte sich verschwörerisch über den Tisch. »Nur eine Sache.«

»Nein, ich sage dir kein Wort.«

»Eine Sache – und zwar die, von der wir uns geschworen haben, sie einander immer zu erzählen, egal, um wen es dabei geht.«

»Verdammt.« Es stimmte, und mit dieser Tradition zu brechen, hieße, ein Band zur Freundin zu zerschneiden. »Vier Mal.«

»Vier Mal?« Darcy starrte mit großen Augen Richtung Küche, als könnte sie durch die Tür hindurchsehen und ihren Bruder an der gegenüberliegenden Wand festnageln. »Tja, dann habe ich ihn eindeutig unterschätzt. Kein Wunder, dass du so entspannt wirkst.«

»Ich fühle mich fantastisch. Aber sieht man es mir wirklich so deutlich an?«

»Sieh doch nur mal in den Spiegel. Ich muss mich wieder um die Gäste kümmern.« Widerstrebend stand Darcy auf. »Ich hole dir ein Bier – und zu essen würde ich an deiner Stelle das pochierte Hühnchen nehmen. Es scheint den Leuten sehr geschmeckt zu haben.«

»In Ordnung, aber vielleicht sehe ich lieber, ob ich es nicht hinten in der Küche essen kann.«

»Okay. Willst du nachher noch ein bisschen mit raufkommen? Ich bin sicher, dann kann ich noch ein bisschen mehr aus dir herauskitzeln.«

»Ganz bestimmt, denn schließlich bist du ja von der durchtriebenen, beharrlichen Sorte, aber leider muss ich früh nach Hause. Ich brauche dringend etwas Schlaf.«

»Angeberin«, erklärte Darcy lachend und schwebte durch den Raum, um eine Bestellung aufzunehmen.

»Und, wie geht's dir, Brenna?«, fragte Aidan, als sie zu ihm hinter die Theke trat.

»Warum? Wie sehe ich denn aus?«

Angesichts ihrer überraschend forschen Antwort sah er verwundert über seine Schulter. »Tja, du siehst gut aus.«

»Und genauso geht es mir.« Fluchend zapfte sie sich ein großes Bier. »Ich schätze, ich bin ein bisschen müde. Wenn es dir nichts ausmacht, trinke ich nur schnell ein Bier und esse hinten in der Küche eine Kleinigkeit, bevor ich heimfahre.«

»Das kannst du wie immer gerne tun.«

»Ah, brauchst du diese Woche Hilfe?«

»Freitag und Samstag könnte ich dich brauchen, falls du dann nichts vorhast.«

»Kein Problem. Du kannst mich ruhig verplanen.« Sie ging, wie sie hoffte, lässig in Richtung der Küche und öffnete die Tür. »Hast du vielleicht eine heiße Mahlzeit für eine halb verhungerte Frau?«

Er wandte sich von der Spüle ab, die er gerade mit dampfend heißem Wasser füllte, und sein Blick wurde zärtlich, als sie ihm einen Schluck aus ihrem Glas bot. »Ich glaube, ich habe etwas, was du vielleicht magst. Ich hatte mich schon gefragt, ob du vielleicht heute Abend bei mir vorbeikommen würdest.«

»Ich wollte zu Darcy.« Lachend setzte sie sich an den Tisch. »Und finde es durchaus in Ordnung, dass ich dich dabei zufällig ebenfalls zu Gesicht kriege.«

Er stellte das Wasser ab, zog das Geschirrtuch aus dem Hosenbund und trocknete sich sorgfältig die nassen Hände ab. »Und wie geht es dir an diesem schönen Abend?«

»Danke, gut. Obgleich es mich immer noch ein wenig juckt.«

»Soll ich vielleicht etwas dagegen unternehmen?«

»Das wäre sicher nicht falsch.«

Er trat hinter ihren Stuhl, beugte sich zu ihr herab und

nagte sanft an ihrem Ohr. »Komm heute Abend mit zu mir.«

Sie konnte nichts dagegen tun, dass sie erschauderte. Seine Stimme und der Vorschlag klangen unaussprechlich erotisch. »Ich kann nicht. Du weißt, dass es nicht geht. Wie soll ich das meiner Familie erklären?«

»Ich weiß nicht, wann ich wieder einen Abend frei bekomme.«

Sie begann zu schielen, denn inzwischen kreiste seine Zunge hinter ihrem Ohr. »Und wie steht's mit den Vormittagen?«

»Rein zufällig habe ich bald beinahe alle Vormittage frei.«

»Dann komme ich, sobald sich die Gelegenheit ergibt.«

Er richtete sich wieder auf, zog ihr die Kappe vom Kopf und fuhr derart sanft mit einer Hand durch ihre Haare, dass sie am liebsten laut geschnurrt hätte. »Die Tür steht immer offen.«

13

Der Vormittag war mild. Sanfter Regen fiel lautlos auf die Blumen, die allmählich aus dem Winterschlaf erwachten. Hauchdünner, milchig weißer Nebel schwebte sanft über der Erde und würde von den ersten Sonnenstrahlen, die sich durch die Wolken schoben, umgehend verbrannt.

Als Brenna das Faerie Hill Cottage betrat, war es dort völlig ruhig. Selbst Feen schliefen hin und wieder, wusste sie aus ihrem Traum. Vielleicht also schliefen ja auch Geister, und wählten zum Träumen die Zeit der grauen, regnerischen Morgendämmerung.

Sie selbst war voller Energie und wusste schon genau, wie sie sie nutzen würde.

Am Fuß der Treppe nahm sie Platz, um ihre Stiefel auszuziehen und beschloss, ebenso ihre Jacke und ihre Kappe hier unten zu lassen. Als sie die Mütze auf den Pfosten hängte, klopfte sie mit einem Finger gegen den Feenanstecker, der eine ganze Reihe von Kappen überlebt hatte.

Sie fragte sich, ob irgendjemand anderes als Shawn je auf die Idee gekommen wäre, ihr ausgerechnet einen solchen Anstecker zu schenken. Die meisten Menschen schenkten ihr immer etwas Praktisches. Ein Buch oder ein Werkzeug, warme Socken oder ein Hemd aus grobem Stoff zum Arbeiten.

Schließlich war sie in den Augen beinahe aller Leute und auch in ihren eigenen ein durch und durch praktisches Wesen mit wenig Sinn für hübsche Kleider oder Nippsachen.

Shawn jedoch hatte ihr schon vor Jahren eine kleine, silberne Fee mit schräg stehenden Augen und hauchdünnen, spitzen Flügeln zum Geschenk gemacht.

Ihr Herz begann zu rasen, als sie die Stufen in Richtung seines Schlafzimmers erklomm.

Er lag unter der Decke lang ausgestreckt mitten auf der Matratze, wie jemand, der es gewohnt war, dass er den gesamten Platz für sich hatte. Der Kater lag zusammengerollt am Fußende des Bettes, öffnete jedoch die kühl glänzenden Augen, als Brenna hereinkam.

»Und, passt du gut auf ihn auf? Keine Angst, ich werde dich ganz sicher nicht verraten. Aber falls du nicht in Verlegenheit kommen oder neidisch werden möchtest, solltest du am besten sofort von hier verschwinden.«

Bub machte einen Buckel, sprang von der Decke, strich zur Begrüßung um Brennas schlanke Beine, worauf sie sich bückte, um ihn zu streicheln. »Tut mir Leid, Schätzchen, aber heute Morgen habe ich meine Zärtlichkeit für jemand anderen verplant.«

Der Mann nutzte tatsächlich jeden Zentimeter seines Bettes. Nun, trotzdem würde er es gleich teilen, dachte sie und öffnete die Knöpfe ihres Hemds.

Falls er sich am Vorabend die Mühe gemacht hatte, ein Feuer anzuzünden, so war es längst verloschen. Wenn sie jetzt ein neues Feuer machte, um die Kälte aus dem Zimmer zu vertreiben, würde er davon vielleicht wach. Sie jedoch hatte die Absicht, ihn auf andere Art zu wecken.

Er war ein ruhiger Schläfer, merkte sie, als sie sich lautlos auszog. Er schien ganz in seinen Träumen zu versinken. So weit sie sich erinnerte, schlief er außerdem sehr tief – hatte sie nicht, als sie als Kind bei Darcy übernachtet hatte, immer wieder gehört, wie Mrs. Gallagher versuchte, ihren Sohn durch laute Rufe zu wecken?

Bald würde sie ja sehen, wie viel Zeit und Mühe es sie kosten würde, ihn auf andere Art dazu zu bringen, dass er die Augen öffnete.

Es war erregend, ihn zu betrachten, ohne dass er etwas davon wusste, während er wehrlos schlafend dalag, ohne auch nur zu ahnen, was sie mit ihm vorhatte. Sein Gesicht war kraftvoll, schön und, wie sie fand, unschuldig. Aber schon immer hatte sie Shawn für wesentlich unschuldiger gehalten als sich selbst.

Er glaubte an viele Dinge. Glaubte, dass alles zur rechten Zeit geschah, ohne dass man sein Schicksal tatkräftig in die Hand nahm, ohne dass man sich dafür krumm legte. Das war es, was sie in Bezug auf seine Musik am meisten an ihm störte. Was dachte er sich bloß? Dass eines Tages jemand in sein Cottage spaziert käme und ihm die auf zahllosen Blättern hingekritzelten Melodien einfach abkaufte?

Es war nicht genug, sie nur zu komponieren. Weshalb sah er das nicht ein? Er war einfach ein fauler Hund, dachte sie und schüttelte den Kopf. Wenn sie weiter daran dächte, bekäme sie nur schlechte Laune. Und das wäre eine schreckliche Vergeudung dieses wunderbaren Morgens.

Nackt ging sie in Richtung Bett, glitt unter die Decke, setzte sich rittlings auf seinen Bauch und presste ihren Mund auf seine Lippen. Sie hatte die Absicht, die Sache in Umkehr der Erweckung von Dornröschen zu beginnen. Aber ganz sicher würde sie es nicht bei einem Kuss bewenden lassen.

Er träumte einen angenehmen Traum voll Farben und samtig weicher Formen. Er war an einem wunderbaren Ort. Langsam erwachten seine Gefühle in ihm. Der warme Geschmack einer Frau, der das Blut in Wallung brachte und die Gedanken fliegen ließ. Dann roch er ihren Duft – subtil, vertraut – der seinen Puls beschleunigte, fühlte ihre sanften Rundungen, ihr herrlich festes Fleisch.

Er hob eine seiner Hände, vergrub sie in ihrem dichten, wild zerzausten Haar, und während er leise ihren Namen sagte, schob sie sich zärtlich auf ihn und nahm ihn in sich auf. Noch im Halbschlaf übermannte ihn die Lust.

Hilflos stieß er tief in sie hinein, gefangen in einem Netz der fleischlichen Begierde, das um ihn gewoben worden war, während er noch träumte. Zum ersten Mal in seinem Leben hatte er keine Kontrolle über seinen Körper. Konnte er nichts anderes tun, als sich nehmen zu lassen.

Als er die Augen aufschlug, sah er sie im weichen grauen Licht des morgendlichen Dämmers auf sich sitzen, die Haare leuchtend rot wie Feuer, die Augen klar und grün wie kostbare Smaragde. Dann bog sie ihren Leib nach hinten, schob die geballten Fäuste in die eigenen Haare und trieb sie beide im Galopp in Richtung ihres Ziels.

»Mutter Gottes«, war alles, was er sagen konnte, was sie mit Zufriedenheit erfüllte.

»Guten Morgen.« Wieder hatte sie das Empfinden, als sei ihr Körper aus flüssig weichem Gold. »Mehr Zeit kann ich im Augenblick leider nicht erübrigen. Ich muss schon wieder los.«

»Was? Warum?« Er griff nach ihrer Hand, doch sie war schneller und entwand sich ihm geschickt.

»Tja, ich bin fertig mit dir, Junge, und jetzt habe ich anderes zu tun.«

»Komm zurück.« Er wollte sich aufsetzen, rollte sich dann aber einfach auf die Seite. »Jetzt, wo ich langsam wach werde, mache ich meine Sache sicher besser.«

»Ich habe es so gut gemacht, dass es für uns beide reicht.« Sie zog erst ihr T-Shirt und dann ihr grobes Hemd an. »Und außerdem werde ich schon im Hotel erwartet. Übrigens müsste ich noch schnell einen Blick auf deinen Wagen werfen, denn ich habe Dad erzählt, dass ich vor der Arbeit noch hierher müsste.«

»Dann zumindest heute Abend.« Er knurrte, als der Kater auf das Bett sprang und seine Krallen an seinem blanken Hintern zu wetzen begann. »Sieh zu, dass du einen Weg findest, um über Nacht zu bleiben.«

Auch wenn das Wort »bleiben« ein leichtes Unbehagen in ihr wachrief, bedachte sie ihn, während sie sich ihre Arbeitshose anzog, mit einem zufriedenen Blick. Seine Augen waren halb geschlossen. »Morgen Abend arbeite ich drüben im Pub. Ich könnte sagen, dass ich über Nacht bei Darcy bleibe.«

»Warum musst du lügen?«

»Du weißt, was die Leute reden würden, wenn irgendjemand wüsste, was wir miteinander treiben.«

»Und das ist dir so wichtig?«

»Natürlich ist es das.« Als sie ihn jetzt ansah, bemerkte sie zu ihrer Überraschung, dass sein Blick nicht mehr verschlafen, sondern plötzlich hellwach war.

»Ist das hier etwas, dessen du dich schämst?«

»Nein. Aber es ist eine Privatsache. So, jetzt sehe ich mir deinen Wagen an, und bei nächster Gelegenheit checke ich ihn gründlich durch.« Sie beugte sich vor, um ihn zu küssen und schob sich die Haare aus der Stirn. »Ich komme, so schnell ich kann, zurück.«

Er rollte sich wieder auf den Rücken, was Bub derart ärgerte, dass er vom Bett sprang und ihn allein zurückließ, und starrte unter die Decke, bis er hörte, dass Brenna die Haustür hinter sich ins Schloss zog.

Wann, fragte er sich, hatte er angefangen, mehr von ihr zu wollen? Weshalb gerade von ihr? Was war das für ein

Verlangen, das beständig in ihm wuchs? Hatte es vielleicht schon immer existiert?

Fragen über Fragen, dachte er erbost. Und auf keine dieser Fragen gab es augenblicklich eine Antwort.

Er rollte sich vom Bett und hätte sich vielleicht schmollend unter die Dusche begeben, hätte ihn nicht ein Geräusch seines eigenen Wagens ans Fenster gelockt.

Brenna umrundete soeben die Motorhaube, klappte sie nach oben und streckte ihren Kopf nach vorn. Er konnte sich vorstellen, dass sie lautstark fluchte, weil dieses Teil von ihm vernachlässigt und jenes Teil nicht ordentlich gereinigt worden war. Es hatte ihm noch nie etwas genützt, ihr zu erklären, dass seiner Meinung nach sämtliche Motorenteile schmutzig, mysteriös und ohne allzu großes Interesse für ihn waren. Solange der Wagen ansprang, wenn er den Schlüssel im Zündschloss herumdrehte, war ihm vollkommen egal, wie die Sache funktionierte.

Ihr natürlich nicht. Brenna war die geborene Tüftlerin. Sie war erst wirklich glücklich, wenn sie etwas auseinander genommen hatte und sämtliche Einzelteile vor sich liegen sah. Vielleicht sollte er sie darum bitten, sich auch seinen Toaster anzugucken, da er immer eine Seite der Brotscheiben verbrannte.

Dann zog sie ihren Kopf wieder hervor, knallte die Motorhaube zu, blickte in Richtung des Fensters, hinter dem er stand, und bedachte ihn mit einem bösen Blick. Auf den er mit einem, wie er wusste, dreisten Grinsen reagierte, was sie erbost in Richtung ihres Lasters stürmen ließ. Die Bewegung ihrer Lippen ließ darauf schließen, dass sie ihn inbrünstig verfluchte.

Im sanften Nieselregel schob sie sich hinter das Lenkrad, und er verfolgte, wie sie den Wagen mit der für sie typischen Energie und Achtlosigkeit rückwärts auf die Straße schießen ließ, ehe sie ihn geschickt im Zickzack um die tiefen Schlaglöcher herum den Weg hinuntermanövrierte.

Sein Lächeln hatte sich gelegt, und erschüttert starrte er auf die inzwischen leere Straße. Plötzlich hatte er eine der Antworten auf seine zahllosen Fragen, und sie gefiel ihm keineswegs.

Er war tatsächlich in das Teufelsweib verliebt.

»Verdammt, verdammt, verdammt. Was in aller Welt soll ich jetzt machen?« Er wollte die Hände in die Hosentaschen stopfen, was ihm, da er nackt war, leider nicht gelang. Also drehte er sich wütend um, um sich in der Hoffnung, seine Gefühle für Brenna zu ertränken, unter die Dusche zu stellen.

Lady Gwen stand mit züchtig gefalteten Händen in der Tür und sah ihn an.

»Gütiger Jesus.« So idiotisch es auch war, riss er die Decke vom Bett und hüllte sich eilig darin ein. »Hat ein Mann denn noch nicht einmal in seinen eigenen vier Wänden das Recht auf eine gewisse Privatsphäre?«

Verwundert und gleichzeitig verlegen starrte er sie an. Sie wirkte so real, wie er sich fühlte, und war so lieblich, wie es in der Legende hieß. Ihr Blick verriet Mitgefühl und Verständnis.

Sie war da, sie war tatsächlich da, und der Kater war zurückgekommen und strich ihr schnurrend um den weich fallenden Rock.

»Dann haben Sie also darauf gewartet, dass ich ein schmerzliches Gefühl in mir entdecke, bevor Sie sich mir gezeigt haben? Nun, es heißt zwar, geteiltes Leid ist halbes Leid, aber ich lecke meine Wunden doch lieber allein.«

Würdevoll trat sie ein paar Schritte auf ihn zu. In ihren sanften Augen spiegelten sich zärtliche Gefühle, sie hob ihre Hand, und obgleich er keinen Druck und keine Reibung spürte, empfand er die Berührung seiner Wange doch als eigenartig tröstlich.

Dann war sie wieder fort.

Er tat, was er normalerweise tat, wenn er auf ein Problem stieß, mit dem er sich lieber nicht befasste. Er schob es in eine der hintersten Ecken seines Gehirns, sagte sich, irgendwie fände sich ganz sicher eine Lösung, und versenkte sich in seine Musik.

Sie gab ihm sein Gleichgewicht zurück, war Nahrung für sein Herz. So nahe er seiner Familie auch stand, hatte er ihr doch nie erklären können, was es für ihn bedeutete, Musik in seinem Kopf hören zu können, sie in seinem Inneren zu spüren und sie zu Papier zu bringen, sodass auch andere sie vernahmen.

Sie war das Einzige, was er immer schon besessen, gebraucht und vor dessen Verlust er sich wirklich gefürchtet hatte.

Abgesehen von Brenna.

Auch sie hatte er immer schon besessen und, ohne sich darüber klar zu sein, anscheinend auch gebraucht. Und nun, da er es wusste, fürchtete er sich mit einem Mal davor, sie zu verlieren.

Nachdenklich öffnete er die kleine Schachtel, die er auf das Klavier gestellt hatte. In ihrem Inneren fand sich die Perle, die Carrick ihm am Grab der alten Maude gegeben hatte. Jetzt verstand er, was er damit tun sollte. Aber er war noch lange nicht dazu bereit, sie und damit sich selbst Brenna anzubieten.

Die Frau, die heute Morgen zu ihm ins Bett gekommen war, war nicht auf der Suche nach Romantik oder einer gemeinsamen Zukunft. Ihr ging es einzig um das augenblickliche Vergnügen.

Zu anderen Zeiten, gegenüber anderen Frauen, hatte er eine ähnliche Einstellung gehabt. Es war nicht gerade angenehm, plötzlich in der Rolle desjenigen zu sein, der andere Wünsche hegte. Doch da ein ruhiges, angenehmes Leben durchaus wichtig für ihn war, würde er auf irgendeine Weise dafür sorgen, dass seine Wünsche sich erfüllten.

Es ging nur darum herausfinden, welche Schritte er am besten in welcher Reihenfolge und in welche Richtung unternahm. Und da es um Brenna ging, wusste er, er käme problemloser und schneller an sein Ziel, wenn es ihm gelänge, sie glauben zu machen, nicht er, sondern sie selbst wäre auf die Idee gekommen, sie beide wären vielleicht doch kein allzu übles Paar.

Also – er klimperte versonnen auf den Tasten des Klaviers –, irgendwie müsste er Brenna dazu bringen, dass sie ihn umwarb.

Die Vorstellung amüsierte ihn derart, dass seine Finger immer schneller wurden, und als er sich unterbrach, um die Noten der munteren Weise aufzuschreiben, flogen ihm plötzlich auch die Worte einfach zu.

Komm zurück, um mich zu fangen.
Ich tanz mit dir, solang es dir gefällt.
Doch komm schnell und stille mein Verlangen,
denn du, nur du allein, bedeutest mir die Welt.
Jetzt küss mich schnell und sag, dass du mich liebst,
bis der Gesang der Vögel in den Bäumen einst verklingt.
Ich wart darauf, dass Zeichen du mir gibst,
dafür, dass Zeit es ist, dass der Geliebte auf die Knie vor dir geht.

Der Text zeigte ihm, dass ihrer beider Lage auch von der lustigen Seite her gesehen werden konnte, und er atmete auf. Schließlich wäre die Situation, in der sie sich mit ei-

nem Mal befanden, sicher in den Augen aller, die sie kann-
ten, vollkommen absurd.

Sie, die Planerin, und er, der Träumer. Aufgrund ihrer
grundverschiedenen Persönlichkeiten hatten sie sich in ihrem Leben sicher mindestens ebenso häufig gestritten wie
vertragen. Aber, was verstand das Herz des Menschen
schon von Logik? Wenn er sich in eine Frau verliebt hätte,
die so wäre wie er, dann vertäten sie ihr Leben, ohne je
auch nur das Geringste zu erreichen.

Und obgleich er keinen Mann wie Brenna kannte,
konnte er sich lebhaft vorstellen, dass sie, falls sie je auf einen träfe, einander innerhalb von einer Woche die Schädel
mit dem Hammer eingeschlagen hätten.

Dadurch, dass er sich in sie verliebt hatte und dafür sorgen würde, dass sie zu dem Schluss kam, eine dauerhafte
Beziehung zwischen ihnen beiden wäre die richtige Wahl,
bewahrte er sie demnach nur vor einem kurzen, ganz sicher von Gewalt geprägten Leben.

Doch er war entschlossen, diese Gedanken streng für
sich zu behalten.

Zufrieden klappte er den Deckel der kleinen Schachtel
mit der Perle wieder zu, ließ seine Notenblätter einfach
liegen und machte sich auf den Weg zur Arbeit.

In Gedanken an Brennas kulinarische Vorlieben schob er
einen Apfelkuchen in den Ofen. Angesichts seines geplan-
ten Rollentausches konnte es sicher nicht schaden, wenn
er ihren Lieblingskuchen buk.

Er spielte mit dem Gedanken, sich seine Gefühle zu ihr
einfach wieder auszureden, wie es sicher viele Menschen
taten, wenn es mit dem oder der Erwählten allzu anstrengend wurde. Sicher würde er es sogar schaffen, indem er
einfach damit anfing, sich all die Gründe aufzuzählen,

weshalb es alles andere als klug war, sich ausgerechnet in Brenna zu verlieben. Zuoberst auf der Liste stünde die einfache Tatsache, dass er bereits seit Jahren nicht mehr die Absicht gehabt hatte, sich ernsthaft zu verlieben.

Und falls doch, dann höchstens in eine weiche, feminine, sanfte Frau. Eine *angenehme* Frau. Die kleine O'Toole war trotz der Segnungen, die sie ihm im Bett hatte zuteil werden lassen, ziemlich anstrengend. Und, so reizvoll der Gedanke auch sein mochte, konnte ein Mann wohl kaum sein Leben lang mit einer heißblütigen, nackten Amazone im Bett liegen.

Was seine Gedanken auf den frühen Morgen brachte und darauf, wie sie ihn zu einem blinden, schweißnassen Höhepunkt geritten hatte, noch ehe er überhaupt richtig wach gewesen war. Was schon wieder ein gewisses Unbehagen in ihm wachrief, weshalb er – typisch Shawn – sämtliche weiteren derartigen Überlegungen erst einmal beiseite schob.

Es war nicht der Sex gewesen, in den er sich verliebt hatte. Ihrer beider Zusammensein war lediglich der Schlüssel gewesen, der seine Augen für das geöffnet hatte, was er in seinem Inneren seit Jahren für sie bereitgehalten hatte. Sie war schon immer schwierig gewesen. Hatte ihn weiß Gott bereits mehr als einmal derart zur Weißglut getrieben, dass er sie am liebsten erwürgt hätte. Sie brach regelmäßig irgendeinen Streit vom Zaun und hatte das Talent, ihn so weit zu bringen, dass er vor Zorn beinahe platzte.

Aber, Himmel, ebenso häufig brachte sie ihn herrlich zum Lachen. Und sie wusste, was ihm durch den Kopf ging, noch ehe er es aussprach. Was etwas Wunderbares war. Sie kannte jede seiner Schwächen und hielt ihm keine besonders vor.

Seine Musik schien sie nicht allzu sehr zu mögen, was

ihn ziemlich traf. Aber er schob ihr Desinteresse auf einen Mangel an Verständnis. Ebenso wie es ihm an Verständnis und Interesse für die geheimnisvollen Dinge fehlte, die sie mit dem Motor seines Wagens unternahm.

Was auch immer gegen Brenna sprechen mochte, war vollkommen egal. Sein Herz gehörte ihr. Alles, was er noch zu tun hatte, war, sie davon zu überzeugen, dass sie es auch behalten wollte.

Als Darcy hereinkam, rührte er gerade fröhlich pfeifend in dem auf dem Herd köchelnden Eintopf à la Gallagher.

»Meine Speisekammer ist so blank wie Rory O'Haras Glatze. Ich brauche unbedingt ein Sandwich, bevor ich mit der Arbeit anfange.«

»Ich mache das schon.« Als sie den Kühlschrank öffnen wollte, hielt Shawn sie zurück. »Wenn du es selbst machst, kann ich anschließend mindestens eine Stunde lang aufräumen.«

»Ich nehme eine Scheibe von dem Roastbeef, falls noch etwas da ist.«

»Mehr als genug.«

»Gut, dann nehme ich zwei.« Sie setzte sich an den Tisch, legte, um sich vor der Arbeit noch ein wenig auszuruhen und bei dieser Gelegenheit ihre neuen Schuhe zu betrachten, ihre Füße hoch und atmete schnuppernd ein. »Backst du etwa Apfelkuchen?«

»Vielleicht. Und wenn du schön brav bist, hebe ich dir vielleicht sogar ein Stückchen davon auf.«

Sie fuhr mit einem Finger durch die Teigschüssel und leckte ihn genüsslich ab. »Ich glaube mich zu erinnern, dass Brenna ebenfalls eine besondere Vorliebe für Apfelkuchen hat.«

Da er wusste, dass sich Darcy andernfalls beschweren würde, schnitt Shawn das Sandwich in zwei ordentliche

Hälften. »Daran erinnere ich mich ebenfalls.« Mit ausdrucksloser Miene schob er ihr den Teller hin.

»Bist du –« Darcy unterbrach sich und griff nach der ersten Hälfte ihres Sandwichs. »Nein, ich will es gar nicht wissen. Meine beste Freundin und mein Bruder«, sagte sie nach dem ersten Bissen. »Ich hätte nie gedacht, dass es mir derart schwer fallen würde, den Gedanken daran zu verdrängen.«

»Tja, du musst eben einfach an dir arbeiten.« Neugierig nahm er ihr gegenüber Platz. »Du bist auch mit Jude befreundet, aber es scheint dir nie etwas ausgemacht zu haben, dass sie und Aidan –«

»Jude habe ich zu dem Zeitpunkt erst kennen gelernt.« Darcy starrte ihren Bruder mit ihren großen, blauen Augen an. »Das war etwas vollkommen anderes. Es muss an deinem Gesicht liegen«, beschloss sie nach einem Moment. »Schließlich kennt sie dich genau, sodass es unmöglich deine Persönlichkeit sein kann, von der sie sich urplötzlich angezogen fühlt. Dein Aussehen hat sie anscheinend vollkommen geblendet, denn du bist tatsächlich ziemlich attraktiv.«

»Das sagst du nur, weil wir beide uns so ähnlich sehen.« Als sie erneut herzhaft in ihr Sandwich biss, blitzten dabei zwei Reihen strahlend weißer Zähne. »Das ist natürlich richtig. Aber wir können nichts dazu, dass wir so schön sind, oder was meinst du?«

»Nun, mit dieser Last müssen wir leben.« Er sprach in einem derart grüblerischen Ton, dass Darcy fröhlich lachte.

»Das ist eine Last, die ich durchaus nicht ungern trage. Und wenn ein Mann nicht weiter sehen will als bis in mein Gesicht, dann ist mir das egal. Mir reicht es, dass ich selbst weiß, dass ich auch ein Hirn habe.«

»Dann nimmt dich dieser Kerl aus Dublin, mit dem du hin und wieder ausgehst, also nicht richtig ernst?«

Sie zuckte mit den Schultern, wütend auf sich selbst, weil sie mit dieser gewinnversprechenden Beziehung so unzufrieden war. »Er genießt meine Gesellschaft und führt mich im großen Stil in teure Restaurants.« Da sie mit Shawn allein war, atmete sie zornig zischend aus. »Wo er die Hälfte der Zeit damit verbringt, mit sich selbst und seiner Arbeit anzugeben, in der Erwartung, dass es mir vor lauter Ehrfurcht die Sprache verschlägt. Dabei ist die Sache die, dass er noch nicht mal halb so clever ist, wie er sich einbildet, und dass er den Großteil der Dinge, die er erreicht hat, nicht seinen eigenen Fähigkeiten oder seiner harten Arbeit, sondern den guten Beziehungen seiner Familie zu verdanken hat.«

»Dann bist du ihn also allmählich leid.«

Sie öffnete den Mund, klappte ihn wieder zu und zuckte mit den Schultern. »Ja. Was ist nur mit mir los?«

»Wenn ich dir das sage, wirfst du mir bestimmt den Teller an den Kopf.«

»Bestimmt nicht.« Zum Beweis ihrer friedlichen Absichten schob sie den Teller ein Stückchen zur Seite. »Zumindest nicht sofort.«

»Also gut, dann werde ich dir sagen, was nicht mit dir stimmt. Du unterschätzt dich, Darcy, und dann wirst du wütend, wenn andere das auch tun. Du hast keinen Respekt vor den Männern, die sich dir zu Füßen werfen und dir die Welt auf einem großen Silbertablett versprechen. Du hast dein Leben lang problemlos für dich selbst gesorgt. Und du weißt, dass du das auch in Zukunft können wirst.«

»Ich will aber mehr«, antwortete sie heftig und stand plötzlich unerklärlicherweise kurz davor, in Tränen auszubrechen. »Was ist daran falsch?«

»Nichts. Nicht das Geringste.« Er nahm zärtlich ihre Hand.

»Ich will reisen, will Länder, Städte, Dinge sehen. Dinge *haben*.« Sie sprang von ihrem Stuhl und stapfte durch die Küche wie ein Tiger im Käfig. »Ich kann nichts dagegen tun. Alles wäre leichter, wenn ich nur ein bisschen in ihn verliebt wäre. Das würde schon reichen. Aber ich bin es einfach nicht und kann es mir auch nicht einreden. Heute Morgen bin ich wach geworden und wusste, dass ich die Sache beenden und damit zugleich eine wunderbare Parisreise über Bord werfen würde.«

»Damit tust du genau das Richtige.«

»Ich tue es aber nicht, weil es das Richtige ist.« Sie warf frustriert die Hände in die Luft. »Ich tue es, weil ich nicht meine erste Parisreise dadurch verderben will, dass ich sie mit einem Mann unternehme, der mich zu Tode langweilt, Shawn.« Sie kam wieder an den Tisch, setzte sich auf ihren Stuhl, beugte sich nach vorn und sagte ernst: »Ich bin kein netter Mensch.«

Wieder nahm er ihre Hand und tätschelte sie tröstlich. »Ich liebe dich trotzdem.«

Sie brauchte einen Augenblick, ehe ihre Augen anerkennend blitzten. »Ich hätte wissen müssen, dass du jetzt nicht anfängst, meine Vorzüge aufzuzählen. Aber trotzdem geht es mir jetzt besser.« Sie tauchte erneut den Finger in die Schüssel und leckte ihn ab. »Ich wünschte, ich könnte jemanden finden, mit dem ich einfach ein bisschen Spaß haben kann, so wie du und Brenna.«

Nur weil sie ihn fast besser kannte als sich selbst, entdeckte sie die beinahe unmerkliche Veränderung seines Gesichtsausdrucks, als er aufstand, um den leeren Teller abzuräumen. »Verdammt. Das hatte ich befürchtet. Du hast dich also tatsächlich in die Frau verliebt.«

»Das ist nichts, worüber du dir den Kopf zerbrechen musst.«

»Und ob es das ist, denn schließlich liebe ich euch beide. Du Idiot. Konntest du dich nicht einfach ein bisschen mit ihr vergnügen, so wie andere Männer auch?«

Er dachte an den Vormittag und tauchte selbst den Finger in den Kuchenteig. »Ich vergnüge mich durchaus.«

»Und wie lange wird das funktionieren, jetzt, wo du dich in sie verliebt hast?«

Während er sich bereits wieder an die Arbeit machte, musterte er sie interessiert. »Hört dort, wo die Liebe dazukommt, etwa das Vergnügen auf?«

»Auf alle Fälle dort, wo die Liebe nur durch eine der beiden Türen kommt, während die andere verschlossen bleibt.«

»Du hast anscheinend nicht allzu viel Vertrauen in meine Fähigkeit, die andere Tür zu öffnen.«

»Shawn, ich will dir sicherlich nicht wehtun, und Brenna würde das bestimmt ebenso wenig wollen; aber sie hat mir rundheraus erklärt, dass sie nur mit dir ins Bett will.«

»Das hat sie auch mir gegenüber unmissverständlich zum Ausdruck gebracht.« Die Erinnerung zauberte ein Lächeln auf seine vollen Lippen. »Aber ich will eben mehr. Und was ist daran falsch?«

»Dies ist wohl kaum der rechte Zeitpunkt, um mir meine eigenen Worte vorzuhalten. Ich mache mir ganz einfach Sorgen um dich.«

»Das ist wirklich nicht nötig.« Statt den Geschirrspüler unnötig zu verstopfen, spülte er die große Schüssel lieber mit der Hand. »Ich weiß schon, was ich tue. Ich kann nichts gegen meine Gefühle tun. Und natürlich ist mir klar, dass auch sie ihren Gefühlen gegenüber machtlos ist. Aber was soll daran falsch sein, wenn ich mein Möglichstes unternehme, um ihre Gefühle ein wenig zu beeinflussen?«

»Sobald sie auf den Gedanken kommt, dass du sie umwirbst –«

»Das werde ich nicht tun. Ich werde dafür sorgen, dass *sie mir* den Hof macht.«

Darcy wollte schon verächtlich schnauben, als sie plötzlich anerkennend grinste. »Du bist wirklich clever.«

»Zumindest clever genug, um zu wissen, dass Brenna sicher lieber selbst die Initiative ergreift.« Er sah nach seinem Kuchen und drehte die Temperatur etwas herab. »Ich gehe davon aus, dass das, worüber wir geredet haben, auch weiter unter uns bleibt.«

»Als ob ich sofort zu Brenna laufen würde, um ihr von unserem Gespräch zu erzählen.« Beleidigt schnappte sie sich ein Tablett, doch der Anblick seiner hochgezogenen Brauen ließ sie einräumen: »Also gut, normalerweise würde ich das tun, aber das hier ist etwas anderes. Du kannst mir vertrauen.«

Er wusste, dass das stimmte. Sie mochte versuchen, ihm den Schädel mit einem fliegenden Teller zu zertrümmern; aber zugleich würde sich Darcy eher die Zunge abbeißen, als sein Vertrauen zu missbrauchen. »Ich nehme an, das heißt, dass du auch an mich nicht weitergeben wirst, was sie dir gegenüber vielleicht zu … bestimmten Dingen sagt.«

»Genau das heißt es. Such dir also lieber anderswo deine Spione, Kumpel.« Hoch erhobenen Hauptes wollte sie hinausschweben, als sie jedoch plötzlich noch mal stehen blieb und zischend ausatmete. »Sie hält sich für nicht allzu attraktiv.«

Das war wirklich das Letzte, was er zu hören erwartet hätte, worauf Shawn Darcy derart verwundert anstarrte, dass sie lautstark zu fluchen begann.

»Das habe ich dir nur erzählt, weil sie es mir gegenüber nie so direkt gesagt hat. Sie findet ihren Körper praktisch, aber nicht besonders reizvoll. Sie glaubt nicht, dass Männer sie als Frau sonderlich anziehend finden, und deshalb ist Sex ihrer Meinung nach eben nichts weiter als Sex. Sie kann sich einfach nicht vorstellen, dass sie romantische oder zärtliche Gefühle in einem Mann wecken könnte.«

Sie machte eine kurze Pause und versuchte nicht darüber nachzudenken, ob Brenna ihr verzeihen würde, wenn sie wüsste, was sie hier erzählte. »Wir Frauen hören gerne ... nun, falls du auch nur ein Mindestmaß an Grips hast, solltest du wissen, was wir gerne hören. Es geht nicht nur darum, uns Frauen zu erobern, sondern uns auch zu *sagen*, was man für uns empfindet. Und jetzt mach den Mund besser wieder zu, denn so siehst du aus, als wärst du geistig nicht ganz auf der Höhe.«

Mit diesen Worten trat sie durch die Tür und ließ sie hinter sich zuschwingen.

14

Außerdem erinnerst du dich doch sicher an Dennis Magee, der nach Amerika ausgewandert ist – das heißt, keiner von uns kann sich genau an ihn erinnern, denn inzwischen ist er seit sicher fünfzig Jahren drüben, und wir waren, als er die Heimat verließ, noch gar nicht oder, wie in meinem Fall, gerade erst geboren. Aber sicher erinnerst du dich daran, dass von ihm erzählt wurde, wie er mit Landgeschäften und als Bauunternehmer drüben in New York reich geworden ist.«

Kathy Duffy saß gemütlich in der Küche der O'Tooles, knabberte an einem kleinen Törtchen – dessen Füllung, ehrlich gesagt, ein Hauch Vanille fehlte – und verbreitete den neuesten Klatsch.

Da sie es gewohnt war, immer mindestens zehnmal so viel zu reden wie ihr Gegenüber, plauderte sie, ohne dass ihr die Abgelenktheit ihrer Freundin aufgefallen wäre, munter über die neuesten Geschehnisse innerhalb der Gemeinde.

»Dennis war schon immer ein cleverer Bursche. Das sagt jeder, der ihn persönlich kannte. Dann hat er Deborah Casey geheiratet, eine Cousine meiner Mutter, die in dem Ruf stand, ebenfalls nicht gerade ein Dummerchen zu sein, und während ihr Erstgeborener noch in kurzen Hosen durch die Gegend stolperte, haben sie sich auf den Weg über den Atlantik gemacht. Sie haben es drüben in Amerika wirklich gut getroffen und innerhalb von kurzer Zeit ein großes Unternehmen aufgebaut. Du weißt ja, die alte Maude war mit dem John Magee verlobt, der nicht mehr aus dem Krieg zurückkam, und der war Dennis' Bruder. In all den Jahren«, fuhr Kathy fort und leckte sich ein wenig Glasur von ihren Fingern, »scheint es, als sei Dennis nicht ein einziges Mal zurückgekommen nach Irland oder an den Ort, an dem er zur Welt gekommen war. Aber er hatte einen Sohn, und dieser Sohn wiederum hat selber einen Sohn, der, wie es aussieht, durchaus Interesse an der alten Heimat zeigt.«

Sie wartete einen Moment, und Mollie bemühte sich, die Brauen hochzuziehen. »Ach, ja?«

»Allerdings. Und dabei zieht es ihn anscheinend ausgerechnet hierher zu uns nach Ardmore. Es heißt, dass er hier ein Theater bauen will.«

»Oh, ja.« Mollie rührte in ihrem Tee, den sie bisher noch nicht einmal probiert hatte. »Das hat Brenna auch schon erzählt.« Trotz ihrer Abgelenktheit blieb ihr Kathys enttäuschte Miene nicht verborgen. »Natürlich weiß ich keine Einzelheiten«, bemühte sie sich sofort, ihren Fehler auszubügeln.

»Na, dann.« Zufrieden beugte sich Kathy erneut über den Tisch. »Die Magees aus New York haben mit den Gallaghers ein Geschäft abgeschlossen. Anscheinend soll das Theater direkt hinter dem Pub entstehen. Eine Art Musiktheater, wenn ich es richtig mitbekommen habe. Stell dir nur vor, Mollie, ein Musiktheater direkt hier in Ardmore, bei dem die Gallaghers ihre Finger im Spiel haben.«

»Wenn tatsächlich ein solches Theater hier gebaut wird, bin ich froh, wenn einer von uns dabei etwas zu sagen hat. Weißt du, ob der junge Magee hierher nach Ardmore kommen wird?«

»Ich wüsste nicht, wie der Bau sonst realisiert werden

sollte.« Kathy lehnte sich zurück und strich sich vorsichtig über das Haar. Ein paar Tage zuvor hatte sie sich von ihrer Nichte eine Heimdauerwelle machen lassen, und sie war sehr stolz auf ihre modische Frisur. Jede einzelne Locke lag exakt an ihrem Platz.

»Als Dennis und ich noch jung waren und er vor einigen Jahren im Sommer hierher kam, haben wir ein wenig miteinander geflirtet.« Kathys Blick wurde verträumt. »Er machte eine Europareise und wollte natürlich auch den Ort sehen, an dem seine Eltern geboren und aufgewachsen waren und an dem er selbst die ersten Jahre seines Lebens verbracht hatte. Soweit ich mich entsinne, war dieser Dennis Magee ein wirklich attraktiver Mann.«

»Soweit ich mich entsinne, hast du so ziemlich mit jedem attraktiven Mann geflirtet, bevor du schließlich den nahmst, auf den du es tatsächlich abgesehen hattest.«

Kathys Augen blitzten fröhlich. »Wozu ist man jung und dumm, wenn man es nicht ausnutzt?«

Da dies genau eines der Dinge war, die Mollie mit Sorge erfüllten, brachte sie nur mit Mühe ein Lächeln zustande, während ihre alte Freundin bereits unbekümmert weiterplauderte.

Mollie war sich sicher, dass ihre älteste Tochter und Shawn Gallagher weit mehr als nur miteinander flirteten. Das war kein allzu großer Schock, doch die Tatsache, dass Brenna ihr nichts davon erzählte, rief ernste Besorgnis in ihr wach. Schließlich hatte sie ihre Töchter dazu erzogen, dass es nichts gab, was sie nicht mit ihrer Mutter teilen konnten.

Als ihre Maureen sich verliebt hatte, war sie mit roten Wangen, lachend und laut jubelnd sofort zu ihr gerannt gekommen, und als Kevin ihre Patty gebeten hatte, seine Frau zu werden, hatte sie es bereits in dem Augenblick gewusst, als das Mädchen ins Haus gekommen war und sich ihr schluchzend an den Hals geworfen hatte. So waren sie nun mal, Maureen lachte, wenn sie glücklich war, und Patty brach in Tränen aus.

Brenna hingegen, die praktischste ihrer Töchter, tat weder das eine noch das andre, und ebenso wenig hatte sie sich, wie Mollie es erwartet hätte, zu ihr an den Küchentisch gesetzt, um ihr davon zu erzählen, dass sich ihre Beziehung zu Shawn vertieft hatte.

War sie nicht erst heute Morgen mit den Worten aus dem Haus gegangen, sie bliebe über Nacht bei Darcy? Sie hatte ihrer Mutter bei dieser Lüge nicht in die Augen blicken können, und Mollie erfüllte die Erkenntnis, dass ihr Kind auch nur das Bedürfnis verspürt hatte, ihr die Wahrheit zu verhehlen, mit einem ungeahnten Schmerz.

»Du hörst mir gar nicht zu.«

»Hmm?« Mollie wandte sich wieder Kathy zu und schüttelte den Kopf. »Tut mir Leid. Scheint, als könnte ich mich augenblicklich nicht allzu gut konzentrieren.«

»Kein Wunder. Eine deiner Töchter hat vor ein paar Monaten geheiratet, und die zweite plant bereits die Hochzeit. Macht dich das nicht traurig?«

»Ich nehme an, ein bisschen schon.« Da ihr Tee kalt geworden und Kathys Tasse bereits leer war, stand Mollie auf, kippte ihre Tasse in die Spüle und schenkte ihnen beiden nach. »Ich bin stolz auf sie und freue mich für sie, aber gleichzeitig …«

»Sie werden viel schneller erwachsen, als man denkt.«

»Allerdings. In der einen Minute putzt man ihnen noch die Nase und in der nächsten sucht man mit ihnen zusammen Hochzeitskleider aus.« Zu ihrer Überraschung liefen ihr plötzlich Tränen über das Gesicht. »Oh, Kathy!«

»Schon gut, meine Liebe.« Kathy ergriff Mollies Hände

und drückte sie mitfühlend. »Mir ging es genauso, als meine Kinder aus dem Haus gingen.«

»Das liegt allein an Patty.« Mollie zog ein Taschentuch aus ihrer Tasche. »Bei Maureen habe ich nur in der Kirche ein wenig geweint. Manchmal dachte ich, ich werde verrückt, denn meine Maureen wollte alles perfekt haben, und ihre Vorstellung von Perfektion hat sich von Tag zu Tag geändert. Aber Patty fängt schon an zu schluchzen, wenn man nur darüber spricht, welche Blumen sie am besten nimmt. Ich schwöre dir, Kathy, ich lebe in der ständigen Angst, dass das Kind heulend und schniefend vor den Altar tritt. Die Leute werden denken, wir hätten sie mit vorgehaltener Waffe dazu gezwungen, den armen Kevin zu heiraten.«

»Unsinn. Patty ist einfach sentimental. Aber trotz der Tränen wird sie ganz sicher eine wunderbare Braut.«

»Natürlich.« Dennoch gestattete sich Mollie noch ein paar Tränen. »Und dann ist da Mary Kate. Sie läuft in letzter Zeit ständig mit verträumten Augen durch die Gegend – ganz sicher wegen irgendeines Jungen – oder aber sie zieht sich grübelnd mit ihrem Tagebuch zurück. Die Hälfte der Zeit lässt sie die arme Alice Mae noch nicht mal in ihr Zimmer.«

»Wahrscheinlich gibt es irgendeinen Jungen im Hotel, in den sie sich verguckt hat. Machst du dir darüber Gedanken?«

»Nein, nicht allzu sehr. Mary Kate war schon immer ein nachdenklicher Typ, und jetzt ist sie in einem Alter, in dem es für sie eine Last ist, sich das Zimmer mit der kleinen Schwester teilen zu müssen.«

»Dann hat sie also die normalen Probleme des Erwachsenwerdens, weiter nichts. Du hast deine Mädchen wirklich gut erzogen, Mollie. Und auch wenn du sicher niemals aufhörst, dich um sie zu sorgen, kannst du stolz sein auf jede Einzelne von ihnen. Nun, wenigstens Brenna macht dir anscheinend augenblicklich keine Sorgen.«

Langsam hob Mollie ihre Tasse an die Lippen und nahm einen vorsichtigen Schluck. »Ja, auf Brenna ist wirklich Verlass.«

Es gab eben Dinge, die man nicht teilen konnte, noch nicht einmal mit einer Freundin.

Als der Pub zwischen der mittäglichen und der abendlichen Öffnung für eine Stunde schloss, streckte Aidan den Kopf durch die Tür der Küche und blickte seinen Bruder an. »Kann deine Arbeit vielleicht ein paar Minuten warten?«

Shawn stand inmitten eines Durcheinanders aus Schüsseln, Töpfen, Tellern und Bestecken. »Liebend gerne. Worum geht's?«

»Es gibt da etwas, worüber ich mit dir reden müsste und außerdem würde ich gerne einen kleinen Spaziergang unternehmen.«

Shawn legte sein Geschirrtuch beiseite. »Wo?«

»Am besten am Strand.« Aidan kam durch die Küche, ging in Richtung Hintertür, blieb dann plötzlich stehen und blickte nachdenklich über die winterlichen Hügel mit den vom Wind meerwärts gebogenen Bäumen.

»Und, hast du es dir anders überlegt?«

»Nein.« Trotzdem blickte er weiter abwägend hinaus. Auf die Läden und Cottages links und rechts des Pubs, die Hintergärten, den alten Hund, der an einem schattigen Plätzchen ein Nickerchen machte, die Ecke am Ende ihres Grundstücks, an der er seine erste Freundin geküsst hatte.

»Das alles wird sich ziemlich verändern«, sagte er mit nachdenklicher Stimme.

»Allerdings. Aber schon Shamus Gallagher hat mit dem Bau des Pubs eine Veränderung bewirkt, ebenso wie nach ihm jeder von uns irgendwas verändert hat. Und das hier wird eben dein Beitrag zum Wandel der Dinge.«

»Unser Beitrag«, kam Aidans prompte Antwort. »Das ist eines der Dinge, über die ich mit dir reden möchte. Darcy habe ich nicht mehr erwischt. Sie hat sich sofort nach der Schicht aus dem Staub gemacht. Kannst du dich noch daran erinnern, wie wir alle hier draußen gespielt haben?«

»Ja.« Shawn rieb sich geistesabwesend die leicht schiefe Nase. »Ja, daran kann ich mich erinnern.«

Lachend trat Aidan aus der Tür. »Daran hatte ich lange nicht mehr gedacht. Wir alle haben ab und zu hier draußen Ball gespielt, und einmal hat Brenna einen Treffer mitten auf deiner Nase platziert. Himmel, du hast geblutet wie ein Schwein.«

»Ihr Schläger war ja auch beinahe so groß wie sie.«

»Das ist natürlich richtig, aber außerdem hatte das Mädchen schon immer einen tollen Schlagarm. Ich erinnere mich noch, wie du fluchend und blutend am Boden gelegen hast und wie sie dir, als ihr klar wurde, dass nur deine Nase gebrochen war, erklärt hat, du solltest dich nicht so anstellen. Hier hinter dem Pub haben wir wirklich schöne Nachmittage erlebt.«

»Scheint, als mache dich die bevorstehende Vaterschaft ganz schön sentimental.«

»Vielleicht.« Sie überquerten die generell in dieser Jahreszeit vollkommen ruhige Straße. »Bald haben wir wieder Frühling. Und dann kommen wieder die Touristen. Der Winter ist hier wirklich kurz.«

Shawn schob seine Hände in die Taschen. Der Wind war immer noch recht kalt. »Worüber ich mich ganz sicher nicht beschwere.«

Sie gingen hinunter an den Strand, und der Sand knirschte unter ihren Stiefeln, als sie auf das Wasser blickten, das sich weit draußen in einem sanften Blau mit dem Horizont verband. Hier jedoch, wo es auf das Land traf, wogte es in kleinen, von weißem Schaum gekrönten, dunkelgrünen Wellen auf und ab, und die Wasseroberfläche glitzerte im hellen Licht der Sonne, als tanzten unzählige Diamanten auf ihr herum.

Schweigend gingen sie an den bereits im Hafen festgemachten Booten und den zum Trocknen aufgehängten Netzen vorbei in Richtung der hoch aufragenden Klippen.

»Ich habe heute Morgen mit Dad telefoniert.«

»Wie geht es ihm? Und Ma?«

»Es geht ihnen beiden gut. Er sagte, er hätte Anfang nächster Woche einen Termin mit den Anwälten. Bis dahin sollten die Papiere unterschriftsreif sein. Und er meinte, wenn er schon einmal dabei ist, will er gleich noch einen zweiten Vertrag aufsetzen lassen. Um mir den Pub offiziell zu überschreiben.«

»Da wir alle wissen, dass sie in Boston bleiben wollen, ist es wohl auch allmählich an der Zeit.«

»Ich habe ihm gesagt, wie ich darüber denke, und jetzt sage ich es dir. Ich habe das Gefühl, es wäre besser und gerechter, wenn er den Pub zu gleichen Teilen uns dreien überschreiben würde.«

Shawn entdeckte eine Muschel, bückte sich und hob sie auf. »So ist es aber nicht üblich.«

Was auch sein Vater gesagt hatte.

Aidan atmete hörbar aus, ging ein paar Schritte vor und machte schließlich wieder kehrt. »Himmel, du bist ihm von uns allen am ähnlichsten.«

»Das denke ich auch, obwohl es augenblicklich weder für unseren Vater noch für mich besonders schmeichelhaft erscheint.« Shawn blieb grinsend stehen, während Aidan erneut auf und ab ging.

»So war es auch nicht gemeint. In manchen Dingen seid ihr beide richtiggehende Sturschädel. Warst nicht du derjenige, der gesagt hat, Veränderungen seien gut? Wenn wir den Pub verändern können, warum zum Teufel können wir nicht auch die Form der Weitervererbung anders gestalten als bisher?«

Geistesabwesend schob Shawn eine Muschel in die Tasche. »Weil man manche Dinge eben besser ändert, andere hingegen nicht.«

»Und wer entscheidet, was man ändern sollte und was nicht?«

Shawn neigte den Kopf zur Seite. »Wir alle. Und in dieser Sache bist du überstimmt, Aidan, also denk einfach nicht mehr darüber nach. Das *Gallagher's* gehört dir, und du wirst es weiter an das Kind vererben, das Jude bereits erwartet. Dadurch sind Darcy und ich dem Laden mit dem Herzen nicht weniger verbunden.«

»Ich spreche hier nicht von Gefühlen, sondern von einer juristischen Angelegenheit.«

»Genau. Sicher wird es ein schöner, wenn auch kühler Abend.« Shawn betrachtete das Thema als erledigt. »Bestimmt kriegen wir jede Menge Gäste.«

»Was ist mit deinen Kindern, wenn du erst mal welche hast?«, fragte Aidan ihn beinahe böse. »Sollen sie denn keinen rechtmäßigen Anteil an dem Pub haben?«

»Weshalb musst du das Ganze plötzlich unbedingt von der juristischen Seite aus sehen?«

»Weil sich die Dinge ändern.« Verzweifelt warf Aidan die Hände in die Luft. »Das Theater wird Ardmore verändern, das *Gallagher's* und sicherlich auch uns.«

»Nein, oder zumindest nicht so, wie du es im Moment

befürchtest. Aus verschiedenen Gründen werden sicher mehr Menschen hierher kommen als bisher.« Shawn versuchte, sich die Zukunft vorzustellen. »Vielleicht öffnet irgendjemand eine neue Privatpension, vielleicht macht irgendjemand unten am Strand noch einen Laden auf. Aber im *Gallagher's* werden die Leute immer noch Essen und Trinken und Musik geboten kriegen wie bisher. Einer von uns wird hinter der Bar stehen, ein anderer bedienen. Und da wir gerade davon sprechen, die Boote werden weiterhin rausfahren und die Fischer werden weiterhin ihre Netze auswerfen. Das Leben wird weiter seinen gewohnten Gang gehen, was auch immer du persönlich unternimmst.«

»Oder was auch immer ich persönlich unterlasse?«, wollte Aidan wissen.

»Tja, nun, da kann man geteilter Meinung sein. Es ist die Vorstellung, die geschäftlichen Belange allein vertreten zu müssen, die dich momentan belasten. Aber ich denke, du bist dafür wesentlich geeigneter als ich. Mir persönlich reicht es völlig, den Namen Gallagher zu tragen, alles andere ist mir sowohl in juristischer als auch in anderer Hinsicht vollkommen egal.«

Shawn drehte sich um und sah in Richtung des aus dunklem Holz, Kopfsteinpflaster und im Sonnenlicht blitzendem Buntglas errichteten Pubs. »Bisher hat doch immer alles durchaus funktioniert, findest du nicht auch? Wenn es an der Zeit ist, werden sich deine, meine und Darcys Kinder miteinander einigen.«

»Vielleicht heiratest du ja einmal eine Frau, die diese Dinge anders sieht.«

Shawn dachte an Brenna und schüttelte den Kopf. »Wenn eine Frau nicht genug an mich und meine Familie glauben würde, um uns in einer solchen Angelegenheit zu trauen, dann würde ich sie sicherlich nicht heiraten.«

»Du weißt nicht, wie es ist, einen Menschen von ganzem Herzen zu lieben. Ich wäre von hier fortgegangen, von diesem Ort, von allen Menschen, die mir lieb sind, wenn sie es gewollt hätte.«

»Aber sie hat es nicht gewollt. Vielleicht hast du schon mal eine Frau begehrt, die all das hier hätte verlassen wollen, Aidan, aber nie hast du dein Herz an sie verloren.«

Aidan seufzte. »Du hast immer auf alles eine Antwort. Und manchmal ist es wirklich lästig, dass du mit all deinen Behauptungen tatsächlich Recht zu haben scheinst.«

»Ich habe ganz einfach über diese Dinge nachgedacht. Aber jetzt hätte ich zur Abwechslung gern, dass du mir eine Frage beantwortest. Wenn man eine Frau von ganzem Herzen liebt, tut das weh oder bereitet es Vergnügen?«

»Meistens beides gleichzeitig.«

Nickend setzte sich Shawn wieder in Bewegung. »Das habe ich mir schon gedacht, aber es ist trotzdem interessant, es bestätigt zu bekommen.«

Es war wirklich ein schöner, wenn auch kühler Abend, und das Treiben im Pub war ebenso lebhaft wie der Wind, der über das Meer peitschte. Wie immer zog die Musik die Menschen an, einige der Gäste nippten gut gelaunt an ihren Gläsern, andere stimmten eifrig in die Refrains der jeweiligen Lieder ein, und wieder andere schoben sich zu den flotten Klängen über die kleine Tanzfläche.

Trotz der vielen Arbeit fand Shawn immer wieder Zeit, um durch die Küchentür zu spähen. Und als er Brenna in den Armen des alten Mr. Riley einen hübschen Walzer tanzen sah, hatte er plötzlich eine Idee.

»Mir geht da etwas durch den Kopf, Aidan.« Shawn brachte zwei Portionen Fish and Chips an die Theke, griff nach einem Glas, zapfte sich ein Harp-Bier und hob es durstig an den Mund. »Siehst du Brenna dort drüben tanzen?«

»Natürlich.« Aidan gab die letzten Tropfen in zwei Gläser Guiness. »Aber egal, wie oft sie es versprochen hat, glaube ich nicht, dass sie mit ihm durchbrennt.«

»Frauen sind dazu geboren, uns Männer arglistig zu täuschen.« Shawn ließ sich beim Trinken Zeit, denn er genoss den Anblick von Brenna, wie sie sich in den knochigen Armen des alten Mannes bewegte. »Aber wenn ich die beiden und all die anderen sehe, die immer wieder tanzen, frage ich mich, ob es nicht reizvoll wäre, das Theater so zu gestalten, dass man dort auch einen Platz zum Tanzen hätte.«

»Dafür gibt es doch wohl die Bühne.«

»Ich meine kein professionelles Tanzen, sondern so etwas wie hier. Du weißt schon, so wie in manchen Biergärten, nur kleiner.«

»Du bist einfach ein unverbesserlicher Träumer.« Trotzdem nahm Aidan sich die Zeit, um sich die Gesichter der Tänzer anzusehen und über den Vorschlag nachzudenken. »Allerdings wäre das tatsächlich etwas, was wir diesem Magee, wenn wir es richtig planen würden, sicher vorschlagen könnten.«

»Brenna hat bereits eine Art Skizze von dem Theater gemacht. Sie liegt noch bei mir in der Küche. Vielleicht würdest du sie dir ja gern mal ansehen, und wenn sie dir gefällt, interessiert dich vielleicht auch der ausführlichere Plan, um den ich sie gebeten habe.«

Interessiert wandte sich Aidan von den Tänzern ab und blickte seinem Bruder in die Augen. »Du hast sie darum gebeten?«

»Ja, weil ich denke, dass sie weiß, was wir gerne hätten und was dieser Magee hier bauen lassen sollte. Ist das ein Problem für dich?«

»Nein, überhaupt nicht. Aber es zeigt mir, dass du Recht hattest mit der Behauptung, dass die rechtliche Übergabe des Pubs an einen von uns die innere Bindung der anderen an das Unternehmen nicht berührt. Ich würde wirklich gerne sehen, was Brenna vorschwebt.«

»Prima. Und wenn dir der Plan gefällt, könntest du ihn an diesen Magee schicken, um zu sehen, was er meint.«

»Das kann ich natürlich machen, obwohl ich denke, dass der Mann ganz sicher seine eigenen Leute für diese Dinge hat.«

»Dann müssen wir eben einen Weg finden, um ihn davon zu überzeugen, dass unser Vorschlag ganz einfach der Beste ist. Schließlich kann es nicht schaden«, murmelte Shawn und blickte abermals in Brennas Richtung, »wenn wir uns von Anfang an in diese Dinge einmischen.«

»Das stimmt.«

So hübsch Brenna auch tanzte, brauchte Aidan sie doch hinter der Theke, also winkte er ihr, als sie in seine Richtung blickte, unauffällig zu. Doch obwohl sie mit einem kurzen Nicken reagierte, blieb ihm nicht verborgen, dass sie an ihm vorbei auf Shawn sah, und obwohl er unbeteiligt war, fühlte er deutlich das heiße Verlangen, das dieser Blick verriet.

»Ich wäre dir wirklich dankbar, wenn du meine Bedienung, solange die Leute in Dreierschlangen vor der Theke stehen, nicht unnötig ablenken würdest.«

»Ich stehe nur hier und trinke mein Bier.«

»Dann stell dich in die Küche und trink dort, wenn du nicht willst, dass die Hälfte unserer Gäste mitbekommt, was zwischen dir und Brenna läuft.«

»Mir wäre das vollkommen egal.« Probehalber hielt er ihren Blick weiterhin gefangen. »Aber ihr nicht.« Da er nur schlechte Laune bekommen würde, wenn er weiter darüber nachdachte, kehrte er tatsächlich zurück in seine Küche.

Es war kein Problem, sich zu beschäftigen, bis schließlich die letzten Gäste gingen, und er rechnete noch mit einer weiteren Stunde für das Aufräumen, ehe er nach Hause fahren konnte.

Er schrubbte gerade seine Töpfe, als eine der Musikerinnen hereinkam. Eine hübsche Blondine namens Eileen mit scharf geschnittenen Zügen, die sie durch die kurzen Haare noch vorteilhaft betonte. Sie hatte eine angenehme, klare Stimme und ein freundliches, offenes Wesen. Ersteres hatte Shawn bewundert und Zweiteres unverbindlich genossen, als die Band schon früher bei ihnen aufgetreten war.

»Heute Abend ist es wirklich gut gelaufen.«

»Allerdings.« Er stellte den einen Topf zur Seite und nahm sich den nächsten. »Euer Arrangement von ›Foggy Dew‹ hat mir gut gefallen.«

»Es war das erste Mal, dass wir es im Programm hatten.« Sie stellte sich neben ihn und lehnte sich, das Gesicht ihm zugewandt, an die Spüle. »Ich habe auch ein paar neue Nummern, die ich gern sofort vorsingen würde.« Sie fuhr mit einer Fingerspitze über seinen Arm. »Ich muss heute Abend nicht mehr zurückfahren. Hättest du vielleicht Lust, mich noch mal bei dir aufzunehmen?«

Letztes Mal hatten sie die halbe Nacht hindurch Musik gemacht und einander auch körperlich genossen. Die Frau stellte ihre Talente ohne jede Schüchternheit zur Schau. Die Erinnerung zauberte ein Grinsen auf seine vollen Lippen, während er gleichzeitig überlegte, wie er ihr Angebot möglichst höflich ausschlagen könnte.

Das Einzige, was Brenna – außer rot – sah, als sie mit dem letzten Tablett voll leerer Gläser in die Küche kam, waren Shawns geneigter Kopf und die Hand der aufgetakelten Blondine auf seinem muskulösen Arm.

Sie knallte das Tablett mit einer solchen Wucht neben die Spüle, dass die Gläser tanzten. »Wollen Sie etwas Bestimmtes?«

Eileen war schlau genug, das drohende Blitzen in den Augen der anderen zu sehen. »Nicht mehr.« Unbekümmert tätschelte sie Shawn ein letztes Mal den Arm. »Ich schätze, ich fahre vielleicht doch lieber zurück. Vielleicht wird ja ein anderes Mal etwas daraus.«

»Ah ... hmmmm.« Er hatte eine Sekunde, um sich zu entscheiden und so sagte er instinktiv mit einem schuldbewussten Grinsen: »Tja, nun.«

»Es ist mir immer wieder ein Vergnügen, ins *Gallagher's* zu kommen«, fügte Eileen noch hinzu und schlenderte gelassen Richtung Tür. Klugerweise unterdrückte sie ein Kichern, während sie sich fragte, wie die rothaarige Zwergin den armen Shawn für ihren Auftritt wohl bluten lassen würde.

»Ist das das letzte Tablett?« Shawn schrubbte weiter seinen Topf, als sei das Ziel in seinem Leben der Preis für größte Sauberkeit.

»Allerdings. Und was, bitte schön, hatte das eben zu bedeuten?«

»Was?«

»Du und diese Sängerin mit den Riesenbrüsten und dem Jungenhaarschnitt.«

»Oh, Eileen.« Er räusperte sich, stellte den Topf zur Seite und griff nach den Gläsern. »Sie hat sich nur von mir verabschiedet.«

»Hah.« Brenna bohrte ihm schmerzhaft ihren Zeigefinger in die Seite. »Wenn sie dir noch ein bisschen näher gekommen wäre, hätte sie in dich reinkriechen müssen.«

»Nun, sie ist einfach ein netter Mensch.«

»Merk dir eines. Solange du und ich das Bett teilen, hältst du dich gefälligst von den netten Frauen fern.«

Trotz des plötzlichen Gefühls der warmen Freude richtete er sich langsam drohend auf. »Willst du etwa behaupten, ich würde mich an andere Frauen heranmachen, während ich mit dir zusammen bin, Brenna?« Es freute ihn, dass er es schaffte, seine Stimme halb beleidigt und halb verletzt klingen zu lassen. »Mir war bisher nicht klar, was für eine schlechte Meinung du anscheinend von mir hast.«

»Was ich gesehen habe, habe ich gesehen.«

Er blickte sie reglos an, und dann begann er, vorgeblich übellaunig, die Arbeitsplatte abzuwischen. Es wäre interessant zu sehen, wie weit Brenna gehen würde, um ihn nicht teilen zu müssen.

»Sie hat dich angefasst.«

»Aber ich sie ja wohl nicht.«

»Darum geht es – Verdammt.« Brenna kreuzte die Arme vor der Brust, ließ sie wieder sinken und rammte die Hände in die Taschen ihrer Jeans. Am liebsten hätte sie dieser Blondine die Augen ausgekratzt. Nein, am liebsten täte sie es immer noch. Was eigentlich gar nicht ihre Art war. Nicht, dass sie jemals einem Kampf ausgewichen wäre, aber für gewöhnlich brach sie nicht so einfach einen Streit vom Zaun. Und schon gar nicht wegen eines Mannes.

»Du hast sie angelächelt.«

»Ich werde in Zukunft darauf achten, niemanden mehr anzulächeln, solange du es nicht genehmigst.«

»Ihr beide habt ausgesehen, als stündet ihr euch ziemlich nahe.« Immer noch ballte sie die Hände in den Taschen. »Falls ich etwas missverstanden habe, entschuldige ich mich natürlich dafür.«

»In Ordnung.« Er trat an die Küchentür, verabschiedete sich von seinen Geschwistern, und als er sich umdrehte, sah sie derart unglücklich aus, dass er beinahe weich geworden wäre. Aber ein Mann musste zu Ende bringen, was er begonnen hatte, also fragte er mit derart kühler Stimme, dass sie erkennen musste, dass eine lahme Entschuldigung nicht reichte: »Willst du vielleicht lieber doch bei Darcy übernachten?«

»Nein, nein, das will ich nicht.«

»Also gut, dann los.« Er ging Richtung Hintertür, öffnete sie und blieb abwartend stehen. Sie nahm ihre Kappe und ihre Jacke vom Haken, schob sich beides unter den Arm und trat hinaus in die Kälte.

Schweigend gingen sie in Richtung seines Wagens.

Ihre Reaktion war vollkommen normal gewesen, sagte sie erst sich und dann auch ihm. Sein fortgesetztes Schweigen traf sie wie ein Hieb. »Können wir uns vielleicht darauf einigen, dass dies hier für uns beide ziemlich neu ist?«

Ah, dachte er, sie ging genau in die erhoffte Richtung. Deshalb bedachte er sie mit einem ruhigen Blick und nickte wortlos mit dem Kopf.

»Und bisher haben wir, hmm, nie darüber gesprochen, wo mögliche Grenzen sind.«

»Du wolltest Sex. Und den bekommst du.« Aus dem Augenwinkel sah er, dass sie zusammenzuckte. Perfekt.

»Das stimmt. Das ist richtig«, murmelte sie kaum hörbar, als er in die Einfahrt des Cottages bog. Allmählich wurde ihr ein wenig flau im Magen. »Aber ich ... es ist nur so, dass ich –« Fluchend kletterte sie aus dem Wagen und rannte ihm nach. »Verdammt, du könntest mir wenigstens zuhören.«

»Ich höre dir doch zu. Möchtest du vielleicht einen Tee?«, fragte er nach Betreten des Hauses geradezu boshaft höflich.

»Nein, ich möchte keinen Tee. Und steig bitte, verdammt noch mal, wenigstens für eine Minute von deinem hohen Ross. Wenn du tatsächlich nicht gesehen hast, dass diese Frau beinahe über dich hergefallen wäre, dann bist du so blind und doppelt so dämlich wie sechs Fledermäuse.«

»Wichtiger wäre ja wohl, was ich von ihr gewollt habe.« Er wandte sich der Treppe zu.

»Sie ist wirklich attraktiv.«

»Ebenso wie du. Aber was hat das damit zu tun?«

Ihre Kinnlade klappte herunter, und sie brauchte eine Minute, ehe sie sich in Bewegung setzen konnte. In all den Jahren, in denen sie Shawn kannte, hatte er nie etwas zu ihrem Aussehen gesagt, und nun brachte diese beiläufige Erklärung sie völlig aus dem Konzept.

»Du hast mich noch nie als attraktiv bezeichnet, aber das ist schon okay. Und außerdem geht es mir augenblicklich um etwas völlig anderes.«

Er würde dafür sorgen, dass sie nochmals auf dieses Thema kämen, aber zunächst einmal kippte er den Inhalt seiner Taschen auf den Nachttisch.

»Worum geht es dir denn, Brenna?«

»Ich weiß, seit wir diese – diese Sache angefangen haben, habe ich nie gesagt, was ich von dir erwarte.« Sie raufte sich die Haare und wünschte sich, sie besäße wenigstens ein Mindestmaß an Eloquenz. »Was ich meine, ist, solange wir zusammen sind, solange nicht einer von uns oder beide zu dem Schluss kommen, dass es genug ist, käme ich nie auf den Gedanken, etwas mit einem anderen anzufangen.«

Er setzte sich auf die Truhe am Fußende des Bettes, um sich die Stiefel auszuziehen. »Willst du damit sagen, dass keiner von uns gleichzeitig mit jemand anderem schlafen soll?«

»Ja, genau das will ich damit sagen.«

Es gäbe also niemand anderen, und Brenna war diejenige, die diese Idee – nein, diese Forderung – hatte verlauten lassen. Ein wirklich großer erster Schritt in die erhoffte Richtung. Doch er ließ sich Zeit, um sie glauben zu lassen, dass er lange über ihren Vorschlag nachdenken musste.

»Das entspricht durchaus auch meinen Vorstellungen. Aber ...«

»Aber?«

»Woher sollen wir wissen, und wer von uns entscheidet, wann sich die Situation zwischen uns ändert?«

»Keine Ahnung. Ich hätte nie erwartet, dass diese Sache derart kompliziert würde. Das wurde mir erst klar, als ich diese Sängerin an deinem Hals hängen sah. Der Anblick hat mir wirklich nicht gefallen.«

»Solange ich mit dir zusammen bin, rühre ich keine andere an. So weit musst du mir schon vertrauen.«

»Dir vertraue ich ja auch.« Sie machte einen Schritt in seine Richtung. »Es sind die vollbusigen Blondinen, die mir Probleme machen.«

»Dann solltest du wissen, dass ich in letzter Zeit sowieso eine Vorliebe für wohlgeformte Rotschöpfe habe.«

Vor Erleichterung darüber, dass sein Blick nicht mehr so kalt war, lachte sie beinahe übermütig auf. »Meine Güte, wohlgeformt. Dann sind wir uns also einig?«

»Ich würde sagen, dieses Gespräch war zumindest ein Anfang.« Er klopfte neben sich auf die Matratze. »Zieh endlich deine Stiefel aus, und dann können wir sehen, ob wir nicht noch ein Stückchen weiterkommen heute Nacht.«

Bereitwillig nahm sie neben ihm Platz und zog an ihrem Schnürsenkel. »Ich habe dich verletzt. Das tut mir wirklich Leid.«

»Ich habe nichts dagegen, hin und wieder ordentlich mit dir zu streiten, Mary Brenna.« Er strich ihr zärtlich durch die Haare. »Aber es hat mir nicht gefallen, dass du anscheinend dachtest, ich würde tatsächlich, solange wir zusammen sind, ein ähnliches Interesse an einer anderen Frau entwickeln.«

»Dann denke das eben nicht mehr.« Sie streifte sich die Stiefel von den Füßen, richtete sich auf und sah argwöhnisch in seine großen Augen. »Was ist?«

Er umfasste ihr Gesicht und kämmte ihr sanft mit seinen Fingern die Haare aus der Stirn. »Ich kenne dieses Gesicht so gut wie mein eigenes«, sagte er leise. »Selbst, wenn du nicht da bist, sehe ich es im Geiste vor mir. Deine schmalen Wangen bis hinunter zu deinem straffen Kinn.« Er presste seine Lippen gegen ihren Kiefer. »Die Form und Farbe deiner Augen in den verschiedensten Stimmungen.«

Es fiel ihm auf, dass ihre Augen in diesem Augenblick ehrliche Überraschung und ein gewisses Unbehagen verrieten. »Den Mund.« Zärtlich strich er über ihre Lippen, machte sich jedoch, als sie weich werden wollte, eilig wieder los. »Seine Rundung, jede einzelne Vertiefung. Was für ein wunderbares Gesicht. Ich sehe es mir gerne an, selbst wenn du nicht in meiner Nähe bist.«

»Das ist ein seltsames Kompliment …« Sie verstummte, als er seinen Mund wieder auf ihre Lippen legte und reglos dort verharrte.

»Und dann ist da natürlich noch der Rest von deinem Körper.« Er ließ seine Finger sanft an ihr herabgleiten und umfasste, ehe sie ihren Pullover ausziehen konnte, entschieden ihre Hände. »Nein, lass mich das machen.« Er zog sie auf die Füße und streifte ihr Zentimeter für Zentimeter das Kleidungsstück über den Kopf. »Es bereitet mir

Vergnügen, dich langsam zu enthüllen, nacheinander die verschiedenen Lagen Stoff von deinem wunderbaren Leib zu schälen. Die Art, wie du ihn für gewöhnlich vor aller Welt verbirgst, macht mich vollkommen wahnsinnig.«

Vielleicht wäre ihr abermals die Kinnlade heruntergefallen, hätte sie nicht dringend Atem holen müssen. »Ach ja?«

»Ich denke immer wieder, dass ich genau weiß, was du unter deinen Kleidern versteckst.« Er öffnete den Verschluss von ihrer Hose. »Dass ich dich unter mir gespürt habe.« Ihre Hose glitt an ihr herunter. »Zieh sie ganz aus, Liebling«, murmelte er und spielte mit dem Saum ihres Unterhemds.

»Ich habe eine Figur wie ein zwölfjähriger Junge.«

»Da ich selbst einmal ein zwölfjähriger Junge war …«, er zog ihr das Hemd über den Kopf und ließ seinen Blick an ihr herunterwandern, »kann ich dir versichern, dass das ganz sicher nicht der Fall ist. Du hast so weiche Haut und bist zugleich erstaunlich muskulös.« Er neigte seinen Kopf und küsste sie erst auf die eine und dann auf die andere straffe Schulter. »Und hier.« Langsam ließ er seine Hände von ihrer Taille bis zu ihren Brüsten hinaufgleiten, woraufhin ihr der Atem stockte und sie spürbar erschauderte. »Weich und fest und wunderbar empfindsam.«

Sie begann, in der Berührung seiner wunderbaren Hände zu versinken, dann jedoch atmete sie halb schockiert und halb belustigt ein, als er sie in die Arme zog und auf die kleine Truhe stellte.

Das belustigte Blitzen ihrer Augen allerdings verflog, als er seinen Mund auf eine ihrer Brüste presste und vorsichtig an ihrem Nippel sog. »Oh, Gott!«

»Ich will, dass du kommst.« Er fuhr mit einem seiner Finger über den Rand ihres baumwollenen Slips und schob seinen Mund ein Stückchen tiefer. »Und ich will, dass du dabei meinen Namen rufst.« Entschieden schob er seine Finger unter dem Stoff dorthin, wo sie ihn bereits heiß und feucht erwartete.

Ruckartig bewegte sie die Hüften und vergrub die Finger in seinen harten Schultern. Die Erlösung kam so schnell, trug sie in derartige Höhen, dass sie sich fragte, ob sie diese Freude tatsächlich überlebte.

Und tatsächlich rief sie seinen Namen.

Flog sie oder stürzte sie in ungeahnte Tiefen? Sie spürte, wie ihre Beine nachgaben, wie sie regelrecht schmolzen, und noch während sie versuchte, sich wieder zu besinnen, merkte sie, wie er sie hochhob und in Richtung Bett trug.

»Das Licht.«

Er legte sie auf die Matratze und schob sich über ihr auf seine Knie. »So können wir einander wenigstens ganz deutlich sehen.« Ohne sie aus den Augen zu lassen, zog er sich das Hemd über den Kopf. »Weißt du, wie erregend es ist zu wissen, dass ich dich wieder und wieder zum Orgasmus bringen kann? Dass du tief in dir so viel für mich empfindest?«

Sie streckte ihre Arme aus und zog ihn dicht an sich. »Ich will dich in mir fühlen.«

»Und ich will, dass du vollkommen schwach bist.« Sein Mund und seine Hände glitten über ihren Körper. »Und dass du schluchzend meinen Namen sagst.«

»Du Schuft!« Es freute ihn, dass sie gleichzeitig stöhnte. »Dazu bringst du mich bestimmt nicht.«

Diese herrliche Herausforderung nahm er natürlich gerne an.

Seine Hände waren abwechselnd leicht wie Feenflügel oder hart wie Stahl. Jede Berührung rief neues Verlangen in ihr wach. Er hatte eine Art, wie sie es, selbst als sie sich in ihrer Fantasie vorgestellt hatte, einmal mit ihm zu schlafen, nie auch nur erträumt hätte. Andere Männer hatten ihr nie so viel gegeben und sie nie dazu verführen können, so viel zu erwidern. Mit Shawn zusammen genoss sie die unbegrenzte Freiheit. Es war eine eigenartige Mischung aus verruchter Überraschtheit, problemlosem Erkennen …

Und Vertrauen, vollkommenem Vertrauen.

Sie öffnete sich ihm bereitwillig. Vielleicht hätte sie dank seiner Fähigkeiten auch nicht anders gekonnt, aber sie war Willens, alles zu nehmen und zu erwidern, was er bot.

Erschüttert von den Schockwellen ihres Verlangens gab sie sich schließlich geschlagen. Sie unterwarf sich ihm wie niemandem zuvor.

Als würde er es spüren, führte er sie sofort wieder – dieses Mal beinahe quälend langsam – in ungeahnte Höhen, bis ihr Körper nur noch eine Masse roher, schmerzender Nervenenden war.

Ihre Haut war feucht vom Schweiß, und ihre Hitze brachte sein Herz vor Verlangen beinahe zum Stillstand. Sie bewegte sich mit einem weichen, sinnlich femininen Rhythmus, der das schmerzliche Bedürfnis nach völligem Einssein ihrer beiden Leiber in ihm weckte. Mit zusammengekniffenen Augen sah er ihr ins Gesicht, während er seine eigene Begierde bekämpfte, bis sie zitternd in sich zusammensank.

Und schluchzend seinen Namen rief.

Erst dann schob er sich härter, als es seine Absicht war, weit in sie hinein. Sie jedoch reckte sich ihm abermals entgegen, nahm ihn in ihrer Tiefe auf und passte sich seinem Tempo an. Ihre Körper klatschten aufeinander und ihre Herzen trommelten wie eines. Berauscht zog er ihre Hüften noch fester an seine Lenden, schob sich noch tiefer in sie hinein und drängte sie gemeinsam in Richtung der vollkommenen Ekstase.

»Keine außer dir, Brenna.« Das Blut in seinen Adern pochte in einem primitiven, gleichmäßigen Takt. »Sag du es mir auch. Sag du es mir auch.«

»Keiner außer dir.« Bei diesen Worten explodierten vor ihren Augen plötzlich Tausende von Sternen, und trunken vor Liebe ergoss er sich in ihr.

15

Brenna gehörte zu den Frühaufstehern. Falls sie, was selten geschah, länger schlief, lag es meist daran, dass sie am Vorabend mehr als üblich getrunken hatte.

Demnach war sie, da sie während der Arbeit im Pub nur Mineralwasser getrunken hatte, ehrlich überrascht, als ihr beim Aufwachen bereits die Sonne ins Gesicht schien. Und die zweite Überraschung bestand darin, dass sie nur deshalb nicht aus dem Bett gefallen war, weil Shawn seinen Arm um sie gelegt hatte.

Er hatte sich in der Mitte des Bettes ausgebreitet und sie ganz an den Rand gedrängt. Aber, dachte sie, zumindest hatte er freundlicherweise dafür gesorgt, dass sie dort auch blieb und nicht irgendwann mit dem Gesicht voran auf dem Fußboden landete.

Sie versuchte, sich umzudrehen, und ihn zur Seite zu schieben, um aufstehen zu können, er jedoch verstärkte seinen Griff und zog sich weit genug zurück, bis sie in der gemütlichen »Löffelchen-Stellung« dicht an seinem Bauch lag.

»Du magst zu der Sorte von Faulenzern gehören, die den halben Vormittag im Bett verbringen, aber ich tue das nicht.« Sie wollte sich ihm entwinden und stieß bei dem Versuch auf die interessante Tatsache, dass nicht alles an ihm schlief. »Ach, schon wach?« Grinsend schob sie seine Arme beiseite. »Aber ich nicht. Ich will duschen und eine Tasse Kaffee.«

Knurrend ließ er seine Hand auf eine ihrer Brüste wandern.

»Und behalt deine Hände bei dir. Ich will nichts von diesem Unsinn wissen, bevor ich nicht meinen Kaffee getrunken habe.«

Er spreizte ihre Beine und bewies, dass sie gelogen hatte. »Nun.« Seine Stimme klang verschlafen, aber sein Arm war stark genug, um sie am Aufstehen zu hindern. »Dann bleib eben einfach ruhig liegen, während ich dich schamlos ausnutze.«

Als sie später in die Dusche wankte, dachte sie, es wäre wirklich kein allzu großes Opfer, sich hin und wieder morgens auf diese Weise ausnutzen zu lassen.

Sie drehte das Wasser auf und stellte die Temperatur, da sie vollkommen erhitzt war, auf lauwarm. Dann stieg sie in die alte klauenfüßige Wanne, zog den Vorhang zu und hielt ihren Kopf unter den dünnen Strahl, um ihr Haar nass zu machen.

Was mit so wenig Wasser und so vielen Haaren alles andere als einfach war, doch sie hatte ihr Ziel beinahe erreicht, als plötzlich der Vorhang aufgezogen wurde. Sie öffnete ein Auge und blickte auf Shawn.

»Ich kann mir nicht vorstellen, dass du schon wieder Ärger machen willst.«

»Wollen wir wetten?«, fragte er und stieg zu ihr in die Wanne.

Die Wette hätte sie verloren.

Mit leicht wackligen Beinen griff sie schließlich nach einem Handtuch. »Und jetzt halt endlich Abstand«, warnte sie und schlang das Handtuch um sich. »Ich habe keine Zeit mehr. Irgendwann muss ich auch mal nach Hause.«

»Ich nehme an, dann hast du auch keine Zeit mehr für ein paar Pfannkuchen.«

Sie schob sich die nassen Haare aus den Augen. »Du machst Pfannkuchen?«

»Eigentlich hatte ich das vor, aber wenn du es so eilig hast, mache ich mir vielleicht nur ein Rührei.«

Er war bereits abgetrocknet und putzte sich die Zähne, was eine intime, doch derart beiläufige Handlung war, dass sie sie kaum bemerkte. »Ich nehme an, so eilig habe ich es nun auch wieder nicht. Hast du vielleicht noch eine zweite Zahnbürste?«

»Nein, aber ich denke, unter den gegebenen Umständen kannst du ruhig auch meine nehmen.«

Sie hatte eine Zahnbürste sowie ein paar andere grundlegende Utensilien bei Darcy deponiert, war am Vorabend jedoch zu abgelenkt gewesen, um daran zu denken. »Würde es dir etwas ausmachen, wenn ich ein paar Sachen hier lassen würde? Es wäre einfach praktischer.«

Er beugte sich über das Waschbecken, damit sie den Triumph in seinen Augen nicht bemerkte. Ein weiterer Schritt in die gewünschte Richtung. »Es ist Platz genug.« Er reichte ihr die Zahnbürste. »Aber solange du nichts hier hast, nimmst du einfach das, was du brauchst. Ich koche schon mal den Kaffee.«

»Danke.«

Im Schlafzimmer zog er sich seine Jeans und seinen Wollpullover an. Wenn er nicht im Pub hätte arbeiten müssen, hätte er sicher einen Weg gefunden, sie dazu zu überreden, den Tag mit ihm gemeinsam zu verbringen. So jedoch hatten sie höchstens noch eine Stunde.

Allerdings konnte er deutlich vor sich sehen, wie es zwischen ihnen sein könnte. Sie hätten zahllose Vormittage wie diesen, an denen sie sich erst lieben und dann gemeinsam frühstücken würden, bevor jeder seiner Wege ginge. Brenna säße abends, wenn er arbeiten würde, eine

Weile bei ihm in der Küche. Und anschließend würde sie ihn zu Hause erwarten.

Auf dem Weg die Treppe hinunter sagte er sich, dass es bis dahin noch ein paar Schritte wären. Aber er konnte und wollte ganz einfach nicht glauben, dass er einen Menschen so liebte, ohne einen Weg zu finden, auch sein Leben mit ihm zu verbringen.

Sie bräuchten ihr eigenes Haus mit einer großen Küche und genügend Schlafzimmern für die Familie, die sie gründen würden. Er hatte genug gespart, um ein hübsches Grundstück kaufen zu können. Er stellte das Kaffeewasser auf und zog, da er lieber Tee trank, auch die Teekanne hervor.

Dann holte er Mehl, Buttermilch und Eier und hätte beinahe den Karton fallen gelassen, als es plötzlich klopfte.

»Tut mir Leid.« Lachend betrat Mary Kate die Küche. »Ich wollte dich nicht erschrecken.« Ihre Wangen waren gerötet von dem Spaziergang durch die morgendliche Kälte, und ihre Augen glänzten. »Heute ist mein freier Tag. Ich war gerade unterwegs und da dachte ich, ich komme einfach kurz vorbei.«

Er suchte fieberhaft nach einem Weg, sie möglichst schnell und höflich hinauszukomplimentieren, ehe es zu einem Unglück kam. Ehe ihm jedoch etwas Passendes eingefallen war, war es auch schon zu spät.

»Warum rieche ich noch keinen Kaffee?«, wollte Brenna wissen. »Du machst einen noch vor zehn Uhr morgens völlig fertig, und dann schaffst du es noch nicht mal …« Ihre Stimme erstarb einfach, als sie in den Raum kam und ihre Schwester sah.

Alle Farbe wich aus Mary Kates Gesicht, und ihre Augen verrieten den tiefen Schmerz. Während eines Augenblicks standen alle wie angewurzelt da. Wie Schauspieler in einem schlechten Stück, bei dem man wusste, dass es nach Heben des Vorhangs zur Katastrophe kommen würde.

Shawn legte eine Hand auf Katies Arm. »Mary Kate.« Er sagte es ganz leise, und das Mitgefühl in seiner Stimme riss sie aus der Erstarrung. Sie machte sich unsanft von ihm los und lief in Richtung Tür.

»Mary Kate, warte!« Brenna wollte ihr schon nachlaufen, als ihre Schwester sich, puterrot vor Scham und Zorn, zu ihr umdrehte.

»Du warst mit ihm im Bett. Du bist eine Lügnerin und Heuchlerin.« Sie holte aus und da Brenna noch nicht einmal versuchte, sich zu schützen, verpasste sie ihr einen harten Schlag, der sie zu Boden gehen ließ. »Und außerdem noch eine Hure.«

»Das reicht.« Dieses Mal griff Shawn nicht mitfühlend, sondern grimmig nach ihrem Arm. »Du hast weder das Recht, deine Schwester zu schlagen, noch so mit ihr zu reden.«

»Es ist schon in Ordnung.« Brenna schob sich auf ihre Knie. Mehr ließ das schreckliche Gewicht, das plötzlich auf ihr lastete, ganz einfach nicht zu.

»O nein, es ist nicht in Ordnung. Auf mich kannst du so wütend sein, wie du willst«, sagte er zu Mary Kate. »Und es tut mir wirklich Leid, falls ich dich in irgendeiner Weise verletzt habe. Aber das, was zwischen Brenna und mir ist, hat mit dir nicht das Geringste zu tun.«

Am liebsten hätte sie geweint. Am liebsten hätte sie geschrien, und sie fürchtete, dass sie gleich beides tun würde. In dem verzweifelten Kampf um einen Rest von Würde hob Mary Kate den Kopf und trat einen Schritt zurück. »Du hättest mich nicht derart zum Narren halten müssen.

Du wusstest, was ich für dich empfinde. Und ich empfinde immer noch etwas für dich, nur ist es jetzt statt Liebe blanker Hass. Ich hasse dich, ich hasse euch beide.«

Sie öffnete die Tür und flüchtete nach draußen.

»Himmel!« Shawn bückte sich, zog Brenna auf die Füße und legte eine Hand auf ihre feuerrote Wange. »Es tut mir Leid, es tut mir wirklich Leid. Sie hat das, was sie gesagt hat, bestimmt, nicht so gemeint.«

»Oh doch. Im Augenblick empfindet sie genau das, was sie gesagt hat. Ich weiß, wie diese Dinge sind. Ich muss ihr sofort nach.«

»Ich komme mit.«

»Nein.« Es brach ihr das Herz, als sie sich von ihm löste. »Das muss ich allein tun. Es würde ihr nur noch mehr wehtun, wenn sie uns jetzt zusammen sähe. Was habe ich mir nur dabei gedacht?« Sie schloss verzweifelt ihre Augen und presste ihre Finger gegen ihre Lider. »Was habe ich mir nur dabei gedacht?«

»Du hast an mich gedacht, genau wie ich an dich. Dazu haben wir alles Recht der Welt.«

Sie ließ ihre Hände sinken und machte die Augen wieder auf. »Sie bildet sich ein, dass sie in dich verliebt ist. Daran hätte ich ebenfalls denken müssen. Und jetzt muss ich sehen, ob ich nicht vielleicht doch noch irgendetwas retten kann.«

»Während ich hier herumsitze und Däumchen drehe?«

»Sie ist meine Schwester«, antwortete Brenna schlicht und wandte sich zum Gehen.

Sie rannte, so schnell sie konnte, aber Katie hatte einen guten Vorsprung und längere Beine. Als Brenna sie endlich erblickte, stürzte sie bereits, gefolgt von ihrer gelben Hündin, den Hügel hinunter in Richtung ihres Hauses.

»Mary Kate, warte!« Brenna verfiel in einen Sprint und

holte ihre Schwester am Rand des Gartens ein. »Warte. Du musst mich dir die Sache erklären lassen.«

»Was gibt es denn da zu erklären? Du hast mit Shawn Gallagher geschlafen. Das war nicht zu übersehen. Immerhin bist du mit noch nassen Haaren in seine Küche gekommen.«

»So ist es nicht.« Aber hatte es nicht genau so angefangen? War es nicht zu Anfang genau so gewesen?

»Sicher habt ihr beide ganz schön über mich gelacht.«

»Nein, niemals. Ich habe nicht einmal daran gedacht –«

»Du hast nicht einmal daran gedacht, dass es mich auch noch gibt, nicht wahr?« Mary Kate brüllte so laut, dass sich die Hündin vorsichtshalber verzog. »Toll, wirklich toll! Dann benimmst du dich also wie eine Hure bei dem Mann, von dem du genau weißt, dass ich etwas für ihn empfinde, ohne dabei auch nur einen einzigen Gedanken an mich zu verschwenden.«

Brennas Augen blitzten auf. »Du hast mich vorhin schon mal eine Hure genannt und ich habe es mir bieten lassen. Du hast mir ins Gesicht geschlagen, und auch dagegen habe ich mich nicht gewehrt. Du hast mir deutlich zu verstehen gegeben, wie du die Sache siehst. Aber dafür hörst du dir jetzt endlich auch meine Version dieser Geschichte an.«

»Fahr doch zur Hölle!« Mary Kate versetzte Brenna einen harten Stoß, machte auf dem Absatz kehrt und marschierte Richtung Tür.

Und atmete keuchend aus, als Brenna sie von hinten angriff. »Du willst die Sache also klären, indem wir zwei uns prügeln. Kein Problem.« Sie packte die Haare ihrer Schwester und zog sie ruckartig nach hinten, als plötzlich die Tür aufgerissen wurde und ihre Mutter auf sie zulief.

»Was zum Teufel geht hier vor sich? Lass sofort deine Schwester los, Mary Brenna.«

»Sobald sie sich bei mir dafür entschuldigt, dass sie mich zweimal an einem Morgen als Hure tituliert hat.«

»Hure!«, brüllte ihre kleine Schwester unter Tränen der Schmerzen und des Zorns. »Schließlich sind aller guten Dinge drei.«

Sie rollten sich gemeinsam auf der Erde, doch ohne zu zögern packte Mollie jede ihrer beiden Töchter an einem ihrer Arme und zog sie auseinander. Da es jedoch war, als würde sie versuchen, zwei fauchende Wildkatzen zu trennen, versetzte sie jeder der beiden noch eine harte Kopfnuss, damit sie beide sitzen blieben, wo sie waren.

»Ich schäme mich für euch, ich schäme mich für euch beide. Ihr geht sofort ins Haus, und ein Wort ohne meine Erlaubnis, und ihr bekommt beide eine Tracht Prügel, die ihr ganz sicher nicht so schnell vergesst.«

Mary Kate stand mühsam auf, strich sich den Schmutz von ihren Kleidern, senkte den Kopf und formte, als sie Brennas Blick begegnete, tonlos nochmals das Wort »Hure«. Es erfüllte sie mit einer bösartigen Freude zu sehen, wie Brenna wütend ausholte und Mollie ihr eine weitere Kopfnuss verpasste.

»Eine erwachsene Frau«, murmelte Mollie und scheuchte ihre Töchter vor sich in Richtung Haus. Mick bemühte sich verzweifelt, Missbilligung zu zeigen, Alice Mae blinzelte verwundert, und Patty bedachte ihre Schwestern über die Schulter des Vaters hinweg mit einem möglichst herablassenden Blick.

»Setzt euch!« Sie wies mit ausgestrecktem Finger in Richtung zweier Stühle und warf ihren anderen Töchtern einen strengen Blick zu. »Patty, Alice Mae, ich glaube, ihr habt anderes zu tun. Falls nicht, finde ich sicher jede Menge Dinge, um euch eine Zeit lang zu beschäftigen.«

»Sie hat wirklich einen ziemlichen Treffer gelandet, Brenna.« Alice Mae begutachtete Brennas Wange und schnalzte anerkennend mit der Zunge.

»Ein zweites Mal wird ihr das sicher nicht gelingen.«

»Ruhe«, schnauzte Mollie. Sie war am Ende ihrer Geduld und wies rigide Richtung Tür. »Raus.«

»Komm, Alice.« Patty legte eine Hand auf die Schulter ihrer jüngsten Schwester. »Es bringt nichts, sich weiter die beiden Sünderinnen anzugucken.« Sobald sie jedoch aus der Tür waren, gingen sie dort in die Hocke, um durchs Schlüsselloch zu spähen und zu hören, was gesagt wurde.

Als Mick ebenfalls diskret den Raum verlassen wollte, bedachte Mollie ihn mit einem ebenso strengen Blick. »Oh, nein, Michael O'Toole, du bleibst schön brav hier. Das Ganze geht dich ebenso viel an wie mich. Und jetzt –« Sie stemmte ihre Hände in die Hüften und sah die beiden Mädchen an. »Wüsste ich gerne, wie das Ganze angefangen hat. Brenna?«

»Das ist eine persönliche Sache nur zwischen mir und Mary Kate.« Sie blickte erst auf ihre Mutter und dann auf ihren Vater, während dieser an den Herd trat, um sich eine Tasse Tee zu holen.

»Wenn es eine Sache gibt, die dazu führt, dass eine von euch die andere mit Schimpfnamen belegt und ihr euch wie zwei Straßenköter balgt, dann geht sie nicht mehr nur euch beide etwas an. Auch wenn du inzwischen beinahe fünfundzwanzig bist, Mary Brenna Catherine O'Toole, lebst du immer noch hier unter meinem Dach, und ich dulde ein solches Verhalten einfach nicht.«

»Tut mir Leid.« Brenna faltete die Hände auf der Tischplatte und senkte ihren Kopf.

»Mary Kate? Was hast du zu deiner Verteidigung zu sagen?«

»Dass ich, wenn sie weiter hier in diesem Haus lebt, ausziehe.«

»Das steht dir natürlich frei«, erklärte Mollie kühl. »Ich setze nämlich ganz sicher keine meiner Töchter jemals vor die Tür. Jede von euch ist hier so lange willkommen, wie sie sich bei uns wohl fühlt.«

»Selbst, wenn sie eine Hure ist?«

»Hüte deine Zunge, Mädchen.« Mick trat einen Schritt nach vorn. »Wenn ihr euch schlagen wollt, dann ist das eine Sache. Aber eurer Mutter gegenüber zeigt ihr alle gefälligst stets Respekt und eure Schwestern belegt ihr nicht mit derartigen Schimpfworten.«

»Frag sie doch selbst, ob ich nicht vielleicht Recht habe.«

»Mary Kate.« Brennas Stimme war nur ein leises Flüstern, ja, sie klang beinahe flehend.

Auch wenn ihre Lippen bebten, konnte die jüngere Schwester ihren Zorn noch immer nicht bezwingen. »Frag sie doch, wo sie letzte Nacht verbracht hat.«

Die Teetasse fiel krachend auf den Boden, als Mick sie versehentlich über den Rand der Arbeitsplatte schob. Voller Scham und Elend schloss Brenna die Augen.

»Ich gebe zu, dass ich bei Shawn war. Es war nicht das erste Mal und ich war jedes Mal aus freien Stücken dort. Tut mir Leid, dass ich dir damit wehgetan habe.« Sie stand unsicher auf. »Aber dass ich ihn gern habe, macht mich noch nicht zu einer Hure. Und du weißt genau, wenn du mich zwingst, mich zwischen euch zu entscheiden, breche ich die Beziehung zu ihm ab.«

Sie brauchte ihren ganzen Mut, um sich umzudrehen und ihre Eltern anzusehen. Das Verständnis in den Augen ihrer Mutter hätte sie vielleicht getröstet, doch ihr Vater schien völlig entsetzt. »Das alles tut mir furchtbar Leid. Es tut mir Leid, dass ich euch gegenüber nicht ganz ehrlich war. Aber jetzt kann ich nicht mehr darüber reden. Ich kann einfach nicht.«

Sie eilte aus der Küche und hätte sicher nicht auf Patty und Alice Mae geachtet, hätte Patty sie nicht entschieden festgehalten. »Nimm es nicht so tragisch, meine Liebe«, murmelte sie und gab ihrer Schwester einen Kuss.

Dadurch brachen die Tränen, die Brenna in der Kehle brannten, endlich aus, und blind stürzte sie die Treppe in Richtung ihres Schlafzimmers hinauf.

In der Küche wandte sich Mollie nun an Mary Kate. Beide Töchter taten ihr unendlich Leid, doch es wäre besser, wenn sie beiden getrennt den Kopf zurechtrückte.

Das Einzige, was man in der Küche hörte, war jämmerliches leises Schluchzen. Wortlos setzte sich Mollie auf den Stuhl, von dem Brenna zuvor aufgesprungen war.

Keiner der beiden Frauen fiel es auf, als Mick den Raum verließ.

»Ich weiß, wie es ist, wenn man derartige Gefühle für einen Menschen hegt«, begann Mollie mit leiser Stimme. »Wenn man einen Menschen in einem strahlend hellen Licht sieht, als denjenigen, der die Antworten auf alle Fragen weiß und all die Löcher im eigenen Leben füllt. Das ist immer gleich, egal ob man zwanzig oder vierzig ist. Ich hege keinen Zweifel an dem, was du empfindest, Katie.«

»Ich liebe ihn.« Ihre Stimme klang immer noch trotzig, doch gleichzeitig rann ihr eine einzelne Träne über das Gesicht. »Und das hat sie genau gewusst.«

»Es ist hart, solche Gefühle für einen Menschen zu haben, der sie nicht erwidert.«

»Vielleicht hätte er es ja irgendwann getan, aber sie musste sich ihm ja derart an den Hals werfen.«

»Katie, Liebling.«

Es gab vieles, was sie hätte sagen können. Der Mann ist zu alt für dich, das, was du empfindest, ist nichts als jugendliche Schwärmerei, es wird wieder vergehen, du wirst dich noch mindestens ein halbes Dutzend Mal verlieben, ehe du dem Richtigen begegnest. Stattdessen nahm sie einfach Katies Hand.

»Shawn empfindet etwas für Brenna«, erklärte sie ruhig. »Und zwar schon seit langer Zeit. Ebenso wie sie für ihn. Keiner der beiden gehört zu der Art Menschen, die es darauf anlegen, andere zu verletzen. Das weißt du ganz genau.«

»Ich war ihnen vollkommen egal.«

»Sie hatten einfach nur Augen füreinander, und da haben sie dich eine Zeit lang ganz einfach übersehen.«

Es machte alles nur noch schlimmer, dass ihre Mutter ihr mit einem solchen Mitgefühl begegnete und dadurch ihr Empfinden, sich zur Närrin gemacht zu haben, noch verstärkte. »So, wie du sprichst, klingt es, als wäre es völlig in Ordnung, dass die beiden einfach miteinander schlafen.«

Sie befanden sich auf einem höchst gefährlichen Terrain, also sagte Mollie: »Das habe ich damit nicht gemeint. Das ist eine Sache, die Brenna mit sich allein ausmachen muss. Es steht weder dir noch mir zu, sie deshalb zu verurteilen. Hier in diesem Haus wirft niemand mit Steinen nach dem anderen.«

Inzwischen rann ein wahrer Tränenstrom über Mary Kates Wangen, und sie starrte ihre Mutter böse an. »Dann bist du in dieser Sache also auf ihrer Seite.«

»Nein. Ich habe im Moment zwei verletzte Töchter, die ich gleichermaßen liebe. Falls irgendjemand sich auf die Seite eines anderen gestellt hat, dann Brenna, indem sie gesagt hat, dass sie sich, wenn du sie vor die Wahl stellst, gegen ihn entscheidet, obwohl du gar nicht sicher wissen kannst, wie tief ihre Gefühle für Shawn tatsächlich sind. Ist es das, was du willst, Mary Kate? Würde dadurch dein Schmerz besänftigt und dein Stolz wiederhergestellt?«

Der innere Aufruhr drohte sie zu überwältigen, und Mary Kate legte den Kopf auf die Tischplatte und begann zu schluchzen wie ein kleines Kind.

Als Mann und als Vater blieb einem nichts anderes übrig, als solche Angelegenheiten in die Hand zu nehmen. Mick hätte sich lieber die Finger einzeln brechen lassen, als sie dazu zu benutzen, an die Tür des Faerie Hill Cottages zu klopfen, aber er hatte keine andere Wahl.

Seine älteste Tochter hatte sich tatsächlich einfach einem Mann hingegeben und dadurch seine wunderbaren Illusionen über ihr jungfräuliches Leben gnadenlos zerstört. Er war nicht dumm. Er wusste, dass Frauen jeden Alters bestimmte Bedürfnisse hatten. Aber bei seinen eigenen Töchtern wurde er mit diesen Dingen höchst ungern konfrontiert.

Und mit den Bedürfnissen der Männer kannte er sich aus. Auch wenn er Shawn Gallagher im Grunde mochte, ließ sich die Tatsache nicht leugnen, das der Bastard Hand an sein Baby gelegt hatte.

Also klopfte er entschieden an, um die Angelegenheit zivilisiert, doch ein für alle Mal zu klären.

Die Tür wurde geöffnet, und Mick rammte Shawn die Faust ins Gesicht.

Shawns Kopf krachte nach hinten, doch obwohl er schwankte, hielt er sich tapfer auf den Beinen. Der Bursche war härter, als er aussah.

Mick hob erneut die Fäuste, denn ein Schlag reichte anscheinend nicht aus.

»Komm schon, wehr dich. Du elender Hurensohn, ich werde den Boden mit dir wischen.«

»Nein, Sir.« Shawn dröhnte der Schädel, und am liebsten hätte er seinen Unterkiefer kreisen lassen, um sich zu vergewissern, dass er nicht gebrochen war, doch stattdessen blieb er reglos stehen. Sein Gegenüber war halb so groß und beinahe doppelt so alt wie er. »Hauen Sie mir ruhig noch eine rein, wenn es Ihnen ein Bedürfnis ist, aber ich werde mich nicht mit Ihnen schlagen.«

»Dann bist du also obendrein auch noch ein Feigling.« Mick tänzelte über die Schwelle, schlug Shawn auffordernd gegen die Brust und täuschte einen zweiten Hieb in Richtung seines Unterkiefers vor. Wenn auch ungern, musste er den Jungen dennoch bewundern. Er zuckte noch nicht einmal zusammen.

»Sie kommen wegen Ihrer Tochter. Ich kann mich ja wohl kaum dagegen wehren, wenn ich an Ihrer Stelle genau dasselbe tun würde.« Dann jedoch kam ihm ein schrecklicher Gedanke, und plötzlich ballte er trotz seiner verständnisvollen Worte doch die Fäuste. »Haben Sie etwa auch sie deshalb geschlagen?«

Jetzt wurde der Knabe tatsächlich noch beleidigend! »Verdammt, Junge, ich habe noch nie die Hand gegen eins meiner Mädchen erhoben. Das überlasse ich, wenn's sein muss, immer ihrer Mutter.«

»Dann ist mit ihr also alles in Ordnung? Würden Sie mir bitte nur sagen, ob mit ihr alles okay ist?«

»Nein, wir haben sie der Reihe nach verprügelt und ihr Hirn zu Kartoffelbrei verarbeitet.« Seufzend ließ Mick die Fäuste sinken. Er brachte es nicht übers Herz, sie nochmals einzusetzen. Aber deshalb war die Sache noch lange nicht erledigt. »Du hast mir eine Menge Fragen zu beantworten, Gallagher.«

Shawn nickte mit dem Kopf. »Ja. Hätten Sie die Antworten gern hier auf der Schwelle oder setzen wir uns vielleicht doch lieber mit einem Whiskey in die Küche?«

Mick rieb sich das Kinn und musterte Shawn nachdenklich. »Ein Whiskey wäre in Ordnung.«

Auch wenn sein Zorn noch nicht verraucht war, folgte er Shawn in Richtung Küche und blieb, als dieser die Flasche aus dem Schrank nahm und zwei Gläser mit feinem Jameson's füllte, weiter abwartend stehen.

»Wollen Sie nicht Platz nehmen, Mr. O'Toole?«

»Nun, selbst in einem Augenblick wie diesem zeigst du tatsächlich noch Manieren.« Stirnrunzelnd setzte Mick sich an den Tisch, griff nach seinem Glas und sah Shawn über den Rand böse an. »Du hast meine Tochter angerührt.«

»Das ist richtig.«

Mick knirschte mit den Zähnen und ballte abermals die Fäuste. »Und welche Absichten hast du gegenüber meiner Mary Brenna?«

»Ich liebe sie und will sie heiraten.«

Mick atmete zischend aus, fuhr sich mit der Hand durch die Haare, leerte sein Glas in einem Zug und hielt es Shawn umgehend wieder hin. »Nun, warum zum Teufel hast du das nicht gleich gesagt?«

»Ah …« Shawn betastete vorsichtig seinen Kiefer und bewegte ihn langsam hin und her. Anscheinend war er nicht gebrochen, sondern lediglich geprellt. »Ich stehe dabei vor einem gewissen Dilemma.«

»Und was für ein Dilemma soll das sein?«

»Ich habe mit Brenna noch nicht über das Thema gesprochen. Wissen Sie, wenn ich es täte, würde sie ganz sicher zu dem Schluss kommen, dass sie mich nicht will. Also arbeite ich daran, sie dazu zu bringen, dass sie meint, sie sei selbst auf den Gedanken gekommen. Dann wird sie nämlich alles daransetzen, mich dazu zu bewegen, sie zu nehmen.«

Mick starrte Shawn mit großen Augen an und stellte kopfschüttelnd seinen Whiskey auf den Tisch. »Himmel, du kennst sie wirklich gut, nicht wahr?«

»Allerdings. Und ich liebe sie von ganzem Herzen. Ich will den Rest meines Lebens mit ihr verbringen. Es gibt nichts, was ich mir mehr wünsche. »Also …« Einigermaßen erschöpft leerte nun auch er sein Glas. »Ich denke, damit wäre alles gesagt.«

»Du weißt, wie du einem den Wind aus den Segeln nehmen kannst.« Mick hob das Glas erneut an seine Lippen. »Ich liebe meine Mädchen, Shawn. Jede von ihnen ist für mich wie ein Juwel. Als ich meine Maureen zum Altar geführt habe, um sie ihrem Mann zu übergeben, war ich über alle Maßen stolz, doch zugleich brach mir das Herz. Eines Tages wirst du wissen, wie das ist. Und bald muss ich das Gleiche mit meiner Patty tun. Beide Mädchen haben Männer ausgewählt, die ich gerne Söhne nenne.«

Er hielt Shawn sein Glas hin und wartete, bis es erneut gefüllt war. »Und meine Brenna hat einen mindestens ebenso guten Geschmack und ist mindestens ebenso vernünftig wie ihre beiden Schwestern.«

»Danke.« Erleichtert genehmigte Shawn sich ebenfalls einen dritten Whiskey. »Ich hoffe, sie kommt auch bald dahinter, aber – ich hoffe, Sie haben nichts dagegen, wenn ich es so sage – sie ist manchmal ziemlich starrsinnig.«

»Schon in Ordnung. Auf ihren Starrsinn bin ich sogar stolz.« Trotzdem runzelte Mick plötzlich erneut die Stirn. »Das, was augenblicklich zwischen euch beiden vorgeht, kann ich einfach nicht billigen.« Es fiel ihm auf, dass Shawn Manns genug war, ihm ins Gesicht zu blicken, gleichzeitig jedoch so viel Vernunft besaß, sich eine Bemerkung zu verkneifen. Himmel, wer hätte gedacht, dass Brenna ausgerechnet in dem jungen Gallagher einen ebenbürtigen Partner finden würde? »Aber ihr beide seid erwachsen, und so wird meine Ablehnung euch beide nicht davon abhalten, weiter ... nun, zu diesem speziellen Thema sage ich wohl besser nichts mehr.«

Sie tranken schweigend ihren Whiskey.

»Mr. O'Toole.«

»Ich denke, so wie die Dinge stehen, nennst du mich vielleicht besser Mick.«

»Mick, die Sache mit Mary Kate tut mir sehr Leid. Ich schwöre, ich habe sie nie auch nur –«

Ehe Shawn den Satz beenden konnte, winkte Mick schon ab. »Deswegen kann ich dir keinen Vorwurf machen. Unsere Katie ist ein schwärmerisches Mädchen, und sie hat ein junges, zartes Herz. Ich sehe zwar nicht gerne, dass sie augenblicklich leidet, aber deswegen kann ich niemandem irgendwelche Vorwürfe machen.«

»Brenna wird denken, sie hätte Schuld an Mary Kates Unglück, und deshalb wird sie sich sicher zunächst vor mir zurückziehen. Wenn ich sie nicht lieben würde, könnte ich sie einfach gehen lassen und mit meinem alten Leben fortfahren.«

»Zeit.« Mick leerte abermals sein Glas und dachte, dies wäre ein guter Morgen, um sich ein wenig zu betrinken. »Wenn du erst älter bist, wirst du erkennen, dass sie tatsächlich viele Wunden heilt. Womit ich allerdings nicht sagen will, dass du einfach tatenlos herumsitzen und die Zeit verstreichen lassen sollst.«

»Ich suche ein Stück Land«, wechselte Shawn abrupt das Thema. Angenehmerweise zeigte der Whiskey langsam Wirkung.

»Wie bitte?«

»Ich suche ein Stück Land. Ich will es für Brenna kaufen. Sicher würde sie sich gern ein eigenes Haus bauen, oder nicht?«

Tränen der Rührung glitzerten in Micks Augen. »Davon hat sie immer schon geträumt.«

»Ich weiß, dass sie davon träumt, einmal etwas von Grund auf aufbauen zu können, und ich hoffe, dass sie beim Bau des Theaters die Gelegenheit bekommt.«

»Ja, ich habe ihr ein bisschen geholfen, als sie den Plan gezeichnet hat.«

»Würdest du vielleicht dafür sorgen, dass ich diesen Plan bekomme, damit ich ihn weitergeben kann? Sie selbst wird ihn mir im Moment wohl eher nicht bringen.«

»Ich lege ihn dir morgen in die Küche.«

»Sehr gut. Das Theater ist für Brenna, uns und vielleicht für alle Menschen hier in Ardmore natürlich ziemlich wichtig. Aber ein eigenes Zuhause ist wesentlich bedeutsamer als ein Ort, an dem man lediglich Geschäfte macht.«

»Das sieht sie sicherlich genauso.«

»Wenn du von einem Grundstück hörst, von dem du glaubst, dass es passen könnte, sagst du mir dann vielleicht Bescheid?«

Mick zog sein Taschentuch hervor, putzte sich die Nase und freute sich zu sehen, dass Shawn ihm, ohne dass er hätte darum bitten müssen, nochmals nachschenkte. »Das werde ich tun.« Er kniff seine vom Alkohol schon ein wenig glasigen Augen zusammen und sah dem Jungen ins Gesicht. »Was macht der Kiefer?«

»Tut höllisch weh.«

Lachend stieß Mick mit ihm an. »Tja, das ist schon mal nicht schlecht.«

Während sich die beiden Männer über ihrem Jameson's verbündeten, hatte Mollie alle Hände voll zu tun. Erst nach beinahe einer Stunde des Streichelns, Tätschelns und mitfühlenden Seufzens hatte sie die vom Weinen vollkommen erschöpfte Mary Kate im Bett, presste die Finger zur Lindcrung ihrer bohrenden Kopfschmerzen gegen die geschlossenen Lider, trat vor die Tür von Brennas Zimmer und klopfte leise an.

Sie sagte sich, dass sie mehrere Kinder gewollt und bekommen hatte und dass sie dafür dankbar war.

Nur manchmal war es wirklich etwas anstrengend.

Brenna lag mit geschlossenen Augen zusammengerollt auf ihrem Bett. Alice Mae hockte im Schneidersitz daneben und strich ihr zärtlich übers Haar, und Patty saß mit Tränen in den Augen auf dem Fußboden.

Alles in allem war es ein schöner Anblick. Patty war derart romantisch veranlagt, dass sie natürlich automatisch auf Brennas Seite stand. Und Alice Mae konnte das Unglück eines anderen Menschen ganz einfach nicht ertragen.

Mollie brauchte nur zu winken, damit die beiden Mädchen sich erhoben. »Ich möchte allein mit Brenna sprechen.«

Als sie an das Bett trat, sah sie, dass Brenna sich anspannte. »Tut mir Leid.« Brenna hatte die Augen immer noch geschlossen, und ihre Stimme klang ungewöhnlich rau. »Ich weiß nicht, was ich dazu sagen soll, außer, dass es mir Leid tut. Bitte hass mich nicht dafür.«

»Was für ein Unsinn.« Mollies Stimme hatte einen weniger begütigenden Klang als gegenüber Mary Kate. Sie setzte sich auf die Kante des Bettes und packte ihre Älteste entschieden bei den Schultern. »Weshalb sollte ich dich hassen? Denkst du etwa, ich sei zu alt, um zu verstehen, von welchen Gefühlen du geleitet worden bist?«

»Nein, nein.« Elend rollte sich Brenna noch fester zusammen und legte den Kopf in Mollies Schoß. »Oh, Ma, das alles ist meine Schuld. Ich habe die ganze Sache angefangen. Ich wollte Shawn, also bin ich einfach hingegangen und habe es ihm gesagt. Ich habe ihn so lange bedrängt, bis er … nun, schließlich ist er ein Mann.«

»Ist das alles, was euch beide verbindet? Körperliches Verlangen und der reine Akt?«

»Ja. Nein.« Sie presste ihr Gesicht gegen Mollies tröstlich weichen Leib. »Ich weiß nicht. Aber das ist inzwischen auch vollkommen egal.«

»Das ist ganz sicher nicht egal.«

»Ich kann einfach nicht mit ihm zusammen sein. Ich werde nicht mehr zu ihm gehen. Wenn du wüsstest, wie sie uns beide, wie sie mich angesehen hat. Wenn du den Schmerz in ihrem Gesicht gesehen hättest, bevor der Zorn aufkam. Ich habe nicht ein einziges Mal auch nur an sie gedacht.« Sie rollte sich auf den Rücken und starrte an die Decke. »Ich habe nur an mich gedacht und an das, was in mir vorging, wenn ich mit ihm zusammen war. Und ich habe dich und Dad belogen. Wie sollt ihr mir also je wieder vertrauen?«

»Ich will nicht behaupten, dass es richtig war, uns beide zu belügen, aber ich wusste, dass du mir nicht die Wahrheit sagst.« Beinahe hätte sie gelächelt, als Brenna sie verwundert anstarrte. »Bildest du dir etwa ein, ich hätte meiner Mutter die Wahrheit gesagt, als ich mich an warmen Sommerabenden aus dem Haus geschlichen habe, um Michael O'Toole zu treffen, damit der mich mit seinen Küssen schwindlig macht?« Die Erinnerung an jene Nächte wärmte ihren Blick. »Inzwischen sind wir seit sechsundzwanzig Jahren verheiratet und haben fünf Kinder, und trotzdem glaubt meine Mutter bis zum heutigen Tage, ich hätte bis zu meiner Hochzeit jede Nacht brav daheim in meinem Bett gelegen.«

Seufzend richtete sich Brenna auf, schlang ihre Arme um die Taille ihrer Mutter und legte den Kopf an ihre Schulter. »Ich habe ein schreckliches Verlangen nach ihm, Ma. Ich dachte, nach einer Weile würde es sich legen und dann könnten wir beide ganz einfach weitermachen wie bisher. Aber es wird immer schlimmer statt besser. Und ich habe alles ruiniert, weil ich nicht zu Katie gesagt habe ›Das ist mein Mann, also such dir einen anderen‹, oder was auch immer ich hätte sagen oder tun können. Und jetzt kann ich unmöglich noch mal zu ihm zurück.«

»Beantworte mir eine Frage, und zwar bitte möglichst ehrlich.« Mollie schob ihre Tochter ein wenig von sich und sah ihr ins Gesicht. »Hätte sich Shawn, wenn du nicht dazwischen gestanden hättest, jemals für Katie interessiert?«

»Aber darum geht es doch gar –«

»Beantworte mir bitte nur diese eine Frage.«

»Nein.« Sie atmete schmerzlich aus. »Aber wenn es mich nicht gegeben hätte, hätte er ihr niemals derart wehgetan.«

»Es lässt sich nicht leugnen, dass Fehler gemacht wurden. Aber Mary Kate ist für ihr Elend ebenso verantwortlich wie jeder andere. Dadurch, dass du dich zur Märtyrerin machst, wirst du das, was war, und das, was ist, nicht ändern. Und jetzt machst du am besten erst mal ein kurzes Schläfchen.« Sie küsste Brenna zärtlich auf die Stirn. »Sicher siehst du alles etwas klarer, wenn du erst mal ausgeschlafen bist. Hättest du vielleicht gerne eine Tasse Tee und eine Scheibe Toast?«

»Nein, aber danke. Ich liebe dich so sehr.«

»Bitte, fang nicht wieder an zu weinen. Wenn heute hier noch mehr Tränen vergossen werden, werden wir alle noch ertrinken. Und jetzt zieh dir die Stiefel aus und leg dich schön ins Bett.«

Wie zuvor bei Mary Kate strich Mollie sanft die Decke glatt, setzte sich auf den Rand des Bettes und wartete, bis Brenna einschlief.

Als sie am Fenster vorbei in Richtung Tür ging, sah sie plötzlich Mick, der winkend und leicht schwankend den Weg herunterkam.

»Bei allen Heiligen, es ist noch nicht mal Mittag und der Mann ist sturzbetrunken.« Sie schob sich die Haare aus der Stirn. »Was ist das nur für eine Familie.«

16

Sich für die Arbeit fertig zu machen, war ein schwieriges Unterfangen. Zum Glück war er bereits angezogen, doch eine Rasur war vollkommen unmöglich. Selbst wenn er gewillt gewesen wäre, mit einem Rasiermesser an seinem wunden Kiefer herumzukratzen, war er gerade noch nüchtern genug, um durchaus zu Recht zu befürchten, dass er sich dabei sicher das Gesicht in Streifen schneiden würde.

Also ließ er die Stoppeln, wie sie waren, und dachte, über seine Stiefel stolpernd, es wäre eine gute Idee, das Haus nicht nur in Socken zu verlassen.

Fies, wie er war, nutzte Bub die Chance, sprang ihm auf den Rücken und verpasste ihm, als er versuchte, ihn herunterzuschieben, noch ein paar dicke Kratzer auf dem Handrücken.

»Hinterhältiges Mistvieh!« Er und der Kater sahen sich mit feindseligen Blicken an. »Den Fausthieb von Mick O'Toole habe ich ja vielleicht verdient, aber von dir schwarzherzigem Satansbraten muss ich mir so etwas nicht bieten lassen.« Er machte einen Satz, landete jedoch, statt den Kater, der einen Schritt zur Seite machte, zu erwischen, erneut auf seinem wunden Kiefer. »Verdammt, jetzt habe ich aber allmählich wirklich genug.«

Trotz des Rauschens in seinen Ohren, rappelte er sich mühsam wieder auf. Diese Sache hätte noch Folgen für das Biest. Später. Erst einmal würde er ihn glauben lassen, er hätte den Krieg gewonnen, aber später würde er sich grausam an ihm rächen.

Shawn verarztete seine aufgekratzte Hand und wandte sich zum Gehen. Gewohnheitsmäßig ging er in Richtung seines Wagens, machte eine Pause und stützte sich vorsichtshalber auf den Zaun.

Er war sicher, dass er noch fahren konnte. Schließlich vertrug er einiges. Himmel, schließlich war er ein Gallagher. Doch bei seinem momentanen Glück würde er ganz sicher von der Straße abkommen und sich die Zähne am Lenkrad ausschlagen.

Besser, er ging zu Fuß. Auf diese Weise würde er einen klaren Kopf bekommen, und ein wenig Ordnung in seine Gedanken bringen. Also machte er sich auf den Weg und unterhielt sich während des Gehens durch fröhlichen Gesang.

Ab und zu geriet er ins Stolpern, aber nur einmal fiel er tatsächlich hin. Was natürlich reichte, um sich die Knie an dem einzigen scharfkantigen Felsstück auf der ganzen Straße aufzuschlagen. Gerade, als er sich fluchend wieder aufrappelte, hielt Betsy Clooney – den Wagen voller Kinder – neben ihm.

»Shawn, was ist passiert? Hattest du einen Unfall?«

Er lächelte sie an. Sie hatte wirklich hübsche Kinder, alle blond und blauäugig. Die beiden auf dem Rücksitz stritten gerade miteinander, aber das Jüngste, das auf dem Beifahrersitz festgezurrt war, lutschte zufrieden an einem roten Lutscher und blinzelte ihn wie eine kleine, kluge Eule an.

»Oh, hallo, Betsy. Wie geht's?«

»Hat dich jemand angefahren?« Sie öffnete die Tür, um ihm zu Hilfe zu kommen, während er ihr Baby merkwürdig angrinste und schwankend wie nach einem Boxkampf mit einem Champion wieder auf die Beine kam.

»Nein. Dein Auto ist das erste, das ich heute Morgen sehe.«

»Dein Handrucken blutet, dein Kiefer ist geschwollen, und außerdem hat deine Hose einen Riss am Knie.«

»Ach ja?« Er sah an sich herab, entdeckte neben dem Riss noch jede Menge Schmutz und fluchte lautstark: »Scheiße, sieh dir das mal an«, und fügte, als er an ihre Kinder dachte, noch ein verspätetes »Entschuldigung« hinzu.

Doch inzwischen war sie ihm so nahe, dass sie nicht nur sehen, sondern obendrein auch riechen konnte, was tatsächlich los war. »Shawn Gallagher, du bist ja vollkommen betrunken.«

»Ich glaube, da hast du vielleicht Recht.« Sie hatten zusammen die Schule besucht, und so tätschelte er ihr freundschaftlich die Schulter. »Du hast wirklich wunderbare Kinder, Betsy – aber deine Älteste versucht gerade, ihren Bruder zu erwürgen, und es scheint, als mache sie ihre Sache wirklich gut.«

Betsy wandte lediglich den Kopf, bellte eine kurze Warnung, und sofort ließen die Kinder voneinander ab.

»Meine Mutter konnte das auch.« Shawns Miene verriet ehrliche Bewunderung. »Meistens brauchte sie einen nur scharf anzusehen, damit einem vor Schreck das Blut in den Adern gefror. Tja, ich muss jetzt leider weiter.«

»Steig um Himmels willen in den Wagen, und lass dich von mir heimfahren.«

»Danke, aber ich bin auf dem Weg zur Arbeit.«

Sie verdrehte die Augen und riss die Tür des Wagens auf. »Trotzdem steigst du jetzt besser ein und lässt dich von mir den Rest des Wegs chauffieren.« Alles Weitere würden dann schon seine Geschwister unternehmen.

»Danke, Betsy. Das ist wirklich nett.«

Die Kinder fanden den betrunkenen Mr. Gallagher derart unterhaltsam, dass sie sich tatsächlich gut benahmen, bis ihre Mutter ihn hinter dem Pub absetzte.

Er winkte ihnen allen zum Abschied fröhlich zu, öffnete die Tür, stolperte unsanft über die Schwelle und wäre, da er immer noch leichte Gleichgewichtsstörungen hatte, beinahe zum zweiten Mal an diesem Morgen gestürzt. Doch er fing sich gerade noch rechtzeitig, lehnte sich schwer gegen den Tisch und wartete darauf, dass die Küche aufhörte, sich um ihn zu drehen.

Mit den typisch vorsichtigen Schritten eines Betrunkenen ging er hinüber an den Schrank und holte eine Pfanne und einen großen Topf.

Als er vor dem Kühlschrank stand und überlegte, was zum Teufel er mit dem Inhalt machen sollte, kam Darcy mit blitzenden Augen in die Tür.

»Du bist beinahe eine Stunde zu spät, und während du gemütlich im Bett liegst und faulenzt, erwarten wir zwei verdammte Busse voller Touristen, denen wir nichts anzubieten haben als Chips und ein paar Tüten Nüsse.«

»Keine Sorge, ich mache mich sofort an die Arbeit.«

»Und was, wüsste ich gern, sollen wir auf die Tageskarte schreiben, wenn du –« Sie brach ab und betrachtete ihn genauer. Seine Augen sahen unnatürlich glasig aus. »Sieh dich bloß mal an. Du bist vollkommen schmutzig, deine Kleider sind zerrissen, und du blutest an der Hand. Du hast getrunken!«

»Allerdings.« Er drehte sich zu ihr um und bedachte sie mit dem süßen, arglosen Lächeln des Sturzbetrunkenen. »Und zwar jede Menge.«

»Tja, du Idiot, dann setz dich besser hin, bevor du umfällst.«

»Ich kann problemlos stehen. Ich glaube, ich mache Fischpastete.«

»Ganz bestimmt.« Amüsiert zog sie ihn an den Tisch, drückte ihn wenig sanft auf einen Stuhl, besah sich seine Hand und kam dann zu dem Schluss, dass sie schon Schlimmeres gesehen hatte. »Bleib, wo du bist«, befahl sie, verließ die Küche und informierte so leise, dass außer ihm niemand sie hörte, Aidan.

»Was willst du damit sagen, er ist betrunken?«

»Ich denke, die Bedeutung des Wortes ist dir durchaus bekannt, aber falls du nicht ganz sicher bist, geh einfach in die Küche und wirf einen Blick auf deinen Bruder.«

»Himmel, für so was habe ich im Augenblick nun wirklich keine Zeit.« Da sie gerade erst geöffnet hatten, waren bisher nur eine Hand voll Gäste im Pub, aber in einer halben Stunde würden sechzig hungrige Touristen aus Waterford City kommen, die beköstigt werden wollten.

»Dann kümmere du dich solange um die Bar.«

»Oh, nein, nicht für eine Million Pfund würde ich auch nur einen Akt von diesem Schauspiel verpassen.« Und schon folgte sie ihm zurück in Richtung Küche.

Shawn sang mit seiner wunderbaren Stimme von der kaltherzigen Peggy Gordon, während er leicht schwankend vor der Arbeitsplatte stand und mit einem zusammengekniffenen Auge verfolgte, wie der Saft aus einer Zitrone in eine kleine Schüssel troff.

»Verdammt, Shawn, du bist tatsächlich halb besoffen.«

»Eher drei Viertel, würde ich sagen.« Er war sich nicht mehr sicher, wie viel Saft er bereits hatte, also gab er zur Vorsicht noch ein paar Tropfen nach. »Und wie geht es dir an diesem wunderschönen Morgen, Aidan?«

»Verschwinde aus der Küche, bevor du irgendwen vergiftest.«

Beleidigt fuhr Shawn herum, musste sich jedoch, um sich aufrecht zu halten, mit einer Hand auf die Arbeitsplatte stützen. »Ich bin betrunken, aber deshalb noch kein Mörder. Diese gottverdammten Fischpasteten kann ich sogar im Schlaf machen. Vielleicht bist du so freundlich, dich daran zu erinnern, dass das hier meine Küche ist und dass ich derjenige bin, der hier die Befehle gibt.«

Zur Bekräftigung seiner Worte tippte er sich mit dem Daumen gegen die Brust und brachte sich dadurch beinah selbst zum Umkippen.

Mit einem Rest von Würde reckte er sein Kinn. »Also lass mich meine Arbeit machen, und kümmere du dich darum, dass hinter der Theke alles funktioniert.«

»Was hast du bloß gemacht?«

»Dieses Mistvieh von Kater hat meine Hand erwischt.« Shawn vergaß die Arbeit, hob seine Hand und blickte zornig auf die roten Striemen. »Oh, aber ich werde mich an ihm rächen, darauf könnt ihr euch verlassen.«

»Im Augenblick würde ich mein Geld eher auf den Kater setzen. Hast du eine Ahnung davon, wie man Fischpasteten macht?«, fragte Aidan seine Schwester.

»Nicht die geringste«, kam die gut gelaunte Antwort.

»Dann geh und frag Kathy Duffy, ob sie aushelfen kann. Sag ihr, wir hätten einen kleinen Notfall.«

»Ein Notfall? Wo?« Shawn sah sich mit glasigen Augen in der Küche um.

»Komm mit, Junge.«

»Wohin?«, fragte Shawn mit gedehnter Stimme, doch Aidan zog ihn bereits hinter sich her.

»Wollen wir doch mal sehen, ob wir dich nicht halbwegs wieder hinkriegen.«

»Falls du ihn mit raufnimmst«, rief Darcy ihnen nach, »wäre ich dir dankbar, wenn du das Chaos, das ihr während des Ausnüchterns veranstaltet, wieder beseitigen würdest.«

»Ruf du einfach Kathy Duffy an, und kümmere dich anschließend um die Bar.« Aidan zerrte Shawn über die Treppe hinauf in Darcys Wohnung.

»Ich kann durchaus kochen, wenn ich ein bisschen angetrunken bin«, beharrte Shawn auf seiner Meinung. »Ich weiß nicht, warum ihr euch so aufregt. Ein paar Fischpasteten sind doch wohl nicht die Welt.« Er küsste Aidan schmatzend auf die Wange.

»Du warst schon immer einer dieser Menschen, deren Laune beim Trinken immer besser wird.«

»Warum auch nicht?« Shawn schlang Aidan einen Arm um die Schultern und stolperte erneut. »Mein Leben ist im Eimer, und ein bisschen Whiskey macht alles etwas besser.«

Aidan gab einen mitfühlenden Laut von sich und trug seinen Bruder beinahe über die Schwelle von Darcys kleinem, sorgfältig aufgeräumten Bad. »Dann hattest du mit Brenna also Streit?«

»Nein, aber anscheinend hat sich urplötzlich alles gegen uns verschworen. Ich habe die Nacht damit verbracht, die Frau zu lieben, die ich heiraten möchte. Ich sage dir, Aidan, es ist etwas vollkommen anderes, mit einer Frau zu schlafen, wenn man sie auch liebt. Wer hätte das gedacht?«

Aidan wog die Mühsal, Shawn aus seinen Kleidern zu bekommen, gegen die Schweinerei ab, die entstehen würde, wenn er ihn einfach angezogen ließ, und lehnte ihn am Ende einfach gegen die Wand. »Bleib ganz einfach so stehen.«

»In Ordnung.« Shawn rührte sich nicht vom Fleck. »Weißt du, sie denkt, es ist nichts weiter als Sex.«

»Tja, nun …« So schnell wie möglich ging Aidan vor seinem Bruder in die Hocke, um ihm die, wie er entnervt bemerkte, mit zahllosen, widerlichen kleinen Knoten zugebundenen Schuhe auszuziehen. »Frauen sind wirklich seltsame Geschöpfe.«

»Ich habe sie immer gemocht. Es gibt so viele Arten, Frauen gern zu haben. Aber das hier ist, als hätte mich ein Blitz direkt ins Herz getroffen, und jetzt brennt es lichterloh. Ich lasse sie nicht noch einmal gehen, Ende der Geschichte.«

»Gut so.« Er hatte die Schuhe und die Hose in den Händen und zog Shawn, als hätte er sein Leben lang nichts anderes getan, mit schnellen Bewegungen bis auf die Unterhose aus.

Da er wusste, was gleich käme, entledigte er auch sich selbst des Hemdes und der Hose. »Auf geht's!«

»Ich kann nirgendwo hin. Ich bin splitterfasernackt. Ich würde umgehend verhaftet.«

»Keine Sorge, ich zahle die Kaution.« Nicht ohne Mitgefühl stellte Aidan die Dusche auf eiskalt und schob seinen geliebten Bruder unter den gnadenlosen Strahl.

Oh, Shawns Schrei brannte ihm fast die Haut aus dem Gesicht, und die nachfolgenden Flüche verätzten ihm beinahe die Ohren, doch Aidan gab nicht nach. Ab und zu wich er, wenn nötig, einer Faust aus, vergrub seine Hände in Shawns dichtem, langem Haar und hielt seinen Kopf gnadenlos unter das schmerzhaft kalte Nass.

»Du Bastard, du ersäufst mich.«

»Noch nicht.« Unerbittlich zog Aidan den Kopf des Bruders ein Stück weiter nach hinten, und die eisigen Wassernadeln trafen den Ärmsten mitten ins Gesicht. »Mach einfach den Mund zu und halt die Luft an, dann wirst du es ganz sicher überleben.«

»Ich bringe dich um, wenn ich erst wieder hier heraus bin.«

»Denkst du, mir macht diese Sache Spaß?« Lachend riss

er Shawns Kopf noch einmal nach hinten. »Da hast du sogar Recht. Und, ist der Kopf schon etwas klarer?«

Da er Shawns gurgelnde Antwort nicht verstand, ließ er ihn noch ein wenig länger in der Kälte leiden, ehe er die Dusche schließlich abdrehte, klugerweise eilig einen Schritt nach hinten machte und ihm erst dann eins von Darcys hübschen, rüschenverzierten Handtüchern zuwarf. »Tja, du bietest einen jämmerlichen Anblick, aber wenigstens dein Blick ist wieder etwas klarer. Meinst du, dir wird vielleicht noch schlecht?«

Obwohl er sich wirklich elend fühlte, schlang sich Shawn das Handtuch um die Hüfte und bemühte sich um eine würdevolle Miene. »Mich zu ertränken, ist eine Sache, aber mich dann auch noch zu beleidigen … Für diese Bemerkung sollte ich dir eigentlich die Nase brechen.«

Anscheinend war die Krise halbwegs überstanden, also zog Aidan eine seiner Brauen in die Höhe und erklärte: »Sieht aus, als hätte jemand anders das bereits bei dir versucht. Hat Brenna dir die Prellung unter deinem Kinn verpasst?«

»Nein. Ihr Vater.«

»Mick O'Toole?« Aidan, der sich gerade die Brust abtrocknen wollte, hielt mitten in der Bewegung inne. »Mick O'Toole hat dich geschlagen?«

»Ja. Aber inzwischen haben wir uns längst wieder geeinigt.« Shawn trat zögernd aus der Dusche. Es machte ihn wütend, dass die segensreiche, dämpfende Wirkung des Whiskeys von ihm abgewaschen worden war, denn nun begannen sein Gesicht, die Hand, das Bein – und auch sein Herz – erneut zu schmerzen.

»Lass mich raten. Ihr beiden habt euch gemeinsam heute früh betrunken.«

»Das war Teil des Einigungsprozesses.« Er klappte den

Toilettendeckel zu, setzte sich vorsichtig, und klärte Aidan, während er sich anzog, über die Geschehnisse des Vormittages auf.

»Dann hattest du also schon einen ziemlich anstrengenden Morgen.« Aidan legte eine Hand auf seine Schulter. »Ich kann Kathy Duffy fragen, ob sie dich während der ganzen Schicht vertritt.«

»Nein, ich kann arbeiten. Auf diese Weise bin ich wenigstens beschäftigt, während ich mir überlege, was ich als Nächstes machen soll.« Er stand entschlossen auf. »Ich will sie haben, Aidan, egal, was ich dafür tun muss.«

»Du hast mir, als es um Jude ging, sehr kluge Ratschläge erteilt. Jetzt kann ich diesen Gefallen erwidern. Finde die Worte, die richtigen Worte, und sag sie ihr dann auch. Ich denke, für verschiedene Frauen gibt es verschiedene Worte, aber am Ende ist die Bedeutung immer gleich.«

Bevor er wieder herunterkam, brachte Shawn sich selbst und auch Darcys Badezimmer in einen möglichst ordentlichen Z   onst würde anhören müssen, wäre eindeutig mehr, als er ertrug. Da er spürte, dass er allmählich Kopfschmerzen bekam, suchte er die Zutaten für das Gallagher'sche Wundermittel gegen die Folgen übermäßigen Alkoholkonsums zusammen, gab sie in ein großes Glas und leerte es in einem Zug.

Er konnte nicht gerade behaupten, dass er anschließend wieder in Bestform war, aber zumindest würde er vielleicht durch den Tag kommen, ohne alles noch zu verschlimmern.

Der mitfühlende Blick, mit dem Kathy Duffy ihn bei seinem Erscheinen bedachte, besagte eindeutig, dass er sich anscheinend nicht nur elend fühlte, sondern tatsächlich elend aussah.

»So, Junge.« Sie schnalzte mit der Zunge und brachte ihm eine große Tasse starken, schwarzen Tees. »Trink erst mal das hier. Dann kommst du sicher langsam wieder zu dir. Für den Augenblick habe ich alles unter Kontrolle.«

»Ich bin Ihnen wirklich dankbar.«

»Was für einen Spaß hat man im Leben, wenn man nicht hin und wieder ein bisschen über die Stränge schlagen darf?« Während sie sprach, beschäftigte sie sich weiter mit dem Inhalt der Pfanne und des großen Topfs. »Kaum waren die ersten Fischpasteten fertig, wurden sie auch schon bestellt. Außerdem habe ich aus den frischen Herzmuscheln eine Suppe gemacht, die ebenfalls gleich fertig ist. Die meisten Leute wollen natürlich Pommes frites, aber zusätzlich habe ich ein paar Salzkartoffeln gekocht.«

»Sie sind wirklich ein Schatz, Mrs. Duffy.«

Sie errötete ein wenig und flatterte verlegen mit den Lidern. »Also bitte. Deine liebe Mutter hätte im Notfall genau dasselbe für eins meiner Kinder getan.« Sie gab die Fischpasteten auf die Teller, legte Pommes frites daneben, verzierte das Ganze mit ein wenig Petersilie und eingemachtem Mangold, und wie auf Bestellung kam Darcy durch die Tür.

»Oh, der Tote ist anscheinend wieder auferstanden«, erklärte sie mit einem Blick auf ihren Bruder. »Obwohl du immer noch so aussiehst, als sollte man dich besser beerdigen.«

»Oh, er ist nur noch ein bisschen zittrig auf den Beinen. Aber Darcy, sei ein liebes Mädchen und mach dich nicht noch über deinen armen Bruder lustig.«

Hinter Kathys Rücken schenkte Shawn seiner Schwester ein breites, böses Grinsen. »Wir brauchen noch zwei Schalen von Ihrer Suppe, Mrs. Duffy, einen Teller Fischpastete mit Pommes frites, und drei Portionen des köstlichen grünen Salates, den Sie, während mein Bruder unpässlich war, freundlicherweise angerichtet haben.«

»Wird sofort erledigt, meine Liebe.«

Darcy balancierte das Tablett auf ihren Armen und schob sich mit einem letzten gehässigen Blick in Richtung ihres Bruders, das Lied »Whiskey zum Frühstück« auf den Lippen, durch die Tür.

Mrs. Duffy tätschelte Shawn, als sie an ihm vorbeiging, begütigend die Wange. »Und ich bin mir sicher, wenn Brenna nachher kommt, werdet Ihr beide euch ganz sicher wieder einig.«

Ein Schlag von ihr mit dem Nudelholz hätte ihn ganz sicher weniger aus dem Gleichgewicht gebracht. »Brenna?«

»Ich nehme an, ihr beide hattet einen kleinen Streit«, erklärte Kathy und füllte unbekümmert drei kleine Schalen mit Salat. »Selbst wenn man verliebt ist, ist eben nicht immer alles nur eitel Sonnenschein.«

Shawn starrte mit zusammengekniffenen Augen Richtung Tür. »Darcy«, sagte er, unüberhörbar düster und verbittert.

»Darcy?« Lachend stellte Kathy die Schälchen nebeneinander auf den Tisch. »Weshalb in aller Welt hätte Darcy mir etwas erzählen sollen, was ich längst mit eigenen Augen gesehen habe? Schließlich war ich gestern Abend hier im Pub.«

»Brenna und ich haben gestern während der Arbeit kaum ein Wort gewechselt.« Beleidigt schob Shawn die Pfanne auf den Herd. »Wir hatten beide alle Hände voll zu tun.«

»Eine solche Antwort hätte ich von beinahe jedem Mann erwartet, aber du bist ein Dichter, und deshalb weißt du ganz genau, wie viel man mit den Augen sagen kann. Und jedes Mal, wenn du aus der Küche kamst, habt ihr beide euch mit Blicken geradezu verschlungen. Nicht, dass ich das nicht bereits seit Jahren erwartet hätte.«

»Oh, verdammt«, murmelte er leise, aber die Frau hatte Ohren wie ein Kaninchen.

»Und was soll das heißen? Ihr beide bietet einen durchaus hübschen Anblick, nun, da ihr endlich anfangt, im selben Takt zu tanzen.«

Außerdem hatte die gute Mrs. Duffy ein Mundwerk, das flatterte wie ein Segel in einem wilden Sturm. »Ah, die Sache ist die, Mrs. Duffy – und ich hoffe, Sie behandeln meine Worte so vertraulich, wie ich sie auch meine –, falls Brenna irgendjemanden über uns beide reden hören würde … darüber, dass wir, wie Sie es formuliert haben, plötzlich im selben Takt tanzen, dann wird sie diesen Tanz, so schnell es geht, beenden.«

Mrs. Duffy blickte in die Pfanne und holte, da der Fisch fast fertig war, die Suppenschalen aus dem Schrank. »Seit wann hört Mary Brenna irgendwelche Dinge, die sie nicht hören will? Das Mädchen ist derart starrsinnig, dass es, wenn es will, seine Ohren ganz einfach auf Durchzug stellen kann. Ich wünsche dir mit ihr viel Glück.«

Sie stellte die Suppenschüsseln auf die Seite. »Schon vor zehn Jahren habe ich, als ich bemerkte, wie sie dich beobachtete und wie du hin und wieder auch in ihre Richtung sahst, zu meinem Mann gesagt, dass aus euch beiden, wenn erst einmal der rechte Zeitpunkt kommt, sicher ein schönes Paar wird.«

»Damals habe ich noch längst nicht an so etwas gedacht.«

»Natürlich hast du das!«, erklärte Kathy fröhlich. »Nur hast du es einfach nicht gewusst.«

Kurz vor Beginn der Abendschicht legte sich Darcy auf die Lauer. Trotzdem hätte sie Brenna um ein Haar verpasst, da diese statt wie sonst durch die Küche durch den Vordereingang kam.

»Du hättest schon heute Mittag hier sein sollen. Es war wirklich jede Menge los. Shawn kam zu spät zur Arbeit. Außerdem war er sturzbetrunken. Was hat das zu bedeuten?«

»Ich kann jetzt nicht darüber reden. Nur so viel: Ich habe die ganze Angelegenheit total verbockt.«

Darcy legte eine Hand auf Brennas Schulter und unterzog sie einer eingehenden Musterung. »Du siehst wirklich entsetzlich aus. Hattet ihr einen großen oder nur einen normalen Streit?«

»Shawn und ich haben überhaupt nicht gestritten.« Sie blickte in Richtung der Küche und fragte sich, wie sie mit der ganzen Sache und in Zukunft auch miteinander zurechtkommen sollten. »Er hat sich also betrunken? Tja, nun, ich wünschte, ich wäre ebenfalls auf die Idee gekommen. Und jetzt lass mich anfangen zu arbeiten, Darcy. Sicher wird es ein langer Abend, und je eher wir anfangen, umso eher sind wir fertig.«

Falls jemand erwartet hätte, dass Darcy es dabei belassen würde, dann kannte er sie nicht. Bei der ersten sich bietenden Gelegenheit stand sie in der Küche und sah sich ihren Bruder, während sie die Bestellungen aufgab, noch einmal genauer an. Obgleich er immer noch nicht völlig bei Kräften war, war er anscheinend wieder nüchtern und halbwegs auf dem Posten.

»Brenna ist gerade gekommen.« Interessiert stellte sie fest, dass Shawn, der gerade ein Stück Teig ausrollte, seine Bewegung unterbrach. »Sie sieht unglücklich aus. Genau wie du.«

Er rollte weiter den Teig für die Fleischpasteten aus. »Wir werden schon darüber hinwegkommen.«

»Ich werde euch dabei helfen.«

Er hob den Kopf und sah sie an. »Warum?«

»Weil es sich bei ihr um meine älteste und allerbeste Freundin handelt und bei dir, wenn auch sicher nur durch einen unglücklichen Zufall, um einen meiner Brüder.«

Trotz des belustigten Aufblitzens seiner Augen wiederholte er: »Wir werden es schon schaffen, Darcy. Es liegt an uns, diese Dinge zu klären.«

»Dann verzichtest du also auf die Hilfe einer Expertin auf diesem speziellen Gebiet.«

Er schnitt den Teig in gleich große Quadrate. »Falls du nichts dagegen hast, komme ich, wenn nötig, gern auf dich zurück.«

Da er wusste, wie gut seine Schwester Gesichter lesen konnte, hielt Shawn den Kopf gesenkt. »Meinst du, ich wüsste nicht genau, dass alles, was aus meinem Mund an deine Ohren dringt, von dort sofort über deine Zunge an ihre Ohren weitergeht?«

»Das wird es nicht. Nicht, wenn du mich darum bittest, Stillschweigen zu bewahren.«

Endlich hob er den Kopf. Ihre Loyalität war eine ihrer besten Eigenschaften, und er wusste, eher bräche sie sich freiwillig den Arm als ein von ihr gegebenes Versprechen. »Dann bitte ich dich darum. Ich habe das Gefühl, als balanciere ich auf einem schmalen, sehr rutschigen Steg. Als gäbe es auf der einen Seite dieses Steges festen Boden und auf der anderen einen tiefen Sumpf, und als wäre, falls in ich diesem Sumpf versinke, einfach alles vorbei.«

»Dann pass gut auf, wohin du trittst«, empfahl ihm seine Schwester, wandte sich wieder von ihm ab und ging hinüber in den Pub.

Der Lärmpegel stieg bereits an. Er würde während des ganzen Abends nur dann ein wenig sinken, wenn die Musik spielte, und bei jeder Pause der Band sofort wieder ansteigen. Brenna zapfte mit beiden Händen Bier, lauschte gleichzeitig Jack Brennan, der schwerfällig einen Witz von einer Prinzessin und einem Frosch zum Besten gab, und lachte am Ende, wenn auch nicht unbedingt von Herzen, möglichst fröhlich auf.

Als die Band auf die Bühne trat, sagte sie sich, sie würde sie ganz einfach ignorieren, aber trotzdem blickte sie immer wieder auf die blonde Sängerin.

Sie war genau der Typ, der Shawn gefallen würde, dachte sie wütend. Oberflächlicher Bastard. Wie lange würde es wohl dauern – einen Monat, eine Woche oder vielleicht nur eine Nacht? –, bevor er wieder mit einer anderen ins Bett ginge?

»Ich traue mich kaum zu fragen.« Jude glitt auf einen der wenigen noch freien Hocker. »Aber könnte ich vielleicht ein Mineralwasser bekommen?«

»Natürlich.« Brenna griff nach einem Glas, während sie sich daran erinnerte, dass Jude als Amerikanerin eine Schwäche für möglichst viele Eiswürfel hatte. »Weshalb hast du Angst zu fragen?«

»Weil du aussiehst, als würdest du am liebsten jemanden umhauen. Und ich stelle mich nur ungern als Opfer zur Verfügung.«

»Wenn überhaupt, würde ich wohl höchstens mich selbst oder diese ätzende Blondine da drüben schlagen.«

»Eileen? Warum denn das?«

»Vor allem ihrer Titten wegen.« Brenna schob das Glas über den Tresen und befahl sich, die anderen Gründe zu verdrängen. »Du siehst gut aus heute Abend, Jude Frances. Glücklich und gesund.«

»Ich bin auch beides. Ich habe wieder zwei Pfund zugenommen. Allmählich kriege ich meine Hosen nicht mehr zu.«

Brenna nahm Bestellungen und Geld entgegen und betätigte gleichzeitig weiter die Zapfhähne. »Dann kannst du ja endlich all die Umstandskleider anziehen, zu denen dich Darcy überredet hat. Willst du dich nicht lieber an einen Tisch setzen? Ein Stuhl mit Rückenlehne wäre doch sicherlich bequemer.«

»Nein, im Augenblick fühle ich mich hier durchaus wohl. Außerdem will ich sowieso nur eine Schale Suppe essen und gehe spätestens, wenn die Band ihre erste Pause macht, wieder nach Hause.«

»Du willst etwas essen?« Brennas Stimme hatte einen derart vorwurfsvollen Klang, dass Jude sie verwundert anstarrte.

»Tja, eigentlich schon.«

»Dann sitzt du doch ganz sicher besser an einem der Tische«, entschied Brenna brüsk. Wenn Jude von einem der Tische aus bestellte, müsste nicht sie, sondern Darcy deswegen in die Küche.

»Nein. Ich habe etwas von den Problemen zwischen dir und Shawn gehört. Du kannst sie niemals lösen, Brenna, wenn du es noch nicht mal schaffst, die Tür da drüben aufzumachen und eine Suppe zu bestellen.«

»Vielleicht will ich dieses Problem ja gar nicht lösen.« Als Jude wortlos ihre gefalteten Hände auf die Theke legte, atmete Brenna hörbar aus. »Weißt du, allmählich komme ich zu der Überzeugung, dass verheiratete Frauen einem wirklich auf die Nerven gehen können. Du lebst in Gedanken doch fast immer nur in deinen Märchen«, fuhr sie verbittert fort. »Aber das hier ist kein Märchen, sondern die raue Wirklichkeit.«

»Vielleicht würde ich dir darin sogar zustimmen, wären da nicht Carrick und die arme Lady Gwen.«

Schnaubend zog Brenna zwei neue Gläser unter die Zapfhähne. »Mit den beiden habe ich ganz sicher nichts zu tun. Ich werde dir sagen, wie für mich das Ende eines Märchens aussieht«, erklärte sie in Gedanken an Jack Brennans Witz. »Bei mir speist die Prinzessin, statt den Frosch zu küssen, abends genüsslich Froschschenkel. Und jetzt bestelle ich dir die verdammte Suppe.«

Kampflustig marschierte sie in Richtung Tür und schob sie unsanft auf. Shawn stand, mit Holzlöffel und Wender bewaffnet, vor dem Herd. Aufgrund der Hitze klebten ihm die seit langem nicht mehr geschnittenen Haare unvorteilhaft am Kopf. Außerdem hatte er sich – vollkommen untypisch für Shawn – noch nicht einmal rasiert. Doch trotz der dunklen Stoppeln war die Schwellung seines Kiefers deutlich zu erkennen.

Ehe sie etwas sagen konnte, wehte die warme, flüssige Stimme der Sängerin herein. Es war vollkommen unvernünftig. Es war vollkommen unnötig. Und trotzdem steigerte es noch ihren Zorn.

»Ich brauche eine Suppe.«

»Sie ist gerade fertig«, sagte er mit leichter Stimme. »Ich habe gerade alle Hände voll zu tun. Vielleicht könntest du also bitte selbst eine Schale füllen?«

»Wir alle haben alle Hände voll zu tun«, murmelte sie, setzte sich aber trotzdem in Bewegung. »Was ist mit deinem Gesicht passiert?«

Er ließ seinen Kiefer kreisen. »Ich bin einfach gestolpert.«

»Aha! Ich habe schon gehört, dass du dir einen hinter die Binde gekippt hast. Aber das ist ja wohl keine Lösung.«

Am liebsten hätte er sich vorgebeugt und sie, ohne dass einer von ihnen eine Hand frei hatte, mitten auf den Mund geküsst. Stattdessen zuckte er möglichst achtlos mit den Schultern. »Und jetzt muss ich eben ein bisschen besser aufpassen, wohin ich meine Schritte lenke.« Als Gipfel der Dreistigkeit begann er jetzt noch, im Einklang mit Eileens liebreizender Stimme zu summen.

»Bildest du dir ernsthaft ein, es sei derart einfach? Nun, das ist es nicht. Wir werden noch darüber reden, wenn der Pub geschlossen ist.«

Er ließ sie das letzte Wort haben, weil sie mit ihm genau das sagte, was er hatte hören wollen, und als sie zornig aus der Küche stapfte, machte er sich leichteren Herzens als vorher wieder an die Arbeit.

Ein paar Touristen aus Cleveland hatten wesentlich zu tief ins Glas geschaut, und da sie sich auf ihren Rädern selbst auf dieser kurzen Strecke ganz sicher den Hals gebrochen hätten, schickten Brenna und Aidan sie zu Fuß in Richtung ihrer kleinen Pension.

Shawn hatte das Schauspiel durch die Eingangstür verfolgt und kam genau zum rechten Zeitpunkt zu den beiden in den Hof. »Ah, dann habt ihr sie also sicher auf den Weg gebracht. Ich dachte, ihr bräuchtet vielleicht meine Hilfe.«

»Nein, ich denke, so müssten sie ihre Betten irgendwann erreichen.« Aidan beobachtete, wie die jungen Leute den Weg hinunterschwankten und schüttelte angesichts ihrer vielstimmigen, wenig melodiösen Wiedergabe von »Whiskey, You're the Devil« mitleidig den Kopf.

»Nun, es war ein langer Tag, also würde ich sagen, machen wir für heute Abend Schluss. Danke für deine Hilfe, Brenna.«

»Kein Problem. Gute Nacht, Aidan.«

»Für uns beide war es ein besonders langer Tag«, sagte Shawn, als sie beide allein auf der Straße zurückblieben.

»Allerdings, aber trotzdem ist er immer noch nicht vorbei. Wenn es dir nichts ausmacht, würde ich gerne runter an den Strand gehen.«

»In Ordnung. Es ist erstaunlich mild und außerdem haben wir Vollmond.«

»Zum Glück. Auf diese Weise werden wir weder festfrieren noch auf unsere Nasen fallen.«

Unweigerlich musste er lachen. »Du bist wirklich eine unverbesserliche Romantikerin, Brenna.«

»Vor allem bin ich manchmal eine Närrin. Das, was wir beide getan haben, war, da ich von den Gefühlen meiner Schwester wusste, geradezu der Inbegriff der Narretei.«

»Mit oder ohne dich könnte ich ihr niemals geben, was sie glaubt, von mir zu wollen. Daran führt kein Weg vorbei. Es tut mir wirklich Leid, dass sie verletzt ist, und noch mehr tut es mir Leid, dass sie dich deshalb geschlagen hat. Aber ich glaube nicht, dass das, was heute Vormittag passiert ist, irgendwie hätte vermieden werden können.«

»Zumindest hätte ich wohl besser gewartet, bis sich ihre Gefühle für dich einfach irgendwann gelegt hätten.«

»Dann bin ich also der Typ, den eine Frau ganz einfach irgendwann vergisst.«

Sie sah ihm in die Augen und wandte sich eilig wieder ab. »Auch wenn es deinen Stolz verletzt, ist das nun mal die Art, wie diese Dinge laufen. Sie ist gerade mal zwanzig und kann vor lauter Träumen die Wirklichkeit ganz einfach nicht erkennen.«

»Du hingegen siehst die Dinge natürlich immer völlig nüchtern.«

»Ich sehe die ganze Sache klar und deutlich. Ich habe

das alles angefangen, und ich hätte es ganz sicher auch irgendwann beendet. Ich war bereit, es zu beenden. Aber das ist nicht die Lösung des Problems. Mary Kate wird mir ganz sicher nicht alleine deshalb schon verzeihen, weil ich mich von dir trenne. Wenn sie je erwachsen werden will, dann muss sie einfach lernen, sich der harten Wirklichkeit zu stellen.«

»Dann hast du also für uns alle entschieden.«

Da er plötzlich stehen blieb, drehte sie sich zu ihm um. Im Licht des hinter ihm hängenden Mondes schimmerten der Sand und das Wasser wie flüssiges Perlmutt. Shawns Blick jedoch war weder weich noch schimmernd, sondern verriet glühend heißen Zorn.

»Jemand muss es ja wohl tun.«

»Aber warum bitte immer du? Vielleicht will ich ja gar nicht, dass du etwas für mich entscheidest, vielleicht habe ich ja einfach inzwischen die Nase von dir voll? Vielleicht führe ich lieber wieder mein ruhiges, ausgeglichenes Leben, als ständig zwischen zwei Frauen zu stehen, die einander bekämpfen wie die Furien?«

Sie war nicht nur beleidigt, sondern geradewegs schockiert: »Ich bin keine Furie, und ich hatte nicht die Absicht, mich deinetwegen mit Mary Kate oder irgendeiner anderen Frau zu schlagen. Es ist einfach passiert. Und was deine Behauptung angeht, du hättest von mir die Nase voll«, fügte sie zornig hinzu, »dann klingt das wohl vollkommen anders als das Lied, das du erst heute Morgen noch gesungen hast.«

»Ich kenne jede Menge Lieder. Und da du anscheinend so wenig von mir hältst, gehe ich davon aus, dass es dich erleichtert, die Sache endlich zu beenden. Sex finden wir beide, falls uns danach zu Mute ist, problemlos auch woanders.«

»Es geht nicht nur um Sex.«

Ah, dachte er, endlich sprach sie es aus. »Ach nein?« Da sie mit dem Rücken zum Wasser stand, konnte sie ihm, als er auf sie zutrat, schwerlich ausweichen. »Hast du nicht immer behauptet, du wolltest von mir nichts anderes als Sex?«

»Ja.« Was verbargen seine Augen, fragte sie sich beinahe verzweifelt. Sie waren so schwarz wie der Himmel und verrieten ihr nichts von seinen Gedanken und Gefühlen. »Aber zugleich haben wir uns gern, und ich lasse nicht zu, dass du das, was zwischen uns ist, auf diese Weise herabwürdigst.«

»Aber du bist diejenige, die festlegt, was ich bekomme und was nicht, was ich tue und was ich besser lasse?« Ehe sie ins Wasser fallen konnte, packte er unsanft ihre Arme. »Weshalb solltest du dich von einem Mann berühren lassen wollen, der sich ständig widerspruchslos von dir herumkommandieren lässt?«

»Shawn!« Ihre Beine baumelten mehrere Zentimeter über dem Boden und ihr Herz begann zu rasen. »Lass mich runter.«

»Du willst, dass ich dich berühre. Selbst jetzt, obwohl du dir einbildest, dass du nur mit den Fingern schnippen musst, damit ich in die eine oder andere Richtung laufe, willst du, dass ich dich berühre.«

»Das ist nichts, worauf du dir allzu viel einbilden solltest.«

Er hob sie noch ein Stückchen höher. »Zum Teufel mit meiner Einbildung!«

Als er seinen Mund auf ihre Lippen presste, tat er es gnadenlos und rau. Sie hätte ihm widerstehen, ihn von sich stoßen, sich ihm entwinden können. Doch sie verharrte völlig reglos in seinen Armen.

Sie gab, weil er so gut wie nie etwas verlangte. Gab, weil sie ihm geben musste. Und als ihr Körper wie im Fieber zu zittern begann, sagte sie zärtlich seinen Namen.

»Ich könnte dich haben, hier an Ort und Stelle.« Abrupt stellte er sie wieder auf die Füße. »Denk einmal darüber nach, weshalb das wohl so ist. Ich für mein Teil habe das bereits sehr gründlich getan.«

Sie konnte gar nicht denken, nicht, solange sie innerlich verbrannte, nicht solange das Blut in ihren Adern rauschte wie das Meer.

»Ich gehe jetzt nach Hause.«

»Geh nur. Ich werde dich nicht zurückhalten.« Wieder vergrub er seine Hände in den Taschen, um nicht in Versuchung zu geraten. »Aber merk dir eins, Brenna. Ich werde dir nicht nachlaufen. Wenn du herausgefunden hast, was du tatsächlich willst, weißt du, wo du mich findest.«

Sie ging langsam davon. Shawn mochte sein Stolz egal sein, sie jedoch konnte ohne Stolz nicht leben. Und so begann sie erst zu laufen, als sie die Straße erreicht hatte.

»Ist das die Art, in der du versuchst, die Frau, die du liebst, zu gewinnen?« Carrick stand im flachen Wasser, hob eine Silberflöte an seine Lippen und spielte eine sanfte Melodie. »Ihr Sterblichen habt wirklich eigenartige Sitten und Gebräuche.«

»Ich weiß genau, was ich hier tue.«

»Ich bin sicher, dass du das denkst. Scheint, als hättest du wirklich ein Gehirn von der Größe einer Erbse. Wenn du die Frau liebst, warum lässt du sie dann so einfach gehen?«

»Gerade, weil ich sie liebe.« Jetzt konnte Shawn den Zorn, den er bisher mühsam in Schach gehalten hatte, nicht länger unterdrücken. »Außerdem hast du dich, wenn ich mich recht entsinne, damals, als es um deine Frau ging, auch nicht gerade besonders clever angestellt.«

Carricks Augen blitzten, und am sternenübersäten Himmel zuckte mit einem Mal ein blendend greller Blitz. »Willst du dich vielleicht mit mir anlegen?« Vollkommen trockenen Fußes trat er aus dem Wasser. »Hat deine liebe Mutter dich denn nie davor gewarnt, jemals einen von uns herauszufordern?«

»Du machst mir keine Angst. Du brauchst mich. Trotz all deiner Macht und all der Tricks, die du beherrschst, bist du abhängig von einem gewöhnlichen Sterblichen. Also spar dir die Lichtershow und die Drohungen. Sie beeindrucken mich nicht.«

Carrick sah ihn reglos an. »Hah! Die Frau bildet sich ein, dein Innerstes zu kennen, aber sie hat noch lange nicht tief genug geschaut. Pass auf, dass du ihr nicht zu schnell zu viel von deinem Innenleben zeigst und sie dadurch verschreckst.«

»Hol dich doch der Teufel!«

Carrick grinste breit – »Der kriegt mich ganz bestimmt nicht« – löste sich in Luft auf und ließ Shawn, eingehüllt in leise Flötenklänge, allein am Strand zurück.

17

Brenna ging zur Frühmesse. Die kleine Kirche erstrahlte im kühlen morgendlichen Licht, und überall roch es nach Kerzenwachs und Weihwasser.

Wie das Ritual selbst mochte sie auch die warme, vertraute Atmosphäre bei jedem Gottesdienstbesuch. Die sonntägliche Messe bot eine herrliche Gelegenheit, in aller Ruhe nachzudenken, was sich ihrer Meinung nach nicht allzu sehr vom Beten unterschied.

Es galt für sie, Entscheidungen zu treffen. Und sie wollte den angerichteten Schaden noch irgendwie begrenzen, sogar möglichst schnell. Risse wurden immer größer, wenn man sich nicht umgehend um sie kümmerte. Ließ man sie lange genug unbeachtet, wurden sie zu Brüchen und bereiteten einem teuflische Probleme.

Ihr Verhältnis zu Mary Kate hatte gelitten, es war eine Kluft entstanden, die die auf ihrer Verwandtschaft und ihrer gegenseitigen Liebe basierende bisher innige Beziehung vielleicht auf Dauer unterlief, wenn sie sie nicht schnell überbrückte. Sie trug zumindest eine Mitschuld am Entstehen dieses Grabens, der, wenn sie nichts dagegen unternahm, vielleicht sogar ihre ganze Familie spalten würde. Und die Art, wie sie den Graben überwand, würde entscheiden, ob das Familienglück wieder so strahlend wie in der Vergangenheit oder getrübt sein würde.

Dasselbe galt für Shawn. Die Grundlage ihrer Beziehung waren lebenslange gegenseitige Zuneigung, gemeinsame Erinnerungen und ehrliche Freundschaft. Sie würde nicht einfach dastehen und mit ansehen, wie all dies zu Staub zerfiel.

Sie musste sich entscheiden, wo und wie sie mit der Schadensbegrenzung am besten begann. Sie allein konnte die nötigen Schritte unternehmen, und am besten fing sie umgehend damit an.

Ein paar Minuten vor Ende der Messe glitt sie lautlos durch die Tür. Auf diese Weise konnte niemand mit ihr plaudern, ihr den neuesten Tratsch erzählen oder fragen, wie es der Familie ging. Auf dem Weg nach Hause war sie etwas nervös, doch zumindest hatte sie einen Entschluss gefasst.

»Da bist du ja.« Mollie hatte sich für den Kirchgang angezogen und kam, als Brenna auf den Hof fuhr, gerade aus der Tür. »Ich habe dich vorhin aus dem Haus gehen gehört.«

»Ich war in der Kirche.«

»Nun, wir anderen sind gerade auf dem Weg dorthin.«

»Mary Kate wird etwas später kommen.« Brenna ging entschlossen durch die Haustür und die Treppe in Richtung der Schlafzimmer hinauf. »Sie kann meinen Laster nehmen.«

»Brenna, ich will am Tag des Herrn keinen Streit in meinem Haus.«

»Den wird es auch nicht geben«, versprach ihr die Tochter. Wenn ein Kampf wirklich unumgänglich wäre, fände er an anderer Stelle statt.

Gerade, als sie oben ankam, kam ihr Vater durch die Tür des Schlafzimmers. Sein Gesicht war rot und glänzend von der frischen Rasur, und die Zinken seines Kammes hatten in seinen Haaren Spuren hinterlassen wie Furchen in einem frisch gepflügten Feld. Vor lauter Liebe zu ihm brach ihr beinahe das Herz.

»Dad.«

Er war etwas verlegen und überzeugt davon, dass es sicher noch eine Weile dauern würde, bis es zwischen ihnen beiden wieder so sein würde wie zuvor. Trotzdem war der Anblick ihrer tränenfeuchten Augen mehr, als er ertrug. »Deine Mutter versammelt uns gerade alle für die Messe.«

»Ich war schon in der Kirche.«

»Tja dann.« Er trat von einem Fuß auf den anderen. »Ich war heute ebenfalls schon recht früh auf den Beinen. O'Learys Hintertreppe ist, wie wir schon seit Jahren vorausgesehen haben, tatsächlich vollends eingebrochen. Und natürlich stand er gerade drauf, was er dafür, dass er sie einfach hat verrotten lassen, allerdings verdient hat. Er möchte, dass wir sie so schnell wie möglich wieder aufbauen.«

Sie wusste, dass problemlos einer von ihnen diese Arbeit hätte alleine machen können. Dass er ihr trotzdem eine Zusammenarbeit vorschlug, half, dass sich die größte Wunde in ihrem Herzen schloss. »Ich stehe sofort zur Verfügung. Dad –«

»Mick, wenn wir nicht zu spät zur Messe kommen wollen, solltest du allmählich einen Gang zulegen«, rief Mollie von unten herauf.

»Morgen ist auch noch ein Tag«, war alles, was Mick sagte, doch als er sich zum Gehen wandte, berührte er seine älteste Tochter sanft am Arm.

Sie atmete tief ein. »Aber manche Dinge muss man sofort erledigen«, murmelte sie und öffnete die Tür zum Zimmer ihrer jüngsten Schwester.

Alice Mae saß mit blank geputzten Schuhen und schimmernd gebürsteten Haaren geduldig auf der Kante ihres Bettes, während Katie vor dem Spiegel ihre Wimpern tuschte. Ihre Augen waren vom Weinen immer noch etwas verquollen, aber die Lippen bildeten, als sie Brenna bemerkte, einen schmalen, harten Strich.

»Alice, Schätzchen, Ma hat dich gerufen. Am besten gehst du runter.«

Mary Kate fuhr sich noch einmal mit den Händen durch das Haar. »Warte, Alice Mae, ich komme sofort mit.«

»Nein, das tust du nicht«, verbesserte Brenna und versperrte ihr den Weg. »Du wirst heute in die Spätmesse müssen.«

»Was du sagst, ist mir vollkommen egal.«

»Entweder kommst du mit und klärst, da ich Ma versprochen habe, dass wir heute hier drin nicht streiten werden, diese Angelegenheit außerhalb des Hauses, oder aber du schmollst einfach immer weiter wie ein kleines Kind. Für den Fall, dass du dich dafür entscheidest, dich wie eine Erwachsene zu verhalten, warte ich im Hof.«

Es dauerte weniger als fünf Minuten, bis Mary Kate betont gelassen aus dem Haus geschlendert kam und sich auf den Beifahrersitz von Brennas kleinem Laster schwang. Sie hatte zusätzlich Lippenstift aufgetragen, bemerkte Brenna, als sie das Fahrzeug auf die Straße lenkte. Sie konnte beim besten Willen nicht verstehen, weshalb so viele Frauen Schminke als eine Art Schutzschild oder gar Waffe ansahen.

Allerdings hatten sich schließlich bereits ihrer aller Vorfahren mit blauer Farbe angemalt, bevor sie sich schreiend ins Kampfgetümmel stürzten.

Da der Parkplatz des Cliff Hotels neutraler oder vielleicht sogar eher Katies Boden war, fuhr sie dorthin, zog den Schlüssel aus dem Zündschloss, sprang behände aus dem Wagen und ging in dem Wissen, dass ihre Schwester ihr folgen würde, einfach los.

»Und wo gehen wir hin?«, fragte Mary Kate mit böser Stimme. »Irgendwohin, wo du mich von den Klippen stürzen kannst?«

»An einen Ort, von dem ich denke, dass wir beide ihn genügend respektieren, um uns weder anzuspucken noch uns die Haare auszureißen.«

Sie folgte dem Weg über die Klippen, wo der Wind noch beißend kalt war. Es schien, als sei der Winter doch noch nicht bereit, sich dem Frühling zu ergeben. Trotzdem schoben sich hier und da die ersten Blumen aus der Erde, und die ersten kleinen Vögel zwitscherten fröhlich.

Sie passierten die Ruine der einst im Namen des heiligen Declan erbauten Kathedrale, den Brunnen und die drei steinernen Kreuze, bis sie die Stelle erreichten, die den Toten und ihrem Gedenken vorbehalten war.

»Das hier ist heiliger Boden«, setzte Brenna an. »Und während ich hier stehe, sage ich dir, dass ich dir Unrecht getan habe. Du bist meine Schwester, in unseren Adern fließt dasselbe Blut, und trotzdem habe ich auf deine Gefühle keine Rücksicht genommen. Es tut mir wirklich Leid.«

Die Tatsache, dass diese Erklärung sie vollkommen überraschte, entfachte aufs Neue Katies Zorn. »Denkst du etwa, damit ist der Fall für mich erledigt?«

»Ich denke, das ist alles, was ich dazu sagen kann.«

»Und, verzichtest du auf Shawn?«

»Ich dachte, dass ich es tun würde«, sagte Brenna langsam. »Aber dabei ging es mir vor allem um meinen eigenen Stolz. Ich dachte, ›Ihretwegen werde ich auf ihn verzichten, und dann wird sie erkennen, dass ich mich für sie geopfert habe, nur, damit sie weiter glücklich ist‹. Außerdem wollte ich aus meinem Schuldgefühl heraus auf ihn verzichten. Einem Schuldgefühl deshalb, weil ich etwas getan habe, was dich verletzt hat. Und durch das Ende meiner Beziehung zu Shawn hätte ich für diese Tat gebüßt.«

»Ich würde meinen, dein Verhalten gibt eher Anlass zu Schuldgefühlen als zu irgendeiner Art von Stolz.«

Brennas Augen blitzten zornig auf. Doch sofort riss sie sich zusammen. Sie kannte ihre Schwester und wusste, dass Mary Kate, wenn sie stritt, es beinahe immer schaffte, ihren Gegner derart aus der Reserve zu locken, dass er einfach nicht mehr nachdachte.

»Ich habe keine Schuldgefühle wegen der Dinge, die zwischen mir und Shawn passiert sind, sondern einzig deshalb, weil unsere Beziehung dich verletzt und in Verlegenheit gebracht hat.« Ihre kühle Stimme verstärkte noch die Wirkung ihrer Worte. »Und deshalb war ich anfänglich bereit, unser Verhältnis und vielleicht sogar unsere Freundschaft zu beenden. Aber dann habe ich mal darüber nachgedacht und bin zu der Überzeugung gelangt, dass ich mich dann dir gegenüber verhalten würde wie eine nachgiebige Mutter gegenüber einem starrsinnigen Kind, und dass ich dadurch dich und deine Gefühle ebenfalls wohl kaum respektieren würde.«

»Du drehst und wendest die Dinge einfach solange, bis du am Ende genau das kriegst, was du willst.«

Plötzlich hatte Brenna das Gefühl, als sei sie nicht vier, sondern vierzig Jahre älter. All das Streiten machte sie unerträglich müde. Ihre Schwester hatte Tränen in den Augen, heiße Tränen des Hasses und des Zorns, wie zu den Zeiten, in denen sie sich um ein neues Spielzeug oder das letzte Plätzchen in der Dose gebalgt hatten.

»Will ich Shawn? O ja. Ich bin mir noch nicht über alles ganz im Klaren, aber ich kann nicht leugnen, dass ich ihn begehre. Und ich stehe dir hier gegenüber, und sage dir von Frau zu Frau, dass er mich ebenfalls begehrt. Dass ich dich damit unglücklich mache, tut mir wirklich Leid, aber für dich hegt er ganz einfach keine derartigen Gefühle.«

Mary Kate reckte das Kinn, und Brenna dachte, dass sie unter diesen Umständen an ihrer Stelle genauso reagiert hätte. »Wenn er nicht schon dich hätte, um sein Bett zu wärmen, könnte er diese Gefühle durchaus noch entwickeln.«

Obgleich diese Worte sie wie ein Fausthieb trafen, nickte Brenna. »Tatsache ist aber nun mal, dass ich mit ihm schlafe. Und ich werde sein Bett nicht verlassen, um Platz für dich zu machen. Gestern hätte ich es vielleicht noch getan, weil ich es einfach nicht ertragen konnte, dich derart verletzt zu sehen und zu wissen, dass ich diese Verletztheit mit verursacht hatte. Aber wenn ich dich ansehe, bei Tageslicht, mit völlig klarem Kopf, dann kann ich sehen, dass du nicht mehr verletzt bist, sondern nur noch wütend.«

»Woher willst du wissen, was ich für ihn empfinde?«

»Ich weiß es nicht. Also sag es mir doch einfach.«

Mary Kate warf ihren Kopf nach hinten, sodass ihre Haare in der frischen Brise wehten. »Ich liebe ihn.« Dies war eine leidenschaftliche und beinahe rührend dramatische Erklärung. Brenna musste ihrer Schwester dafür die volle Punktzahl geben, da sie wusste, dass sie selbst diese Worte niemals so beeindruckend herausgebracht hätte.

»Und warum?«

»Weil er hübsch, sensibel und warmherzig ist.«

»Ja, das stimmt – genauso wie der Hund der Clooneys. Und was ist mit seinen Fehlern?«

»Er hat keine.«

»Natürlich hat er welche.« Diese Tatsache beruhigte Brennas Nerven und machte sie seltsam sentimental. »Er ist starrsinnig, ungeheuer langsam und ziemlich häufig völlig geistesabwesend. Es gibt Augenblicke, in denen man etwas zu ihm sagt und ebenso gut ganz einfach mit sich sprechen könnte, da er in Gedanken ganz woanders ist. Er hat nicht den geringsten Ehrgeiz und braucht jemanden, der ihm in den Hintern tritt, damit er sich überhaupt bewegt.«

»So siehst *du* ihn.«

»Ich sehe ihn so, wie er ist. Er ist kein Märchenprinz aus irgendeinem Buch. Mary Kate!« Sie trat einen Schritt nach vorn, obgleich sie wusste, dass es noch zu früh war, ihrer Schwester die Hand zur endgültigen Versöhnung anzubieten. »Lass uns beide doch bitte ehrlich zueinander sein. Etwas an seinem Aussehen, etwas an seinem Auftreten zieht die Frauen beinahe magisch an. Ich kann durchaus verstehen, dass du ihn begehrst. Schließlich habe ich selbst ihn schon begehrt, als ich so alt war wie Alice Mae.«

Katies Augen blitzten auf. »Das glaube ich dir nicht. Du bist ganz einfach nicht der Typ, der so lange auf irgendetwas wartet.«

»Ich dachte, ich käme darüber hinweg. Und außerdem hatte ich Angst, mich lächerlich zu machen.« Brenna schob sich die Haare aus der Stirn und wünschte sich, sie hätte sie, ehe sie sich auf den Weg zu den Klippen gemacht hatte, zu einem Pferdeschwanz gebunden. »Aber am Ende wurde aus dem Begehren unbezwingbares Verlangen.«

»Du liebst ihn nicht.«

»Ich denke, vielleicht doch.« Sobald diese Worte heraus waren, presste Brenna eine Hand gegen ihr Herz, als hätte ihr jemand genau dort einen Stich versetzt. »Ich denke, vielleicht doch«, sagte sie noch einmal und sank matt auf die Knie. »Oh, großer Gott, was soll ich nur machen?«

Mary Kate starrte die Schwester mit großen Augen an. Brenna war plötzlich kreidebleich geworden, wiegte sich auf ihren Knien und hielt sich die Brust, als hätte sie soeben einen Herzanfall erlitten. »Hör auf! Du schauspielerst doch nur.«

»Nein. Ich kann nicht. Ich kriege ganz einfach keine Luft mehr.«

Argwöhnisch trat Mary Kate ein wenig näher und schlug ihr kraftvoll auf den Rücken. »So.«

Brenna atmete keuchend aus und pfeifend wieder ein. »Danke.« Sie erhob sich schwach auf ihre Fersen. »Ich kann damit einfach nicht umgehen, zumindest nicht ausgerechnet jetzt. Das kann auch niemand von mir erwarten. Es war auch so schon schlimm genug, aber das hier ist der Gipfel. Es ist vollkommen unmöglich. Das hier macht nichts besser, sondern verlagert einfach den Schwerpunkt dieses ganzen lächerlichen Dramas. Ach, verdammt!«

Da Brenna keine Anstalten machte, sich wieder zu erheben, setzte sich auch ihre Schwester auf den Boden. »Ich denke, ich könnte dir verzeihen, wenn du in ihn verliebt wärst. Sagst du vielleicht deshalb diese Dinge?«

»Nein. Außerdem habe ich nicht gesagt, dass ich in ihn verliebt bin, sondern nur, dass es nicht völlig ausgeschlossen ist.« Verzweifelt packte Brenna Katies Hand. »Du darfst niemandem auch nur ein Sterbenswörtchen davon erzählen. Wenn doch, bringe ich dich um. Du musst es mir schwören.«

»Um Himmels willen, weshalb sollte ich bitte durch die Gegend laufen und aller Welt davon erzählen? Schließlich würde ich mich selbst dadurch noch lächerlicher machen.«

»Wahrscheinlich wird sich diese ganze Sache sowieso früher oder später von selbst erledigen.«

»Weshalb solltest du das wollen?«

»Ich und in Shawn Gallagher verliebt!« Brenna fuhr sich mit den Händen über das Gesicht. »Das wäre ein schönes Durcheinander. Ganz sicher würden wir uns innerhalb weniger Monate vollends in den Wahnsinn treiben – ich ihn, weil ich einfach ständig etwas zu tun haben muss, und er mich, weil er den ganzen Tag verträumt. Der Mann schafft es noch nicht mal, dran zu denken, einen Stecker in die Steckdose zu stecken, geschweige denn, dass er auch nur den Hauch einer Ahnung davon hätte, wie man einen kaputten Stecker repariert.«

»Und was ist daran so schlimm? Schließlich könntest du den Stecker reparieren. Und ohne seine Träume würde er sicher nicht so wunderbare Lieder komponieren.«

»Und was nützt ihm die Musik, wenn er nichts aus ihr macht?« Brenna winkte ab. »Ach, es ist egal. Keinem von uns beiden ging es je um Liebe. Ich verhalte mich ganz einfach wie eine typische Frau, und das macht mich wütend. Warum muss für uns Frauen aus anfänglich rein körperlichem Verlangen am Ende nur immer Liebe werden?«

»Vielleicht hast du ihn insgeheim ja immer schon geliebt.«

Brenna hob den Kopf. »Warum in aller Welt redest du plötzlich so vernünftig?«

»Vielleicht, weil du mich zum ersten Mal nicht wie ein dummes kleines Mädchen behandelst. Und vielleicht, weil ich, wenn ich dich so sehe, erkenne, dass das, was ich für Shawn empfunden habe, vielleicht doch keine echte Liebe war. Auf alle Fälle bin ich in Gedanken an ihn nie so bleich geworden oder habe angefangen zu zittern wie Espenlaub. Und …« Sie lehnte sich etwas zurück und warf Brenna ein leicht herablassendes Grinsen zu. »Vielleicht, weil ich es unter den gegebenen Umständen durchaus befriedigend finde, dich so schwach und furchtsam zu erleben. Schließlich hast du mir erst gestern beinahe die Haare mitsamt den Wurzeln ausgerissen.«

»Du warst aber auch nicht gerade zimperlich.«

»Tja, schließlich warst du diejenige, die mir gezeigt hat, wie man kämpft.« Bei der Erinnerung an ihre Auseinandersetzung bekam Katie feuchte Augen. »Tut mir Leid, dass ich dich eine Hure genannt habe. Beim ersten Mal habe ich es aus Wut heraus getan und beim zweiten Mal aus Trotz.« Sie wischte sich die Tränen von den Wangen. »Außerdem tun mir alle die Dinge Leid, die ich über dich in mein Tagebuch geschrieben habe – nun, vielleicht nicht alle, aber doch ein paar.«

»All das soll uns jetzt egal sein.« Sie nahmen sich bei den Händen. »Ich will nicht, dass er oder sonst irgendjemand jemals zwischen uns steht. Aber gleichzeitig bitte ich dich, nicht von mir zu verlangen, dass ich ihn deinetwegen aufgebe.«

»Damit du das Gefühl bekommst, du hättest dich für mich geopfert, und ich vor lauter Schuldgefühlen nicht mehr in den Spiegel sehen kann? Nein, das will ich ganz bestimmt nicht.« Sie zeigte die Spur eines Lächelns. »Wenn ich einen Mann will, suche ich mir lieber einen eigenen. Aber ...« Sie neigte den Kopf ein wenig. »Eines würde ich doch noch gerne wissen.«

»Und das wäre?«

»Kann er wirklich so gut küssen, wie man es vermuten würde?«

»Wenn er es sich in den Kopf setzt, bringt er jeden Knochen in deinem Leib zum Schmelzen.«

Mary Kate entfuhr ein Seufzer. »Habe ich's mir doch gedacht.«

Sie ging zu Fuß zum Cottage, doch als sie dort ankam, waren ihre Gedanken immer noch nicht klarer. Die über der Sonne dahinziehenden Wolken ließen sie vermuten, dass sicher bald ein leichter Regen einsetzen würde.

Ein guter Tag, um gemütlich vor einem Torffeuer zu sitzen. Aber natürlich stieg aus dem Kamin des Cottages wie so häufig auch an diesem Vormittag kein Rauch. An derart praktische Dinge dachte Shawn so gut wie nie.

Sein Wagen stand nicht in der Einfahrt, also war er sicher in der Kirche. Nun, sie würde warten. Sie ging durch das Gartentor und hob, halb in der Erwartung, Lady Gwen zu sehen, ihren Kopf. Doch hinter den Fenstern blieb alles völlig ruhig.

Sie trat über die Schwelle und wäre beinahe über seine schmutzigen Arbeitsschuhe gestolpert, die noch dort lagen, wo er sie am Abend zuvor ausgezogen hatte. Sie schob sie mit dem Fuß zur Seite und ging hinüber in das kleine Wohnzimmer, um im Kamin ein Feuer zu entfachen.

Seine Notenblätter lagen auf dem Klavierdeckel verstreut, und auf dem Tisch stand eine Tasse, aus der er sicher seinen Tee getrunken hatte, neben einer dickbäuchigen grünen Flasche voller Gartenblumen.

Typisch, dachte Brenna. Ebenso wie sie vergaß er meistens einfach, beim Betreten des Hauses die Stiefel abzutreten, aber wie so häufig hatte er auch jetzt die Zeit gefunden, das Zimmer mit einem Blumenstrauß zu schmücken.

Weshalb nur dachte sie selbst niemals an derartige Dinge? Sie mochte Häuser voller Blumen, Zimmer voller Kerzen und den zarten Duft von beidem. Sie würde immer daran denken, den Kamin zu fegen und genug Torf oder Holz bereit zu legen, niemals jedoch fielen ihr all die kleinen Dinge ein, die ein Haus zu einem Heim machten.

Als das Feuer brannte, stand sie auf und trat vor das Klavier. Hatte er hier letzte Nacht gearbeitet? Er war wütend auf sie gewesen. Reagierte er durch die Musik auch seinen Zorn ab oder verarbeitete er in ihr einzig seine Träume?

Er hat sein Herz in dieses Lied gelegt, hatte Lady Gwen zu ihr gesagt, als sie eine seiner Weisen leise gespielt hatte. Stirnrunzelnd überflog sie die zahllosen mit Noten und Worten bekritzelten Seiten. Wenn es wirklich stimmte, dass seine Musik die Stimme seines Herzens war, weshalb ließ er seine Melodien dann einfach so herumfliegen? Warum tat er nichts Sinnvolles damit?

Wie konnte sie derart viel für einen Mann empfinden, dem jeder Antrieb fehlte? Es konnte ihm doch unmöglich genügen, ein solches Talent zu besitzen, ohne es irgendwie zu nutzen.

»*Die Perlen, die ich dir gebracht*«, las sie halblaut seine jüngste Arbeit,
»*die hat der Mond geweint.*
Gleich meinem Herzschlag rinnen sacht
Die Tränen, weil wir nicht vereint.
Der Bann uns trennet Nacht für Nacht,
bis irgendwann die Liebe Dritter gut es mit uns meint.«

Er besingt also Legenden, dachte Brenna – und wartet gleichzeitig worauf? Als sie seinen Wagen hörte, legte sie die Noten eilig fort.

Schon von weitem hatte er den Rauch aus dem Kamin aufsteigen sehen, sodass er wusste, dass Brenna zurückgekommen war. Wie er darauf reagieren würde, wusste er noch nicht. Er musste einfach hoffen, dass er, wie bei seinen Melodien, eine plötzliche Eingebung hatte.

Er betrat das Haus, und sie kam aus dem Wohnzimmer.

»Die Vormittage sind immer noch recht kühl, deshalb habe ich ein Feuer angemacht.«

Er nickte. »Möchtest du vielleicht einen Tee?«

»Nein.« Ängstlich sah sie in sein unbewegtes Gesicht. »Bist du immer noch wütend auf mich?«

»Nicht mehr so wie gestern Abend.«

»Nun …« Es war neu und alles andere als angenehm für sie, nicht zu wissen, wie sie sich ihm gegenüber am besten verhielt. »Ich dachte, ich sollte dir sagen, dass Mary Kate und ich heute Morgen ein Gespräch hatten.«

»Dann habt ihr euren Streit also beendet?«

»Ja.«

»Das freut mich. Ich hoffe, irgendwann können sie und ich ebenfalls wieder normal miteinander umgehen.«

»Ich denke, die Sache ist ihr bestimmt noch eine Zeit lang etwas peinlich, aber … nachdem ich ihr all deine Fehler aufgezählt habe, meint sie, dass sie dich vielleicht doch nicht wirklich liebt.«

Er zog seine Brauen in die Höhe. »Das war wirklich clever.«

»Shawn.« Als er das Wohnzimmer betreten wollte, legte sie eine Hand auf seinen Arm und hielt ihn im Türrahmen zurück. »Es tut mir Leid, dass wir uns gestern im Streit getrennt haben.«

Er wusste, dass Worte der Entschuldigung ihr alles andere als leicht über die Lippen kamen. »Dann tut es mir auch Leid.«

»Mich stören deine Fehler nicht – oder zumindest kaum.«

Sie roch nach Sonntag, nach Haarshampoo und Seife, und in ihren Augen lag ein beinahe flehender Ausdruck. »Dann meinst du also, wir beide könnten uns auch wieder vertragen?«

»Das will ich unbedingt.«

Er ging durch das kleine Zimmer und setzte sich auf den einzigen nicht mit Notenblättern zugedeckten Stuhl. »Warum setzt du dich nicht kurz zu mir, Mary Brenna?«

Sie ging zu ihm hinüber, setzte sich auf seinen Schoß und sah ihm in die Augen. »Dann sind wir also wieder Freunde?«

»Das waren wir die ganze Zeit.«

»Ich habe kaum ein Auge zugemacht aus Sorge, dass unser Verhältnis trotz unseres Versprechens nie wieder so ungetrübt sein würde wie zuvor.«

»Wir sind immer noch dieselben Freunde wie vor Anfang unserer Affäre. Aber willst du mich im Augenblick tatsächlich nur als guten Freund?«

Statt einer Antwort presste sie ihren Mund auf seine Lippen und seufzte leise auf. Er zog sie eng an seinen Leib, genoss die süße, weiche Wärme ihres Kusses und glitt schließlich mit seinen Lippen in Richtung ihrer Braue.

Dann zog er ihren Kopf an seine Schulter, nahm sie sanft in seine Arme, und sie wartete darauf, dass seine Hände auf die erwartete Weise an ihr herunterwandern würden. Er jedoch hielt sie einfach weiter in den Armen und lauschte auf das Knistern des Feuers und das Prasseln des einsetzenden Regens.

Allmählich begann sie, sich tatsächlich zu entspannen, die tröstliche Behaglichkeit des Augenblicks zu genießen, sich von der stummen Vertrautheit zwischen ihnen beiden einhüllen zu lassen.

Nie zuvor hatte sie einen Geliebten gehabt, der sie so gut verstand und dem es genügte, einen verregneten Sonntagmorgen mit ihr zusammen zu verkuscheln. Hatte sie sich aus diesem Grund in ihn verliebt? Oder hatte sie, ohne es zu wissen, schon immer dieses Gefühl für ihn gehegt?

»Ich frage mich«, setzte sie schließlich an, »ob du vielleicht Lust hast, an deinem nächsten freien Abend mit mir nach Waterford zu fahren. Ich würde dich dann zum Essen einladen.«

Er lächelte verstohlen. Sie hatte sich Zeit gelassen, bis sie zu dem Schluss gekommen war, ihn endlich zu hofieren, aber dies war kein schlechter Anfang. »Würdest du dann dasselbe Kleid anziehen wie an dem Abend, als dich dieser Kerl aus Dublin eingeladen hat?«

»Wenn du das gerne willst.«

»Ich finde, dass es dir ausgesprochen gut steht.«

»Wenn ich ein Kleid anziehe, nehmen wir am besten deinen Wagen. Ich werde ihn mir heute gründlich vornehmen. Der Motor ist vollkommen verdreckt, und das Öl ist schon viel zu lange nicht mehr gewechselt worden. Bei meinem kurzen Blick unter die Haube hatte ich das Gefühl, dass die Zündkerzen nicht mehr sauber gemacht wurden.«

»Solche Dinge überlasse ich lieber den Experten.«

»Du bist einfach zu faul, es selbst zu machen.«

»Das stimmt natürlich ebenfalls. War das einer meiner Fehler, wegen derer es sich Mary Kate urplötzlich anders überlegt hat?«

»Allerdings. Du bist vollkommen antriebslos, Shawn Gallagher.«

»Also bitte, ›antriebslos‹ ist vielleicht ein etwas hartes Wort.«

»Tut mir Leid, wenn ich dich damit beleidige.« Sie rutschte auf seinem Schoß herum, ohne dass sie dabei aussah, als tue ihr augenblicklich irgendetwas Leid. »Aber du musst doch wohl zugeben, dass du mit dem Begriff ›Ehrgeiz‹ nicht allzu viel verbindest.«

»Wenn mir etwas wichtig ist, kann ich durchaus ehrgeizig sein.«

»Ist dir deine Musik etwa unwichtig?«

Er hatte sich nach vorn gebeugt, um an ihrem Ohrläppchen zu nagen, aber ihre Worte ließen ihn plötzlich innehalten. »Was hat denn meine Musik damit zu tun?«

Vorsicht, dachte Brenna. Zerleg ihn ruhig in seine Einzelteile, aber sieh zu, dass du keines der Teile irgendwie beschädigst. »Du sitzt hier und komponierst die wunderbarsten Lieder, und dann lässt du sie einfach herumliegen.«

»Ich weiß genau, wo alles ist.«

»Die Frage ist die, was du mit deinen Melodien machst.«

»Ich erfreue mich an ihnen.«

Wieder einmal blockte er bei diesem Thema einfach ab. Sie würde geschickt zu Werke gehen müssen, um etwas zu erreichen – aber sie war fest entschlossen, die Barriere endlich zu durchbrechen, denn dies war einer der Schritte, die sie machen musste.

»Alles gut und schön, aber willst du denn nicht mehr? Willst du nicht auch anderen Menschen Freude damit machen?«

»Dir gefällt meine Musik doch überhaupt nicht.«

»Wann soll ich so etwas jemals behauptet haben?« Angesichts seiner überraschten Miene zuckte sie achtlos mit den Schultern. »Tja, falls ich doch mal so etwas gesagt habe, dann nur, um dich zu ärgern. Ich mag deine Melodien sogar sehr. Und wenn du hin und wieder eines deiner Lieder im Pub oder bei einem *Ceilí* angestimmt hast, haben auch schon andere begeistert applaudiert.«

»Das waren doch alles Freunde und Verwandte.«

»Genau. Und dazu gehöre ich doch auch, oder etwa nicht?«

»Natürlich tust du das!«

»Hättest du dann vielleicht auch ein Lied für mich?«

Er bedachte sie mit einem argwöhnischen Blick. »Was meinst du damit, ›ob ich auch ein Lied für dich habe‹?«

»Genau das, was ich sage. Ich hätte gern ein Lied, ganz

für mich allein. Dafür, dass ich deinen Wagen repariere.«
Spontan stand sie auf und machte eine ausholende Bewegung in Richtung des Klaviers. »Du hast Dutzende von Liedern, die einfach hier herumliegen. Und eins davon hätte ich gern für mich.«

Er glaubte ihr keine Sekunde; aber gleichzeitig konnte er sich nicht vorstellen, dass sie ihn in eine Falle locken wollte oder dass es jemandem schaden würde, wenn er ihrer Bitte nachkam. »Das sagst du doch nur aus einer Laune heraus, O'Toole, aber bitte. Ich werde dir eins der Lieder holen.«

Er erhob sich, aber als er anfing, die Stapel zu sichten, schlug sie ihm auf die Hand. »Nein, lass mich selbst eins aussuchen. Schließlich soll es mir gefallen.« Sie nahm das Blatt, das sie vor seinem Auftauchen durchgelesen hatte, und erkannte, dass sie genau dieses Lied leise auf seinem Klavier geklimpert hatte, als Lady Gwen sich ihr zum ersten Mal gezeigt hatte. »Das hier.«

»Es ist noch nicht fertig.« Er hätte nicht sagen können, weshalb plötzlich eine gewisse Panik in ihm aufwallte.

»Es ist das Lied, das ich will. Oder gibt es vielleicht einen bestimmten Grund, weshalb du es mir vorenthalten willst?«

»Nein, aber …«

»Gut.« Sie faltete das Blatt in einer Weise, die ihn zusammenzucken ließ, und schob es sich beinahe achtlos in die Hosentasche. »Jetzt gehört es mir, und vielen Dank.« Sie stellte sich auf die Zehenspitzen und küsste ihn leicht auf die Wange. »Ich werde dich zum Pub fahren, dann kann ich deinen Wagen mit nach Hause nehmen. Ich werde dafür sorgen, dass er wieder wie am Schnürchen läuft.«

»Ich habe noch ein bisschen Zeit.«

»Ich aber nicht. Ich habe heute noch alle Hände voll zu

tun. Wenn ich dir deinen Wagen bringe, kurz bevor ihr zumacht, könntest du mich dann zurückfahren?«

Er versuchte, nicht mehr an das Lied zu denken. »Wohin zurück?«

Sie bedachte ihn mit einem Lächeln. »Hierher wäre weit genug.«

Sie setzte Shawn am Pub ab und machte auf dem Weg nach Hause noch einen kurzen Abstecher zu ihrer Freundin Jude.

Jude war vorn im Garten, wo sie offenbar versuchte, den Frühlingsanfang zu erzwingen. Ihre Handschuhe waren bereits schwarz vor Erde, und neben ihr auf dem Weg waren eine Reihe von Zeichnungen verstreut. Als sie Brenna näher kommen sah, setzte sie sich auf die Fersen und schob sich den breitkrempigen Strohhut, den sie zum Schutz vor dem leichten Nieselregen trug, lässig in den Nacken.

»Stimmt was nicht mit deinem Laster?«

»Nein, ich bringe endlich Shawns Wagen ein wenig auf Vordermann. Er selbst würde sich lieber bei lebendigem Leib von einer Kolonie Ameisen auffressen lassen, als je auch nur die Motorhaube aufzumachen. Deine Skizzen werden nass.«

»Ich weiß. Ich muss allmählich aufhören. Ich wollte nur den Frühling ermuntern, den Winter endgültig zu vertreiben.«

»Ah, du hast deine Ideen für deinen Garten zu Papier gebracht.« Brenna ging in die Hocke und schirmte die Blätter mit ihrem Rücken gegen die Nässe ab. »Wie eine Blaupause. Wirklich clever.«

»Durch die Skizzen kann ich mir einfach alles besser vorstellen. Aber jetzt lass uns lieber reingehen, bevor wir vollkommen durchweicht sind.« Sie wollte sich erheben, sank dann jedoch zurück und legte eine Hand auf ihren Bauch. »Mein Schwerpunkt beginnt sich zu verlagern.«

»Noch ein paar Monate und du wirst einen Flaschenzug zum Aufstehen brauchen. Komm, ich nehme die Blätter.« Brenna sammelte die Skizzen und den kleinen Pflanzenkorb ein.

»Vorgestern habe ich Colleen Ryan auf dem Markt getroffen. Ihr Baby kann jede Minute kommen. Sie watschelt wie ein Ente«, sagte Jude, als sie ins Haus gingen. »Wirklich niedlich, aber ich habe die Absicht, eher wie Madonna durch die Monate zu gleiten.«

»Man soll die Hoffnung nie aufgeben.«

Brenna trug den Korb in den kleinen Geräteraum neben der Küche und breitete die Skizzen zum Trocknen auf der Arbeitsplatte aus.

»Ich habe Aidan gesagt, dass ich zum Mittagessen in den Pub komme.« Mit einem treuherzigen Grinsen biss Jude in einen süßen Keks. »Aber ich habe einfach immer Hunger. Mir verdirbt nichts und niemand den Appetit.«

»Die Schwangerschaft steht dir tatsächlich gut. Ich erinnere mich noch daran, wie ich dich vor einem Jahr zum ersten Mal gesehen habe. Du hast im Regen vor der Tür des Faerie Hill Cottages gestanden und ungemein verloren gewirkt. Aber inzwischen bist du gefunden worden.«

»Was für eine hübsche Formulierung. Ja, inzwischen wurde ich gefunden. Es sind Dinge geschehen, die ich immer wollte, ohne dass ich mich auch nur getraut hätte zuzugeben, dass ich sie mir wünschte.«

»Du hast dafür gesorgt, dass sie geschahen.«

»Zum Teil.« Sie nagte weiter an dem Plätzchen, während Brenna in der Küche auf und ab lief. »Und einige

Dinge sollten anscheinend ganz einfach passieren. Man muss nur den Willen und den Mut aufbringen zuzulassen, dass es dazu kommt.«

»Als du gemerkt hast, dass du Aidan liebst, hast du es ihm gesagt? Ich meine, hast du es ihm *sofort* gesagt?«

»Nein, dazu hatte ich beim besten Willen nicht den Mut und auch nicht genug Vertrauen in mich selbst.«

Brenna sah sie fragend an. »Und auch nicht in ihn.«

»Und auch nicht in ihn«, gab Jude unumwunden zu. »Bevor ich hierher nach Irland kam, habe ich nie die Dinge in die Hand genommen, und auch hier war es ganz sicher nicht mein Mut, der dazu geführt hat, dass um mich herum oder mit mir selbst so viel geschah. Ich war ängstlich und entsetzlich passiv. Ich musste an mir arbeiten. Lernen, manche Dinge in die Hand zu nehmen und darauf zu vertrauen, dass andere Dinge sich dann ganz von selbst ergeben.«

»Aber ein paar Schritte musstest du selbst tun.«

»Ja. Liebst du Shawn?«

Stirnrunzelnd nahm Brenna Platz. »Scheint so. Allerdings schäme ich mich nicht zu sagen, dass diese Entdeckung für mich ein echter Schock ist.«

»Die Liebe steht dir gut, Brenna.«

Judes abgewandelte Wiederholung ihrer eigenen Worte brachte sie zum Lachen. »Ich fühle mich entsetzlich. Aber ich nehme an, ich werde mich daran gewöhnen. Ich mache den Tee«, sagte sie, als der Kessel pfiff.

»Nein, bleib sitzen. Hast du es ihm schon gesagt?«

»Ganz bestimmt nicht.« Sie hob hastig den Kopf, als ihr plötzlich ein Gedanke kam. »Ich weiß, dass Ehepartner dazu neigen, einander beinahe alles zu erzählen, aber –«

»Du willst nicht, dass Aidan etwas von unserem Gespräch erfährt.«

»Nein.«

»Dann werde ich ihm auch nichts davon sagen.«

»Danke.« Brenna atmete erleichtert auf. »Augenblicklich geht es darum, die richtigen Schritte in der richtigen Reihenfolge zu machen. So gut ich ihn auch kenne – Shawn, meine ich – ist er, seit sich … die Dinge zwischen uns geändert haben, einfach nicht mehr so berechenbar.«

»Eine Liebesbeziehung hat einfach eine andere Dynamik als jede selbst noch so gute, lebenslange Freundschaft.«

»Das habe ich bemerkt. Trotzdem weiß ich, dass er meistens einen ordentlichen Tritt in seinen Hintern braucht, bevor er sich bewegt. Und jetzt unternehme ich den ersten Schritt in einer Sache, die mich schon seit Jahren stört, und von der ich denke, dass sie ihm alles in allem wirklich wichtig ist.« Sie erhob sich halb von ihrem Stuhl und zog die Notenblätter aus der Tasche ihrer Jeans.

»Ist das eins von seinen Liedern?«

»Ich habe ihn dazu überredet, es mir zu überlassen. Er hat wirklich Talent, findest du nicht auch?«

»Ich glaube schon.«

»Warum macht er dann nicht irgendwas daraus? Du als Psychologin müsstest doch wissen, wie das Hirn des Menschen funktioniert.«

»Ich bin eine ehemalige, bestenfalls mittelmäßige Dozentin.« Jude stellte die Kanne auf den Tisch und nahm zwei Tassen aus dem Schrank. »Aber als solche würde ich vermuten, er hat ganz einfach Angst.«

»Wovor?«

»In einer Sache zu versagen, die ihm wirklich viel bedeutet. Was, wenn seine Musik einfach nicht gut genug ist?

Was, wenn er selbst nicht gut genug ist? Es gibt jede Menge Menschen, die am Rande eines solchen Abgrunds stehen und den Sprung einfach nicht wagen, Brenna.« Sie schenkte den Tee ein. »Du allerdings bist anders. Du krempelst einfach deine Ärmel hoch und baust dir eine Brücke.«

»Dann baue ich jetzt eine Brücke für den guten Shawn. Er hat mir dieses Lied geschenkt, also kann ich damit tun und lassen, was ich will. Ich möchte es jemandem schicken, der sich mit diesen Dingen auskennt. Der sagen kann, ob es sich lohnen würde, es auf irgendeine Weise zu vermarkten.«

»Ohne dass Shawn davon erfährt.«

»Ich werde kein schlechtes Gewissen deshalb haben«, murmelte Brenna, als wollte sie sich selbst überzeugen. »Wenn nichts aus der Sache wird, braucht er nie etwas davon zu erfahren. Und wenn es wirklich klappt, wie sollte er dann etwas anderes tun, als sich darüber freuen? Ich bin mir noch nicht sicher, wie ich die Sache genau in Angriff nehmen soll oder an wen man sich mit solchen Dingen wendet. Ich dachte, du hättest vielleicht eine Idee.«

»Sicher würde ich nur meinen Atem vergeuden, wenn ich versuchen würde, dir das Ganze auszureden.«

»Allerdings.«

Jude nickte. »Dann spare ich mir doch die Luft. Ich habe keine Ahnung vom Musikgeschäft. Ich könnte natürlich meine Agentin fragen, obwohl ich nicht glaube, dass sie ...« Plötzlich kam ihr ein Gedanke. »Was ist mit diesem Magee? Er hat doch schon Dutzende von Theatern und Konzerthäusern gebaut. Also hat er doch vielleicht ein paar Beziehungen in dem Metier.«

»Das könnte durchaus sein.«

»Ich kann dir seine Adresse besorgen, und dann kannst du einfach an ihn schreiben.«

Brenna strich mit den Fingern über die Noten und die Worte des Liedes. »Das dauert viel zu lange. Hast du vielleicht auch eine Telefonnummer?«

18

Das sanfte Nieseln wurde zu einem starken Regen, und der starke Regen führte zu einer regelrechten Sturmflut, die die tosenden Wassermassen gegen die Küste krachen und die im Hafen fest vertäuten Boote auf den schaumgekrönten Wellen tanzen ließ. Mehrere Tage lang war es zu stürmisch, als dass die Fischer hätten hinausfahren können. Vom Ufer bis zum Horizont erstreckte sich eine wütende, brodelnde graue Masse, deren weiße Kronen spitz genug erschienen, um den Rumpf eines Schiffes zu durchbohren.

Diejenigen, die ihr Leben auf dem Meer bestritten, warteten mit ihrer typischen, im Verlauf von Generationen antrainierten grimmigen Geduld darauf, dass das Wetter sich beruhigte.

Wie der Ruf der Todesfee heulte der Wind zwischen den Häusern, rüttelte an Fenstern und an Türen, schlich sich durch jede noch so schmale Spalte und brachte Eiseskälte mit herein. Der Rauch drängte in hässlichen, unregelmäßigen Strömen zurück in die Kamine, und schließlich zupfte der Sturm ein paar Schindeln vom Dach der Markthalle, sodass sie wie trunkene Vögel auf den Boden trudelten. Eine der Schindeln fiel dem jungen Davey O'Leary auf den Kopf, als er gerade mit einer Flasche Milch und einem Dutzend Eier nach Hause radeln wollte. Die Wunde wurde mit sieben Stichen genäht, die Eier jedoch waren unwiederbringlich verloren.

Den Blumen, die den Winter problemlos überstanden hatten, machte der Wind genauso wie den ersten Frühlingsboten mit ein paar letzten wilden Bissen den Garaus, und die sonst so hübschen Gärten glichen nach ein paar Tagen öden Schlammwüsten.

Die Touristen blieben fern, Reservierungen wurden storniert, während der Sturm auf Ardmore einpeitschte und am dritten Tag sogar die Strom- und Telefonleitungen in die Knie zwang.

Wie jedes Mal kauerte sich das ganze Dorf zusammen, um zu warten, bis sich das Unwetter verzog. In sämtlichen Häusern war die Stimmung bereits nach kurzer Zeit gereizt. Kleine Kinder waren rastlos und gelangweilt und trieben ihre Mütter in den Wahnsinn. Tränen und schmerzhaft brennende Hinterteile gehörten zum täglichen Geschäft.

Geschützt mit Regenmänteln und Gummistiefeln stapften Brenna und ihr Vater auf der Suche nach der undichten Stelle in Duffys Sickergrube durch knietiefen Schlamm und Schlimmeres.

»Eine widerliche Arbeit.« Mick stützte sich auf seine Schaufel.

»Wenn das Wetter so bleibt, werden wir bald nicht mehr die Einzigen sein, die durch die Scheiße waten.«

»Wenn diese Bastarde aus Waterford gekommen wären, wäre die Grube wenigstens leer.«

»Falls sie jemals mit der Pumpe kommen, sollten wir sie mit den Köpfen zuerst einfach in den Schlamm stecken. Himmel, was für ein Gestank! Aber ich glaube, ich habe das Leck endlich gefunden.«

Sie gingen in die Hocke und betrachteten beide gleichermaßen interessiert wie nachdenklich das alte, angeknackste Rohr. »Genau, wie du vermutet hast, Dad. Das

Ding ist einfach so alt, dass es unter dem zusätzlichen Druck geplatzt ist. Die Leitung verläuft zwischen der Grube und dem Feld, und als sie geplatzt ist, hat sie Mrs. Duffys schönen Garten in eine Jauchegrube verwandelt.«

»Nun, zumindest bekommt unsere Kathy auf diese Weise hervorragend gedüngte Beete.« Da der Gestank einem den Atem raubte, sprach Mick etwas gepresst. »Gut, dass du daran gedacht hast, das PVC-Rohr rechtzeitig zu bestellen. Also tauschen wir die Rohre einfach aus und sehen, was dabei herauskommt.«

Brenna richtete sich knurrend auf, und sie bahnten sich gemeinsam einen Weg in Richtung ihres kleinen Lasters. Dies hier war tatsächlich eine ekelhafte Arbeit, aber wie immer waren sie ein gut eingespieltes Team. Sie machten sich ans Werk, und ab und zu sah Brenna ihren Vater verstohlen an.

Er hatte nichts zu ihr und Shawn gesagt, kein einziges Wort. Und obgleich sie sich vorstellen konnte, dass sich ihr Vater bei diesem Thema unbehaglich fühlte, ertrug sie es nicht, dass es unbereinigt zwischen ihnen stand. Wenn sie nicht darüber sprachen, bliebe zwischen ihnen beiden eine Kluft.

»Dad.«

»Ha, beinahe hätte ich's geschafft. Das Mistding mag geplatzt sein, aber es sitzt bombenfest.«

»Dad, du weißt, dass Shawn und ich uns immer noch sehen.«

Mick schlug so hart mit den Knöcheln gegen das Rohr, dass ihm sein Werkzeug wie glitschige Seife aus den Fingern rutschte. Gesenkten Hauptes zog er es aus dem Schlamm und wischte es an seiner ebenfalls schlammigen Hose ab. »Ja, ich weiß.«

»Schämst du dich für mich?«

Er arbeitete schweigend weiter, ehe er erklärte: »Du hast noch nie etwas getan, dessen ich mich hätte schämen müssen, Brenna. Aber Tatsache ist, dass du dich in dieser Sache auf sumpfigerem Terrain befindest als wir hier im Moment. Auf der einen Seite bist du meine Kollegin, deren Fähigkeiten ich nicht nur respektiere, sondern regelrecht bewundere. Aber auf der anderen Seite bist du auch meine Tochter. Es ist nicht leicht für einen Mann, ein solches Thema mit seiner Tochter zu bereden.«

»Sex?«

»Verdammt, Brenna.« Trotz der dicken Schmutzschicht war deutlich zu erkennen, dass er rot wurde.

»Sex gehört zum Leben, oder etwa nicht?« Als die kaputte Leitung endlich frei lag, schob er sie unsanft an die Seite.

»Genau wie die Scheiße, in der ich augenblicklich sitze, aber trotzdem denke ich lieber nicht weiter darüber nach. Deine Mutter und ich haben dich so gut erzogen, wie wir konnten, aber für die Schritte, die du als Erwachsene unternimmst, bist du allein verantwortlich. Du kannst nicht von mir verlangen, dass ich diese Sache gutheiße, Brenna, aber ich verurteile sie auch nicht.«

»Er ist ein guter Mann, Dad.«

»Habe ich etwa jemals etwas anderes behauptet?« Erschöpft und verlegen und entschlossen, das Thema endlich zu beenden, ging Mick in Richtung Wagen, um das neue Rohr zu holen.

»Es ist nur wegen dem … was Mary Kate gesagt hat. Sie war wütend wie ein wilder Stier, aber wir haben uns längst wieder vertragen. Nur möchte ich keinesfalls, dass du denkst, das, was zwischen Shawn und mir ist, sei eine billige Affäre.«

Das Mädchen benahm sich ihm gegenüber wie ein Terrier gegenüber einem großen Knochen. Sie würde nicht eher Ruhe geben, als bis sie ihn klein hätte. »Was Mary Kate zu dir gesagt hat, gehört sich nicht zwischen zwei Schwestern, und es freut mich, dass ihr beide euch versöhnt habt. Was den zweiten Punkt betrifft ... hast du ihn wirklich gern?«

»Natürlich. Natürlich habe ich ihn gern.«

»Und respektierst du ihn?« Als Brenna mit der Antwort zögerte, hob Mick den Kopf und sah ihr in die Augen. »So, so.«

»Ja, ich respektiere ihn. Er hat wirklich Grips, wenn er sich mal die Mühe macht, ihn einzusetzen, er hat ein gutes Herz und viel Humor. Was mich jedoch nicht blind für seine Fehler macht. Ich weiß, er ist ein fauler Hund, der sein Talent vergeudet.«

»Dazu möchte ich gerne etwas sagen, auch wenn mir klar ist, dass du am Ende tust, was du für richtig hältst.« Er richtete sich auf. »Du kannst die Fehler eines Mannes nicht einfach beheben wie ein Leck in einer Leitung oder ein Loch in einem Dach. Entweder nimmst du ihn so, wie er ist, Mary Brenna, oder du lässt die Finger von der ganzen Sache.«

Sie runzelte die Stirn. »So ist es ja gar nicht. Es geht mir eher darum, ihm einen Stoß in die richtige Richtung zu geben.«

»Richtig für wen?« Er legte seine Hand auf ihren Arm. »Veränderungen dürfen nie einseitig sein, Schätzchen, andernfalls geht das Gleichgewicht verloren und das ganze Gebäude stürzt in sich zusammen.«

Shawns sämtliche Sinne schrien entsetzt auf, als Brenna mitten in der Mittagsschicht plötzlich an der Hintertür des Pubs erschien. Sie war von ihrer Kappe bis hin zu ihren

Stiefeln vollkommen verdreckt und verströmte selbst über eine Entfernung von ein paar Metern einen Geruch, der einem das Wasser in die Augen trieb.

»Mutter Gottes, was hast du nur gemacht?«

»Sickergrube«, kam die fröhliche Antwort. »Den schlimmsten Dreck haben wir längst schon abgekratzt.«

»So, wie ich die Sache sehe, habt ihr ein paar Stellen vergessen.«

»Tja, wir mussten alles in unserer Macht Stehende unternehmen, um Mrs. Duffys Garten zu retten, also war uns unser Aussehen zunächst einmal egal. Aber jetzt haben wir von all der Arbeit einen Bärenhunger.«

Er hob abwehrend die Hände. »Falls du dir einbildest, ich würde dich in diesem Aufzug hier hereinlassen, O'Toole, dann hast du dich geirrt.«

»Ich will gar nicht reinkommen. Ich habe Dad gesagt, ich würde uns ein paar Brote holen. Außerdem hätte ich gern noch ein paar Flaschen Bier.«

»Mach einen Schritt zurück und schließ die Tür!«

»Bestimmt nicht.« Um ihn zu ärgern, lehnte sie sich lässig gegen den Türrahmen. »Schließlich tue ich niemandem weh. Beleg die Brote einfach mit dem, was du gerade zur Hand hast. Wir sind nicht wählerisch.«

»Das ist offensichtlich.« Er schob die anderen eingegangenen Bestellungen beiseite, und holte Brot und kalten Braten.

Es amüsierte sie zu sehen, wie sehr er sich beeilte. »Wir haben noch ein paar Stunden zu tun. Und dann muss ich noch ein paar Sachen erledigen.«

»Ich hoffe, eine dieser Sachen ist ein ausgiebiges Bad.«

»Steht längst auf meiner Liste. So, wie es hier aussieht, scheint das schlechte Wetter eure Geschäfte nicht gerade zu beeinträchtigen.«

»Tag und Nacht hängt beinahe das halbe Dorf bei uns herum. Die Leute wollen nicht allein sein, und außerdem sehen sie einfach gern mal etwas anderes als immer nur die eigenen vier Wände.« Er belegte die Brote großzügig mit Fleisch und Käse. »Nun, da der Generator läuft, haben wir sogar die meiste Zeit Musik, und ab und zu gibt es irgendwelche hitzigen Debatten über die Sportveranstaltungen, die gerade im Fernsehen laufen.«

»Auch wir rennen pausenlos durch die Gegend. Ich glaube, Dad und ich hatten seit Ausbruch des Unwetters nicht mal eine halbe Stunde frei.«

»Ich freue mich schon darauf, wenn das Wetter endlich wieder besser wird. Seit einer Woche habe ich keine Sonne und auch keine Sterne mehr gesehen. Aber Tim Riley sagt, es würde nicht mehr lange dauern.«

Dies war die Art von lockerem Gespräch, das sie mit jedem führen konnte. Aber war es nicht schön, fragte sie sich, dass sie sich mit Shawn am liebsten unterhielt? Plötzlich erschien ihr diese Freundschaft wie ein kostbarer Schatz, den sie in der Vergangenheit nicht genug zu schätzen gewusst hatte.

»Ungeachtet dessen, was Tim sagt, habe ich daran gedacht, später noch zum Faerie Hill hinaufzuwandern. Wie wäre es mit kurz nach Mitternacht?«

»Meine Tür steht immer offen, aber ich wäre dir dankbar, wenn du vorher deine Gummistiefel ein bisschen sauber machen würdest.« Er schob die Brote in eine kleine Tüte und fügte noch ein paar Tüten Chips und zwei Flaschen Harp dazu. Als sie bezahlen wollte, schüttelte er den Kopf. »Nein, das hier geht aufs Haus. Ich möchte lieber keine der Münzen, die du in der Tasche hast.«

»Danke.« Sie nahm die Tüte und sah ihn fragend an. »Willst du mich nicht küssen?«

»Nein. Aber das hole ich später nach.«

»Das will ich doch hoffen.« Mit einem Grinsen, das unter anderen Umständen als kokett hätte gesehen werden können, schlenderte sie davon und überließ es ihm, die Tür hinter ihr zu schließen.

Sie war eine Frau, auf deren Wort Verlass war, und so trat sie um Punkt Mitternacht über die Schwelle des Cottages. Sie wusste, so früh war er noch nicht zu Hause. Aber sie mochte die Stille in dem kleinen Häuschen, die heimelige Atmosphäre, wenn man dort ganz allein war.

Wie auch Shawn es häufig tat, stieg sie direkt an der Tür aus ihren Stiefeln, lief in Strümpfen hinüber in das kleine Wohnzimmer, um dort, da es immer noch keinen Strom gab, Öllämpchen und Kerzen anzuzünden – und hoffte, Lady Gwen würde sich ihr vielleicht noch einmal zeigen.

Schließlich war dies ein perfekter Zeitpunkt für das Erscheinen eines Geistes. Eine Nacht, in der der Regen gegen die Fensterscheiben klatschte und der Wind an den Läden rüttelte, in einem kleinen, von Kerzen und einem warmen Feuer erhellten kleinen Haus.

»Ich weiß, dass Sie hier sind, und ich bin ganz allein.« Sie wartete, aber die einzigen Geräusche, die sie hörte, waren das Knarren des Holzes und das unablässige Heulen des Windes. »Ich wollte Ihnen nur sagen, dass ich inzwischen glaube zu verstehen, was Sie mir damals sagen wollten. Ich habe mir das Lied, von dem Sie sprachen, genau angehört, und ich hoffe, ich habe das Richtige getan.«

Sie verstummte, und wieder bekam sie keine Antwort.

»Nun, Sie sind mir wirklich eine großartige Hilfe.« Wütend ging sie die Treppe hinauf in Richtung Schlafzimmer.

Sie brauchte keine Geister und keine Worte aus dem Jenseits, die ihr sagten, was sie wie tun sollte. Sie hatte einen Mann, und sie hatte die Absicht, ihn auch zu behalten. Seit sie sich dessen bewusst geworden war, ging es nur noch um Details.

Auch oben entfachte sie ein Feuer, zündete zwei Kerzen an, warf sich auf das Bett und schob sich die Kissen in den Rücken, um auf Shawn zu warten.

Doch die Arbeit des Tages forderte bald ihren Tribut.

Wind und Regen hatten sich gelegt. Der Himmel sah aus wie schwarze, mit rubinroten, saphirgrünen und zitringelben Sternen übersäte Seide. Der volle, weiße Mond segelte hoch über dem samtig ruhigen Meer.

Die Flügel des weißen Pferdes schlugen so regelmäßig wie ein Herz. Auf seinem Rücken saß kerzengerade ein in Silber gekleideter Mann, dessen dunkle Mähne wie ein weicher Umhang um seine Schultern fiel.

»Sie wollte weder Reichtum noch Ansehen noch Unsterblichkeit von mir.«

Es erschien Brenna nicht im Geringsten seltsam, dass sie zusammen mit dem Feenprinzen durch den Himmel über Irland ritt. »Was wollte Sie denn dann?«

»Versprechen, Schwüre, von Herzen kommende Worte. Weshalb bringen manche Wesen die Worte ›Ich liebe dich‹ nur so schwer über die Lippen?«

»Weil sie einen verletzbar machen.«

Er drehte sich zu ihr um, und seine Stimme klang verbittert, als er sagte: »Ja, genau. Diese Worte auszusprechen, erfordert großen Mut, nicht wahr, Mary Brenna O'Toole?«

»Oder aber Tollkühnheit.«

»Wenn Liebe uns nicht toll macht, was denn bitte dann?«

Das Pferd schoss mit einer derartigen Geschwindigkeit

in Richtung Erde, dass ihr Herz vor Aufregung pochte. Sie sah die Umrisse des Cottages auf dem Feenhügel und das Licht hinter dem Fenster.

Die Hufe des Pferdes ließen Funken sprühen, als sie den Boden berührten.

»Ein bescheidener Ort«, murmelte Carrick. »Wenn man bedenkt, welche Dramen sich hier schon abgespielt haben. Da, der hübsche Gartenzaun. Ebenso gut könnte er die Mauer einer Festung sein, denn ich kann ihn nicht passieren.«

»Manchmal ist deine Geliebte auch auf den Klippen.«

»Das sagte man mir schon, aber wir können einander selbst dann nicht sehen, wenn wir direkt nebeneinander stehen.«

Die Bitterkeit in seiner Stimme war echtem Leid gewichen. Und, so dachte Brenna, einem schmerzlichen Verlangen.

»Manchmal spüre ich sie oder erhasche den Duft ihres Haares oder ihrer Haut. Aber nicht einmal in dreihundert Jahren habe ich sie sehen oder berühren oder mit ihr sprechen können.«

»Du hast euch beide mit einem schlimmen Bann belegt«, erwiderte Brenna.

»Ja, das stimmt, und für diesen Augenblick des Jähzorns habe ich teuer bezahlt. Du weißt, wie diese Dinge sind.«

»Allerdings. Aber glücklicherweise verfüge ich nicht über die Macht, mich oder andere zu verfluchen.«

»Ihr Sterblichen!« Seine Miene wurde weich. »Ihr habt ja keine Ahnung von der Macht, die ihr besitzt, und deshalb geht ihr mit dem, was ihr habt, erschreckend achtlos um.«

»Das musst gerade du mir sagen.«

»Da hast du vielleicht Recht.« Er nickte mit dem Kopf. »Aber das, was sich zwischen Gwen und mir anbahnte, hatte nichts mit Magie zu tun. Auch wenn manche es behaupten, habe ich sie weder verzaubert noch mit irgendwelchen Tricks zu mir gelockt. Sie kam freiwillig zu mir, bis ihr Vater es verbot. Bis er sie aus lauter Furcht vor mir einem anderen versprach.«

»Das glaube ich dir.« Sie legte tröstlich eine Hand auf seinen Arm. »Ein junges Mädchen hatte damals in diesen Dingen nicht allzu viel zu sagen.«

Carrick schwang sein Bein über den Nacken des Pferdes und stieg behände ab. »Aber du kannst dich vollkommen frei entscheiden.«

»Das habe ich bereits getan.« Sie glitt ebenfalls vom Rücken des Pferdes und sah, dass er den Mund verzog. »Aber ich gehe in dieser Sache lieber meinen eigenen Weg.«

»Horch«, war alles, was er darauf sagte.

Die Musik, die mit einem Mal die Luft erfüllte, legte sich um sie wie ein seidig weiches Netz. »Das ist Shawn. Das ist das Lied, das ich von ihm habe. Oh!« Sie schloss die Augen. »Es geht einem wirklich zu Herzen. Ganz sicher gibt es in deinem Palast unter der Erde nichts, was auch nur annähernd so schön ist.« Sie beugte sich vor, um das Gartentor zu öffnen.

Doch so sehr sie auch rüttelte und zerrte, blieb es weiterhin geschlossen.

»Ich bekomme es nicht auf.« Voller Panik wirbelte sie zu Carrick herum, doch Pferd und Reiter waren nicht mehr da. Abermals wandte sie sich dem kleinen Törchen zu, packte es mit beiden Händen und riss daran herum.

»Shawn!«

»Schon gut.« Sie lag in seinen Armen, und in seiner Stimme schwang ein amüsiertes Lachen. »Du hattest einen anscheinend wirklich aufregenden Traum.«

»Einen Traum.« Immer noch wirbelten in ihren Gedanken sanfte Nebel, helle Sterne und liebliche Musik. »Ich konnte das Gartentor nicht öffnen. Ich kam einfach nicht herein.«

»Du bist doch drinnen.«

»Ich bin drinnen. Gott, ich bin immer noch völlig verwirrt. Ich muss geschlafen haben wie ein Stein.« Sie schob sich die Haare aus der Stirn. »Gib mir eine Minute, um richtig wach zu werden.«

»Ich habe ein paar Neuigkeiten, die sicher auch die letzte Müdigkeit vertreiben werden.«

»Was für Neuigkeiten?«

»Aidan ist vollkommen begeistert von deinen Skizzen für das Theater.«

Wie er bereits vermutet hatte, war tatsächlich sofort auch der letzte Rest von ihrer Müdigkeit verflogen. »Wirklich? Sie gefallen ihm?«

»Allerdings. Sie gefallen ihm sogar so gut, dass er bereits mit diesem Magee darüber gesprochen hat.«

»Und was hat er gesagt?«

»Welcher von beiden?«

»Beide.« Sie packte seine Arme und schüttelte ihn. »Spann mich nicht so auf die Folter, Shawn.«

»Ich kann nicht wörtlich wiedergeben, was dieser Magee gemeint hat, da Aidan mit ihm gesprochen hat; aber es scheint, als hätte der Mann genug Interesse, um sich deine Entwürfe ansehen zu wollen.« Shawn spielte sanft mit ihren Haaren – eine neue Angewohnheit, die ihm sehr gefiel. »Also schickt Aidan die Skizzen nach New York, und dann sehen wir weiter.«

»Es sind gute Skizzen.«

»Ich fand sie wirklich gut.«

»Es würde funktionieren, und zwar hervorragend.« Sie

nagte besorgt an ihrer Lippe. »Jeder Idiot muss erkennen, dass sich der Bau harmonisch in die Umgebung einfügen würde, ohne das, was bereits da ist, zu erdrücken. Von seinen tollen Architekten kriegt er ganz sicher keinen besseren Entwurf.«

»Du musst wirklich etwas für dein Selbstbewusstsein tun, Brenna. Diese übertriebene Bescheidenheit bringt dich ganz sicher niemals weiter.«

Sie schnaubte verächtlich auf. »Aber wie soll dieser Magee wissen, dass meine Skizzen gut sind, wenn er die Umgebung gar nicht kennt? Wenn er gar nicht weiß, wie der Pub aussieht, wie das Land beschaffen ist und so weiter?«

»Er hat Fotos«, wurde sie von Shawn erinnert. »Finkle hat, als er hier war, Dutzende von Aufnahmen gemacht.«

»Das ist nicht dasselbe. Am besten rede ich persönlich mit diesem Magee.«

»Schon möglich, aber glaubst du nicht auch, es wäre vielleicht besser, ihm ein bisschen Zeit zu lassen, um zu sehen, was er denkt, bevor man ihn so bedrängt?«

»Manche Leute brauchen einfach einen Tritt in den Hintern, bevor sie sich bewegen.« Sie schnaubte verächtlich auf. »Wofür du das perfekte Beispiel bist, mein Lieber. Wann wird Aidan ihm die Skizzen schicken? Vielleicht sollte ich sie mir vorher noch mal ansehen.«

»Sie sind schon unterwegs. Magee hat darum gebeten, dass sie gleich per Eilbrief losgeschickt werden.«

»Tja, dann. Tja.« Ihre Skizzen würden für sich selbst sprechen, ebenso wie Shawns Lied. Beinahe wäre sie damit herausgeplatzt, dass sie ebenfalls bereits persönlich mit Magee gesprochen hatte, und dass der Mann dank ihnen beiden in nächster Zeit ziemlich beschäftigt sein würde.

Nein, besser, sie wartete noch ab, bis sie Shawn Ergebnisse mitteilen konnte. Andernfalls machte er sich nur unnötig Gedanken.

»Und worüber denkst du gerade nach?«

»Welche Schritte wir als Nächstes machen müssen, und was danach passiert. Scheint, als würde eine Veränderung unweigerlich eine ganze Reihe weiterer Veränderungen nach sich ziehen.«

»Das habe ich ebenfalls bereits gedacht.« Du brauchst doch nur uns beide anzusehen, dachte er, und strich ihr die Haare aus der Stirn.

Ihr Herzschlag wurde schneller. Auch dies war eine eindeutige Veränderung. Plötzlich rief jede noch so flüchtige Berührung von ihm eine Reihe heißer Gefühle in ihr wach.

»Und, macht dir das Angst?«

»Nein. Aber falls es dich zu sehr beschäftigt, solltest du vielleicht stattdessen einfach weiterträumen.« Seine Lippen berührten zärtlich ihren Mund, als er sie wieder in das Kissen drückte. »Und wenn ich dich dabei fest in meinen Armen halte, träumen wir ja vielleicht gemeinsam.«

»Ich will mit dir zusammen sein. Du bist für mich der Einzige.« Mehr konnte sie, ohne allzu verletzbar zu werden, momentan einfach noch nicht sagen.

Tatsächlich entführte er sie abermals in eine Traumwelt, sodass sie im warmen Licht des Feuers und der Kerzen sanft in ungeahnte Höhen glitt, ehe sie sich in ihrer Zweisamkeit versenkte. Sie war von einer nie erlebten Zärtlichkeit erfüllt, von einem wachsenden Bedürfnis, alles zu geben, was er von ihr erbat und dabei möglichst sanft zu sein.

Ohne aneinander zu reißen und zu zerren, zogen sie sich gegenseitig aus. Ihre Finger glitten, gefolgt von ihren Lippen, zärtlich über samtig warme Haut, und jede einzelne Berührung war kostbar wie ein Schatz. Seufzend und murmelnd vermischte sich ihrer beider Atem.

Ihr Verlangen war keine rot züngelnde Flamme, sondern eine seidig warme Glut, und selbst als sie bebend ihren ersten Höhepunkt erreichte, hatte sie das Empfinden, als ströme durch ihre Adern flüssig weiches Gold.

Als er sich in sie hineinschob, sahen sie sich tief in die Augen.

Es war, als wären sie nach einer allzu langen Reise endlich wieder daheim.

Lächelnd legte er seinen Mund auf ihre Lippen, sie hob ihre Hände, umfasste zärtlich sein Gesicht, und vor lauter Freude wurden ihre Augen feucht.

»Komm mit«, murmelte sie sanft an seinem Mund. »Lass alles von dir abfallen und komm einfach mit.«

Ihr Atem stockte, als sie den Rand des Abgrundes erreichte, doch er nahm zärtlich ihre Hand und stürzte mit ihr gemeinsam in die wunderbare Tiefe ihrer von Liebe durchdrungenen Lust.

Ehe sich die Nebel wieder lichten konnten, küsste er sie erneut. »Bleib.«

Sie sollte es nicht tun. Während er sie in seinen Arm zog, dachte sie an all die Gründe, aus denen sie besser jetzt gehen und in ihrem Bett zu Hause weiterschlafen würde.

»In Ordnung«, sagte sie stattdessen, schmiegte ihren Kopf an seine Schulter und schlief auf der Stelle ein.

Natürlich hatte er sie bis zum nächsten Morgen wieder an den Rand des Betts gedrängt. Das war etwas, woran sie noch arbeiten mussten, dachte Brenna, als sie sich, noch bevor es richtig hell war, möglichst lautlos erhob. Sie wollte verdammt sein, wenn sie in Zukunft jede Nacht um ihren Platz auf der Matratze mit ihm kämpfte.

Fang alle Dinge so an, wie du sie auch weiterführen willst, hatte ihre Mutter oft zu ihr gesagt. Nun, sie würde damit anfangen, dass sie ihm mehrmals pro Nacht den Ellenbogen in die Rippen rammen würde, bis er gelernt hätte zu teilen.

Aber während sie sich anzog, bedachte sie ihn mit einem weichen Blick. Und der Kuss, mit dem sie sich zum Gehen wandte, war liebevoll und sanft. »Wir kaufen einfach ein größeres Bett«, wisperte sie und rannte los, um zu Hause zu sein, bevor ihre Mutter in die Küche kam, um das Frühstück zu bereiten.

Eine Stunde später wurde er allein und unerklärlich unzufrieden wach. Hätte sie sich nicht wenigstens von ihm verabschieden können? Das würde sich ändern. In der Tat würde sich sehr vieles ändern, und zwar schneller, als sie vielleicht dachte.

Er wollte sein ganzes Leben mit ihr teilen, nicht nur hin und wieder ein paar Stunden in seinem schmalen Bett. Er stand auf, sah auf die Uhr und stellte fest, dass er noch genügend Zeit hatte, sich das Grundstück anzusehen, das in der Nähe zum Verkauf stand.

19

Der Preis war so hoch wie die Lage des Grundstücks, aber Shawn machte ein zufriedenes Gesicht. Er stand in dem inzwischen nur noch leichten Regen und blickte hinunter auf das Wasser, das sich, obwohl es noch so grau war wie der Himmel, ebenfalls inzwischen leicht beruhigt hatte.

Der Sturm hatte sich gelegt, aber der Strand war übersät mit Muscheln, Tang und Müll, die die Wellen an Land gespült hatten.

Am besten würden sie das Haus so bauen, dass man durch mindestens ein großes Wohnzimmerfenster auf das Meer blickte.

In seinem Rücken ragten die entfernten Berge wie dunkle, buckelige Riesen in den bewölkten Himmel, und zu beiden Seiten erstreckten sich, so weit das Auge reichte, in sanften Nebel eingehüllte, schimmernd grüne, von braunen Feldern durchbrochene Hügel.

Er wollte ein Musikzimmer – nun, nicht nur für Musik, dachte er, während er den Teil des Grundstückes verließ, der ihm für den Bau eines Hauses am geeignetsten erschien. Ein behagliches, einladendes Zimmer, das andere gern betreten und in dem sie sich gerne aufhalten würden. Ein richtiges Zimmer – nicht nur ein kleines, voll gestopftes Kämmerchen –, in dem er sein Klavier und seine Fiedel spielen konnte. Außerdem hätte er gerne einen Schrank – den vielleicht Brenna bauen könnte – für seine Noten.

Und ein Tischchen oder was auch immer für ein gutes Aufnahmegerät.

Er hatte seine Musik schon immer einmal aufnehmen wollen, und allmählich war es an der Zeit, dass er damit anfing. Falls er, wenn auch in seinem eigenen Tempo, einen Schritt weiter machen und einige der Stücke aufpolieren wollte, brauchte er ein solches Gerät. Und dann würde er eines der Lieder auswählen und versuchen, es tatsächlich zu verkaufen.

Der Gedanke machte ihn nervös, deshalb schüttelte er energisch den Kopf. Natürlich würde er diese Dinge nicht sofort in Angriff nehmen. Ganz sicher nicht sofort. Vorher hatte er noch alles Mögliche andere zu tun, und außerdem hatte er schließlich jede Menge Zeit.

Erst einmal müssten er und Brenna sich endgültig einig werden; dann käme der Hausbau, und anschließend würden sie sich eine Zeit lang in dem neuen Heim gemeinsam einrichten. Alles andere käme irgendwann danach.

Die Straße in Richtung des Grundstücks war noch schlimmer als der ungeteerte Weg von Ardmore in Richtung des Feenhügels und von dort weiter zu den O'Tooles. Nun, ihn störten solche Dinge nicht, und falls Brenna damit unzufrieden war, gab es ganz sicher die Möglichkeit, die Zufahrt zu begradigen, zu erweitern oder so. Das überließ er völlig ihr.

Es war kein großes Grundstück, gerade ausreichend für ein kompaktes Haus mit einem kleinen Garten. Zumindest jedoch war Platz genug für einen zusätzlichen Schuppen, in dem sie ihr Werkzeug unterbringen und auch bei Regen arbeiten könnte. Einen solchen Schuppen bräuchte sie sicher ebenso wie er sein Musikzimmer. Auf diese Weise könnten sie beide weiter ihren jeweils eigenen Interessen nachgehen, dachte er, dankbar dafür, dass keiner von ihnen der Typ war, der Tag und Nacht mit dem anderen zusammen sein musste.

Sie hatten gemeinsame und jeweils eigene Interessen, was eine gute Mischung war.

Am hinteren Ende des Grundstücks wuchsen am Ufer eines kleinen Bächleins drei knorrige Bäume, bei deren Anblick er an die drei Kreuze in der Nähe des Brunnens des heiligen Declan denken musste.

Der Mann, der das Land verkaufen wollte, hatte gesagt, hinter den Bäumen gäbe es jede Menge Torf, der allerdings seit Jahren nicht mehr gestochen worden wäre. Er selbst hatte zum letzten Mal als kleiner Junge Torf gestochen, zusammen mit seinem Großvater mütterlicherseits. Die Fitzgeralds waren eher Landmenschen gewesen, die Gallaghers hingegen hatten eine Vorliebe für alles Städtische gehabt.

Er wanderte zurück in Richtung des großartig als Straße bezeichneten, von dichten Hecken gesäumten, holprigen Wegs. Die Hecken zeigten allmählich das erste zarte Grün, und plötzlich schossen pfeilschnell drei Elstern vor seinen Augen durch die Luft.

Dem alten Sprichwort zufolge bedeuteten drei Elstern eine bevorstehende Hochzeit, was er als mehr als gutes Zeichen für sich nahm, und so gab er dem Verkäufer zur Besiegelung ihres Geschäfts die Hand und kehrte als Landbesitzer in den Pub zurück.

Brenna arbeitete am Vormittag zu Hause. Der Wind hatte ein paar Dachpfannen gelockert, sodass an ein paar Stellen der Regen durchgekommen war.

Es war eine leichte Arbeit, sie brauchte nur hier und da etwas zu flicken, und genoss es, im Sonnenlicht zu sitzen, hin und wieder den Kopf zu heben und auf das Meer hinauszusehen.

Wenn sie sich je ein eigenes Häuschen bauen würde, dann an einer höher gelegenen Stelle, um nicht nur vom Dach aus, sondern bereits durch die Fenster auf das Wasser blicken zu können. Es war schön, die Boote auf den Wellen herumtanzen zu sehen und zu wissen, dass das Leben wieder in seinen normalen Rhythmus zurückgeglitten war.

Vielleicht wären auch ein paar Oberlichter schön. Dann bräuchte sie nur den Kopf zu heben, um die Sonne, den Regen oder den mit Sternen übersäten Nachthimmel zu sehen. Sie wusste, dass es allmählich an der Zeit für einen eigenen Haushalt war, auch wenn ihr die Geräusche und Gerüche ihrer Familie sicher fehlen würden.

Etwas in ihrem Inneren sagte ihr, dass sie in ihrer Entwicklung einen Schritt weitergehen musste. In der letzten Nacht war es zwischen Shawn und ihr anders gewesen als zuvor, und sie wusste, ihr Schicksal war besiegelt. Endlich kämpften ihr Herz und ihr Verstand nicht mehr gegeneinander an.

Es war an der Zeit, es ihm zu sagen. Ihn zu seinem Glück zu zwingen, falls es nicht anders ging. Auf alle Fälle fände im Hause O'Toole in nicht allzu ferner Zukunft bereits die nächste Hochzeit statt.

Himmel.

Sie krabbelte in Richtung Leiter, kletterte vom Dach, stellte ihre Werkzeugkiste neben ihren Laster und ging in die Küche, um ihrer Mutter zu sagen, dass sie zu ihrem Vater hinüber ins Hotel fahren würde.

Als das Telefon klingelte, griff sie ohne nachzudenken nach dem Hörer, klemmte ihn sich schuldbewusst unter das Kinn und wischte sich die vor Schmutz starrenden Hände notdürftig an ihrer Hose ab. »Hallo?«

»Miss O'Toole?«

»Eine von ihnen.«

»Miss Brenna O'Toole?«

»Genau die.« Auf der Suche nach etwas Essbarem blickte sie automatisch in den Kühlschrank. »Was kann ich für Sie tun?«

»Einen Augenblick bitte, ich verbinde mit Mr. Magee.«

»Oh.« Sie richtete sich auf, knallte mit dem Kopf und der Hüfte gegen die Tür des Kühlschranks und klemmte sich dadurch die Hand ein. Mühsam unterdrückte sie ein Jaulen. »Ja, kein Problem. Verdammt«, fügte sie hinzu, als sie hörte, dass es in der Leitung klickte, und steckte sich ihren schmerzenden Finger in den Mund.

»Miss O'Toole, Trevor Magee.«

»Guten Tag, Mr. Magee.« Sie erkannte die tiefe, warme Stimme, mit der sie vor ein paar Tagen nach einer Unzahl mehr oder weniger wichtiger Assistenten verbunden worden war. »Rufen Sie etwa aus New York an?«

»Nein, ich bin gerade auf dem Weg nach London.«

»Oh.« Ihre leichte Enttäuschung darüber, nicht aus Amerika angerufen worden zu sein, wurde durch neue Aufregung ersetzt. »Dann rufen Sie also aus dem Flugzeug an?«

»Genau.«

»Nett, dass Sie sich die Zeit genommen haben, sich bei mir zu melden.«

»Für die Dinge, die mich interessieren, nehme ich mir immer Zeit.«

Er klang ganz so, als meinte er es ehrlich. »Dann hatten Sie ja vielleicht auch Zeit, sich das Päckchen anzusehen, das Aidan Gallagher an Sie geschickt hat.«

»O ja. Sie und Ihr Vater sind offenbar ein wirklich gutes Team.«

Da ihr Schädel dröhnte, holte sie ein wenig Eis aus dem

Gefrierfach. »Das sind wir. Und vielleicht sollte ich hinzufügen, Mr. Magee, dass ich, da ich Ardmore wie meine Westentasche kenne, genau weiß, was hierher passt.«

»Da kann ich Ihnen schwerlich widersprechen, Miss O'Toole.«

Sie meinte, eine gewisse Belustigung in seiner Stimme zu hören, und atmete tief ein. »Vielleicht könnten Sie mir sagen, was Sie von den Entwürfen halten?«

»Ich finde sie äußerst interessant. Natürlich muss ich sie mir noch genauer ansehen, aber, wie gesagt, sie sind wirklich interessant. Gallagher hat vergessen zu erwähnen, wo Sie Design studiert haben.«

Sie kniff die Augen zusammen und kam zu dem Schluss, falls dies eine Falle wäre, fiele sie statt irgendwann später besser umgehend hinein. »Bei der praktischen Arbeit, Sir. Mein Vater hat sein Leben lang als Handwerker gearbeitet und mir alles gezeigt. Ich denke, ähnlich hat Ihr Vater es mit Ihnen gemacht.«

»Das könnte man so sagen.«

»Dann wissen Sie ja, dass man vieles am besten dadurch lernt, dass man es einfach tut. Mein Vater und ich sind hier in der Gemeinde für fast sämtliche Bauten und Reparaturen zuständig. Aus diesem Grund wären wir Ihnen bei Ihrem Projekt sicher eine große Hilfe. Jemand Besseren als die beide O'Tooles finden Sie nirgendwo in Ardmore – oder überhaupt irgendwo in Waterford. Sie haben die Absicht, hier in Ardmore ein Theater zu errichten, Mr. Magee, und sicher meinen Sie ebenso wie ich, dass es das Beste wäre, dabei einheimische Handwerker zu beschäftigen. Wenn Sie möchten, schicke ich Ihnen gern ein paar Empfehlungen.«

»Das wäre mir sehr recht. Sie vertreten Ihre Sache sehr geschickt, Miss O'Toole.«

»Ich kann Ihnen versichern, im Umgang mit Holz und Steinen bin ich noch wesentlich geschickter als im Umgang mit Worten.«

»Davon werde ich mich mit eigenen Augen überzeugen. Ich hoffe, dass ich es schaffen werde, mir den Ort, das Grundstück und meine zukünftigen Geschäftspartner demnächst persönlich anzusehen.«

»Wenn Sie uns sagen, wann genau Sie kommen, stehen mein Vater und ich Ihnen gerne zur Verfügung.«

»Ich gebe Ihnen rechtzeitig Bescheid.«

»Ah … ich möchte Sie wirklich nicht belästigen, Mr. Magee, aber ich frage mich, ob Sie vielleicht schon einen Augenblick Zeit hatten, um sich die Musik anzusehen, die ich Ihnen geschickt habe.«

»Allerdings. Nur bin ich nicht ganz sicher, ob ich Sie richtig verstanden habe. Sind Sie Shawn Gallaghers Agentin?«

»Nein, nein, die bin ich nicht. Das Ganze ist ein wenig … kompliziert.«

»Dann hat er also keinen Agenten?«

»Ah, nein. Momentan nicht.« Wie zum Teufel funktionierten diese Dinge? »Man könnte sagen, dass ich in diesem speziellen Fall aus persönlichen Gründen die Verhandlungen für ihn führe.«

»Hmm.«

Sie zuckte zusammen, da dieser Laut in ihren Ohren allzu wissend klang. »Würden Sie mir vielleicht sagen, wie Sie das Lied fanden?«

»Ich fand es so gut, dass ich es gerne kaufen würde und außerdem gern die Gelegenheit bekäme, auch einen Blick auf seine anderen Arbeiten zu werfen. Ich nehme doch an, dass es noch andere Werke gibt?«

»Natürlich. Jede Menge.« Sie vergaß ihren dröhnenden

Schädel, warf die Eiswürfel achtlos in die Spüle, tanzte durch die Küche und bemühte sich gleichzeitig um einen kühlen, professionellen Ton. »Sie sagen, Sie würden das Lied gerne kaufen. Dürfte ich fragen, mit welchem Ziel?«

»Mit dem Ziel, es aufnehmen zu lassen.«

»Aber ich dachte, Sie sind Bauunternehmer?«

»Zufällig ist eins der Dinge, die ich aufgebaut habe, eine Plattenfirma. Celtic Records.« Er machte eine kurze Pause und fragte dann mit amüsierter Stimme: »Hätten Sie vielleicht gern ein paar Empfehlungsschreiben, Miss O'-Toole?«

»Tja, nun, könnte ich Sie in dieser Sache zurückrufen? Ich muss erst mit Shawn darüber sprechen.«

»Natürlich. Mein New Yorker Büro weiß immer, wo ich zu erreichen bin.«

»Danke für Ihre Zeit und Ihre Mühe, Mr. Magee. Ich hoffe, ich werde Sie bald persönlich kennen lernen. Ich …« Sie wusste einfach nicht mehr, was sie sagen sollte. »Vielen Dank.«

Sobald sie den Hörer wieder aufgelegt hatte, schrie sie triumphierend auf und rannte quer durchs Haus in Richtung Tür. »Ma, ich muss los! Ich weiß noch nicht genau, wann ich wieder zurück bin.«

»Du musst los?« Mollie kam gerade noch rechtzeitig aus dem hinteren Schlafzimmer in der oberen Etage, um zu sehen, wie Brenna ihren kleinen Laster auf die Straße schießen ließ. »Dieses Mädchen hat wirklich Hummeln im Hintern. Ich wüsste nur gerne, wo sie schon wieder hin will, und vor allem, ob sie das Dach zu Ende repariert hat. Wenn ich auch nur eine weitere Nacht mit anhören muss, wie irgendwelches Wasser in irgendwelche Eimer tropft, kriegt sie was von mir zu hören.«

Ehe sie wieder an ihre Arbeit zurückkehren konnte, sah

sie Shawn mit seinem Wagen in die Einfahrt biegen. »Hier geht es heute zu wie in einem Bienenstock«, murmelte sie und ging die Treppe hinunter Richtung Tür. »Mir wird allmählich richtig schwindelig.«

Sie öffnete die Tür. »Guten Morgen, Shawn. Ich fürchte, Brenna hast du gerade verpasst. Sie ist vor weniger als einer Minute aus dem Haus geschossen, als wäre ihr der Teufel auf den Fersen.«

»Tja, nun.« Er räusperte sich. »Eigentlich wollte ich gar nicht zu Brenna.«

»Ach nein?« Sie sah ihn überrascht an, wusste aber aus Erfahrung, dass sie besser nicht hier draußen darauf wartete, dass er von sich aus weitersprach. »Tja, im Augenblick bin ich die Einzige, die hier ist. Aber komm doch einfach rein, dann trinken wir zusammen einen Tee.«

»Das wäre wirklich schön.« Er folgte ihr in Richtung Küche. »Allerdings will ich nicht lange stören.«

»Du gehst bei uns ein und aus, seit du ein kleines Kind warst. Niemand hat dich jemals vor die Tür gesetzt, und ich werde auch heute nicht damit anfangen.« Sie bedeutete ihm Platz zu nehmen und stellte den Wasserkessel auf den Herd. »Wie du sicher weißt, ist Brenna ein äußerst eigenwilliges Geschöpf.«

»O ja, das ist mir klar. Ich dachte, ich sollte kommen, um zu sehen … um Ihnen zu erklären …«

Sie bekam Mitleid mit dem Jungen. »Hast du vielleicht Angst, ich hätte dich plötzlich nicht mehr gern?« Seine Erleichterung war nicht zu übersehen, als sie, wie so oft zuvor, die Hand ausstreckte und ihm damit über den Kopf strich. »Da besteht nicht die leiseste Gefahr. Wenn du allerdings etwas mit meiner Katie angefangen hättest, hätte ich dir eine Abreibung verpasst, bei der dir Hören und Sehen vergangen wäre.«

»Ich hatte nie die Absicht, Mary Kate irgendwelche …«

»Hoffnungen zu machen, wolltest du sicher sagen. Du bist heute ziemlich um Worte verlegen, lieber Junge, und das, obwohl du normalerweise sehr beredt bist. Hier, ich habe noch eine Zimtschnecke vom Frühstück übrig. Ich werde sie dir warm machen, und währenddessen kannst du mir erzählen, was du auf dem Herzen hast.«

»Wenn ich Sie so reden höre, vermisse ich wirklich meine Mutter, Mrs. O'Toole.«

»Ich vertrete sie euch gegenüber ebenso, wie sie mich vertreten würde.« Da sie wusste, dass es ihn beruhigen würde, verrichtete sie während der Unterhaltung ein paar kleinere Arbeiten. »Ist vielleicht Brenna diejenige, die dir Sorgen bereitet?«

»Das bin ich gewöhnt – das ist nicht weiter schlimm. Ich glaube, da geht es ihr mit mir nicht besser. Ich, äh, ich denke, Mr. O'Toole hat Ihnen von der Unterhaltung erzählt, die er und ich vor ein paar Wochen geführt haben.«

Sie bedachte ihn mit einem Blick, der sicher selbst den stärksten Mann hätte erzittern lassen. »Falls du den Tag meinst, an dem er sturzbetrunken nach Hause kam, nein. Ich konnte mir zwar denken, dass er den Whiskey von dir hatte, denn schließlich gibt es nicht allzu viele Orte, die er innerhalb so kurzer Zeit zu Fuß erreicht und an denen er obendrein noch so viel zu trinken angeboten kriegt.«

»Er hat Ihnen nichts von unserem Gespräch erzählt?«

»Kein Sterbenswörtchen.«

»Tja, wissen Sie, er war wütend, und zwar durchaus zu Recht, bis ich ihm die Lage erklärt habe.«

»Und wie ist die Lage, Shawn?« Mollie stellte die Kanne auf den Tisch und wartete ab.

»Ich liebe Brenna und will sie heiraten.«

Einen Moment lang blieb sie reglos stehen, dann jedoch

legte sie eine Wange auf seinen gesenkten Kopf. »Natürlich liebst du sie, und natürlich willst du sie heiraten. Sei mir bitte nicht böse. Ich muss ein bisschen schluchzen.«

»Ich werde gut zu ihr sein.«

»Oh, daran besteht für mich kein Zweifel.« Sie betupfte sich die Augen und wandte sich ab, um die Zimtschnecke zu holen. »Und du wirst ihr ebenso gut tun wie sie dir.«

»Die Sache ist die, ich habe versucht, dafür zu sorgen, dass sie von selbst auf die Idee kommt. Sie wissen, wie sie ist, wenn sie sich in eine Sache verbissen hat.«

»Sie lässt so lange nicht locker, bis sie hat, was sie will, oder bis sich die Verfolgung eines Zieles nicht mehr lohnt. Ich habe schon immer gesagt, du bist ein aufgeweckter Junge.«

»Da sind sicher viele anderer Meinung«, antwortete er in gezwungen leichtem Ton. »Wissen Sie, ich dachte, ich könnte einfach warten. Ich bin niemand, der sich gern beeilt. Aber es scheint, als wäre jetzt genau der rechte Zeitpunkt. Ich habe heute ein Stück Land gekauft.«

Sie war nicht halb so überrascht, aber dafür doppelt so erfreut, als er es erwartet hätte. »Meine Güte, Junge, wenn du dir etwas in den Kopf setzt, kannst du ja richtig schnell sein.«

»Sie wird ihr Haus bekommen, wie sie es sich gewünscht hat. In solchen Dingen bin ich nicht sonderlich kompliziert.«

Mollie öffnete den Mund und klappte ihn wortlos wieder zu.

»Sie hat immer davon geträumt, einmal ein eigenes Haus für sich zu bauen«, sagte sie gedehnt.

»Ich weiß. Sie hat ein Talent für solche Dinge, und die Arbeit macht ihr Spaß. Ich selbst habe kein Verlangen, einen Hammer oder eine Säge in die Hand zu nehmen. Aber ich verdiene ziemlich gut und werde, wenn erst das Theater aufmacht, noch besser verdienen. Wir werden uns also keine Gedanken darüber machen müssen, wie wir ein Dach über dem Kopf finanzieren sollen.«

»Shawn, bittest du mich um meine Erlaubnis, Brenna zu fragen, ob sie dich heiraten will?«

»Ich bitte Sie um Ihren Segen. Er ist mir ebenso wichtig wie ihr.«

»Meinen Segen habt ihr.« Sie ergriff seine beiden Hände. »Und bei aller Liebe, die ich für sie empfinde, hast du obendrein mein tief empfundenes Mitgefühl. Ich bin sicher, früher oder später treibt sie dich in den Wahnsinn.«

»Du musst mir einen Gefallen tun.« Brenna platzte durch die Hintertür des Pubs, als Aidan gerade die Stühle von den Tischen nehmen wollte. Timing ist alles, dachte sie, während sie verzweifelt nach Luft schnappte. Sicher tauchte Shawn jeden Augenblick ebenfalls hier auf.

»Nun, du siehst tatsächlich sehr geheimnisvoll aus.« Er schob einen Stuhl an einen Tisch. »Um was für einen Gefallen handelt es sich denn?«

»Ich kann dir das nicht erklären.« Automatisch griff sie ebenfalls nach einem Stuhl. »Ich muss dich darum bitten, dass du mir hilfst, ohne zu wissen, worum genau es geht.«

Er sah sie skeptisch an – ihre Wangen waren gerötet, die Augen verströmten eine leise Glut, und außerdem hatte sie ein idiotisches Grinsen im Gesicht – und erinnerte sich daran, dass seine Frau einmal ganz ähnlich geguckt hatte. »Himmel, Brenna, du bist doch wohl nicht schwanger?«

»Schwanger?« Um ein Haar wäre ihr der Stuhl entglitten. »Nein, nein.« Und obgleich sie den Gedanken lachend abtat, wurde ihr bewusst, dass es sie, wenn es so gewesen wäre, nicht einmal gestört hätte. »Es ist nichts dergleichen, Aidan. Gibt es eine Möglichkeit, dass du Shawn heute Abend frei gibst?«

»Den ganzen Abend?«

Sie hörte den Schmerz in seiner Stimme und konnte ihn verstehen. »Ich weiß, das ist ziemlich viel verlangt, vor allem, da es so plötzlich kommt. Aber es ist wirklich wichtig. Zum Ausgleich würde ich am nächsten Wochenende ohne Bezahlung bei euch aushelfen. Ich gehe auch selbst zu Mrs. Duffy, um zu fragen, ob sie einspringt.«

»Warum zum Teufel fragt Shawn nicht selbst, ob er frei bekommen kann, statt dich zu schicken, damit du mich mit deinen großen Augen anguckst?«

»Er weiß nicht, dass ich hier bin.« Sie schob sich näher an Aidan heran und strich ihm über den Arm. »Und du darfst ihm auch nicht sagen, dass du ihm frei gibst, weil ich es wollte. Könntest du ihn vielleicht einfach zu Beginn der Schicht wieder nach Hause schicken?«

»Meinst du nicht, dass er sich darüber wundern wird?«

»Ich hatte bisher noch keine Zeit, das alles genauer zu durchdenken.« Sie drehte sich um und stapfte durch den Raum, doch immer noch wirbelten ihr allzu viele Gedanken auf einmal durch den Kopf. »Oh, dir wird schon etwas einfallen, Aidan. Bitte!«

»Ich nehme an, es geht um eine Herzensangelegenheit. Und anscheinend hoffst du, dass ich auf Grund meines eigenen allzu guten Herzens jeden Geschäftssinn über Bord werfe.« Er atmete seufzend aus. »Aber sicher fällt mir tatsächlich etwas ein.«

»Oh, du bist wirklich ein Schatz.« Sie warf sich in seine Arme und küsste ihn schmatzend auf den Mund.

»Sieh sich das mal einer an. Wenn sie nicht gerade hinter dem einen meiner Brüder her ist, dann offenbar hinter dem anderen.« Gähnend kam Darcy in den Pub. »Aber vergiss nicht, dass dieser hier bereits unter der Haube ist, du arglistige Schlampe.«

»Für dich habe ich auch noch einen Kuss.« Ehe Darcy ihr ausweichen konnte, hatte Brenna ihr ebenfalls einen lautstarken Schmatzer verpasst.

»Heilige Mutter Gottes, jetzt hat sie es auch noch auf uns Mädchen abgesehen.« Plötzlich jedoch verflog Darcys schläfriges Grinsen, und sie packte die Freundin am Arm. »Brenna, bist du etwa schwanger?«

»Himmel, nein. Kann man nicht auch ohne Baby im Bauch ganz einfach glücklich sein? Ich muss los, sicher taucht er jeden Augenblick hier auf. Sagt ihm nicht, dass ich hier gewesen bin. Bitte. Ich hole mir nur noch schnell eine Flasche von dem französischen Blubberwasser, das ihr im Keller liegen habt. Schreibt sie einfach mit auf meine Rechnung.«

Sie verließ den Pub ebenso plötzlich, wie sie dort erschienen war, und Darcy fragte, während sie sich über den Mund fuhr: »Was war denn bitte das?«

»Keine Ahnung. Aber sie hat irgendwas vor, von dem Shawn nichts erfahren darf.«

»Wäre ich nur eher gekommen. Ich hätte höchstens fünf Minuten gebraucht, um ihr ihr Geheimnis zu entlocken.«

»Stimmt«, pflichtete Aidan ihr unbekümmert bei. »Aber gönn ihr doch den Spaß.«

»Nun, zumindest ein Geheimnis hat sie, wenn auch unfreiwillig, soeben gelüftet.« Darcy trat hinter die Theke und griff nach ihrer Schürze. »Sie ist tatsächlich in den Kerl verliebt.«

»Hast du damit irgendein Problem?«

»Nein, abgesehen von der Tatsache, dass die Gallaghers wie reife Früchte von den Bäumen fallen, sobald es sie erwischt.«

Aidan gesellte sich zu ihr und öffnete die Kasse. »Hast du etwa Angst, dass es ansteckend sein könnte?«

»Die hätte ich vielleicht, wenn ich gegen diese Art der Schwäche nicht vollkommen immun wäre.« Wieder ging die Hintertür. »Scheint, als käme soeben unser ahnungsloser Tropf.« Erfüllt von Zärtlichkeit und Rührung ging Darcy hinüber in die Küche, um ihren arglosen Bruder ein wenig zu piesacken.

»Was willst du damit sagen, ich kann gehen?« Shawn steckte bis über beide Ellbogen in einem Berg Kartoffeln und sah Aidan verständnislos an. »Wohin denn, bitte schön?«

»Nun mach schon. Kathy Duffy ist sicher längst auf dem Weg.«

»Tja ... und warum?«

»Um für dich einzuspringen.« Aidan sah keinen Grund, sich nicht einen kleinen Spaß mit seinem Bruder zu erlauben, wenn er schon Brenna half. »Du hast den Abend frei, wie du es wolltest. Auch wenn es mir nicht gerade in den Kram passt.«

Shawn warf die Kartoffelschalen in den Müll. »Ich habe dich nicht darum gebeten, mir heute freizugeben.«

»Tja, dann war das offenbar dein böser Zwillingsbruder oder ich hatte einen kurzfristigen Anfall von geistiger Verwirrung.« Stirnrunzelnd öffnete Aidan die Tür des Kühlschranks und griff nach einer Flasche Wasser. »Ich habe dir schon vor zwei Tagen, als du mich darum gebeten hast, gesagt, dass ich einen Weg finde.«

»Aber ich ... das musst du geträumt haben. Ich habe hier fünf Kilo Kartoffeln. Weshalb sollte ich wohl Ofenkartoffeln machen wollen, wenn ich die Absicht hätte, heute Abend gar nicht zu arbeiten?«

»Diese Frage kann ich dir nicht beantworten, aber ich

weiß, dass Kathy Duffy jeden Augenblick hier auftaucht, und dass keine Notwendigkeit besteht, dass ihr heute Abend zu zweit hier in der Küche herumwirbelt.«

»Abgesehen von meiner Arbeit habe ich für heute Abend nichts anderes geplant. Du musst irgendwas verwechseln.«

Als Darcy durch die Tür kam, drehte Aidan sich zu ihr herum. »Darcy, hat Shawn darum gebeten, dass ich ihm heute Abend frei gebe oder nicht?«

»Doch, vor ein paar Tagen. Dieser verdammte Egoist.« Darcy war niemand, der eine Gelegenheit nicht nutzte, also sagte sie mit einem herausfordernden Grinsen: »Und da du dich deinem Bruder gegenüber so erstaunlich großzügig gezeigt hast, verlange ich für mich einen freien Samstagnachmittag.«

»Samstagnachmittag.« Um ein Haar hätte sich Aidan an seinem Mineralwasser verschluckt. »Du kannst ja wohl unmöglich am Wochenende freimachen, jetzt, wo mit Beginn des Frühlings die Touristen zurückkommen.«

»Oh, aber er kann kommen und gehen, wie es ihm gefällt.« Sie wies mit ausgestrecktem Finger auf den verwirrten Shawn. »Aber bei mir ist es natürlich etwas völlig anderes.«

»Ich will heute Abend gar nicht freihaben.«

»Aber du hast nun einmal frei«, fuhr Aidan ihn an. »Ein Abend mitten in der Woche ist etwas völlig anderes als ein Samstagnachmittag.«

»Also gut, in Ordnung. Dann nehme ich eben den Montagabend frei. Das heißt, falls nicht die Tatsache, dass ich eine Frau bin, bedeutet, dass auch ein Abend mitten in der Woche schwierig ist.« Von der Genugtuung erfüllt, Aidan keinen Ausweg mehr gelassen zu haben, schwebte Darcy erhobenen Hauptes wieder hinüber in den Pub.

»Ich kann mich wirklich nicht daran erinnern, dich um einen freien Abend gebeten zu haben.« In Shawns Stimme schwang ein leiser Zweifel.

»Die Hälfte der Zeit erinnerst du dich noch nicht einmal daran, dir die Schuhe zuzubinden.« Wütend wies Aidan mit dem Daumen Richtung Tür. »Und jetzt sieh zu, dass du endlich verschwindest, bevor du noch mehr Unruhe in unseren Laden bringst.«

Mit diesen Worten rollte Aidan die Ärmel seines Hemdes bis zu den Ellenbogen auf, straffte seine Schultern und machte sich auf die Suche nach seiner hinterhältigen Schwester.

Sie hatte alles vollkommen unter Kontrolle, auch wenn es Knochenarbeit war. Es musste etwas Besonderes werden, möglichst sogar perfekt. Shawn Gallagher würde sehen, dass er nicht der Einzige war, der es schaffte, einen Abend behaglich zu gestalten.

Sie war auf dem Markt gewesen und hatte dort sämtliche Zutaten gekauft. Während Shawn im Pub in der Küche gestanden hatte, hatte sie ihr Glück in der Küche seines Cottages versucht. Vielleicht hatte sie nicht seine Leichtigkeit in solchen Dingen, aber vollkommen hilflos war sie auch nicht.

Der Champagner stand im Kühlschrank, und sie hatte sogar einen alten Blecheimer geschrubbt, um ihn als Kühler zu verwenden. Die Gläser hatte Jude ihr ausgeliehen. Champagnerflöten hatte sie sie genannt, erinnerte sich Brenna. Und sie waren tatsächlich äußerst elegant.

Der Tisch war wirklich hübsch gedeckt. Zwei hübsche Teller und Stoffservietten, Blumen aus dem Garten ihrer Mutter und des Cottages.

Kerzen, dachte sie und zündete sie an. Es schien tatsächlich nichts zu fehlen für ein romantisches, festliches Rendezvous.

Oh, sie konnte es einfach nicht erwarten, sein Gesicht zu sehen, wenn sie ihm von dem Lied erzählte. Sie hatte sich beherrschen müssen, um die wunderbare Nachricht nicht bereits überall in der Gemeinde zu verbreiten. Nein, Shawn musste als Erster davon hören.

Und wenn sie ein, zwei Gläser auf diesen herrlichen Erfolg getrunken hätten, würde sie ihm auch die anderen Dinge sagen. Sie könnte – würde – nicht lange nach Worten suchen. Hatte sie sie nicht bereits stundenlang geübt?

»Ich liebe dich«, sagte sie laut zu dem leeren Zimmer. »Ich glaube, ich habe dich immer schon geliebt, und weiß, ich werde dich auch in Zukunft immer lieben. Willst du mich heiraten?«

Sie legte eine Hand auf ihr wild pochendes Herz. So schwer war es wirklich nicht. Vielleicht hatte sie einen kleinen Knoten in der Zunge, aber sie hatte die Worte trotzdem ohne zu stottern herausgebracht.

Und wenn er nicht wollte, würde sie ihn einfach umbringen.

Plötzlich hörte sie seinen Wagen. So, Brenna, los geht's. Sie schloss ihre Augen und atmete tief ein.

Er wollte verdammt sein, wenn er tatsächlich darum gebeten hatte, heute Abend nicht arbeiten zu müssen. Grübelnd öffnete Shawn die Gartenpforte. Er müsste es doch wissen, oder etwa nicht? Himmel, er hatte bisher noch immer ganz genau gewusst, was in seinem Leben vorging.

Nicht, dass er sich nicht damit abfinden könnte, nicht arbeiten zu dürfen. Er würde einfach Brenna anrufen und sie fragen, ob sie nicht den Abend mit ihm verbringen

wollte. Er würde irgendetwas kochen oder sie ins Hotel-
restaurant einladen

Aidan und Darcy schienen sich einen Spaß mit ihm zu
machen, obwohl er nicht verstand, warum.

Er trat über die Schwelle seines Häuschens, und sofort
stieg ihm der Duft von Essen in die Nase. Was sollte das
schon wieder heißen, dachte er verblüfft. Hatte vielleicht
Lady Gwen die Angewohnheit, sich etwas zu kochen,
wenn er nicht daheim war?

Er ging hinüber in die Küche und war, als er Brenna
dort entdeckte, mindestens ebenso verblüfft, wie er es gewesen wäre, hätte tatsächlich sein Hausgeist dort gewirkt.

Dass sie ein Kleid trug, war die erste Überraschung.
Doch darüber hinaus stand sie lächelnd am Herd und
rührte in einem wohlriechenden Eintopf, während auf der
Anrichte in einem alten Eimer eine Flasche Champagner
darauf wartete, dass jemand sie entkorkte.

»Was hat das alles zu bedeuten?«

»Ich mache unser Abendessen. Rindfleisch-Guinness-
Stew. Das Einzige, was man von mir problemlos essen
kann, ohne Gefahr zu laufen, dass man daran erstickt.«

»Du hast gekocht?« Er fuhr sich mit der Hand durch
das Gesicht.

»Es ist allgemein bekannt, dass ich mich ein-, zweimal
im Jahr tatsächlich an den Herd stelle.«

»Ja, aber, waren wir … tja, offensichtlich waren wir ver-
abredet«, schloss er seine Überlegung und betrachtete den
hübsch gedeckten Tisch. »Das hier ist mehr als nur Zer-
streutheit. Anscheinend ist wirklich irgendetwas mit mir
nicht in Ordnung.«

»Ich finde, du siehst gut aus.« Da er sich nicht bewegte, ging sie zu ihm hinüber und gab ihm einen Kuss.
»Besser gesagt, sogar fantastisch.« Ihre Hände glitten ver-

träumt über seine Wangen. »Ich bin froh, dich zu sehen, Shawn.«

Er wollte noch einmal nachfragen, doch als sich Brennas warme Lippen auf seiner Haut bewegten, kam er zu der Überzeugung, dass er es besser auf sich beruhen lassen sollte. »Ich komme wirklich gern zu dir nach Hause.«

Am besten gewöhnst du dich an derartige Sätze, sagte sie sich und trat lächelnd einen Schritt zurück. »Ich habe auch schon auf dich gewartet. Vor lauter Aufregung wäre ich beinahe geplatzt. Ich habe dir jede Menge zu erzählen.«

»Was denn?«

Die Worte lagen ihr schon auf der Zunge, doch sie schluckte sie wieder herunter. »Lass uns erst die Flasche öffnen.«

»Kein Problem.« Er griff nach der Flasche und zog, als er das Etikett sah, die Brauen in die Höhe. »Das teure Zeug. Gibt es vielleicht etwas zu feiern?«

»Allerdings.« Sie sah seine großen Augen und bemerkte, dass seine Finger plötzlich mitten im Aufreißen der Folie starr wurden. »Wenn du mich jetzt fragst, ob ich vielleicht schwanger bin, dann bringe ich dich um. Nein, ich bin nicht schwanger.«

Ihre Augen blitzten, als sie sprach, und er sagte, während er den Drahtverschluss der Flasche drehte: »Du bist selten gut gelaunt.«

»Allerdings. Es gibt eben Dinge, die geschehen nicht alle Tage, und wenn sie dann passieren, kriegt man davon natürlich gute Laune.« Sie sprudelte ebenso über wie der Champagner, den er in die Flöten perlen ließ. »Das erste Glas trinken wir ganz allein auf dich.«

»Und womit habe ich eine solche Ehre verdient?«

»Wir sollten uns vielleicht setzen. Nein, ich kann nicht. Bleiben wir besser einfach stehen.« Sie strahlte bis über beide Ohren. »Trinken wir auf den Verkauf deines ersten Liedes!«

20

Sein verwirrtes Lächeln schwand. »Ich habe was?«

»Du hast einen Käufer für dein erstes und sicher auch für eine ganze Reihe weiterer Lieder. Aber der Verkauf des allerersten Liedes ist einfach am aufregendsten, findest du nicht auch?«

Vorsichtig stellte er sein Glas auf die Anrichte. »Ich habe keins meiner Lieder jemals angeboten, Brenna.«

»Aber ich. Und zwar das Lied, das du mir geschenkt hast. Ich habe es diesem Magee geschickt. Er hat mich heute angerufen, und gesagt, er will es kaufen. Außerdem würde er sich gern auch deine anderen Arbeiten ansehen.« Sie wirbelte herum, zu aufgeregt, um zu erkennen, dass seine Miene sich deutlich abgekühlt hatte. »Ich war mir nicht sicher, ob ich es bis heute Abend aushalten würde, ohne dir davon zu erzählen.«

»Welches Recht hattest du, so etwas zu tun?«

Immer noch strahlend fragte sie: »Was zu tun?«

»Meine Musik nach Amerika zu schicken – mit etwas, was mir gehört, einfach bei Fremden zu hausieren?«

»Shawn.« Sie legte eine Hand auf seinen Arm. »Er will es kaufen.«

»Ich habe dir das Lied gegeben, weil du mich darum gebeten hast – weil ich dachte, du wolltest es für dich, du würdest es als das wertschätzen, was es ist. Hattest du etwa die ganze Zeit geplant, es irgendwo hinzuschicken, damit ein völlig Fremder seinen Wert bestimmt?«

Etwas lief falsch, gefährlich falsch. Die einzige Art, in der sie damit umzugehen wusste, war Wut. »Und wenn schon? Schließlich hatte ich damit Erfolg, oder etwa nicht? Was nützt es, wenn du deine Lieder schreibst, ohne dass du jemals etwas damit anfangst? Jetzt stehen dir alle Türen offen.«

Wie so häufig wurde seine Stimme mit Brennas zunehmender Hitzigkeit immer kälter. »Und du entscheidest, wie und wann ich etwas tue, wie und wann ich etwas kann und soll?«

»Du hast doch nie etwas getan.«

»Woher willst du wissen, was ich tue oder nicht?«

»Hast du nicht tausendmal gesagt, du wärst noch nicht bereit zu versuchen, deine Musik tatsächlich zu vermarkten?«

Sobald die Worte heraus waren, erkannte sie sie als Fehler; doch noch während sie überlegte, wie sie am besten abzuschwächen wären, fuhr er sie rüde an. »Genau, das habe ich gesagt. Aber das hat dir natürlich nicht gepasst, es hat deiner Vorstellung vom Lauf der Dinge widersprochen. Was nützt es, hast du dir gedacht, wenn er damit nichts verdient. Wenn er am Ende seiner Arbeit nichts dafür bekommt.«

»Es geht nicht um das Geld –«

»Meine Musik ist etwas ganz Privates«, unterbrach er unfreundlich. »Ob ich damit jemals was verdiene oder nicht, ist mir vollkommen egal. Das kannst du anscheinend nicht verstehen. Du respektierst weder die Einstellung, die ich gegenüber meiner Musik habe, noch respektierst du mich selbst, so wie ich bin.«

»Das ist nicht wahr.« Allmählich mischte sich in ihren Zorn ein weiteres Gefühl. »Ich wollte nur, dass du was davon hast.«

»Ich hatte auch so etwas davon.«

Nie zuvor in ihrem Leben hatte sie einen derart kalten, kontrollierten Zorn über sich ergehen lassen müssen. Shawns Miene war vollkommen reglos und sein Blick hart wie Stahl. Sie fühlte sich wie ein kleiner Käfer, der es nicht mal wert war, dass jemand ihn zertrat. »Um Himmels willen, Shawn, du solltest einen Freudentanz aufführen, statt derart auf mich einzuschlagen. Der Mann will dein Lied kaufen. Er denkt, es sollte aufgenommen werden.«

»Dann sind dir seine Gedanken also wichtiger als meine?«

»Oh, du drehst mir jedes Wort im Mund herum. Da bietet dir jemand ein Riesenchance, und vor lauter Starrsinn willst du sie nicht ergreifen.« Sie fuhr sich mit zitternden Händen durch das Haar. »Hast du nicht auch dafür gesorgt, dass der Mann meine Skizzen für das Theater zu sehen bekommt?« Plötzlich kam ihr der Gedanke, dass sie an das, was dieser Magee über ihre eigene Arbeit gesagt hatte, in der freudigen Erregung über sein Interesse an Shawns Lied, gar nicht mehr gedacht hatte.

»Das stimmt«, antwortete Shawn. »Aber kannst du denn nicht sehen, dass das etwas vollkommen anderes war? Ich habe dich gefragt, ob du ihm nicht deine Pläne zeigen willst, statt sie einfach hinter deinem Rücken an ihn zu schicken.«

Allmählich erkannte sie ihren Fehler, und gleichzeitig mit dem Verstehen empfand sie nackte Furcht. »Du hast nie gesagt, dass du nichts mit deiner Musik machen willst, sondern immer, du wärst noch nicht so weit.«

»Weil ich noch nicht so weit war.«

»Tja, wenn wir uns darauf einigen können, dass es allein darum geht, dann solltest du wissen, dass ich denke, dass du so weit bist.« Die reine Furcht ließ sie weiter auf ihn eindreschen. »Genau wie der Mann, der anscheinend eine Art Experte auf diesem Gebiet ist. Verdammt, du hast mir das Lied gegeben, und ich habe, da es mir gehörte, damit gemacht, was ich wollte. Ich dachte, du würdest dich freuen, aber einen solchen Fehler mache ich ganz sicher nicht noch mal!«

Es erfüllte ihn mit bösartiger Freude, zu sehen, dass sie tatsächlich zitterte. »Ebenso wenig wie ich.« Ohne ein weiteres Wort machte er auf dem Absatz kehrt und verließ das Haus.

»Du verdammter Hurensohn.« Sie trat gegen die Tür. »Du kurzsichtiger, undankbarer, *schlichter* Bastard. Das ist also der Dank dafür, dass ich versuche, etwas für dich zu tun. Wenn du dir einbildest, ich würde dir jetzt nachlaufen, dann machst du dich besser auf eine lange Wartezeit gefasst.«

Sie riss ihr Glas vom Tisch und leerte es in einem Zug. Der prickelnde Champagner kratzte ihr im Hals und trieb ihr die Tränen in die Augen.

O Gott, was hatte sie getan? Sie konnte einfach nicht verstehen, was für einen furchtbaren Fehler sie gemacht haben sollte. Die Methode, gut, die hatte sie eindeutig falsch gewählt. Aber das Ergebnis … wie hatte ihr etwas, von dem sie gedacht hatte, es würde ihn freuen, nur derart entgleiten können, sodass es sie beide unglücklich machte?

Sie drehte sich um, um sich zu setzen, bis sie sich etwas gefangen hätte, und sah plötzlich Lady Gwen. »Sie waren mir wirklich eine große Hilfe. Sie haben gesagt, er hätte sein Herz in dieses Lied gelegt und ich sollte es mir anhören. Und, habe ich das etwa nicht getan?«

»Nicht gut genug«, kam die rätselhafte Antwort, und Brenna war wieder allein.

Er wusste, dass er seiner Wut am besten durch einen flotten Spaziergang beikam.

Er ging die Klippen hinauf, da er sich von der Frische des Windes und dem Rauschen des Meeres einen klaren Kopf erhoffte. Doch der Ärger blieb. Er hatte sein Herz an eine Frau verloren, die ihn als Mann nicht im Geringsten schätzte.

Sie hatte seine Musik an einen Fremden geschickt, einen Menschen, den keiner von ihnen je auch nur gesehen hatte. Und hatte ihm kein Wort davon gesagt, sondern einfach die von ihr gewünschte Richtung eingeschlagen und erwartet, dass er damit zufrieden wäre, in ihrem Windschatten zu schlurfen.

Nun, da hatte sie sich eindeutig geirrt.

Glaubte sie tatsächlich, er wüsste nicht, wie sie die Sache sah? Für wie einfältig hielt sie ihn? Sie schien zu denken, er wäre vielleicht ein durchaus netter und auf seine Weise auch nicht völlig dummer Mensch, aber ohne einen Tritt in den Hintern käme er anscheinend nie voran.

Also hatte sie ihm diesen Tritt verpasst. Nach dem Motto, wenn der Mann schon die Hälfte seiner Zeit damit verbrachte, mit Musik herumzuspielen, sollte man doch zumindest dafür sorgen, dass irgendwas dabei herauskam.

Aber die Musik gehörte ihm, und sie hatte sich nie auch nur die Mühe gemacht, so zu tun, als ob sie sie verstünde oder vielleicht sogar genoss.

Und was verstand wohl dieser Magee von derartigen Dingen?

Celtic Records, murmelte eine leise Stimme in Shawns Kopf. Also bitte, du hast dich bereits genug mit dieser Materie befasst, um zu wissen, was dieser Magee und Männer wie er davon verstehen. Weshalb also regst du dich auf?

»Darum geht es im Augenblick doch gar nicht«, murmelte Shawn und warf einen Stein über die Klippen. Hatte er nicht selbst bereits daran gedacht, diesem Magee, wenn er ihn erst einmal kennen gelernt hatte, eins seiner Stücke vorzulegen?

Ein Stück, von dem *er* dachte, dass es passte. Denn, Himmel, es war *seine* Arbeit und die von niemand anderem.

Und wann hatte er zum letzten Mal beschlossen, ein Stück wäre fertig?

Eigentlich noch nie, musste er zugeben und schleuderte vor lauter Ärger einen zweiten Stein ins Meer.

Magee wollte das Lied kaufen.

»Verdammt!«

Wie sollte er jemals irgendjemandem erklären, was er fühlte, wenn er eigene Noten und Worte zu Papier brachte? Dass ihm dieser Akt als solcher bereits eine wunderbare, leise Freude war. Und dass er bei dem Gedanken, noch etwas anderes damit zu machen, das Gefühl hatte, ganz an den Rand einer Klippe zu treten, ohne wirklich springen zu wollen.

Wo standen sie beide also, wenn sie einander anscheinend nicht im Mindesten verstanden?

»Jeder Mann hat seinen Stolz«, bemerkte der plötzlich neben ihm sitzende Carrick.

Shawn bedachte ihn mit einem unfreundlichen Blick. »Falls es dir nichts ausmacht – ich habe gerade eine persönliche Krise.«

»Sie hat deinen Stolz verletzt, und ich kann es dir nicht verübeln, dass du dich dagegen wehrst. Eine Frau sollte wissen, wo ihr Platz ist, und wenn sie es nicht weiß, dann muss man ihn ihr zeigen.«

»Es geht hier nicht um irgendeine Platzverteilung, du arroganter Pinkel.«

»Lass deine Wut bitte nicht an mir aus, Junge«, erwiderte Carrick vergnügt. »Ich bin auf deiner Seite. Sie hat eine Grenze überschritten, das steht völlig außer Frage. Himmel, was hat sich das Frauenzimmer nur dabei gedacht, etwas, was dir gehört, derart eigenmächtig zu missbrauchen? Auch wenn du es ihr praktisch geschenkt hattest. Aber das war schließlich eine reine Formsache.«

»Eine reine Formsache.«

»Was denn sonst? Und als wäre das nicht bereits dreist genug gewesen, geht sie noch einen Schritt weiter und sorgt heimlich dafür, dass du den Abend frei hast –«

»Sie hat Aidan dazu gebracht, mich heimzuschicken?« In Ermangelung einer befriedigenderen Möglichkeit, seinen Ärger abzureagieren, warf Shawn einen dritten Stein vom Rand der Klippe. »Ich wusste doch genau, dass da etwas nicht stimmt. Verdammt!«

»Sie versucht dich zu manipulieren.« Carrick schleuderte den kleinen Stern, der an seinen Fingerspitzen klebte, über das Wasser, wo er eine silbrige Lichtspur hinterließ. »Sie kocht dir eine Mahlzeit, deckt möglichst hübsch den Tisch und macht sich sorgfältig zurecht. Ein hinterhältigeres Weibsbild habe ich noch nie erlebt. Gut, dass du sie los bist. Vielleicht solltest du doch noch einmal einen Blick auf ihre Schwester werfen. Sie ist jung, aber lenkbar, meinst du nicht?«

»Ach, halt die Klappe.« Shawn stand auf und ging, gefolgt von Carricks fröhlichem Gelächter, stirnrunzelnd davon.

»Gallagher, du steckst bis zum Hals im Schlamassel.« Carrick schickte einen zweiten Stern über das Meer. »Du hast dich noch nicht damit abgefunden, trotzdem ist es so. Ich frage mich, weshalb ihr Sterblichen die Hälfte der Zeit lieber leidet als fröhlich zu sein.«

Wieder winkte er beinahe lässig, und plötzlich lag ein reiner, durchsichtiger Kristall in seiner Hand. Er strich sanft darüber und betrachtete das im Inneren der Kugel schwimmende Bild. Sie war wirklich hübsch, mit Augen, so sanft und grün wie taubenetztes Gras und Haaren in der Farbe der winterlichen Sonne.

»Ich vermisse dich, Gwen.« Er drückte das Glas kurz an sein Herz und befahl dem weißen Pferd, ihn wie jede Nacht hinauf zum Nachthimmel zu tragen. Und ebenfalls wie jede Nacht war er auch jetzt allein.

Das Haus war leer, als er zurückkam, doch das hatte er erwartet – wie er sich sagte –, auch erhofft. Endlich war er allein.

Zu seiner Überraschung hatte sie die Küche, ehe sie gegangen war, sorgfältig aufgeräumt. Da er ihren Jähzorn kannte, hätte er angenommen, sie mache ihrem Ärger Luft, indem sie Töpfe, Pfannen und alle anderen Dinge durch die Gegend warf.

Doch es herrschte eine tadellose Ordnung, und nur noch der schwache Duft des Kerzenwachses erinnerte daran, dass sie überhaupt dagewesen war. Plötzlich fühlte er sich wie ein Flegel. Er nahm sich ein Bier und ging hinüber in das kleine Wohnzimmer.

Eigentlich hatte er sich vor den kalten Kamin setzen wollen, um weiterzugrübeln. Aber, bei Gott, wenn er schon zu einem freien Abend gezwungen worden war, dann er sollte ihn doch auch genießen.

Also setzte er sich ans Klavier, legte die Finger auf die Tasten und spielte zu seinem eigenen Vergnügen ein paar leise Melodien.

Brenna hörte, als sie zurückkam, das Lied, das er ihr geschenkt hatte. Ihre erste Reaktion war Erleichterung darüber, dass er wieder daheim war. Die zweite war Elend, weil die Melodie sie schmerzte wie Salz in einer frischen Wunde.

Doch diesem Elend konnte sie nicht ausweichen. Sie versuchte das Gartentor zu öffnen, aber es widerstand dem Druck. Sie rüttelte und zerrte an dem Riegel und trat, als nichts geschah, schockiert und panisch einen Schritt zurück.

»Oh.« Sie schluchzte leise auf. »Oh, Shawn. Hast du mich wirklich ausgesperrt?«

Die Musik verebbte, und in der folgenden Stille kämpfte sie verzweifelt gegen die aufsteigenden Tränen. O nein, sie würde ihm nicht weinend gegenübertreten. Als das Tor immer noch nicht nachgab, kreuzte sie fest die Arme vor der Brust und vergrub ihre Fingernägel, um die Tränen in Schach zu halten, tief in ihrem Fleisch.

Er hörte ihr ersticktes, flehentliches Wispern. Ob sein Gespür oder Magie ihm sagte, dass sie da war, war vollkommen egal. Dort stand sie – mit feuchten Augen, dennoch gleichzeitig trotzig gerecktem Kinn – im hellen Licht des Mondes.

»Willst du vielleicht reinkommen?«

»Ich kann nicht …« Wieder drohte der aufsteigende Tränenstrom sie zu besiegen, doch wieder drängte sie ihn gnadenlos zurück. »Ich kann das Tor nicht aufmachen.«

Verwundert wollte er den Weg herunterkommen, doch sie machte einen Satz nach vorn und packte das Tor mit beiden Händen. »Nein, ich bleibe hier draußen. Ist wahrscheinlich sowieso das Beste. Ich habe dich gesucht, doch schließlich kam ich zu dem Schluss, dass du früher oder später sicher hierher zurückkommen würdest. Ich, äh, ich musste eine Weile über alles nachdenken, vielleicht tue ich das einfach nicht oft genug. Ich …«

Würde er jemals etwas sagen?, fragte sie sich verzweifelt. Oder würde er einfach dort stehen bleiben und weiter die Augen abschirmen, damit sie sie nicht sah?

»Es tut mir Leid. Es tut mir wirklich Leid, wenn ich etwas getan habe, was dich derart betrübt hat. Das war nicht meine Absicht, das musst du mir einfach glauben. Aber ein paar der Dinge, die du gesagt hast, waren sicher trotzdem richtig. Was mir ebenfalls sehr Leid tut. Oh, ich weiß nicht, wie man solche Dinge angeht.« In ihrer Stimme schwang echte Frustration, und sie wandte sich gesenkten Hauptes von ihm ab.

»Was hast du denn vor, Brenna?«

Sie starrte reglos ins Dunkel der Nacht. »Ich möchte dich bitten, mich nicht fallen zu lassen, weil ich einen Fehle gemacht habe, selbst wenn es ein Riesenfehler war. Ich möchte dich bitten, mir noch eine Chance zu geben. Und, falls zwischen uns beiden etwas anderes nicht mehr möglich ist, zumindest weiterhin mein Freund zu sein.«

Er hätte ihr gern das Tor geöffnet, doch dann hielt er sich zurück. »Wir haben uns versprochen, immer Freunde zu bleiben. Und dieses Versprechen werde ich ganz sicher niemals brechen.«

Sie hob eine Hand an ihre Lippen, bis sie meinte, sie könnte wieder sprechen. »Du bedeutest mir so viel. Ich muss diese Sache einfach klären.« Sie atmete tief ein und drehte sich wieder zu ihm um. »Ein paar der Dinge, die du gesagt hast, waren richtig, aber ein paar waren auch falsch. Ein paar der wichtigsten Dinge waren ganz einfach falsch.«

»Und du wirst mir jetzt sagen, was richtig und was falsch war?«

Sein eisiger Sarkasmus ließ sie zusammenzucken, aber sie brachte einfach nicht genug Wut für eine böse Antwort auf. »Du kannst ziemlich gut austeilen«, sagte sie stattdessen leise. »Und dein Sarkasmus wird dadurch, dass du ihn so selten anwendest, natürlich noch verstärkt.«

»Also gut, diese Bemerkung tut mir Leid.« Und es stimmte, denn nie zuvor hatte sie derart verwundet ausgesehen. »Ich bin einfach immer noch wütend.«

»Ich bin aufdringlich.« Sie atmete tief ein und wieder aus, doch der Schmerz ebbte nicht ab. »Und starrsinnig, und manchmal selbst gegenüber Menschen, die mir wirklich wichtig sind, sehr rücksichtslos. Ich dachte, nun, der Mann macht nichts aus seiner Musik, also muss ich es für ihn tun. Das war falsch. Es war falsch, eine Sache, die dich betrifft, so anzugehen, wie ich meine Dinge angehen würde. Ich hätte es dir sagen sollen, so wie du mir gesagt hast, was du mit meinen Skizzen machst.«

»Da sind wir uns anscheinend einig.«

»Aber ich habe es nicht aus Eigennutz getan. Ich wollte dir etwas geben, etwas, was dir wichtig ist, etwas, was dich glücklich macht. Es ging mir dabei ganz sicher nicht ums Geld, sondern allein um deinen Ruhm.«

»Ich will gar keinen Ruhm.«

»Ich wollte ihn für dich.«

»Weshalb interessierst du dich plötzlich so dafür, was aus meiner Musik wird, Brenna? Du magst sie doch noch nicht einmal.«

»Das ist nicht wahr.« Die Ungerechtigkeit dieser Behauptung rief einen Funken ihres alten Jähzorns in ihr wach. »Bin ich deiner Meinung nach vielleicht nicht nur eine Tyrannin, sondern obendrein noch taub und dumm? Ich liebe deine Musik. Sie ist wunderschön. Aber dir war ja schon immer vollkommen egal, was ich von deinen Liedern halte. Himmel, die Tatsache, dass ich seit Jahren kein gutes Haar an deiner Musik gelassen habe, hat dich nie dazu veranlasst, mir beweisen zu wollen, dass ich einfach im Unrecht war. Du vergeudest seit Ewigkeiten eine wunderbare Gabe, ein außergewöhnliches Talent, und das macht mich wirklich wütend.«

Sie wischte sich die Tränen von den Wangen und starrte ihn böse an. »Ich kann es nicht ändern, dass ich so empfinde, aber deshalb achte ich dich doch nicht weniger, du Sturschädel. Ich habe das alles doch nur deshalb getan, weil ich so viel von dir halte. Und dann gehst du los und schreibst ein Lied, das mir mehr zu Herzen geht als je zuvor etwas in meinem Leben. Bereits lange bevor du es fertig hattest, vor Wochen, als die Noten achtlos hingeworfen auf deinem Klavier herumlagen, habe ich es schon geliebt. Ich musste einfach etwas daraus machen, und es ist mir egal, ob es falsch war. Ich war so stolz auf das, was du geschaffen hattest, dass ich daneben nichts anderes mehr sah. Wenn du das nicht verstehen kannst, dann fahr doch zur Hölle!«

Sie hatte ihn vollkommen aus dem Gleichgewicht gebracht, und er atmete leise keuchend aus. »Eine wirklich außergewöhnliche Entschuldigung.«

»Verdammt. Ich nehme jede Entschuldigung zurück, die ich dir gegenüber je ausgesprochen habe.«

Allmählich, dachte er zufrieden, war sie wieder seine alte, geliebte Brenna. Er legte die Hände auf die Gartenpforte und sah sie grinsend an. »Zu spät. Ich habe die Entschuldigung bereits bekommen und gebe sie ganz sicher nicht zurück. Aber dafür gebe ich dir jetzt etwas anderes. Es war mir immer schon wichtig, was du von meiner Musik und auch von mir persönlich hältst. Deine Meinung war mir wichtiger als die Meinung irgendeines anderen. Was sagst du dazu?«

»Du versuchst doch nur, mich rumzukriegen, obwohl ich schon wieder wütend auf dich bin.«

»Ich habe dich immer schon rumgekriegt, egal, wie deine Stimmung war.« Er drückte auf die Klinke, und lautlos glitt das Tor zur Seite. »Und jetzt komm bitte endlich rein.«

Sie schniefte und wünschte, sie hätte ein Taschentuch dabei. »Ich will aber nicht.«

»Trotzdem wirst du hereinkommen«, sagte er, packte ihre Hand und zerrte sie in seinen Garten. »Ich habe dir nämlich auch noch ein paar Dinge zu sagen.«

»Ich will sie gar nicht hören.« Sie versuchte, das geschlossene Tor wieder zu öffnen und fluchte, als es sich einfach nicht bewegte.

»Trotzdem wirst du sie dir anhören.« Er drehte sie zu sich herum und umfasste ihre Hände, ehe sie Gelegenheit hatte, sie zu Fäusten zu ballen. »Das, was du getan hast, und wie du es getan hast, hat mir wirklich nicht gefallen. Aber die Gründe für dein Tun mildern meinen Zorn beträchtlich.«

»Das ist mir egal.«

»Hör auf, dich wie eine Närrin zu benehmen.« Als ihre Kinnlade herunterklappte, hob er sie ein paar Zentimeter in die Höhe. »Wenn es sein muss, kann ich ziemlich ruppig werden. Und du weißt ebenso wie ich, dass dir das durchaus gut gefällt.«

»Du, du …«

Als sie nach Worten suchte, nickte er zufrieden mit dem Kopf. »Ach, bist du endlich einmal sprachlos? Das ist eine erfrischende Abwechslung. Ich brauche niemanden, der mein Leben dirigiert, aber ich habe nichts dagegen, wenn jemand in dieselbe Richtung geht wie ich. Ich lasse mich nicht drängen, überrumpeln oder manipulieren, und falls du das je noch einmal versuchen solltest, wird es dir entsetzlich Leid tun.«

»Willst du mir etwa drohen?«, brachte sie stotternd heraus. »Es tut mir bereits Leid, dass ich überhaupt versucht habe, zu –«

»Brenna.« Er schüttelte sie leicht, worauf ihr abermals die Kinnlade herunterfiel. »Es gibt Augenblicke, in denen solltest du besser den Mund halten und zuhören. Dies ist ein solcher Augenblick. Nun, was ich sagen wollte«, fuhr er fort, während sie ihn mit großen Augen anstarrte. »Jemanden zu überrumpeln ist eine Sache, aber jemanden zu überraschen, ist etwas völlig anderes. Ich denke, dass du mich im Grunde einfach überraschen wolltest, ich habe dir diese Überraschung ziemlich schlecht gedankt, und das tut mir wirklich Leid.«

Angst und Elend glitten allmählich von ihr ab. »Das war ebenfalls eine ziemlich lahme Entschuldigung.«

»Nimm sie an oder lass es bleiben.«

»Du bist plötzlich auch ein ziemlicher Tyrann.«

»Ich habe meine Grenzen, und du solltest sie inzwischen kennen. Also … wie viel will dieser Magee mir für das Lied bezahlen?«

»Danach habe ich ihn nicht gefragt«, kam die steife Antwort.

»Ah, dann kannst du dich aus manchen Dingen also tatsächlich heraushalten. Das ist schon mal nicht schlecht.«

»Du bist wirklich widerlich. Ich habe dir bereits gesagt, dass es mir nicht ums Geld ging.« Sie machte sich von ihm los, und um sich nicht abermals durch ein vergebliches Ringen mit der Gartenpforte zu blamieren, stürmte sie den Weg hinab. »Ich weiß nicht, wie ich diesen Teil deines Wesens über Jahre hinweg derart verkennen und mir einbilden konnte, einen Kerl wie dich zu lieben. Das bleibt mir sicher für alle Zeit ein Rätsel. Allein der Gedanke, mein Leben mit einem solchen Typen zu verbringen, jagt mir einen Schauder über den Rücken.«

Er musste einfach grinsen. Es war herrlich zu wissen, dass alle Aspekte seines Lebens wieder zueinander passten. »Darüber sprechen wir sofort. Es ist wichtig, dass es dir nicht ums Geld ging, wichtig, dass du noch nicht einmal gedacht hast, ›Tja, wenn dieser Kerl sein Leben mit mir teilen möchte, dann soll er mir, verdammt noch mal, vorher beweisen, dass er Manns genug ist, sein Talent Gewinn bringend zu nutzen. Und wenn er es schon nicht selbst tut, werde ich es für ihn tun.‹«

»Es ist mir vollkommen egal, ob du mit deinen Liedern irgendwas verdienst.«

»Das sehe ich inzwischen ein. Anscheinend war es eher so etwas wie ›Ich will mit diesem Mann mein Leben teilen und da ich etwas für ihn empfinde, will ich ihm bei einer Sache helfen, die ihm wirklich wichtig ist‹. Ein lieber Gedanke, aber er ändert nichts an der Tatsache, dass du besser abgewartet hättest, bis ich selbst in dieser Sache etwas unternehme.«

»Du kannst sicher sein, dass ich mich ganz bestimmt nie wieder in dein Leben einmische.«

»Wenn du es schaffst, dieses Versprechen auch nur eine Woche lang zu halten, fresse ich einen Besenstiel. Und falls du berechnendes Luder davon ausgehst, dass ich jetzt diesen Magee persönlich kontaktieren und ihm, falls mich seine Worte überzeugen, weitere Lieder schicken werde, dann lass mich dir versichern, dass ich genau das sowieso vorhatte. Allerdings wollte ich damit eigentlich warten, bis er hierher kommt und ich die Gelegenheit habe, mir ein Bild von ihm zu machen.«

Sie bedachte ihn mit einem argwöhnischen Blick. »Du wolltest ihm deine Arbeiten sowieso zeigen?«

»Zumindest hatte ich daran gedacht. Ich gebe zu, dass ich bereits Dutzende von Malen kurz davor war, ein paar meiner Lieder zu verschicken, und dass ich dann jedes Mal im letzten Augenblick einen Rückzieher gemacht habe. Wenn man etwas aus seinem Innersten heraus erschafft, dann ist es einem kostbar. Ich hatte Angst, dass anderen meine Arbeit vielleicht nicht gefällt, und deshalb war es sicherer, sie einfach niemandem zu zeigen. Ich hatte Angst davor, etwas zu verlieren, was mir wirklich wichtig ist. Macht mich das in deinen Augen zu einem Versager?«

»Nein. Nein, natürlich nicht. Aber wenn du nie jemanden fragst«, erinnerte sie sich an die Worte ihres Vaters, »bekommst du nie ein Ja zur Antwort.«

»Da hast du sicher Recht. Mir missfällt ja auch nur deine Methode, mir auf die Sprünge zu helfen. Und jetzt sag mir eins: Wenn dieser Magee dich gefragt hätte, weshalb du ihm ein so lächerliches, amateurhaftes Liedchen von einem ganz offensichtlich vollkommen untalentierten Stümper geschickt hast, hättest du mich dann weniger geachtet?«

»Natürlich nicht, du Blödmann. Ich hätte gewusst, dass dieser Magee keinen Geschmack hat, außer vielleicht für die Dinge, die er sich beim Essen in den Mund schiebt.«

»Ah, tja, das bringt viel Licht ins Dunkel dieser Sache. Können wir jetzt vielleicht zu der Stelle zurückkehren, an der du mich geliebt hast?«

»Nein, weil ich es nicht mehr tue. Ich bin endlich zur Vernunft gekommen.«

»Das ist wirklich bedauerlich. Warte eine Minute. Ich muss etwas aus dem Haus holen.«

»Ich werde ganz sicher nicht hier stehen bleiben. Ich fahre jetzt nach Hause.«

»Dann würde ich dir nur nachfahren, Brenna«, rief er über die Schulter, während er bereits in Richtung Tür ging. »Und das, was ich vorhabe, tun wir besser hier, unter vier Augen.«

Sie erwog, trotzdem über das Gartentor zu klettern, aber das ganze Durcheinander hatte sie erschöpft. Ebenso gut konnte sie es jetzt hinter sich bringen als das Ende weiter zu verzögern.

Also wartete sie mit vor der Brust gekreuzten Armen darauf, dass Shawn zurückkam. Als er es schließlich tat, erschien er mit leeren Händen.

»Wir haben heute Vollmond«, bemerkte er im Näherkommen. »Vielleicht mischen in unserer Beziehung irgendwelche Kräfte mit, von denen wir nichts wissen. Aber das hier sollte im Mondschein passieren, und zwar genau in diesem Garten.«

Er schob eine Hand in die Tasche. »Eigentlich hatte ich geplant, mich von dir hofieren, meinen Widerstand von dir brechen und mich von dir überzeugen zu lassen, dass ich keine andere Wahl hätte, als mich von dir heiraten zu lassen.«

Sie starrte ihn entgeistert an. »Wie bitte?«

»Glaubst du wirklich, du hättest mich die ganze Zeit an der Leine geführt wie einen jungen Hund? Wäre ich dann die Art von Mann, mit der du dein Leben teilen möchtest, meine liebe O'Toole? Die Art von Mann, an dessen Seite du durchs Leben gehen und dessen Kinder du einmal bekommen wollen würdest?«

»Dann hast du also die ganze Zeit mit mir gespielt?«

»Zum Teil, genau wie du mit mir. Aber jetzt ist das Spiel beendet, und ich stelle fest, dass ich diese Sache doch eher auf die traditionelle Weise machen möchte, Brenna.« Er nahm ihre Hand und freute sich über das leise Zittern ihrer Finger. »Ich liebe dich. Ich weiß nicht, wann es angefangen hat, ob vor Jahren oder erst vor Wochen. Aber ich weiß, ich habe mein Herz an dich verloren und möchte, dass du es auch behältst. Du bist die, die ich will, mit allen

Vorzügen und Fehlern. Ich möchte, dass du dir mit mir zusammen ein neues Leben aufbaust. Ich möchte, dass du mich heiratest.«

Sie blickte ihm reglos ins Gesicht. Ein Gesicht, in dem für sie die ganze Welt lag. »Ich habe das Gefühl, als würde mir gleich der Schädel platzen«, brachte sie erstickt heraus.

»Gott segne dich.« Mit einem leisen Lachen nahm er ihre Hand und küsste sie. »Wie könnte ich eine solche Frau wohl nicht lieben?« Ohne ihre Finger loszulassen, zog er den Ring aus seiner Tasche.

Die Perle schimmerte im Mondlicht, seidig weiß und rein, in einer schlichten goldenen Fassung. »Eine der Tränen des Mondes«, erklärte er ihr. »Ich habe sie bekommen, um sie dir zu geben. Ich weiß, dass du normalerweise keine Ringe trägst.«

»Ich – sie – bei der Arbeit würden sie verbiegen.«

»Deshalb bekommst du auch noch eine Kette. Dann kannst du den Ring am Hals tragen.«

Typisch, dass er daran dachte. An ein derart bescheidenes, doch liebevolles Detail. »Im Moment arbeite ich nicht.«

Er steckte den Ring an ihren Finger, und ihr Zittern hörte auf.

»Ich nehme an, er passt ebenso zu mir wie du. Aber trotzdem werde ich jetzt ganz bestimmt nicht weinen.«

»O doch, das wirst du.« Er küsste sie auf Stirn und Schläfe. »Ich habe nämlich heute ein Stück Land für dich gekauft.«

»Was?« Auch wenn sie vor lauter Tränen kaum noch etwas sah, schaffte sie noch einen Schritt zurück. »Was? Land? Du hast ein Stück Land gekauft? Ohne mit mir zu sprechen, ohne es mich vorher auch nur ansehen zu lassen?«

»Wenn es dir nicht gefällt, kannst du mich ja dort begraben.«

»Das könnte ich natürlich tun. Du hast ein Stück Land gekauft«, wiederholte sie, und ihre Stimme bekam einen träumerischen Klang.

»Damit du uns dort ein Haus bauen kannst, aus dem wir beide ein Heim machen.«

»Verdammt. Jetzt fange ich wirklich an zu heulen.« Sie schlang ihre Arme fest um seinen Hals. »Warte einen Augenblick, ich bin vollkommen durcheinander.« Sie vergrub ihr Gesicht an seiner Schulter und atmete seinen Geruch ein. »Ich dachte, ich hätte einfach ein körperliches Verlangen nach dir, und es wäre genug, wenn dieses Verlangen gestillt würde. Dieses Verlangen empfinde ich auch jetzt noch, aber es reicht nicht, und vor allem ist es längst nicht alles. Oh, du bist der, den ich schon immer wollte. Und, egal, was du behauptest, habe ich auch dafür gesorgt, dass ich dich am Schluss bekam.«

Sie löste ihren Kopf von seiner Schulter und legte ihre Lippen sanft auf seinen Mund. »Ich hatte mir genau zurechtgelegt, was ich heute Abend zu dir sagen wollte, und jetzt kann ich mich an die Worte einfach nicht mehr erinnern. Nur daran, dass ich dir erklären wollte, dass ich dich liebe. Dass ich dich liebe, wie du bist. Dass es nichts gibt, was ich jemals an dir ändern würde.«

»Das ist mehr als genug. Kommst du jetzt vielleicht wieder mit ins Haus? Dann wärme ich uns etwas von deinem Eintopf auf.«

»Das ist das Mindeste, was du tun kannst, nachdem du ihn hast kalt werden lassen.« Sie nahm zärtlich seine Hand. »Aber du bestehst doch wohl hoffentlich nicht auf einer großen, eleganten Hochzeit.«

»Ich wüsste nicht, wie wir das machen sollten, denn

schließlich möchte ich dich so schnell wie möglich heiraten.«

»Ah.« Sie lehnte sich an seine Schulter. »Ich liebe dich, Shawn Gallagher.«

»Nur eins noch«, sagte sie auf dem Weg zum Cottage. »Braucht das Lied, das dieser Magee aufnehmen möchte, nicht vielleicht noch einen Namen?«

»Es hatte schon immer einen Namen«, antwortete Shawn. »Es war schon immer ›Brennas Lied‹.«

Liebe Leserinnen und Leser,

ihr liebt Bücher und verbringt eure Freizeit am liebsten zwischen den Seiten? Wir auch! Wir zeigen euch unsere liebsten Neuerscheinungen, führen euch hinter die Verlagskulissen und geben euch ganz besondere Einblicke bei unseren AutorInnen zu Hause. Lasst euch inspirieren, wir freuen uns auf euch.

Euer

Blanvalet Verlag

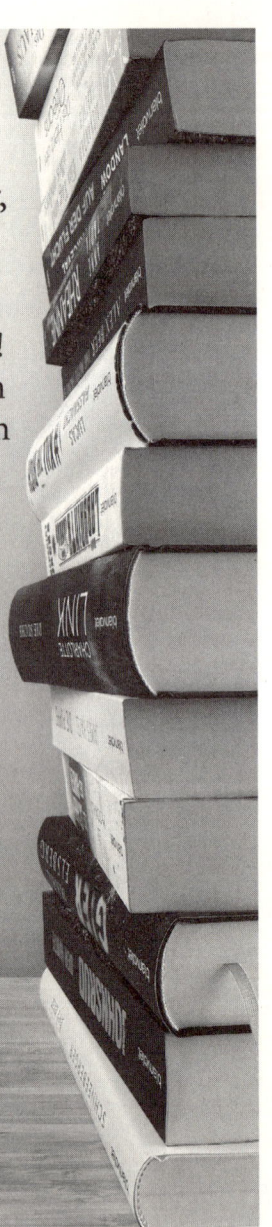

🏠 blanvalet.de

📷 @blanvalet.verlag

f /blanvalet